W0233901

Gustaw Herling
Welt ohne Erbarmen

Gustaw Herling
Welt ohne Erbarmen

Aus dem Englischen von
Hansjürgen Wille
und nach der polnischen Originalausgabe
vollständig revidiert von
Nina Kozlowski

Büchergilde Gutenberg

Die Originalausgabe erschien unter dem Titel
Inny Świat. Zapiski sowieckie
bei Gryf Publications Ltd., London 1953,
die zweite revidierte Ausgabe bei Institut Littéraire, Paris 1965.

Die erste deutsche Ausgabe erschien im Verlag
für Politik und Wirtschaft, Köln 1953.

Die Übersetzung wurde gefördert vom polnischen Literaturfonds
© POLAND
aus Mitteln des Ministeriums für Kultur und Nationalerbe
der Republik Polen.

©POLAND

www.buechergilde.de

Lizenzausgabe für die Büchergilde Gutenberg,
Frankfurt am Main, Wien, Zürich,
mit freundlicher Genehmigung
des Carl Hanser Verlags, München und Wien
© Gustaw Herling 1951, 1986
Alle Rechte der deutschen Ausgabe:
© Carl Hanser Verlag München Wien 2000
Satz: Filmsatz Schröter GmbH, München
Druck und Bindung: Clausen & Bosse, Leck
Printed in Germany 2001
ISBN 3 7632 5173 1

Die in diesem Buch geschilderten Ereignisse sind ebensowenig erfunden wie die darin vorkommenden Personen. Aus Gründen der Vorsicht sind hier jedoch die Namen einiger Gefangener verändert worden.

Es drängt mich, allen zu danken, die es mir ermöglicht haben, dieses Buch zu schreiben, vor allem Frau Lidia Ciołkosz und Dr. Witold Czerwiński. Ebenfalls gilt mein Dank General Fitzroy Maclean, der mir freundlicherweise gestattete, im Anhang einige Sätze aus einem Brief von ihm zu zitieren.

G. H.

Hier war eine besondere Welt, die keiner einzigen anderen glich; hier gab es besondere Gesetze, besondere Tracht, besondere Sitten und Bräuche. Es war ein Totenhaus lebend Begrabener, darinnen ein Leben wie sonst nirgendwo; und auch die Menschen waren hier anders. Eben diesen besonderen Ort will ich nun zu beschreiben versuchen.

Fjodor M. Dostojewski,
Aufzeichnungen aus einem Totenhaus

Vorwort

Unter den vielen Büchern über die Erlebnisse in russischen Gefängnissen und Arbeitslagern, die ich gelesen habe, ist Gustaw Herlings *Welt ohne Erbarmen* das eindrucksvollste und bestgeschriebene. Herling besitzt in hohem Maß die seltene Gabe ungeschminkter und farbig-lebendiger Schilderung. Seine Wahrhaftigkeit steht außerdem völlig außer Frage.

In den Jahren 1940-1942 war er zuerst im Gefängnis und dann in einem Zwangsarbeitslager in der Nähe von Archangelsk. Der Hauptteil seines Buches berichtet von dem, was er in jenem Lager gesehen und gelitten hat. Im Anhang des Buches sind Briefe von bekannten Kommunisten veröffentlicht, in denen behauptet wird, daß derartige Lager überhaupt nicht existieren. Die Schreiber dieser Briefe sowie alle jene Sympathisanten des Kommunismus, die den dortigen Sirenengesängen glauben, sind gleichermaßen verantwortlich für die fast unvorstellbare Grausamkeit, mit der die Millionen hilfloser Menschen, Männer und Frauen, durch harte Arbeit und Hunger in der arktischen Kälte langsam zu Tode gequält werden. Nur Menschen, denen jede Menschlichkeit fremd ist, können die Wahrheit solcher Bücher, wie dieses von Gustaw Herling, leugnen, denn, hätten sie irgendeine Menschlichkeit, würden sie die darin geschilderten Tatsachen nicht einfach abtun, sondern sich die Mühe machen, ihnen nachzugehen.

Kommunisten ebenso wie Nazis haben den schmerzlichen Beweis erbracht, daß der Trieb, andere zu quälen, in sehr vielen Menschen schlummert und nur auf eine Gelegenheit wartet, um sich in seiner nackten Grausamkeit zu offenbaren. Aber ich glaube nicht, daß das Böse durch blinden Haß gegen jene, die es verüben, ausgerottet werden kann. Wir würden damit nur genau so werden wie sie. Obgleich das gewiß nicht leicht ist, sollte man, wenn man ein Buch wie dieses liest, versuchen, die Umstände zu verstehen, die Menschen in Teufel verwandelt haben, und zu begreifen, daß blinder Zorn ein schlechter Ratgeber ist, wenn man all dieses Entsetzliche verhindern will. Ich will nicht sagen, daß Verstehen Verzeihen ist; es ist da vieles, das ich für mein Teil nicht verzeihen kann. Aber nach meiner Meinung ist Verstehen unbedingt notwendig, wenn verhindert werden soll, daß Schrecken dieser Art sich über die ganze Welt verbreiten.

Ich hoffe, Herlings Buch wird viele Leser finden und in allen, die es lesen, nicht sinnlose Rachsucht wecken, sondern ein tiefes Mitgefühl für die jämmerlichen Verbrecher ebenso wie für ihre Opfer. Man möge die Ursachen der Grausamkeit in der durch schlechte soziale Systeme entstellten menschlichen Natur erkennen und aus dieser Erkenntnis alles daransetzen, diese Ursachen zu beseitigen.

Aber von dem allem abgesehen, ist dies ein ungewöhnlich fesselndes und psychologisch interessantes Buch, dessen Lektüre jeden Leser bereichern wird.

Bertrand Russell O. M.

I. TEIL

1. Kapitel

Witebsk – Leningrad – Wologda

Der Sommer in Witebsk ging zur Neige. Nachmittags schien die Sonne noch eine Weile auf die Pflastersteine des Gefängnishofes und ging später hinter der roten Mauer des benachbarten Häuserblocks unter. In der Zelle vernahmen wir die vertrauten Geräusche, die vom Hof zu uns heraufdrangen: die schweren Schritte der Gefangenen, die zum Badehaus geführt wurden, dazu russische Kommandoworte und das Rasseln von Schlüsseln. Der Wächter im Flur sang leise vor sich hin; hin und wieder legte er die Zeitung fort und ging gemächlich zu dem kleinen runden Fenster in der Zellentür. Wie auf ein Zeichen wandten sich dann zweihundert Augenpaare von der Decke dem Guckloch zu. Ein drohendes Auge blickte in die Zelle, sah vom einen zum anderen und verschwand; gleich darauf fiel die Blechklappe, die auf der anderen Seite das Glas verdeckte, wieder herunter. Drei Stiefelschläge gegen die Tür bedeuteten: »Fertigmachen zum Abendessen«.

Halbnackt erhoben wir uns von dem Zementfußboden – mit diesem Klopfen war unser Nachmittagsschlaf beendet. Während wir mit den Tonschüsseln in den Händen auf den heißen, wäßrigen Brei warteten, der unser Abendbrot darstellte, nutzten wir die Zeit, um uns von der dünnen Suppe, die unser Mittagessen gewesen war, zu befreien.

Wenn man mich fragen würde, was wir sonst noch in den sowjetischen Gefängnissen taten, wüßte ich dem eben Berichteten kaum etwas Wesentliches hinzuzufügen. Am Morgen weckte uns ein Klopfen an der Tür. Kurz darauf wurden unser Frühstück – ein Kübel mit einem Gebräu aus Kräutern – und ein Korb mit unserer täglichen Brotration in die Zelle gebracht. Mit intensiven Gesprächen versuchten wir die Zeit zu überbrücken, damit der Brotvorrat wenigstens bis zum Mittagessen reichte. Die Katholiken scharten sich um einen asketischen Priester, die Juden um einen Armeerabbiner, der Fischaugen und einen völlig ausgemergelten Körper hatte. Die Männer aus dem Volk erzählten sich ihre Träume und sprachen voll Heimweh von ihrer Vergangenheit. Die Intellektuellen stöberten in der Zelle nach Zigarettenstummeln, aus denen sie sich eine Zigarette drehen konnten, die sie dann gemeinsam rauchten. Zwei Fußtritte gegen die Tür genügten und alle verstummten und trotteten hinter ihren geistigen Anführern in den Flur hinaus zum Suppenkübel. Aber eines Tages kam ein kleiner schwarzhaariger Jude aus Grodno in unsere Zelle, der bitterlich weinend verkündete, daß Paris gefallen sei. Von dem Augenblick an hatte das patriotische Geflüster und politische Diskutieren auf den Strohsäcken ein Ende. Nun, da das Herz der freien Welt immer schwächer schlug, fühlten wir uns wie totes Treibholz, das an die Ufer des an uns vorüberziehenden Lebensstromes angeschwemmt wurde.

Gegen Abend wurde die Luft etwas kühler, wattige Wolken segelten am Himmel, und die ersten Sterne schimmerten schüchtern auf. Einen kurzen Augenblick stand die rostfarbene Mauer unserem Zellenfenster gegenüber wie in glühenden Flammen, die dann gleich wieder erloschen, wenn die Sonne untergegangen war. Die Nacht brach an, und mit ihr kamen Erquickung für unsere Lungen und die ausgedörrten Lippen und lindernde Ruhe für unsere Augen.

Kurz vorm Abendappell ging das elektrische Licht in unserer Zelle an, und die jähe Helle drinnen ließ den Himmel draußen noch dunkler erscheinen. Doch da tasteten schon die Scheinwerfer von den Wachtürmen suchend den Hof ab und verscheuchten die Dunkelheit. Ehe Paris gefallen war, kam jeden Abend um diese Zeit eine hochgewachsene Frau mit einem Schal um Kopf und Schultern das kleine Stück der Straße, das wir von unserem Zellenfenster aus sehen konnten, hinuntergewandert. Unter der Laterne jenseits der Gefängnismauer blieb sie stehen und zündete sich eine Zigarette an, und mehrere Male geschah es, daß sie dann das Streichholz wie eine kleine brennende Fackel in die Höhe hob und eine kurze Weile in dieser seltsamen Haltung verharrte. Wir deuteten uns das als ein für uns bestimmtes Zeichen der Hoffnung. Nach dem Fall von Paris sahen wir sie zwei Monate nicht mehr. Erst an einem Abend Ende August riß uns der Hall ihrer schnellen Schritte auf der kleinen Straße aus unseren Träumen. Wie in den Monaten vorher blieb sie unter der Laterne stehen, aber als sie sich diesmal ihre Zigarette angezündet hatte, löschte sie das Streichholz mit einer Zickzack-Bewegung der Hand (es war windstill), die an die Bewegung der Kolben einer Lokomotive erinnerte. Wir waren uns alle darüber einig, das sollte heißen, daß wir bald verlegt werden würden; dennoch, man hatte es nicht eilig damit, wir blieben noch zwei weitere Monate in Witebsk. Erst gegen Ende Oktober rief man aus der Zelle, in der 200 Mann einsaßen, 50 Gefangene auf, um ihnen ihr Urteil zu verlesen. In die Kanzlei ging ich gleichgültig ohne eine Spur von Aufregung. Die Voruntersuchung meines Falles und die Verhöre waren schon vor vielen Monaten im Gefängnis in Grodno abgeschlossen worden. Ich bin bei diesen Verhören kein Held gewesen, und ich bewundere noch heute jene meiner Mitgefangenen, die den Mut hatten, die Vernehmenden zu verfänglichen dialektischen Auseinandersetzungen zu zwingen. Meine Antworten waren kurz und bündig, und erst, wenn ich wieder draußen im Korridor war und man mich in meine Zelle zurückbrachte, fielen mir die glorreichen Sätze aus dem Katechismus des polnischen politischen Märtyrertums ein, und ich berauschte mich an ihnen.

Während der Verhöre aber hatte ich nur das Verlangen nach Schlaf. Physisch kann ich zweierlei nicht vertragen: unterbrochenen Schlaf und eine volle Blase. Beides quälte mich, wenn ich, mitten in der Nacht aus dem Schlaf gerissen, auf einem harten Stuhl dem mich verhörenden Offizier gegenüber Platz nehmen mußte, wobei mir ein übergrelles Licht in die Augen schien. Man warf mir anfangs zwei Dinge vor: einmal, daß ich lederne Schaftstiefel trug, was bewies, daß ich Major der polnischen Armee war. (Meine jüngere Schwester hatte sie mir geschenkt, als ich mich nach Polens Niederlage im September 1939 gezwungen sah, das Land zu verlassen.) Zum anderen, da mein Name in russischen Buchstaben sich als »Gerling« las, ich ein Verwandter eines bekannten Feldmarschalls der deutschen Luftwaffe sei. Die Anklage lautete also: »Polnischer Offizier, im Solde einer Feindmacht«. Glücklicherweise konnte ich den Vernehmenden schließlich doch überzeugen, daß diese Anschuldigungen völlig unbegründet waren. Trotzdem blieb noch die eine unbestreitbare Tatsache bestehen, daß ich bei meiner Verhaftung gerade die russisch-litauische Grenze hatte überschreiten wollen. – »Darf ich fragen, warum Sie das versucht haben?« – »Ich wollte gegen Deutschland kämpfen.«

»Aber Sie wissen doch, daß Rußland einen Freundschaftspakt mit Deutschland unterzeichnet hat?«

»Ja. Ich weiß jedoch ebenfalls, daß Rußland weder England noch Frankreich den Krieg erklärt hat.«

»Das spielt hier gar keine Rolle.«

»Und wessen klagen Sie mich nun an?«

»Des Versuchs, die russisch-litauische Grenze zu überschreiten, um gegen die Sowjetunion zu kämpfen.«

»Könnten Sie nicht an Stelle gegen die Sowjetunion gegen Deutschland sagen?« Ein Schlag ins Gesicht brachte mich wieder zur Raison. »Das kommt im übrigen auf dasselbe hinaus«, tröstete mich der Richter, als ich das Schuldbekenntnis, das er mir vorgelegt hatte, unterschrieb.

Nachdem man mir das auf fünf Jahre Haft lautende Urteil verlesen hatte, führte man mich in eine andere Zelle im Seitenflügel des Witebsker Gefängnisses. Dort kam ich zum erstenmal mit russischen Gefangenen in Berührung. In der Zelle lagen mehrere Jungen im Alter von vierzehn bis sechzehn Jahren auf ihren Holzpritschen, und nahe beim Fenster, durch das ich einen Fetzen des bleigrauen Himmels sehen konnte, saß ein kleiner Mann mit roten Augen und einer Hakennase, der stumm an einem Stück hartem, dunklen Brot kaute. Seit mehreren Tagen schon regnete es. Naßkalter Herbst machte sich über Witebsk breit und Ströme von schmutzigem Wasser ergossen sich aus der Dachrinne auf das Netz, das die untere Hälfte der Gitterstäbe an unserem Fenster bedeckte.

Jugendliche Verbrecher sind eine Plage der sowjetischen Gefängnisse, aber man begegnet ihnen fast nie in Arbeitslagern. Krankhaft erregt, fingern sie unablässig an den Pritschen der anderen und ebenso in ihren eigenen Hosen herum. Nur diesen beiden Beschäftigungen frönt ihre Leidenschaft: dem Diebstahl und der Selbstbefriedigung. Fast alle von ihnen sind entweder Waisen oder wissen nicht, wo ihre Eltern leben. In den Weiten des russischen Polizeistaates gelingt es ihnen mit erstaunlicher Leichtigkeit, das typische Leben der »Besprisornije«, der obdachlosen Kinder und Jugendlichen, zu führen. Sie springen auf Güterzüge und gelangen so von Stadt zu Stadt, von Ort zu Ort. Sie leben von dem, was sie in staatlichen Warenlagern erbeuten; oft stehlen sie das wieder, was sie eben verkauft haben, indem sie den harmlosen Käufer mit der Drohung erpressen, ihn anzuzeigen. Sie nächtigen in Bahnhöfen, in städtischen Parkanlagen, in Straßenbahndepots. Meist besteht ihr ganzer Besitz aus einem kleinen Bündel, das mit einem Lederriemen verschnürt ist. Erst viel später ist mir klargeworden, daß die »Besprisornije« eine sehr gefährliche, halblegale Mafia bilden, die nach dem Muster der Freimaurerlogen aufgebaut ist und nur von der noch mächtigeren Organisation der »Urkas«, der kriminellen Gefangenen, übertroffen wird. Falls es so etwas wie die Überreste eines Schwarzmarktes in der Sowjetunion gibt, dann nur dank dieser Burschen, die flink in der sich auf den »Spectorgi«, den zugelassenen Sondermärkten, drängenden Menschenmenge auf Beutefang herumschnüffeln und die sich in der Dämmerung in die Korn- und Kohlenlager einschleichen. Die Sowjetregierung drückt ihnen gegenüber ein Auge zu. Für sie sind die »Besprisornije« die einzigen echten Proletarier, die frei von jeder konterrevolutionären Erbsünde sind und sich wie irgendein Rohmaterial in jede gewünschte Form pressen lassen. Diese jungen Burschen betrachten das Gefängnis als eine Art Ferienlager. Die Strafe, die sie dort verbüßen müssen, ist für sie gleichsam eine Erholung von den Mühen ihres Lebens außerhalb der Gefängnismauern. Hin und wieder kam ein »Wospitatel« (ein Erziehungsoffizier) mit engelsgleichem Gesicht, flachsblondem Haar und blauen Augen in unsere Zelle und zitierte die Jungen mit einer Stimme, die wie das sanfte Flüstern eines Beichtvaters klang, zur Schulung. »Kommt, Kinder, kommt, wir wollen mal ein bißchen lernen.« Wenn die »Kinder« aus dem Unterricht zurückkamen, warfen sie uns die abscheulichsten Beschimpfungen und Flüche an den Kopf, vermischt mit Standardphrasen der sowjetischen politischen Propaganda. Aus ihrer Ecke heraus beschuldigten sie uns dauernd des »Trotzkismus«, »Nationalismus« oder der »Konterrevolution« und versicherten, »Genosse Stalin habe gut daran getan, uns einzusperren«, beziehungsweise »die Sowjetmacht werde bald die ganze Welt erobern«. Und dies alles wiederholten sie immer von neuem mit der sadistischen Grausamkeit, die für Jugendliche ohne Elternhaus so typisch ist. Später begegnete ich in einem Arbeitslager einem achtzehn Jahre alten Jungen, der zum Leiter der örtlichen »Kulturno-Wospitatelnaja Tschast« (Kultur- und Erziehungsabteilung) gemacht worden war, nur weil er einmal als »Besprisornij« an einem solchen Kursus im Gefängnis teilgenommen hatte.

Mein Nachbar, der unter dem Fenster saß, musterte mich den ganzen Tag mißtrauisch, während er ununterbrochen trockene Brotkrusten kaute, die er in einem großen Sack aufbewahrte. Dieser Sack lag auf seiner Pritsche und diente ihm gleichzeitig als Kopfkissen. Er war der einzige Mann in der Zelle, mit dem ich gern ein paar Worte gesprochen hätte. Oft trifft man in sowjetischen Gefängnissen Menschen, in deren Gesichtern sich alle Tragik des Lebens spiegelt. Der schmale Mund dieses Juden, seine Hakennase, seine Augen, die immer tränten, als wären sie vom Staub entzündet, die leisen Seufzer und die krallenartigen Finger, die in dem Sack wühlten, all dies konnte viel oder wenig sagen. Am deutlichsten sehe ich ihn noch vor mir, wie er auf unserem täglichen Weg zur Latrine sich mit kleinen trippelnden Schritten vorwärts bewegte. Wenn dann die Reihe an ihm war, stand er ungeschickt über dem Loch, ließ seine Hosen herunter, hob sorgfältig sein langes Hemd hoch und drückte heftig, wobei er von der Anstrengung ganz rot wurde. Er war immer der letzte, der aus der Latrine herausgejagt wurde, und während wir durch den Flur gingen, knöpfte er sich seine Hosen wieder zu und hüpfte dann stets wie ein Vogel zur Seite, um den Püffen des Wächters zu entgehen. In der Zelle legte er sich sofort wieder auf seine Pritsche, atmete schwer, und sein altes Gesicht sah dann wie eine getrocknete Feige aus. »Pole?« fragte er mich eines Abends. Ich nickte.

»Ich wüßte nur zu gerne, ob mein Sohn in der polnischen Armee hätte Hauptmann sein können« – knurrte er grimmig.

»Weiß ich nicht«, gab ich zur Antwort. »Warum sind Sie hier?«

»Das ist ganz nebensächlich. Ich kann im Gefängnis verkommen, aber mein Sohn ist Hauptmann der Luftwaffe in der Roten Armee.«

Nach dem Abendappell, als wir nebeneinanderlagen, erzählte er mir flüsternd, um nur ja nicht die »Besprisornije« zu wecken, seine Geschichte. Viele Jahre hindurch war er Schuhmacher in Witebsk gewesen. Er erinnerte sich noch genau an die Revolution von 1917 und gedachte voll Rührung all dessen, was er seitdem erlebt hatte. Er wurde zu fünf Jahren Gefängnis verurteilt, weil er in der Schuhmacherinnung dagegen protestiert hatte, daß man neue Schuhe mit Abfalleder besohlte. »Das ist ganz nebensächlich«, sagte er immer wieder, »aber Sie wissen ja, überall sind die Menschen mißgünstig. Ich habe meinem Sohn eine gute Ausbildung ermöglicht. Ich habe ihn Offizier werden lassen. Wie könnte man erwarten, daß sie es gern sähen, daß so ein alter Jude wie ich einen Sohn als Offizier bei der Luftwaffe hat. Aber er wird ein Gnadengesuch für mich einreichen, und man wird mich, ehe meine Zeit um ist, entlassen. Im übrigen aber – ist es nicht wirklich unerhört, solch schlechtes Zeug für neue Sohlen zu nehmen?« Er richtete sich ein wenig auf seiner Pritsche hoch, um sich zu vergewissern, ob die »Besprisornije« auch schliefen, riß dann das Futter an seinem Jackenärmel auf und zog aus der Watteeinlage ein ganz verknittertes Foto heraus, auf dem ein junger Mann mit intelligentem Gesicht und Hakennase in der Uniform der Luftwaffe zu sehen war.

Wenige Minuten später kletterte einer der »Besprisornije« von seiner Pritsche herunter, erleichterte sich über dem Kübel an der Tür und klopfte dann an das kleine Fenster. Vom Flur hörte man das Klirren von Schlüsseln, ein langgezogenes Gähnen und schließlich das laute Klappern genagelter Schuhe auf dem Steinpflaster. »Was willst du?« fragte eine schläfrige Stimme durch das Fenster. »Einen Zigarettenstummel, Genosse Aufseher.« »Du solltest lieber an der Milchflasche saugen, du Lause-

17

bengel!« kam es brummend zurück, und dann verschwand der Wächter wieder.

Der Junge stellte sich auf die Zehenspitzen, wobei er sich mit beiden Händen an der Tür festhielt, und rief laut:»Diensthabender, ich hab Ihnen noch was zu melden!«

Daraufhin wurde der Schlüssel zweimal im Loch herumgedreht und die Zellentür halb geöffnet. Ein junger Aufseher, die Mütze schief auf dem Kopf, trat herein. »Was denn?«

»Nicht hier … draußen im Flur.«

Mit lautem Quietschen öffnete sich die Tür nun etwas weiter, und der Junge schlüpfte unter dem Arm des Wächters hinaus. Nach kurzer Zeit kehrte er, eine Zigarette rauchend, in die Zelle zurück. Gierig inhalierte er den Rauch, sah ängstlich zu uns herüber und duckte sich in seine Ecke wie ein junger Hund, der Angst vor Schlägen hat. Eine Viertelstunde später wurde die Tür wieder aufgerissen und energisch betrat der Aufseher die Zelle, wobei er laut brüllte:»Aufstehen! Der Blockleiter! Durchsuchung!«

Der Blockleiter begann bei den »Besprisornije« mit der Durchsuchung, während der Aufseher die beiden Reihen der Gefangenen, die mit den Rücken zu den Pritschen, die Hände an der Hosennaht, einander gegenüberstanden, nicht aus den Augen ließ. Die geübten Hände fuhren flink durch die Strohsäcke der Jungen, durchsuchten dann meine Pritsche und wühlten schließlich in dem Sack des alten Juden. Dann hörte ich das Knistern von Papier, das durch die Watteeinlage etwas gedämpft wurde, und gleich darauf:»Was ist das? Dollars?«

»Nein, das ist eine Fotografie meines Sohnes, Natan Abramewitsch Zygfeld, Hauptmann der Luftwaffe in der Roten Armee.«

»Warum bist du hier?«

»Industriesabotage.«

»Ein Saboteur der Sowjetindustrie hat nicht das Recht, das Foto eines sowjetischen Offiziers in seiner Zelle zu haben.«

»Aber es ist mein Sohn …«

»Schweig! Im Gefängnis gibt es keine Söhne.«

Als ich wenige Tage danach die Zelle verließ, weil ich einem Transport zugeteilt war, hockte der alte Schuster immer noch auf seiner Pritsche wie ein verschreckter Papagei auf seiner

Käfigstange, wobei er seine alten Brotkrumen kaute und monoton immer wieder die gleichen Worte murmelte.

Es war schon spät, als wir zum Bahnhof marschierten, und die Stadt war um diese Zeit fast menschenleer. Die regenfeuchten Straßen glänzten im dämmrigen Abendlicht und die schwülwarme Luft machte das Atmen schwer. Die Düna, die bedenklich angestiegen war, floß tosend unter den schwankenden Brettern der Holzbrücke dahin. Als wir durch die kleinen Nebenstraßen kamen, war es mir, ohne daß ich sagen könnte warum, als ob man in jedem Haus uns durch die Spalten in den Holzläden beobachtete. In der Hauptstraße war mehr Verkehr, aber die Leute gingen hier schweigend an uns vorüber, ohne uns eines Blickes zu würdigen. Ihre Augen sahen, ohne zu sehen.

Fünf Monate vorher marschierten wir durch die gleichen Straßen von Witebsk zwischen Bajonetten zu beiden Seiten ins Gefängnis.

Es war ein heißer Junitag gewesen. Die Düna floß damals in ihrem halb ausgetrockneten Bett träge dahin. Auf den von der glühenden Sonne aufgeheizten Bürgersteigen gingen müde Passanten energischen Schritts ihrer Wege, wechselten nur selten ein Wort miteinander, nur darauf bedacht, nicht auch nur einen Augenblick stehenzubleiben: Beamte mit Schirmmützen, Arbeiter in mit Öl und Fett beschmierten Overalls, Schulkinder mit Ranzen auf den Rücken, Soldaten in hohen Stiefeln, die nach Schuhwichse rochen, Frauen in grauen Baumwollkleidern. Was hätte ich darum gegeben, ein paar fröhlich plaudernden Leuten zu begegnen! Aus den offenen Fenstern der Häuser, an denen wir vorüberkamen, hingen keine hübschen bunten Bettdecken zum Lüften. Wir konnten verstohlen über Zäune auf Höfe und Gärten blicken, aber nirgends flatterte Wäsche im Wind zum Trocknen. Wir sahen eine geschlossene Kirche, an der mit großen Buchstaben geschrieben stand: »Antireligiöses Museum«. Wir lasen die über die Straße gespannten Spruchbänder. Wir starrten auf den riesigen roten Stern über dem Rathaus. Es war nicht so sehr eine Stadt der Trauer – es war eher eine Stadt, die keine Freude kannte.

☆ ☆ ☆

19

In Leningrad kamen wir im November 1940 an. Auf dem Bahnsteig wurden wir in Gruppen zu zehn Mann eingeteilt, die in kurzen Abständen in schwarzen Gefängniswagen zum »Peresylka« (dem Leningrader Durchgangsgefängnis für diejenigen Gefangenen, die in ein Arbeitslager überführt werden) gebracht wurden. Zwischen den anderen in dem engen Wagen, der keine Fenster und keine Lüftung hatte, eingezwängt, konnte ich nichts von der Stadt sehen. Sobald aber das Auto rasch um eine Ecke bog, wurde ich von meinem Platz geschleudert und erspähte dabei durch einen Spalt in der Bretterwand, die den Führersitz von dem übrigen Wagen trennte, Fragmente von Plätzen und Häusern sowie vorbeieilende Menschen. Es war ein kalter, sonniger Tag. Manche Leute trugen bereits hohe Winterstiefel und Pelzmützen mit Ohrenschützern. Diese hingen zwar nur Scheuklappen gleich herunter, ohne die Augen zu bedecken, hinderten die Menschen aber, auf das zu achten, was um sie herum vorging; unser Transport wurde so von niemandem bemerkt, wie ein über ein entlegenes Feld ziehender Schwarm schwarzer Raben auf Futtersuche.

Alte Gefängnisinsassen erzählten mir, daß damals in den Leningrader Gefängnissen ungefähr vierzigtausend Menschen saßen. Diese Berechnungen – die, wie ich glaube, recht wirklichkeitsnah waren – beruhten auf den verschiedensten Beobachtungen. In jeder der tausend Einzelzellen des berüchtigten Krestij-Gefängnisses waren durchschnittlich dreißig Personen untergebracht, wie wir von Insassen jenes Gefängnisses erfuhren, die, ehe sie in ein Arbeitslager transportiert wurden, gewöhnlich mehrere Nächte im Peresylka verbrachten. Die Zahl der Gefangenen hier schätzten wir auf zehntausend; in Zelle 37, in der normalerweise höchstens zwanzig Gefangene Platz hätten, waren es jetzt siebzig. Zum Erstaunlichsten und Bewundernswertesten im geistig armen Leben dieser »Totenhäuser« gehört die hervorragend entwickelte Beobachtungsgabe jedes erfahrenen Häftlings. Es gibt keine Zelle, die nicht ihren Statistiker hätte, der mit wissenschaftlicher Akribie sich ein Mosaikbild des gesamten Gefängnisses zusammensetzte. Im Flur aufgefangene Gesprächsfetzen, in der Latrine gefundene alte Zeitungen, die Maßnahmen der Verwaltung den Gefangenen gegenüber, das Geräusch eines Fahrzeuges im Hof, ja selbst die Schritte vor dem Tor – all dies zusammen dient ihm dazu, sich eine klare Vorstellung von der ihn umgebenden Wirklichkeit zu machen. In Leningrad hörte ich zum erstenmal eine Gesamtschätzung der Zahl der Gefangenen, Deportierten und weißen Sklaven in der Sowjetunion. Man berechnete sie auf achtzehn bis fünfundzwanzig Millionen.

Als wir Neuangekommenen durch den Gefängnisflur geführt wurden, begegnete unsere Gruppe einer anderen, die in umgekehrter Richtung zum Haupteingang marschierte. Beide Gruppen blieben einen Augenblick wie gelähmt stehen. Mit gesenkten Köpfen standen wir einander gegenüber, Menschen des gleichen Schicksals und doch durch eine Mauer von Angst und Furcht getrennt. Die Wächter sprachen hastig miteinander und entschieden, daß die Gruppe, zu der ich gehörte, Platz machen müsse. Mit einem eisernen Klopfer wurde an eine Seitentür gepocht. Hinter dem Fenster erschien ein Gesicht. Wieder folgte ein kurzes Palaver, und dann führte man uns in einen weiten, hellen Flur. Er gehörte zu einem Flügel des Gebäudes, der so ganz anders war als alles, was ich bis dahin in meiner Gefängniszeit gesehen hatte.

Mit seinen großen Fenstern und den spiegelblanken Fluren wirkte dieser Teil des Peresylka im Gegensatz zu allen sonstigen sowjetischen Gefängnissen geradezu luxuriös. Große Eisengitter, die auf Schienen liefen, ersetzten an einer Wand die Zellentüren und täuschten so die innere Freiheit und die besondere Art von Disziplin vor, die Menschen, wenn sie von der Welt isoliert werden, ganz spontan entwickeln, um ihre Einsamkeit zu vergessen.

Man sah niemand in den Zellen und konnte glauben, ihre Bewohner seien eben einmal ausgegangen. Die Betten waren vorbildlich bezogen; auf den Nachttischen standen Familienbilder in Silber- oder bunten Papierrahmen. Kleiderständer, große Tische, auf denen Bücher, Zeitschriften, Schachfiguren verstreut lagen, weiße Waschtische, Rundfunkapparate und Bilder von Stalin bildeten die übrige Einrichtung. Am Ende des Korridors befand sich ein gemeinsamer Eßraum mit einer kleinen Empore, wahrscheinlich für Darbietungen musikalisch begabter Gefangener. Stalinporträts im Gefängnis! Um das Außerordentliche dieser Tatsache nachfühlen zu können, muß man wissen, daß der Gefangene in Rußland gewissermaßen »exkommuniziert« wird, d. h., er darf nicht mehr am politischen Leben mit all seinen feierlichen Riten und Liturgien teilnehmen. Die Zeit der Buße muß man ohne Gott verbringen; freilich kommt man dabei nicht in den Genuß aller Wohltaten dieses erzwungenen politischen Atheismus. Zwar darf man Stalin nicht preisen, aber auch nicht kritisieren.

Dies war wohl das »Intourist-Gefängnis«, das man Lenka von Körber gezeigt hat; begeistert beschrieb sie dann das russische Gefängnissystem. Während der wenigen Minuten, die wir dort warten mußten, gelang es mir, ein paar Worte mit einem Gefangenen zu wechseln, der die Zellen aufräumte, während die anderen bei der Arbeit waren. An einem Radioapparat drehend und ohne mich anzublicken, erzählte er mir, daß die Insassen hier »vollwertige Bürger der Sowjetunion« seien, deren Strafen höchstens achtzehn Monate betrügen und die für Vergehen wie »mjelkaja Krasha« (kleiner Diebstahl), »Progul« (Unpünktlichkeit bei der Arbeit), Hooliganismus und ähnliches büßten. Tagsüber arbeiteten sie in Werkstätten innerhalb des Gefängniskomplexes; sie wurden dafür nicht schlecht bezahlt, bekamen anständiges Essen, und ihre Familien durften sie zweimal wöchentlich besuchen. Wenn die Sowjetregierung für die übrigen zwanzig Millionen Gefangenen und Verbannten ähnliche Lebensbedingungen schaffen würde, könnte Stalin wahrscheinlich die Armee, das NKWD und die Partei mit Hilfe einer vierten Macht in Schach halten. Der Gefangene, der mir das alles berichtete, beklagte sich nämlich nicht über den Freiheitsentzug – er fühlte sich ganz wohl. Ich fragte ihn, ob er etwas von dem Schicksal der anderen Gefangenen, hier und in den Tausenden von Arbeitslagern, die es überall in der Sowjetunion gibt, wisse. Ja, er wußte Bescheid darüber. Aber das waren ja auch alles »Politische«. »Dort« – er deutete mit dem Kopf zu den kleinen vergitterten Fenstern hinüber – »verreckt man zu Lebzeiten. Hier aber kann man freier atmen als draußen.« Und dann setzte er zärtlich hinzu: »Dies ist unser Winterpalais.« Stalin weiß aus eigener Erfahrung, daß wohl die »Bytowiki«, d. h.

die für kurze Zeit inhaftierten Kriminellen, durch menschliche Behandlung zu Reue und Demut gebracht werden können, niemals aber die »Politischen«. Ja, es ist sogar so, daß der Politische sich um so mehr nach Freiheit sehnt und um so stärker gegen die Staatsgewalt rebelliert, die ihn eingesperrt hat, je besser die Lebensbedingungen in den Gefängnissen sind. Die Gefangenen und Verbannten der zaristischen Zeit konnten ein recht behagliches und bequemes Leben führen, und doch haben gerade sie den Zaren gestürzt.

Ein »Bytowik« ist alles andere als ein »Urka«, ein Schwerverbrecher. Obwohl man auch in den Arbeitslagern hier und da einem »Bytowik« begegnet – falls er zu mehr als zu zwei Jahren verurteilt ist –, nimmt er doch in der Hierarchie des Lagers eine besondere Stellung ein, und seine Rechte entsprechen mehr denen des Verwaltungsstabes als denen des durchschnittlichen Gefangenen. Ein »Bytowik« wird erst dann zum »Urka«, wenn er mehrmals rückfällig geworden ist. Ein »Urka« wird selten für immer aus dem Lager entlassen, er genießt nur gelegentlich ein paar Wochen der Freiheit, die gerade dazu ausreichen, daß er sich um seine dringendsten Geschäfte kümmern und sein nächstes Verbrechen begehen kann. Welche Rolle er im Arbeitslager spielt, hängt nicht nur von der Länge der Zeit ab, die er in den verschiedensten Lagern verbracht, noch von der Größe seiner Straftat, sondern auch von dem Vermögen, das er sich auf dem schwarzen Markt, durch Diebstahl oder häufig auch durch Ermordung eines »Bjelorutschki« (»weiße Hände«), wie man die politischen Gefangenen nennt, erworben hat; von der Zahl der Köche und Lagerbeamten, die ihm zugetan; von seiner Fähigkeit, eine Arbeitsgruppe oder »Brigade« zu überwachen, und den Frauen in den Lagern, die ihm zu Willen sind. Der »Urka« ist sozusagen die Säule des Arbeitslagers, die wichtigste Person nach dem Kommandanten; er beurteilt die Arbeitskraft und die politische Rechtgläubigkeit der Gefangenen seiner Brigade, und oft vertraut man ihm die verantwortlichsten Funktionen an, wobei er notfalls von einem technischen Experten, der nicht über die gleiche Lagererfahrung wie er verfügt, unterstützt wird.

Alle neuankommenden Mädchen gehen erst durch seine

Hände, ehe sie in den Betten der Lagerleiter landen. Dem »Urka« untersteht sogar die »Kultur- und Erziehungsabteilung« des Lagers. Für diese Männer ist der Gedanke an die Freiheit ebenso schrecklich wie für einen normalen Menschen der an ein Leben im Arbeitslager.

☆ ☆ ☆

Es war reiner Zufall, daß ich in die Zelle 37 im Leningrader Gefängnis geriet. Als die Gefangenen des Transports im Flur neu eingeteilt und dann in ihre Zellen gebracht wurden, stellte es sich heraus, daß mein Name auf der Liste fehlte. Der Wächter kratzte sich hilflos am Kopf, ging darauf langsam noch einmal den Buchstaben G durch, fragte mich nach meinem Vornamen und Vatersnamen und zuckte schließlich die Schultern. »In welche Zelle wurdest du zugeteilt?« fragte er. Durch die Türen zu beiden Seiten des Korridors hörte man unruhiges Gemurmel, manchmal auch laute Unterhaltungen oder heiseres Singen. Allein in einer Zelle, etwas weiter hinten im Korridor, schien wohltuende Stille zu herrschen, nur hin und wieder ertönte der seltsame Refrain eines fremdländischen Liedes, den eine rauhe, asthmatische Stimme sang, und gleich darauf folgte ein harter Akkord, der auf einem Saiteninstrument angeschlagen wurde. Ich sagte darum kurz entschlossen: »In Zelle 37.«

Die Zelle war leer oder vielmehr fast leer. Die beiden Reihen eng nebeneinanderstehender Holzpritschen mit Strohsäcken wirkten nahezu einladend; aber als ich dann auf dem Boden längs der Wand die improvisierten Lagerstätten aus Mänteln und Jacken und die unter dem Tisch aufgestapelten Kleiderbündel sah (in überbelegten Zellen, wo jeder Zentimeter auf dem Boden, den Bänken oder Tischen zum Schlafen gebraucht wird, werden diese nur des Nachts ausgepackt und ausgebreitet), wußte ich, daß hier schon viel zu viele waren. Auf einem Strohsack neben dem Kübel, gleich bei der Tür, lag ein großer, bärtiger Mann mit einem prachtvollen, wie aus Stein gemeißelten Kopf und östlichen Gesichtszügen und rauchte gelassen seine Pfeife, wobei er unentwegt zur Decke starrte. Die eine Hand hatte er unter den Kopf geschoben, mit der anderen strich er gedankenversunken seine Militäruniform, an der die Abzeichen fehlten, glatt. Jedesmal, wenn er an der Pfeife zog, hüllte sich sein Bart in dichten Rauch. In einer anderen Ecke lag ein Mann, etwa Ende Vierzig, mit intelligentem, glattrasiertem Gesicht, der Breeches, hohe Stiefel und eine grüne Windjacke trug und ein Buch las. Dem Riesen gegenüber saß ein korpulenter Jude in einer Uniform, die über der schwarzbehaarten Brust offenstand. Seine nackten Beine baumelten von der Pritsche herab. Auf dem Kopf trug er ein kleines Barett, und der wollene Schal, den er sich um den Hals gewunden hatte, ließ seine Lippen noch wulstiger erscheinen. Die Augen wirkten in dem aufgedunsenen Gesicht wie zwei Trockenpflaumen in einem Kuchenteig; die Nase hatte die Form einer Gurke. Er sang unter vielem Würgen und Prusten ein Lied, das ich damals für italienisch hielt und schlug dazu mit der einen Hand den Takt auf dem Knie. Neben ihm stand an die Wand gelehnt ein athletisch gebauter Mann mit Matrosenmütze und einer gestreiften Jacke, der nachlässig an den Saiten einer Gitarre zupfte, während er durch das Fenster auf die in Nebel gehüllten Dächer Leningrads blickte. Eine Szene wie aus einer billigen Herberge in irgendeinem Winkel einer französischen Hafenstadt.

Kurz vor dem Mittagessen wurde die Eisentür weit aufgerissen, und mehrere Dutzend Gefangene traten, die Hände auf dem Rücken, paarweise herein, während der Aufseher sie mit monotoner Stimme zählte. Sie kamen von ihrem Spaziergang zurück; es waren in der Mehrzahl ältere Männer in Militäruniformen und -mänteln ohne Abzeichen. Einige von ihnen humpelten, sich auf ihre Stöcke oder die Schultern ihrer Kameraden stützend, zu ihren Pritschen. Den Schluß des Zuges bildeten ein paar jüngere Matrosen und Zivilisten, die gleich dem Tisch zudrängten. Drei Fußtritte gegen die Tür bedeuteten hier genau wie in Witebsk: Mittagessen.

Während des Essens fiel mir ein hochgewachsener, gutaussehender Mann auf, der mich interessiert ansah, während er still und nachdenklich, fast elegant, seine Grütze löffelte. Er hatte ein knochiges, faltiges Gesicht, und die großen, klugen Augen lagen tief in den Höhlen. Nach jedem Bissen bewegte er seine

Backenknochen langsam, als verzehre er eine seltene Delikatesse. Als erster sprach er mich an und erzählte mir seine Geschichte in einem altmodisch gestelzten Polnisch (offensichtlich hatte er seit Jahren nicht mehr polnisch gesprochen). Er stammte aus einer polnischen Familie, die 1863 nach der Niederwerfung des polnischen Aufstandes gegen Rußland nach Sibirien verbannt worden war. Sein Name war Szkłowski, und vor seiner Verhaftung war er Kommandeur eines Artillerieregiments in Puschkino (dem ehemaligen Zarskoje-Selo) nahe bei Leningrad gewesen. Rußland nannte er »mein Land«, von Polen sprach er als von dem »Land meiner Väter«. Weshalb wurde er verhaftet? Als Oberst und gebürtiger Pole hatte er sich nicht genügend um die politische Erziehung seiner Soldaten gekümmert. »Wissen Sie«, sagte er sanft, »als ich jung war, lehrte man uns, daß die Armee nicht denken, sondern das Vaterland verteidigen solle.« Ich fragte ihn, warum die anderen hier seien. »Die Generäle?« Er zuckte die Schultern. »Sie sind hier, weil sie sich zuviel um Politik gekümmert haben.« Szkłowskis Nachbar am Tisch war der Mann mit der grünen Windjacke, der vorher in ein Buch vertieft war. Es war Oberst Pawel Iwanowitsch (leider habe ich seinen Nachnamen vergessen), neben Szkłowsi der rangniedrigste Offizier in der Zelle. Als er erfuhr, daß ich Pole bin und während des Feldzuges 1939 in Polen war, überschüttete er mich mit Fragen. Er erzählte mir, daß er vor seiner Verhaftung beim Geheimdienst an der polnisch-sowjetischen Grenze gewesen sei. Die ganze Gegend kannte er wie seine Westentasche und hatte trotz vier Jahren Gefängnis all seine glänzenden Informationen von damals noch genau im Kopf. Er erinnerte sich haarscharf an jede Stellung des Grenzschutzes, wußte über die verschiedenen Regimenter und Divisionen der polnischen Armee ebenso Bescheid wie über die Namen und Eigentümlichkeiten der sie befehligenden Offiziere; z. B. daß einer ungeheure Summen verspielte, jener ein Pferdenarr war, ein anderer in Lida lebte, aber eine Geliebte in Baranowicze hatte, und ein vierter als Muster eines Offiziers gelten konnte. Aufgeregt fragte er mich, wie die einzelnen sich im Septemberfeldzug verhalten hätten, und erinnerte dabei an einen bankrotten Rennstallbesitzer, der sich nach dem Verhalten seiner ihm jetzt nicht mehr gehörenden Pferde auf einem Rennplatz im Ausland erkundigt. Ich wußte nur wenig und spürte auch keine Lust, ihm selbst dieses wenige zu erzählen, denn ich lebte noch immer unter dem Eindruck der bitteren Niederlage, die Polen in den ersten Kriegswochen erlitten hatte.

Durch unsere Gespräche wurden wir bald enge Freunde, und so kam es, daß wir uns eines Tages auch über unsere Zellengenossen unterhielten. Ich erinnere mich des Abends noch so deutlich, als wäre es gestern gewesen. Wir saßen auf seiner Pritsche. Neben uns döste ein junger Medizinstudent aus Leningrad vor sich hin. Er hatte ein mädchenhaftes Gesicht und fragte mich einmal in der Latrine flüsternd, ob ich Gides »Zurück aus der UdSSR« gelesen habe, das nach den Kritiken in der sowjetischen Presse sehr interessant sein müsse. Die elektrischen Lampen brannten schon, und die Matrosen saßen um den Tisch herum und spielten Karten, während die Sowjetgeneräle, in tiefes Nachdenken versunken, wie zu Steinbildern erstarrt auf ihren Pritschen lagen. Pawel Iwanowitsch deutete nur mit einem Blick auf sie und gab dann kurze Erläuterungen, wie ein Museumsführer in der Abteilung für ägyptische Mumien. Von dem korpulenten Juden, der wie immer mit baumelnden Beinen, ein Lied vor sich hin summend, auf seiner Pritsche hockte, sagte er: »Politischer Kommissar bei einer Division in Spanien. Bei den Verhören hat man ihm schwer zugesetzt.« Der bärtige Riese, der unaufhörlich seine Pfeife rauchte, war Ingenieur und General der Luftwaffe und vor kurzem in den Hungerstreik getreten, weil er eine Revision seines Verfahrens forderte »im Hinblick auf die Bedürfnisse der sowjetischen Flugzeugindustrie«. All die Generäle hier waren 1937 wegen Spionageverdachts verhaftet worden, und nach Pawel Iwanowitschs Meinung hatten sie das vor allem einer großangelegten Provokation der Deutschen zu verdanken. Der deutsche Geheimdienst hatte dem sowjetischen Geheimdienst durch einen neutralen Zwischenträger gefälschtes Beweismaterial übergeben[1], durch das viele Angehörige des sowjetischen Generalstabes, die während ihrer militärischen Laufbahn einige Zeit im Ausland gewesen waren, schwer belastet wurden. Die

Deutschen hofften, das sowjetische Oberkommando dadurch zu lähmen, und der sowjetische Geheimdienst neigte seit dem Tuchatschewski-Komplott immer noch zu übertriebenem Argwohn. Wenn 1938 ein russisch-deutscher Krieg ausgebrochen wäre, hätte die Rote Armee nur über äußerst dürftige Führungsreserven verfügt. Der Ausbruch des Zweiten Weltkrieges hatte die Gefangenen von Zelle 37 vor dem Todesurteil gerettet und das qualvolle Rad der Verhörtorturen rasch zum Stehen gebracht. Ihre ganze Hoffnung richtete sich auf einen russisch-deutschen Krieg, weil sie erwarteten, daß man sie dann freilassen, voll rehabilitieren, in ihre Stellungen und Kommandos wiedereinsetzen und den ihnen vier Jahre entgangenen Sold nachzahlen werde[2]. Die auf zehn Jahre Gefängnis lautenden Urteile, die man ihnen nach dreieinhalb Jahren Haft, vor einem Monat verlesen hatte, hielten sie nur für eine Formalität, die dazu dienen sollte, das Gesicht des NKWD zu wahren. Im November 1940 glaubten nämlich die Insassen der Zelle 37 fest an einen russisch-deutschen Krieg, der mit einem russischen Sieg enden würde, aber es kam ihnen niemals der Gedanke, daß sich dieser Krieg auf russischem Boden abspielen könnte. Nach dem Abendappell, wenn der »fliegende Laden«[3], in dem man Zeitungen, Zigaretten und Würstchen kaufen konnte, in die Zelle gefahren kam, kletterte Pawel Iwanowitsch, als der nach Alter und Rang Jüngste, auf den Tisch und las die neuesten Heeresberichte von der Westfront aus der Prawda und Iswestija vor.

Das war immer der einzige Augenblick am ganzen Tag, da die Generäle aus ihrer Lethargie erwachten und leidenschaftlich die Chancen auf beiden Seiten diskutierten. Besonders fiel mir auf, daß, sobald sich die Unterhaltung der militärischen Stärke Rußlands zuwandte, keine Bitterkeit, Auflehnung oder Klage hörbar wurde, sondern nur die dumpfe Trauer von Männern, die man aus ihrer Lebensarbeit herausgerissen hatte. Ich befragte Pawel Iwanowitsch einmal darüber. Er antwortete: »In einem normalen Staat ist es den Menschen freigestellt, zufrieden, halbzufrieden oder unzufrieden zu sein. In einem Staat, in dem alle zufrieden sind, besteht immer der Verdacht, daß alle unzufrieden seien. So oder so – die

Menschen bilden immer ein unteilbares Ganzes.« Ich lernte diese Worte auswendig.

General Artamjan, der bärtige Armenier von der Luftwaffe, erhob sich jeden Abend für einige Minuten und bewegte sich mit seinem riesigen Körper ein paarmal um die Pritschen, »um die Knochen ein wenig zu strecken«. Danach legte er sich wieder auf die alte Stelle und atmete mehrmals tief ein und aus. Er tat das mit großem Ernst und erstaunlicher Pünktlichkeit: seine Abendgymnastik war das Zeichen, daß das Abendbrot nicht mehr lange auf sich warten lassen würde.

Mein erster Tag in der Zelle 37 war der dritte Tag seines Hungerstreiks. Als ich schon zehn Tage dort war, streikte er noch immer. Er wurde blaß und blässer, konnte kaum noch gehen, atmete oft schwer, und nach jedem neuen Zug an seiner Pfeife hustete er heftig. Er verlangte, daß man ihn freilasse und wieder rehabilitiere, wobei er vor allem auf seine revolutionäre Vergangenheit und seine Verdienste um den Staat hinwies. Man bot ihm an, ihn unter Bewachung in einer Leningrader Flugzeugfabrik arbeiten zu lassen und ihm eine Einzelzelle im »Winterpalais« zu geben. Jeden dritten Tag brachte ihm der Wärter vormittags ein prächtiges Lebensmittelpaket »von seiner Frau«, obgleich er sonst nichts von ihr hörte noch wußte, da sie wahrscheinlich ebenfalls vor dreieinhalb Jahren in irgendeinen weit entfernten Teil Rußlands zwangsweise evakuiert worden war. Artamjan stand dann von seiner Pritsche auf und bot allen von den Eßwaren an. Wurde das Angebot aber schweigend abgelehnt, rief er den Wärter von draußen herein und schüttete in dessen Gegenwart alles in den Kübel.

Obgleich ich auf dem Boden neben dem Kübel schlief und also Artamjans Nachbar war, sprach er nicht ein einziges Mal zu mir. In der letzten Nacht aber, in der ein ungewöhnliches Kommen und Gehen auf dem Flur den Abtransport anzukündigen schien, konnte keiner von uns schlafen. Ich lag auf dem Rücken, hatte die Hände hinter dem Kopf verschränkt und lauschte den Schritten draußen, die immer lauter wurden, wie das Tosen eines hochwasserführenden Flusses hinter einem Damm. Die Rauchwolken aus Artamjans Pfeife verhüllten das Licht der Lampe und tauchten die Zelle in fahles Halbdunkel.

Plötzlich tastete seine Hand nach meiner. Als ich sie ihm reichte, richtete er sich ein wenig auf und führte meine Hand an seine Brust. Durch das Hemd konnte ich Schwellungen und Vertiefungen fühlen und ebenso unter seinem Knie, zu dem er meine Hand danach gleiten ließ. Pawel Iwanowitsch hatte mir erzählt, daß man die meisten Generäle während ihrer Verhöre geschlagen hatte. Aber ich hatte nicht geahnt, daß ihnen dabei die Knochen gebrochen worden waren. Ich wollte etwas zu Artamjan sagen, ihn etwas fragen, er schien jedoch ganz in Gedanken verloren zu sein, und aus seinem unbeweglichen, bärtigen Gesicht sprach völlige Erschöpfung.

Nach Mitternacht wurde es im Flur immer lauter. Ich hörte, wie man Zellentüren öffnete und wieder schloß und wie monotone Stimmen Namenslisten verlasen. Nach jedem »Hier« schwoll der Strom derer, die sich furchtsam flüsternd an der Wand drängten. Endlich wurde auch die Tür der Zelle 37 geöffnet – für Szkłowski und mich. Während ich niederkniete, um in aller Eile mein Bündel zu packen, griff Artamjan noch einmal nach meiner Hand und drückte sie fest, ohne ein Wort zu sagen und mich anzusehen. Wir traten in den Flur hinaus und schlossen uns den vor Angst schwitzenden, verschlafenen Gefangenen an, die geduckt an den Wänden lehnten, wie Fetzen menschlichen Elends im Abwasserkanal.

☆ ☆ ☆

Szkłowski und ich fuhren in dem gleichen Abteil in einem »Stolypin-Wagen« (einem Gefangenenwagen mit vergitterten Scheiben, der nach dem zaristischen Minister, der ihn in Rußland eingeführt hat, so genannt wird). Er legte seinen Militärmantel auf die Bank und saß während der ganzen Fahrt aufrecht und stumm in der Ecke des Abteils, seine Uniform hatte er bis zum Hals zugeknöpft und die Hände auf den Knien gefaltet. Außer uns machten sich hier noch drei »Urkas« breit, die sofort auf der oberen, herunterklappbaren Bank Karten zu spielen begannen. Einer von ihnen, ein wahrer Gorilla mit flachem Mongolengesicht, erzählte uns, noch ehe der Zug den Leningrader Bahnhof verlassen hatte, er habe nun endlich fünfzehn Jahre bekommen, weil er den Koch im Lager Pechora, der sich geweigert hatte, ihm noch eine zweite Portion Grütze zu geben, mit der Axt erschlagen habe. Er berichtete das mit sichtlichem Stolz, ohne das Spiel dabei zu unterbrechen. Szkłowski saß unbeweglich mit halbgeschlossenen Augen in seiner Ecke, während ich mich zu einem Lächeln zwang.

Es muß sehr viel später gewesen sein – denn über den schneebedeckten Höhen draußen dämmerte es schon –, als der Gorilla plötzlich seine Karten hinwarf, von seiner Bank heruntersprang und sich vor Szkłowski aufbaute.

»Her mit dem Mantel«, gröhlte er, »ich habe ihn beim Spiel verloren.«

Szkłowski schlug erstaunt die Augen auf und zuckte die Schultern, ohne sich von seinem Sitz zu erheben. »Her damit«, brüllte der Gorilla noch einmal wütend, »her damit, oder glasa vykolju – ich werde dir die Augen ausstechen.« Der Oberst stand langsam auf und reichte ihm den Mantel.

Erst später, im Arbeitslager, habe ich den Sinn dieser unglaublichen Szene begriffen. Eins der Hauptvergnügen der »Urkas« besteht darin, beim Kartenspiel etwas zu setzen, was anderen Gefangenen gehört, und der besondere Reiz dieses sonderbaren Spaßes ist es, daß der Verlierer das betreffende Stück dem rechtmäßigen Eigentümer entreißen muß. 1937, als die ersten Arbeitslager errichtet wurden, spielten die »Urkas« um Menschenleben, weil damals niemand etwas Begehrenswertes besaß. Ein politischer Gefangener, der in einer Ecke der Baracke saß, ahnte nicht, daß die fettigen Karten, die mit lautem Krach auf das kleine Brett auf den Knien der Spieler geworfen wurden, sein Schicksal besiegelten. »Glasa vykolju« war die schlimmste Drohung, deren sich die »Urkas« bedienten: Zwei erhobene Finger der rechten Hand in der Form eines V waren bereit, dem Opfer die Augen auszudrücken. Man konnte sich nur dagegen verteidigen, indem man die Hand ergriff und sie blitzschnell gegen Nase und Stirne preßte. Die Finger des Angreifers prallten dann daran ab, wie die Wogen am Bug eines Schiffes. Später erst bemerkte ich, daß der Gorilla kaum seine Drohung hätte verwirklichen können, denn ihm fehlte an der rechten Hand der Zeigefinger. Diese Art der Selbstverstümmelung kam in den Anfangszeiten der Arbeitslager nicht selten vor. Gerade bei den Waldbrigaden konnte jemand, der am Ende seiner Kraft war, nur dann ins Lazarett kommen, wenn er sich auf einem Holzklotz Hand oder Fuß verstümmelte.

Die unmenschliche Gedankenlosigkeit der sowjetischen Arbeitslagerverwaltung führte dazu, daß ein Gefangener, der während der Arbeit vor Erschöpfung tot zu Boden sinkt, weiter nichts als eine namenlose Energieeinheit bildet, die mit einem Bleistift vom Produktionsplan gestrichen wird, während man jemand, der sich bei der Arbeit verletzt, wie eine beschädigte Maschine schleunigst zur »Reparatur« schickt.

Als der Zug Wologda erreichte, war ich der einzige, den man aus unserem Abteil holte. »Auf Wiedersehen«, sagte ich zu Szkłowski.

»Auf Wiedersehen«, antwortete er mit einem herzlichen Händedruck, »mögen Sie in das Land unserer Väter zurückkehren!«

Einen Tag und eine Nacht verbrachte ich im Gefängnis in Wologda, das durch seine Ecktürme und die roten Mauern, die einen großen Hof umschlossen, an eine mittelalterliche Burg erinnerte. In einer kleinen Zelle im Keller, in der es statt eines Fensters nur ein männerkopfgroßes Loch in der Wand gab, schlief ich auf dem kahlen Boden. Um mich herum lagen Bauern aus der Gegend, die nicht mehr Tag und Nacht unterscheiden konnten, nicht mehr wußten, was für eine Jahreszeit, was für ein Monat war, die keine Ahnung hatten, warum sie im Gefängnis waren, wie lange man sie schon eingesperrt hatte und wie lange sie hier noch bleiben müßten.

Am nächsten Abend fuhr ich mit einem anderen Transport nach Jercewo, unweit von Archangelsk. Auf dem Bahnhof, wo wir im Morgengrauen ankamen, erwartete uns eine Wachmannschaft. Wir wurden aus den Wagen herausgelassen und stapften, von Wolfshunden umbellt, zwischen den Posten über den knirschenden Schnee. Am frostklaren Himmel leuchteten noch ein paar Sterne. Ich hatte das Gefühl, daß sie jeden Augenblick erlöschen würden, daß dann alles in dunkler tiefer Nacht versänke. Aber als wir um die erste Wegbiegung kamen, sah ich am Horizont die Silhouetten von vier Wachtürmen, die wie riesige Krähennester auf den Holzgerüsten saßen und von Stacheldraht umgeben waren. Aus den Barackenfenstern fiel ein Lichtschein, und man konnte das Rasseln der Brunnenketten hören, die über die gefrorenen Winden glitten.

2. Kapitel

Nächtliche Jagd

Das Wort »proiswol« (Willkür) kennen heute wahrscheinlich die wenigsten Gefangenen in Sowjetrußland noch. Lapidar verkürzt bedeutet es das Regiment, das die »Urkas« vom späten Abend bis zur Morgendämmerung in dem von Stacheldraht eingezäunten Lagerbereich führten. Es wurde in den meisten russischen Arbeitslagern gegen Ende 1940 beseitigt.

Als »Pionier«–Zeit der Arbeitslager werden meistens mit kleinen lokalen Abweichungen die Jahre 1937 bis 1940 bezeichnet. Für die »alten« russischen Häftlinge, die das Glück hatten, die Jahre der »großen Säuberung« und des »sozialistischen Aufbaus des Landes«, der mit Hilfe der massenweise angewandten Zwangsarbeit durchgeführt wurde, zu überleben, ist das Jahr 1937 ebenso bedeutsam wie das Jahr der Geburt Christi für die Christen oder das der Zerstörung Jerusalems für die Juden. »Das war 1937« – immer wieder hörte ich diese Worte, die nur leise ausgesprochen wurden und in denen noch das ganze Grauen des damals Erlebten mitschwang. Im Kalender der Revolution gibt es eine ganze Anzahl solcher geschichtlich entscheidender Ereignisse, die jedoch – gemäß dem Stil der neuen Zeit – meistens nicht mit einem konkreten Datum versehen werden. Für sehr alte Leute bedeutet die Oktoberrevolution den großen Wendepunkt, und es wäre deshalb nach ihrer Ansicht sinnvoller, die Zeitrechnung damit beginnen zu lassen, denn alles, was sich je in der Geschichte der Menschheit zugetragen hat, wird ja nach einem »vor« oder »nach« eingeordnet. Und je nach der Einstellung des einzelnen bedeuten »vor« und »nach« entweder Armut und Zufriedenheit oder Zufriedenheit und Armut; in beiden Fällen jedoch versinkt alles, was vor der Erstürmung des Winterpalais in St. Petersburg geschehen ist, im Nebel der Vorgeschichte. Die Jüngeren dagegen (ich spreche natürlich immer noch von den Arbeitslagern) sehen das anders.

Für sie ist der Zar zweifelsfrei gleichbedeutend mit Armut, Sklaverei und Unterdrückung, und Lenin mit Weißbrot, Zucker und Speck. Diese Meilensteine, die sich in ihrem primitiven Geschichtsbewußtsein hauptsächlich durch die Erzählungen ihrer Väter festgesetzt haben, sprechen manchmal auch den Archäologen vom kapitalistischen Planeten an, wenngleich unter anderen Etiketten: Nach einer anfänglichen Zeit der Glückseligkeit kommt eine Zeit des Hungers und der Kollektivierung, von der keine einzige Familie in der Ukraine verschont geblieben ist; den Jahren der Freiheit und des Enthusiasmus folgen Jahre des Terrors und der Angst, erschüttert von periodisch auftretenden Kataklysmen allgemeiner Säuberungen, die sich mit solchen Namen verbinden wie Kirow, Jagoda, Jeschow, Sinowjew, Kamjenjew, Trotzki und Tuchatschewskij. Die von unsichtbaren Erschütterungen aufgefaltete Erdkruste formt sich dann zu Bergketten, von denen Ströme aus Blut und Tränen zu Tal stürzen. Nach einer jeden solchen blutigen Irrigation wächst auf den trockenen Berghängen eine neue Macht empor, und die Pausen zwischen den zyklischen Ketten füllt die kapitalistische Einkreisung mehr oder weniger intensiv aus. Stalin erhebt sich über der nach-leninistischen Ära als ein grausamer Oberpriester, der vom Altar der Götter das heilige Feuer der Revolution gestohlen hat.

Die beiden ersten Kameraden, denen ich im Lager begegnete, gehörten noch zu den Überresten der »Alten Garde« von 1937. Den einen, Polenko, einen Landwirtschaftsingenieur, hatte man der Sabotage bei der Kollektivierung für schuldig befunden, und den anderen, Karboński, einen Funkingenieur aus Kiew, hatte man eingesperrt, weil er den Briefkontakt zu seinen Verwandten in Polen aufrechterhalten hatte. Von ihnen erfuhr ich, daß das Lager Kargopol vor vier Jahren gegründet worden war. Als ich dorthin kam, bestand es aus mehreren Einzellagern (die größten waren Mostowitza, Ostrownoje, Kruglitza, Njandoma, die beiden Alexejewkas und mein eigenes, Jercewo), die in einem Umkreis von vielen Kilometern verteilt waren und in denen zusammen ungefähr 30 000 Gefangene lebten. Als das Lager Kargopol errichtet werden sollte, hatte man kurzerhand eines Nachts sechshundert Gefangene in der

Nähe des Bahnhofs Jercewo inmitten des noch völlig unberührten Waldes südlich von Archangelsk aus einem Transportzug entladen. Die Lebensbedingungen waren sehr hart. Nicht selten fiel das Thermometer auf mehr als 40° unter Null. Die tägliche Essensration betrug 300 g Schwarzbrot und eine Schüssel warme Suppe. Die Gefangenen schliefen in Hütten aus Tannenästen, die sie rings um ein immer brennendes Feuer gebaut hatten, während das bewaffnete Wachpersonal in kleinen, auf Schlittenkufen stehenden Baracken hauste. Zunächst mußten die Gefangenen ein Stück Wald roden. In der Mitte dieser Lichtung wurde eine Lazarettbaracke aufgestellt. Bald entdeckten sie, daß eine Selbstverstümmelung bei der Arbeit dem Gefangenen das Vorrecht gab, mehrere Wochen unter einem richtigen Dach zu verbringen, von dem nicht unaufhörlich der schmelzende Schnee auf einen herabtropfte und wo immer ein kleiner eiserner Ofen brannte. Aber die Zahl der Unfälle stieg so sehr an, daß man die Verletzten fast täglich in einem Schlitten in das nächste Krankenhaus in Njandoma, über 50 Kilometer von Jercewo entfernt, fahren mußte. Zur gleichen Zeit nahm die Sterblichkeit erschreckend zu. Die ersten, die starben, waren polnische und deutsche Kommunisten, die aus ihren Heimatländern nach Rußland geflohen waren, um einer Verhaftung zu entgehen. Nach den Berichten meiner beiden Kameraden war es besonders erschütternd, die Polen sterben zu sehen, weil ihr Tod so plötzlich kam. Diese polnischen Kommunisten, meist Juden, endeten jäh, wie Vögel, die bei starkem Frost von einem Zweig herabfallen, oder wie Tiefseefische, die krepieren, wenn man sie an die Meeresoberfläche bringt. Ein kurzes Aufhusten, ein kaum hörbares Seufzen, eine dünne weiße Hauchwolke, die einen Augenblick in der Luft schwebte, und der Kopf sank schwer auf die Brust herab, während die Hände noch ein letztes Mal nach dem Schnee auf dem Boden griffen. Weiter nichts – kein Schrei – nicht einmal ein Klagen ... Nach ihnen kamen die Ukrainer an die Reihe und dann die, die aus Mittelasien stammen, also die Kasaken, Usbeken, Turkmenen, Kirgisen, die man alle »Nacmenij« nennt. Russen, Balten und Finnen (die ausgezeichnete Waldarbeiter sind) hielten am besten durch, und darum wurde ihre Tagesration um 100 g Brot und eine Kelle Suppe erhöht. In den ersten Monaten, als die Menschen wie die Fliegen starben und die Verhältnisse im Lager mehr als primitiv waren, konnten die Wachhabenden die Gefangenen kaum dauernd unter Kontrolle halten, und oft wurden die schon ganz gefrorenen Leichen in den Hütten versteckt, damit man so in den Genuß ihrer Lebensmittelrationen kam. Bald wurden in der Lichtung, die bereits mit Stacheldraht eingezäunt war, neue Baracken aufgestellt, und täglich drangen die Brigaden der »Lesorubyi« (Waldarbeiter), die immer wieder mit frischen Kontingenten aus den Gefängnissen aufgefüllt wurden, weiter in den Wald vor. Sie bauten unter ungeheuren Opfern – die Spur ihres Vormarsches ist mit Toten übersät – einen Holzweg für Lastwagen und Schlitten. Auf einem nicht allzu hohen Damm bildeten fest miteinander verbundene Fichtenbretter eine Art Steg für Fußgänger. Zwei halbrunde Balken wurden darauf parallel zueinander in einer Entfernung verlegt, die genau der inneren Achsenbreite der Kraftfahrzeuge oder Schlitten entsprach; die Räder oder Schlittenkufen bewegten sich dann langsam entlang der Außenseite dieser hölzernen Schienen und konnten so nicht zur Seite abgleiten; in bestimmten Abständen unterbrachen Weichen diesen eigentümlichen Schienenstrang.

1940 war Jercewo schon ein bedeutendes Zentrum der Kargopol-Holzindustrie, mit einer Sägemühle, zwei Bahnlinien, einer eigenen Lebensmittelzentrale und einem jenseits der Lagergrenze liegenden Dorf, in dem der Verwaltungsstab und das Wachpersonal lebten. All dies hatten die Gefangenen gebaut.

Auf diese erste Pionierzeit geht auch die Tradition der »Proizwol« zurück[4]. Als es noch keine Schuppen gab, die in der Nacht verschlossen werden konnten und in denen die Gefangenen ihr Handwerkszeug, wie Sägen, Äxte und Beile abstellten, und als die Wächter die Gefangenen nur so weit in der Gewalt hatten, wie ihre Bajonette und die Strahlen ihrer Scheinwerfer reichten, wanderten einige dieser Werkzeuge nachts in die Baracken. Die ersten »Urkas«, die 1938 ins Lager kamen, machten sich diese Zustände zunutze, proklamierten innerhalb der Lagerzone von der Abenddämmerung bis zum

Morgengrauen einen »Miniaturstaat«, hielten nächtlicherweise Gericht über die politischen Gefangenen ab und vollstreckten dann sofort die Urteile. Kein Wachposten hätte es gewagt, nach Anbruch der Dunkelheit eine Baracke zu betreten, selbst dann nicht, wenn das furchtbare Stöhnen und Schreien der langsam zu Tode gemarterten Politischen im ganzen Lager zu hören war. Denn er konnte nicht wissen, ob nicht jemand hinter einer Baracke mit einem Beil bewaffnet auf ihn lauerte, um ihm den Schädel einzuschlagen. Da die tagsüber dem Lagerkommandanten vorgetragenen Beschwerden wenig Erfolg hatten, gründeten die Politischen eine eigene Verteidigungsgruppe, und dieser Bürgerkrieg zwischen dem demoralisierten Proletariat und der revolutionären Intelligenz dauerte, obwohl er mit der Zeit an Heftigkeit nachließ, bis Anfang 1939. In jenem Jahr konnte das NKWD dank neuer technischer Einrichtungen und einer Verstärkung der Bewachungstruppen selber die Initiative ergreifen. 1940 diente das, was von diesem »Miniaturstaat« noch übriggeblieben war, nur noch dazu, den »Urkas« ihre nächtlichen Jagden auf die neuankommenden Frauen zu erleichtern. Eineinhalb Jahre zuvor wurde nämlich die erste Frauenbaracke im Lager eröffnet. Gerechterweise muß erwähnt werden, daß das NKWD diese nächtlichen Jagden nur außerhalb der Baracken duldete. Die Tür zur Frauenbaracke lag in Schußweite vom Wachhaus entfernt. Neuankommende Frauen wurden meist von den schon erfahrenen weiblichen Gefangenen vor der drohenden Gefahr gewarnt, hörten jedoch manchmal nicht auf diese Warnungen. Wenn sie sich dann aber am Morgen nach dem »Unfall« im Wachhaus beklagten, ernteten sie nur Hohn und Spott. Und außerdem, welche Frau hätte es gewagt, sich der gnadenlosen Rache der »Urkas« auszuliefern! Von dem Augenblick ihrer Ankunft im Lager an lernte jede Frau die Kampfregeln, mit denen sich die Lagerzeit überleben ließ, und hielt sich instinktiv an sie. Entweder blieb sie nach Einbruch der Dunkelheit in ihrer Baracke, oder sie suchte sich unter den »Urkas« einen Beschützer. Anfang 1941 wurden auch diese nächtlichen Jagden vom NKWD unterbunden. Das Leben wurde für einige erträglicher, für andere »sterbenslangweilig«.

Nach meiner Ankunft im Lager verschlief ich den Tag in einer leeren Baracke, und als ich gegen Abend Schüttelfrost und Fieber bekam, schleppte ich mich auf Anraten des Popen Dimka zum Krankenrevier. Dimka, ein alter Mann mit einem Holzbein, war so eine Art Baracken-»Ordonnanz«. Er riet mir freundschaftlich, den Arzt so lange zu beknien, bis er bereit sei, mich ins Lazarett zu schicken. »Nach so langer Gefängniszeit«, sagte er, »brauchst du etwas Ruhe, ehe du wieder mit ehrlicher Arbeit beginnen kannst.« Wir lächelten beide über das »ehrlich«. Dann legte sich der Pope ein Joch auf die Schultern, an dem zwei Eimer hingen. Dies war der wichtigste Augenblick seines mit Arbeit nicht gerade angefüllten Tages. Er hatte schon den Boden aufgewischt, Holz in den Ofen geworfen und holte nun Trinkwasser, mit dem er »Hwoja« bereitete, einen dunkelgrünen Aufguß von Tannennadeln, der die fehlenden Vitamine ersetzen sollte. Nur wenige der im Lager an Skorbut Leidenden erhielten vom Arzt eine Bescheinigung, die sie dazu berechtigte, »Zyngotnoje Pytanje« zu bekommen, d. h. täglich einen Löffel geriebenes rohes Gemüse, meist Zwiebel, Mohrrüben, rote Rüben und Steckrüben. Die immer wieder vorgetragenen Bitten um »Zyngotnoje« galten freilich weniger der Medizin als der zusätzlichen Nahrung.

Es dämmerte bereits, aber draußen war es ruhig und fast heiter. Erste dünne Rauchfahnen stiegen über den Baracken auf und umhüllten wie breiter Federschmuck deren Dächer, während durch die zugefrorenen Fenster ein trüber Lichtschein fiel. Rings um das Lager erhob sich, soweit das Auge reichte, die dunkle Wand des Waldes. Die Wege innerhalb des Lagers bestanden aus Holzbrettern, die nebeneinander gelegt waren. Jeden Tag, insbesondere nach den an Schneestürmen reichen Nächten, räumten die Popen mit Holzschaufeln den Schnee zur Seite, so daß sich hohe Schneehaufen bildeten, die manchmal bis zur Hüfte reichten. Das ganze Lager sah wie eine große Lehmgrube aus, durch die ein spinnwebartiges Schienennetz lief. Die Tore am Wachhaus waren schon für die ersten von der Arbeit heimkehrenden Brigaden geöffnet. Auf einer Plattform vor der Küche stand eine Schlange armseliger Schattengestalten, die Pelzmützen mit Ohrenklappen trugen. Ihre Füße und

Beine waren mit alten Lumpen umwickelt, die mit Bindfaden festgebunden waren. Ungeduldig klapperten sie mit ihren Blechnäpfen, um den Koch daran zu erinnern, daß sie hier warteten.

Das Krankenrevier befand sich in einem kleinen Häuschen unweit der Frauenbaracke. Der Arzt und sein Helfer empfingen die Kranken hinter einer Sperrholzwand. In der Ecke neben der Tür saß ein alter Mann mit zottligem Haar und Drahtbrille, der jeden Hereinkommenden mit einem freundlichen Blick begrüßte und mit sichtlicher Freude und einer wie gestochenen Schrift die Namen der Patienten in eine Liste eintrug. Er schien sich hier ganz zu Hause zu fühlen, warf zwischendurch immer wieder ein paar Scheite in den Ofen, fragte jeden Ankömmling mit komischem Ernst nach seinen Leiden und den Krankheitssymptomen und rief hin und wieder über die Sperrholzwand hinweg: »Tatjana Pawlowna, dies scheint mir ein sehr bedenklicher Fall zu sein.« Befriedigt kehrte er dann an seinen Platz am Tisch zurück und rührte dabei mit einem Holzlöffel den Rest seiner Suppe, der in einem Blechgefäß auf dem Ofen stand. Eine angenehme Frauenstimme antwortete jedesmal: »Bitte, gedulde dich noch etwas, Matwjej Kiryllowitsch«, worauf der alte Mann wie ein überlasteter Beamter bedauernd die Arme hob. Solche Überreste an ausgesuchter, fast schon übertriebener Höflichkeit begegnen einem in den Lagern nur bei älteren Leuten.

Die meisten, die hier in der Krankenhütte warteten, waren »Nacmenij«. Schon hier im Warteraum hielten sie sich schmerzgekrümmt den Bauch, und sobald sie hinter die Sperrholzwand traten, brachen sie in Stöhnen und Wimmern aus, das mit Klageworten in einem seltsam gebrochenen Russisch abwechselte. Es gab kein Mittel für ihr Leiden, und meistens hielt man sie für Simulanten. Sie starben an Heimweh, an der unstillbaren Sehnsucht nach ihrer Heimat, an Hunger und Kälte, die ihre letzte Kraft verzehrten. Ihre Schlitzaugen, die an das nördliche Klima nicht gewöhnt waren, tränten unaufhörlich, und ihre Augenlider waren von einer schmalen gelben Eiterkruste verklebt. An den seltenen freien Tagen versammelten sich die Usbeken, Turkmenen und Kirgisen in einer Ecke der Baracke, mit ihrem Festtagsstaat aus langen bunten Seidengewändern und bestickten Kappen angetan, und niemand vermochte zu erraten, worüber sie so erregt sprachen. Sie gestikulierten dabei wild, überschrien sich gegenseitig oder nickten sich traurig zu – eins ist sicher, sie sprachen nicht über das Lager. Am späten Abend, wenn die Älteren schon in ihre Baracken zurückgingen, blieben die Jüngeren oft noch paarweise auf den gemeinsamen Pritschen sitzen und streichelten einander stundenlang schweigend über Gesicht, Hals und den in seidene Gewänder gehüllten Rücken. Dies wirkte wie ein sich steigerndes Ritual, denn die Bewegungen wurden immer langsamer und steifer und ihr Blick blieb in irgendeiner unbestimmten Ferne hängen. Ich weiß nicht, wie diese nächtlichen Zärtlichkeiten endeten; niemals habe ich bei den »Nacmenj« Liebe unter Männern beobachtet, aber in den anderthalb Jahren, die ich dort war, kam nur ein einziges Mal eine Turkmenin ins Lager. Die Gruppe der »Nacmenj« empfing sie wie einen Ehrengast in ihrer Barackenecke und geleitete sie vor Einbruch der Nacht zur Frauenbaracke zurück. Am nächsten Morgen mußte sie mit einem anderen Transport das Lager wieder verlassen.

Tatjana Pawlowna erwies sich in der Tat als eine höfliche ältere Frau, die mich ohne irgendwelche Schwierigkeiten ins Lazarett überwies, als sie merkte, daß ich hohes Fieber hatte. »Die Karte, die ich Ihnen gegeben habe, nützt oft nur bedingt«, sagte sie, als ich ging. »Manchmal muß man lange auf ein freies Bett warten.« Als ich in meine Baracke zurückkehrte, um meine Sachen zusammenzupacken, lag das Lager schon in tiefem Dunkel. Während ich über den Weg stolperte, begegneten mir einige, die an Nachtblindheit litten. Sie tasteten sich vorsichtig an den glitschigen, vereisten Barackenwänden entlang und bemühten sich vergeblich, mit den Fingern den schwarzen Vorhang vor ihren Augen fortzuschieben. Hier und da fiel einer von ihnen in einen Schneehaufen, aus dem er sich verzweifelt herauszuarbeiten versuchte, wobei er leise um Hilfe schrie. Die gesunden Gefangenen gingen achtlos an ihnen vorüber und eilten, die Augen nur auf die erhellten Barackenfenster gerichtet, weiter.

Im Lazarett habe ich nur eine Nacht auf dem Fußboden im

Gang schlafen müssen, dann durfte ich zwei Wochen in einem sauberen Bett in der Krankenstube verbringen. Ich denke noch gern an diese Zeit zurück, die eine der glücklichsten meines Lebens war. Mein Körper, der schon seit einem Jahr kein richtiges Bett mehr kannte, war wie erlöst und ich versank in einen vierundzwanzigstündigen, von fiebrigen Träumen und Erinnerungen erfüllten Dauerschlaf. Mein Bettnachbar litt an Pellagra, einer seltsamen Krankheit, bei der man die Haare und Zähne verliert, unter lange anhaltenden Anfällen von Melancholie leidet und außerdem angeblich zu Leistenbruch neigt. Jeden Morgen, nach dem Erwachen, warf er seine Bettdecken zurück und wiegte mehrere Minuten lang seine Hoden in der Hand. Als einzige Medizin bekam er ein Stück Margarine, von der Größe einer Zündholzschachtel, das man ihm außer Weißbrot zum Frühstück brachte. Aber die einmal von Pellagra Befallenen wurden nie wieder vollkommen gesund. Wenn sie aus dem Lazarett entlassen worden waren, brachte man sie gleich in die Baracke, in der die nicht mehr Arbeitsfähigen den ganzen Tag auf ihren Pritschen verbringen durften, wofür sie kleinere Essenrationen bekamen. Im Lager nannte man diese Baracke die »Schwächlingsbaracke«, aber die Bezeichnungen »Knochenladen« oder »Leichenhalle« waren weit treffender. Im Lazarett befreundete ich mich mit der Krankenschwester, einer ungewöhnlich aufopferungsvollen und hilfreichen Russin aus Wjatka, die zu zehn Jahren verurteilt worden war, weil ihr Vater sich konterrevolutionär betätigt hatte. Man hatte ihn seit 1937 in völlig von der Außenwelt abgeschlossene Lager eingesperrt, wo er weder schreiben noch Briefe erhalten durfte, und die Tochter wußte nicht, wo, wie und ob er überhaupt noch lebte. Schwester Tamara gab mir zum Abschied drei Bücher – neben Dostojewskis *Totenhaus* die einzigen Bücher, die ich während meines Lageraufenthaltes zu lesen versuchte: Stalins *Fragen des Leninismus*, Gribojedows Werke und *Die Folklore der Republik Komi*.

Nach meiner Rückkehr in die Baracke durfte ich mich noch drei Tage ausruhen und hatte so genügend Zeit, mich auf das Weitere vorzubereiten. Theoretisch gab es für mich drei Möglichkeiten: entweder wurde ich einer Waldarbeiterbrigade zugeteilt oder in ein anderes Lager geschickt, oder aber ich kümmerte mich selbst um meine Angelegenheiten. Die beiden ersten Lösungen waren die schlechtesten. Zwar ließ sich die Arbeit im Wald, bei der man vom Morgengrauen bis zur Abenddämmerung manchmal bis an die Hüften im Schnee stehen mußte, von einem gesunden jungen Mann wohl bewältigen, aber ich fürchtete mich vor den sechs Kilometern, die man täglich zum und vom Arbeitsplatz zurücklegen mußte: der Weg führte durch tiefen Wald, in dem es viele Schneelöcher und Wolffanggruben gab. Meine Beine waren aber im Gefängnis so angeschwollen, daß ich schon das Schlangestehen bei der Essenausgabe kaum aushielt. Aus den Berichten der anderen Gefangenen entnahm ich, daß Jercewo noch das beste der Kargopol-Lager war; in den anderen, besonders im Straflager Alexejewka II. waren vor allem Polen untergebracht, die langsam dahinsiechten. Ich folgte also dem Rat von Dimka, der mein bester, väterlicher Freund geworden war, und verkaufte meine hohen Offizierstiefel für den angemessenen Preis von 900 g Brot an einen »Urka«, der als Träger bei der Eisenbahnbrigade arbeitete. Am gleichen Abend noch bekam ich die Antwort: der Lagerkommandant willigte ein, daß ich der 42. Brigade zugeteilt würde, und wies mich an, mich bei der Lagerkammer zu melden. Dort bekam ich eine »Buschlat« (eine langärmelige wattierte Weste), eine Mütze mit Ohrenschützern, ein Paar wattierte Hosen, Handschuhe und »Walonki« (Filzschuhe, die aus Schafwolle und Pferdehaar gemacht waren), alles ganz neu und nur wenig getragen, eine Ausrüstung, wie sie sonst nur die besten Stachanow-Gefangenen-Brigaden erhielten. Ich wußte von Dimka, was mich als Träger bei der Nahrungsmittelzentrale erwartete. Die Arbeit war schwer, denn an einem durchschnittlichen Zwölfstundentag mußte man 25 Tonnen Mehl in Säcken, oder 18 Tonnen Hafer ohne Säcke, fünfundzwanzig Meter weit vom Güterwagen in den Lagerraum tragen; standen aber einmal mehr Güterwagen auf dem Abstellgleis als gewöhnlich, konnte sich die Arbeitszeit auf zwanzig Stunden ausdehnen. Andererseits aber bot sich einem dort manchmal die Gelegenheit – da die Lebensmittelzentrale jenseits der Lagerzone lag –, Nahrungsmittel zu stehlen. »Du wirst tüchtig schuften«, sagte Dimka, »aber du wirst dafür auch gut essen können. Im Walde kannst du dich am Feuer wärmen und vor Hunger sterben. Von Baumrinde kann man sich nicht ernähren, aber hier werde ich des Abends immer ›Hwoja‹ für dich bereithalten.« Für den Augenblick war ich also gerettet. Auf der oberen Pritsche nahe am Fenster liegend, spähte ich nach der 42. »Internationalen Brigade« aus. Die acht besten Plätze in einer Ecke der Baracke waren von einer Gruppe »Urkas« belegt, die Kowal, der pockennarbige ukrainische Räuber, dem ich meine Stiefel verkauft hatte, anführte und deren Mitglieder Kommunisten aus allen europäischen Ländern und ein Chinese waren.

Am selben Abend, kurz vor Mitternacht – meist erhob sich Dimka um diese Zeit, um in den Abfalleimern nach Heringsköpfen zu suchen, aus denen er sich am nächsten Tag eine Suppe kochen konnte –, sprang Kowal, der, auf dem Bauch auf seiner Pritsche liegend, das Gesicht an die Scheibe gepreßt hatte, plötzlich auf und weckte mit kleinen leisen Püffen seine Gefährten. Gleich darauf versammelten sie sich alle acht am Fenster, lugten durch einen kleinen Spalt in der gefrorenen Scheibe hinaus, flüsterten miteinander und verließen dann die Baracke. All das hatte kaum länger als eine Minute gedauert, während der ich mit festgeschlossenen Augen so getan hatte, als schliefe ich. In der Baracke herrschte tiefe Stille; die Gefangenen lagen angekleidet auf ihren in zwei Reihen aufgestellten Pritschen und atmeten schwer in der aufgeheizten Luft. Kaum hatte der letzte »Urka« die Tür hinter sich zugemacht, drehte ich mich schnell auf meiner Pritsche um und hauchte an die Scheibe, bis in den Eisblumen ein kleines Guckloch entstanden war. Hundert Meter von unserer Baracke entfernt senkte sich der Boden und bildete eine große Kuhle, die sich noch über den Stacheldraht hinaus erstreckte. Die Nachbarbaracken lagen am Rande dieser Kuhle und verdeckten das Wachhaus und den höher gelegenen Teil des Lagers. Nur von der Spitze des höchsten Wachturms konnte man die Kuhle einigermaßen überblicken. Stand der Posten dort oben jedoch mit dem Gesicht zum Lager, sah er nur, was vor der Kuhle geschah. Vom Lazarett her kam eine gut gebaute junge Frau durch das wie ausgestorbene Lager. Sie wollte zur Frauenbaracke, und wenn sie den Weg abkürzen und nicht in die Nähe des äußeren Stacheldrahtes kommen wollte, blieb ihr nichts anderes übrig, als am Rand der Kuhle, unmittelbar an unserer Baracke, entlangzugehen. Acht Gestalten verteilten sich schnell hinter den Baracken links von der Kuhle und versperrten so alle Wege. Die junge Frau lief ahnungslos in die Falle, und in der nächtlichen Stille des tiefverschneiten Lagers begann nun die Jagd.

Die junge Frau war jetzt zur Hälfte von den Schneehaufen verdeckt, so daß ich nur sehen konnte, daß sie breite Schultern und ein rundes Gesicht hatte. Um den Kopf trug sie ein Tuch, dessen Enden nach hinten flatterten. Plötzlich stürzte eine der Gestalten hinter der Baracke hervor und vertrat ihr den Weg. Sie fuhr erschrocken zurück und stieß einen Schrei aus, der aber im selben Augenblick erstickte. Denn der »Urka« war auf sie zugesprungen und umspannte mit einer Hand von hinten ihren Hals, während er ihr mit der anderen den Mund zuhielt. Die Frau beugte sich weit nach hinten, hob das linke Bein, trat dem Angreifer mit dem Knie in den Bauch, packte ihn zugleich mit beiden Händen am Bart und stieß seinen mit einer Pelzmütze bedeckten Kopf mit aller Kraft von sich. Der Mann angelte mit seinem linken Fuß nach ihrem rechten Bein, und gerade als die anderen sieben herzugerannt kamen, fielen sie beide in einen Schneehaufen.

Sie ergriffen die Frau an Händen und Beinen, schleppten sie, wobei ihr aufgelöstes Haar über den Boden schleifte, in die Kuhle hinunter und warfen sie dort auf eine verschneite Bank, etwa zwanzig Meter von unserer Baracke entfernt. Mit wütenden Tritten versuchte sie den ersten, als er sie einen Augenblick losließ, abzuwehren, aber schon hatte man ihr den Rock über den Kopf gezogen und Kowal drückte mit seiner mächtigen Pratze ihren Kopf auf die Bank nieder. Der erste klemmte mit dem Knie ihr rechtes Bein gegen die Banklehne, während er sein anderes an ihren linken Schenkel preßte. Zwei »Urkas« hielten ihre Handgelenke umklammert, und der über ihr liegende riß ihr die Unterwäsche herunter und knöpfte sich in aller Ruhe seine Hose auf. Dann kamen die beiden nächsten an die Reihe; sie fanden kaum noch einen Widerstand. Erst als der vierte die Frau gleichfalls zu vergewaltigen versuchte, gelang es ihr kurz ihren Kopf zu befreien, und ein kurzer, erstickter Schrei hallte durch die eisige Stille. Eine verschlafene Stimme rief vom nächsten Wachturm: »Aber, Männer, was macht ihr denn da? Schämt ihr euch nicht?«

Die acht zogen die Frau darauf von der Bank und zerrten sie wie eine Stoffpuppe um die Baracke herum zur Latrine. Nach etwa einer Stunde kehrten sieben von ihnen in die Baracke zurück, und ich sah, wie Kowal die Frau zur Frauenbaracke geleitete. Sie stolperte langsam vorwärts; der Kopf hing ihr müde auf die Schulter, sie hatte die Arme auf der Brust verschränkt, und ihr Begleiter hatte seinen starken Arm um ihre Taille gelegt und stützte sie so.

Am nächsten Abend kam Marusja in unsere Baracke. Sie hatte blutunterlaufene Stellen im Gesicht und ihre Augen waren geschwollen; trotzdem sah sie in ihrem bunten Rock und der gestickten weißen Leinenbluse, unter der die mächtigen Brüste sanft schaukelten, recht anziehend aus. Als wäre nichts geschehen, setzte sie sich auf Kowals Pritsche, mit dem Rücken zu den anderen »Urkas«, schmiegte sich an ihn an, flüsterte ihm etwas ins Ohr und küßte ihn mit Tränen in den Augen auf seine pockennarbige Wange. Kowal ließ sich das etwas mürrisch gefallen, wobei er verlegen zu seinen Kameraden hinüberblickte. Doch schließlich gab er ihrem Drängen nach, und sie blieb die ganze Nacht bei ihm … Noch vor Morgengrauen schlich sie sich wieder fort, und er schwankte erschöpft hinter ihr her. Von da an kam sie jeden Abend, und oft sang sie vor dem Dunkelwerden mit kräftiger Stimme in unserer Baracke ukrainische Liebeslieder. Sie wurde Wasserträgerin im Lager, und sie gefiel uns allen mit ihrem breiten, braunen Gesicht und ihrem hellen Haar, das im Winde wehte, wenn sie auf dem Schlitten saß und das Pferd mit lautem Peitschenknallen oder kleinen Püffen in die Flanke antrieb. In den Häusern außerhalb des Lagers, zu denen sie als Kriminelle ohne Bewachung gehen durfte, erbettelte sie sich manchmal lustige Bilder oder bunte Scherenschnitte, die sie dann abends an die schmutzige Wand neben der Pritsche ihres Geliebten klebte.

Aber seit der denkwürdigen nächtlichen Jagd arbeitete die Brigade nicht mehr gut. Kowal war nicht mehr recht bei der Sache. Seine Beine gaben unter der schweren Last der Säcke nach, er verpaßte wiederholt den Augenblick, wo er beim Entladen der Güterwagen an die Reihe kam, und ein paarmal fiel er sogar von der Laderampe auf die Schienen. Als wir einmal in der kleinen Wachhütte eine kurze Pause machten, bemerkte Wang, der Chinese: »Eins der Pferde im Gespann sollte ausgewechselt werden.« Doch sofort geboten ihm die anderen »Urkas« mit zornigen Blicken Schweigen. Trotzdem flüsterten auch sie öfter untereinander und lachten verächtlich, wenn sich Kowal zu ihnen gesellen wollte, um eine Zigarette zu rauchen. Er hielt sich deshalb immer mehr zurück, aß aus einer besonderen Schüssel, zog nach dem Abendessen meine Offiziersstiefel und ein besticktes ukrainisches Hemd an, legte sich, eine Zigarette rauchend, auf seine Pritsche und lauschte auf das Platschen des letzten Wasserfasses, das am Abend zur Küche gebracht wurde.

Eines Abends, als Marusja, die zu niemandem in unserer Baracke auch nur ein Wort sagte, wie immer neben Kowal saß und ihn eng umschlungen hielt, tippte ihr einer der anderen »Urkas« leicht auf die Schulter und sagte etwas zu ihr. Sie machte sich behutsam aus Kowals Armen frei, wandte sich um und sah den Mann voller Haß an. Dann plötzlich erhob sie sich und spuckte ihm mit dem wütenden Blick eines tödlich getroffenen Tieres mitten ins Gesicht. Der »Urka« wich einen Schritt zurück, wischte sich das Gesicht mit dem Ärmel ab und holte, zwei Finger der rechten Hand spreizend, zu dem gefürchteten Schlag aus. Aber im gleichen Augenblick sprang Kowal von der Pritsche hoch und stürzte sich auf ihn wie ein Habicht. Sie rangen miteinander eine Weile, und als man sie trennte, blickten sieben Augenpaare Kowal feindlich an. Er drehte sich zu Marusja um, die zitternd in einer Ecke kauerte, zupfte an seinem zerrissenen Hemd, preßte die Zähne aufeinander und zischte mit einer Stimme, die das Blut erstarren ließ: »Leg dich sofort hin, Hexe, und zieh dich aus, oder ich schlage dich tot.« Und dann zu seinen Freunden gewandt: »Sie gehört euch, Brüder.«

Als erster befriedigte der »Urka«, den sie angespuckt hatte, seine Lust an ihr, und Marusja ließ es willenlos geschehen. Der Kopf hing ihr dabei nach hinten herunter, und ihre großen Augen blickten unablässig auf Kowal, der am Tisch saß, und sie flüsterte leise: »Vergib mir, Timoscha, vergib mir.« Aber Kowal nahm keinerlei Notiz davon. Und auch als sie schließlich die Baracke verließ und ihn noch einmal voll grenzenloser, getretener Liebe ansah, rührte er sich nicht.

Drei Tage später wurde Marusja auf ihren eigenen Wunsch mit einem Gefangenentransport von Jercewo nach Ostrownoje gebracht. Die acht »Urkas« schlossen wieder Brüderschaft, die – solange ich im Lager blieb – durch keinerlei Relikte irgendeines menschlichen Gefühls mehr gestört wurde.

3. Kapitel

Arbeit

1. Ein Tag wie der andere

Um halb sechs morgens wurden die Barackentüren polternd aufgerissen, und in die Stille, die nur von vereinzelt im Schlaf ausgestoßenen Seufzern unterbrochen wurde, scholl der laute Ruf: »Paidjom – an die Arbeit!« Sofort ging der »Raswodtschik«, ein Gefangener, der dafür verantwortlich war, daß die Brigaden sich pünktlich an ihre Arbeitsplätze begaben, an den Pritschenreihen entlang und zog alle, die noch schliefen, heftig an den Beinen. Die Gefangenen räkelten sich, warfen die Mäntel, mit denen sie sich zugedeckt hatten, ab, richteten sich mühsam auf, als hätten sie sich in unsichtbaren Fesseln verfangen, und ließen sich dann gleich wieder mit Jammern und Stöhnen zurückfallen. Der »Dnjewalni«, der Barackenälteste, schritt darauf langsam an den Pritschen entlang, wobei er immer wieder monoton flüsterte: »An die Arbeit, Kinder, an die Arbeit.« Er hatte dafür zu sorgen, daß alle Barackeninsassen auf den Beinen waren, ehe die Küche geöffnet wurde, und tat dies auf eine höflich-sanfte Weise. Nicht grob wie der »Raswodtschik«, sondern so wie es sich für jemanden ziemt, der selbst nicht arbeiten muß, sondern nur andere zur Arbeit schickt, und der als Knecht von Sklaven sich nicht die Barschheit jener herausnehmen kann, die als freie Männer das Lager regieren, oder derer, die von letzteren damit beauftragt sind.

In diesen wenigen Minuten nach dem Wecken, da wir bewegungslos auf unseren Pritschen liegenblieben, beteten wir auf unsere besondere Art. Unser Gebet begann gewöhnlich mit Flüchen und endete meist mit dem verzweifelten Klageruf, der nahezu den Charakter einer rituellen Wendung hatte: »Oh, qualvolles Leben!«, in dem sich alles ausdrückte, was die hier lebendig Begrabenen bedrückte. In anderen Ländern und unter

49

anderen Bedingungen beginnt der Tag im Gefängnis mit einem wirklichen Gebet oder wenigstens mit der Gewißheit, daß man dem Ende der Haft wieder um einen Tag näher gerückt ist. Wem sonst alles genommen ist, der lebt verständlicherweise allein von dieser Hoffnung. Den Gefangenen in der Sowjetunion aber hat man selbst diese Hoffnung genommen, denn keiner von ihnen weiß je mit Bestimmtheit, wann er wieder freigelassen wird. Jeder kennt Hunderte von Fällen, in denen die Haftzeit durch einen Federstrich des Sondergerichts des NKWD um zehn Jahre verlängert worden ist. Nur wer selber schon im Gefängnis gesessen hat, kann die Grausamkeit dieser Tatsache nachfühlen. In den anderthalb Jahren, die ich im Lager verbringen mußte, habe ich nur wenige Gefangene laut die Jahre, Monate, Tage und Stunden aufzählen hören, die sie noch abzusitzen hatten. Man schwieg, einem ungeschriebenen Gesetz folgend, um das Schicksal nicht herauszufordern. Je weniger wir über die Dauer unserer Haft sprachen, je geringer unsere Hoffnung war, je wieder freizukommen, um so größer schien die Wahrscheinlichkeit, daß »diesmal« alles ein gutes Ende fände. Jede Hoffnung kann grausam enttäuscht werden. In unserem Schweigen, ähnlich dem Tabu, das primitiven Völkern oft verbietet, den Namen einer rachsüchtigen Gottheit auszusprechen, lagen Demut und stille Ergebung und das Gefaßtsein auf das Schlimmste. Nur wer sich so gegen das Schicksal gewappnet hatte, konnte eine Enttäuschung verwinden. Ich erinnere mich an einen alten Eisenbahner aus Kiew, namens Ponomarenko, der schon zehn Jahre in den verschiedensten Lagern hinter sich hatte. Er allein sprach von seiner baldigen Freilassung mit einer Zuversicht, die jede Furcht und Unsicherheit ausschloß. Im Juli 1941, zwei Wochen nach dem Ausbruch des russisch-deutschen Krieges, wurde er am letzten Tage seiner Haft in das außerhalb des eigentlichen Lagers liegende NKWD-Büro gerufen, wo er erfuhr, daß seine Haft auf unbestimmte Zeit verlängert worden sei. Als wir am Abend von der Arbeit zurückkehrten, war er schon tot, in der Baracke an einem Herzanfall gestorben. Dimka hat uns später erzählt, er sei kreideweiß und wie um diese umsonst abgesessenen zehn Jahre gealtert aus dem Büro zurückgekommen, habe sich stumm auf seine Pritsche gelegt und auf alle Fragen nur geantwortet: »Es ist alles aus.« Und dann hatte er – der alte Bolschewist! – abwechselnd still gebetet und mit dem Kopf auf die Bretter seiner Pritsche gestoßen. Zwischen vier und fünf Uhr, als Dimka wie gewöhnlich hinausgegangen war, um Wasser und »Hwoja« zu holen, war Ponomarenko gestorben. Ich kann natürlich nur vermuten, was in ihm vorgegangen sein mag, aber eins ist sicher: neben Verzweiflung, Schmerz und machtloser Wut muß ihn Groll erfüllt haben, daß er so blind der Hoffnung vertraute und damit das Schicksal herausgefordert hatte. In der Baracke hatte man allerdings wenig Mitleid mit ihm, im Gegenteil, man fand, daß er an seinem Unglück selber schuld war. Hatte er nicht mit dem Feuer gespielt, indem er so oft und laut von seiner baldigen Freilassung sprach? Hätte er sich nicht lieber demütig dem Spruch des Schicksals fügen sollen? Er war doch kein unerfahrener Neuling, denn 1936 hatte er es selber erlebt, daß Männer, die um vier Uhr nachmittags hätten entlassen werden müssen, sich ihre Pulsadern aufschnitten, als sie um 12 Uhr erfuhren, daß ein neuer Befehl aus Moskau das System für ungültig erklärte, nach dem jeweils für einen Tag Stachanow-Arbeit zwei Tage der Haft erlassen wurden. Er hatte uns das lachend erzählt, froh darüber, daß er selber so klug gewesen war, nur gerade so viel zu arbeiten, daß der Tag überhaupt angerechnet wurde. Und nun? … Und nun hatte man ihn um 3650 Tage ehrlicher ausdauernder Arbeit betrogen. War dies jedoch nicht eine verdiente Strafe für das Mißachten der Lagergesetze? Aber das Leben ging weiter: Ponomarenkos Pritsche wurde von einem anderen Gefangenen belegt, und das »Tabu« kam wieder zu seinem Recht.

Um Viertel vor sechs lagen nur noch jene Gefangenen auf den Pritschen, die am Tag zuvor vom Arzt eine Arbeitsbefreiung erhalten hatten. Die anderen zogen sich indessen an. Sie beugten sich über ihre nackten Beine und versuchten, sich mit Hilfe von Bindfaden oder Drahtenden aus Lumpen, zerrissenen Filzschuhen und Stücken alter Autoreifen einigermaßen feste und warme »Schuhe« zu machen, die wenigstens den Elfstundentag überdauern würden. Nur die besonderen Brigaden, die wie die meine den Produktionsplan des Lagers zu verwirklichen hatten, erhielten neue Sachen, die bei Bedarf umgetauscht werden konnten. Ungefähr dreiviertel aller Gefangenen mußten in Lumpen zur Arbeit gehen, die Arme, Beine und Brust nur notdürftig bedeckten. Es war darum nicht verwunderlich, daß sich viele von ihnen nachts nicht entkleideten, aus Angst, sonst auch noch diese Fetzen zu verlieren. Für sie war das Morgenwecken wie das Läuten in einem Bahnhofswartesaal. Sie erhoben sich verschlafen von den Pritschen, netzten in einer Barackenecke flüchtig Augen und Mund und gingen dann zur Küche. Stets zogen sie mit der heimlichen Hoffnung hinaus, daß die Erfrierungen diesmal deutlich genug sein würden, um wenigstens für ein paar Tage von der Arbeit befreit zu werden.

Das Lager lag noch in tiefem Dunkel. Erst kurz vor dem Morgenappell tauchte am Horizont ein leiser rosa Schimmer auf, der sich bald im bläulich-kalten Widerschein des Schnees auflöste. Jetzt aber waren die Gesichter sogar auf Armeslänge kaum zu erkennen. Alle trotteten, immer wieder gegeneinander rennend und mit dem Geschirr klappernd, auf die Küche zu. In der Nähe des Brunnens und der kleinen Hütte, in der das Wasser aufgekocht wurde, hörte man das Scheppern der Eimer, das Knirschen des gefrorenen Schnees und das leise Flüstern der Popen, die einander freundlich guten Morgen wünschten. Über uns war nur der dunkle Himmel, und der um diese Stunde noch unsichtbare Stacheldraht schloß uns von der fernen Außenwelt ab, die jetzt ihr Tagewerk im Schein der eben eingeschalteten Lampen begann. Auf der Plattform vor der Küche bildeten sich drei Reihen, an denen in groben Zügen die soziale Stufung des Lagerproletariats zu erkennen war. Vor dem Ausschank, über dem »Stufe III« geschrieben stand, warteten die kräftigsten und am besten gekleideten Gefangenen, die Stachanows, deren tägliche Arbeitsleistung 125% der vorgeschriebenen Norm betrug. Ihr Frühstück bestand aus einer großen Kelle dicker gekochter Grütze und einem Stück gesalzenen »Treska« (einem Fisch, der im Geschmack an den Dorsch erinnert) oder Hering. Zur »Stufe II« gehörten die Gefangenen, die die Norm hundertprozentig erfüllten. Sie bekamen eine Kelle dicke Grütze ohne Fisch. An der Spitze dieser Schlange standen meist alte Männer und Frauen; sie gehörten zu Brigaden, deren Arbeitsleistung sich nicht in Prozenten errechnen ließ, und die darum automatisch zur »Stufe II« gehörten. Am jämmerlichsten sahen die von der »Stufe I« aus: eine lange Reihe von Elendsgestalten in zerrissenen Lumpen wartete auf eine Kelle wäßriger Grütze. Ihre Gesichter waren schmerzverzerrt und ausgetrocknet wie Pergament; die vor Hunger weit aufgerissenen, schwärenden Augen zuckten nervös, und ihre Hände umklammerten die Blechnäpfe, als wären die steifen Finger an ihnen festgefroren. Halb ohnmächtig vor Erschöpfung schoben sie sich auf ihren ausgezehrten Beinen ungeduldig zum Ausschank vor, winselten kläglich um einen Löffel mehr und blickten, wenn sie von dem Ausschank forttraten, neidisch in die Näpfe der zweiten und dritten Stufe. Unter ihnen gab es am häufigsten Streit, und das demütige Flehen verwandelte sich oft in ein schrilles Keifen aus Wut, Neid und Haß. Diese Reihe war immer die längste. Abgesehen von den unzähligen Gefangenen, die mit dem besten Willen die Norm nicht hundertprozentig erfüllen konnten, weil sie körperlich nicht stark genug waren, gehörten ihr auch diejenigen an, die sich absichtlich bei der Arbeit drückten, weil sie glaubten, es sei besser, wenig zu arbeiten und wenig zu essen, als viel zu arbeiten und trotzdem kaum mehr zu essen. Darüber hinaus waren die Bewohner der »Leichenhalle«, sämtliche Barackenältesten, ebenso wie einige Gefangene, die beim Stab und der Lagerverwaltung arbeiteten, der »Stufe I« zugeteilt.

Die Gefangenen, die ohne Bewachung mit besonderen Passierscheinen das Lager verließen, erhielten ihr Frühstück schon vor sechs Uhr. Neben den Wasserträgern und denen, die als Dienstboten in den Häusern der freien Lagerbeamten in Jercewo beschäftigt waren, zählten auch die Techniker, Ingenieure und Spezialisten zu ihnen, die vor dem Eintreffen der Brigaden an ihren Arbeitsplätzen sein mußten. Das Mahl dieser »Spezialisten« (Ingenieure und Techniker) war hinsichtlich der Menge und Qualität weit besser als sogar das der Stachanow-Arbeiter. Um halb sieben wurde der Ausschank geschlossen, aber sobald die Brigaden zur Arbeit abgerückt waren, nochmals kurz geöffnet. Dann konnten sich die wegen Krankheit von der Arbeit befreiten Gefangenen, die in der »Leichenhalle« lebenden und der »Stufe I« zugeordneten sowie alle von der »Stufe II«, die innerhalb des Lagers arbeiteten, ihr Essen holen.

Nur wenige Gefangene waren willensstark genug, nicht schon auf dem Rückweg zu den Baracken alles aufzuessen. Die meisten blieben unweit der Küche stehen und verschlangen hastig, was der Koch ihnen in die schmutzige Schüssel getan hatte. Gleich nach dem Frühstück versammelten sich alle in kleinen Gruppen vor der Wache. Allmählich wurde es hell; man konnte jetzt wieder die mit Reif bedeckten Stacheldrähte und die weiten, sich bis zum Waldrand am Horizont erstreckenden Schneeflächen sehen. Im Dorf und in den Baracken verlöschten die Lampen, und aus den Kaminen stiegen graugelbe Rauchwolken in die Luft. Der Mond verblaßte allmählich und hing tiefgefroren wie eine Zitronenscheibe in Aspik am eisigen Himmel. Noch funkelten die letzten Sterne, ehe sie im rasch zunehmenden Licht des Tages verlöschten. Der morgendliche »Raswod« begann – der Marsch der Brigaden zur Arbeit.

Auf ein Signal hin stellten sich die Gefangenen auf dem kleinen Platz vor der Wache brigadenweise zu zweien auf. In einer normalen Brigade standen die Alten vorn, die Jungen hinten, aber in Brigaden, die das verlangte Soll nicht erfüllen konnten, war die Reihenfolge umgekehrt. Dieser Brauch muß kurz erläutert werden. Es gab nur sehr wenige Gefangene, die es für besser hielten, wenig zu arbeiten und wenig zu essen. Bei der großen Mehrzahl erwies sich das Stufensystem als erfolgreich: um eine unbedeutende Verbesserung ihrer Rationen zu erhalten, gaben die Gefangenen ihre letzte Kraft hin. Ein Hungernder überlegt nicht lange; er ist für einen zusätzlichen Löffel Suppe zu jeder Arbeit bereit. Für die Norm begeisterten sich deshalb nicht allein die Herren, die sie auferlegten, sondern auch aus einem schlichten Lebensinstinkt heraus die Sklaven, die sie zu erfüllen trachteten. In jenen Brigaden, die in Gruppen von drei bis vier Leuten arbeiteten, waren die Gefangenen selber die eifrigsten und erklärtesten Antreiber, denn dort wurde die Norm kollektiv errechnet, indem man die Gesamtarbeitsleistung durch die Zahl der Arbeiter teilte. Jedes Gefühl gegenseitiger Hilfsbereitschaft und Solidarität unter den Gefangenen mußte der Jagd nach dem Prozentsatz weichen. Ein unqualifizierter Gefangener, der einer Gruppe guter Arbeiter zugeteilt wurde, konnte nicht erwarten, daß man die geringste Rücksicht auf ihn nahm. Meist zwang man ihn schon nach kurzer Zeit, den Kampf aufzugeben und sich in eine andere Gruppe versetzen zu lassen, in der er dann häufig die schwächeren Kameraden überwachen mußte. Dadurch wurde das einzige, scheinbar natürliche Band zwischen Gefangenen – ihre Solidarität den Folterern gegenüber – auf eine unmenschliche, gnadenlose Art zerschnitten. Allein schon die Aufstellung der Brigaden am Morgen zeigte die ungeheure Grausamkeit dieses Systems. In den normalen Brigaden gaben die älteren Gefangenen das Marschtempo an, was auch verständlich war. In Brigaden, die die Norm nicht erfüllten, schickte man die jüngeren an die Spitze, damit es schneller voranging und man so Zeit gewänne; die älteren und schwächeren konnten sehen, wie sie mitkamen. Diese natürliche Auslese führte zu einer schnellen Verjüngung der betreffenden Brigaden, denn die Alten, die das Tempo nicht durchhielten, verschwanden schließlich ganz von selbst in der »Leichenhalle«.

Die Waldarbeiter, die fünf bis sieben Kilometer bis zu ihrer Arbeitsstelle marschieren mußten, waren die ersten Brigaden, die morgens das Lager verließen. Wenn sie um halb sieben abrückten, kamen sie um halb acht an ihrem Arbeitsplatz an. Um fünf Uhr hörten sie mit der Arbeit auf. Der »Raswodtschik«, der beim Morgenappell gleichsam den Zeremonienmeister spielte, rief eine Brigade nach der anderen in der vorschriftsmäßigen Reihenfolge zum Lagertor und meldete sie dem Kommandanten der Wache, der mit einer Tafel und einem Stift genau an der Grenze zwischen dem Lager und der Freiheit stand. Jenseits des Tors wartete eine Abteilung der »Wohra« (die Arbeitslagerwachmannschaft), Soldaten mit aufgepflanzten Bajonetten, in langen Mänteln und Pelzmützen. Der Kommandant übergab dann die Brigade dem sie ständig bewachenden Posten, der aus der Reihe trat, seinen Namen und die Nummer der Brigade rief, die Gefangenen zählte und die Zahl dem Kommandanten laut wiederholte, wobei er den Empfang von soundso viel Männern für die und die Arbeit durch Unterschrift auf der Tafel bestätigte. Von dem Augenblick an mußte er mit seinem Leben dafür einstehen, daß niemand ausriß; darum sagte er den Gefangenen noch einmal die geheiligte Formel vor: »Brigade so und so, ich warne euch – ein einziger Schritt nach rechts oder links, und ich jage euch eine Kugel durch den Kopf.« Erst dann gab er das Zeichen zum Abmarsch, brachte sein Gewehr in Anschlag, wobei er den Finger am Abzug hielt, und schickte den Vorarbeiter an die Spitze des Zuges, an dessen Ende er selber marschierte. Nach der Waldarbeiterbrigade rückte die Sägemühlenbrigade aus, danach kamen die Tischler, die in der Stadt arbeiteten, dann die Erdarbeiter, die Straßenbauer und jene, die in der Lebensmittelzentrale, im Wasser- und Elektrizitätswerk beschäftigt waren. Vom Lagertor zogen schwarze Reihen gebückter, sich dahinschleppender, vor Kälte zitternder Gestalten in alle Richtungen und verschwanden nach wenigen Minuten am Horizont, wie versprengte Buchstabenzeilen, weggewischt mit einer Handbewegung vom weißen Blatt Papier.

Der Weg zur Arbeitsstelle war zwar sehr anstrengend, aber im Vergleich zur Arbeit selbst geradezu abwechslungsreich. Selbst die Gefangenen, deren Brigade nicht einmal zwei Kilometer vom Lager entfernt arbeitete, freuten sich, unterwegs an Vertrauten vorüberzukommen, an Bäumen, zugefrorenen Bächen, eingefallenen Scheunen und Erdvertiefungen. Das Beobachten der unwandelbaren Naturgesetze war für sie gleichsam eine Bestätigung ihres eigenen Daseins. Es gab auch einige Brigaden, in denen der Wachhabende und die Gefangenen sehr gut miteinander standen und der Soldat, sobald sie außer Sichtweite des Lagers waren, sein Gewehr über die Schulter hängte und leutselig mit den Letzten im Zug plauderte. Dieses bescheidene Zeichen eines menschlichen Fühlens machte zwar die Demütigung, unter der wir litten, nicht geringer, tat uns aber doch unbändig wohl, weil es die starren Gefängnisregeln durchbrach. Hin und wieder behandelte der Wachhabende seine Brigade höflich und zeigte sogar, daß er den Gefangenen gegenüber ein gewisses Schuldgefühl empfand. Darum waren die Tage, an denen die Wachposten einer Brigade abgelöst wurden, immer ein großes Ereignis, und in den Baracken wurde leidenschaftlich darüber diskutiert. Es dauerte immer einige Zeit, bis es zu einer inneren Beziehung zwischen den Sklaven und ihrem neuen Aufseher kam. Sah indes der sie begleitende Soldat in den Gefangenen seine natürlichen Feinde und behandelte sie dementsprechend, so nahm die Brigade jede Gelegenheit wahr, ihn zu ärgern und ihm das Leben zu vergällen.

Die ersten Stunden des Tages waren die schwersten. Unsere Körper, die vom Schlafen auf den harten Pritschen eher steif als ausgeruht waren, gewöhnten sich nur äußerst mühsam an den Arbeitsrhythmus. Außerdem gab es den ganzen Morgen auch so gar nichts, was das öde Einerlei unterbrochen hätte. Nur die Stachanow-Arbeiter bekamen mittags etwas zu essen, eine Kelle voll gekochter Sojabohnen und hundert Gramm Brot; diese »Zusatznahrung« brachte ein Wasserträger unter Aufsicht eines Kochs in einem großen, auf Schlittenkufen montierten Kessel. Die anderen Arbeiter setzten sich während der Mittagspause so um das Feuer herum, daß sie nicht sehen mußten, wie die »Stachanows« aßen, und rauchten gemeinsam eine Zigarette, die von Hand zu Hand ging.

Nur selten geschah es, daß sich ein Gefangener eine Scheibe Brot vom Abend vorher aufgespart hatte. Die Brotrationen wurden jeden Tag nach der Rückkehr ins Lager den drei verschiedenen Stufen entsprechend verteilt: die dritte erhielt 700 g, die zweite 500 g und die erste 400 g. Dieses Brot war neben der Kelle gekochter Grütze am Morgen und der Portion dünner Suppe am Abend die Hauptnahrung im Lager. Es gehörte schon eine übermenschliche Willensanstrengung dazu, die ganze Ration nicht auf einmal herunterzuschlingen. Nur die Gefangenen, die nach dem Abendessen in der Küche von den Köchen eine zusätzliche Portion Suppe gegen die immer mehr dahinschwindenden Reste ihrer Zivilkleidung einzutauschen versuchten, konnten ein kleines Stückchen Brot für den Vormittag beiseite legen.

Erst in den letzten beiden Stunden vor dem Abmarsch ins Lager kam etwas Leben in die Gefangenen. Die Aussicht darauf, daß man sich ein wenig ausruhen und wenigstens für eine Weile das quälende Hungergefühl stillen konnte, wirkte so stark, daß nicht so sehr die Rückkehr selbst als vielmehr die Vorfreude auf die Rückkehr uns froher stimmte, wie immer, wenn man sich etwas Schönes ausmalt, dem dann die Wirklichkeit nicht entspricht. Die Qual des Gefangenendaseins endete nicht, wenn wir in unsere Baracken zurückkehrten, im Gegenteil, sie verwandelte sich in eine Tortur der Todesgedanken. Dennoch verbarg sich darin ein geheimnisvoller – anziehender und zugleich abstoßender Zauber der Intimität des Leidens. Wenn man allein auf seiner Pritsche lag, war man wenigstens frei – frei von der Arbeit, frei von den anderen, frei von dem Gefühl, daß die Zeit so langsam dahinkroch. Erst im Gefängnis lernt man verstehen, daß ein Leben ohne Hoffnung auf die Zukunft sinnlos ist und voller Verzweiflung. Wir fürchteten uns vor dem Alleinsein, und doch sehnten wir uns danach. Es war unser einziger Ersatz für die verlorene Freiheit, und in den wenigen Stunden der völligen Entspannung brachte es uns Trost und Tränen zugleich.

Die instinktive erste Reaktion auf die Hoffnungslosigkeit ist immer der Glaube, daß man in der Einsamkeit gehärtet und geläutert werde wie in einem Fegefeuer. Aber obwohl viele sich nach der Einsamkeit als ihrer letzten Zuflucht sehnen, können nur wenige sie ertragen. Der Gedanke an das Alleinsein ist, ähnlich wie der an den Selbstmord, die meist einzige Form des Protestes, die uns bleibt, wenn alles fehlgeschlagen ist, die Todesangst aber in uns immer noch größer ist als die Todessehnsucht. Es ist nur der Gedanke, allein der Gedanke, denn eine bewußte Verzweiflung ist viel tiefer als eine in sich versteinerte. Ein Gefangener, der abends auf dem Weg zurück in das Lager ist, gleicht einem Schiffbrüchigen, der sich mit letzter Willensanstrengung schwimmend auf eine einsame Insel rettet. Solange er mit den Wogen kämpft und die Lungen, die schon vor Schmerz fast bersten, immer wieder mit Luft füllen kann und so langsam dem Land immer näher und näher kommt, ist sein Leben noch lebenswert, denn er hat immer noch Hoffnung. Kann es aber etwas Furchtbareres geben als die plötzliche Erkenntnis, daß diese Hoffnung nur ein Trugbild der überreizten Sinne war? Die unerschütterliche Gewißheit, daß man sich auf einer einsamen Insel befindet, ohne die leiseste

Aussicht auf Hilfe und Erlösung – das ist wahre Qual. Jeden Tag haben wir das von neuem durchlebt. Kurz ehe die Männer ins Lager zurückgeführt wurden, lachten und scherzten sie, als wären sie frei. Und nach der Arbeit lagen sie dann Abend für Abend auf ihren Pritschen, und die Verzweiflung würgte sie in der Kehle.

In den Waldbrigaden, die dort oben im Norden die Grundlage des Produktionsplans der Arbeitslager darstellten, wurde die Arbeit zwischen mehreren aus vier bis fünf Mann bestehenden Gruppen aufgeteilt. Hierbei hatte jeder abwechselnd eine schwere und eine leichtere Arbeit zu verrichten. Einer fällte mit einer dünnen Kreissäge die Tannen, einer hackte die Äste und schälte die Rinde ab, ein dritter verbrannte Äste und Rinde (dies war gewissermaßen ein Ruheposten), die übrigen beiden zersägten den Stamm in vorgeschrieben lange Stücke und schichteten sie dann zu ein bis zwei Meter hohen Stößen. Bei diesem System der Arbeitsaufteilung spielte der Vorarbeiter die wichtigste Rolle; es war dies ein Gefangener, der sich ohne Bewachung bewegen durfte, oder ein freier Mann, der das zersägte Holz abmaß und die abgezählten Stücke mit dem Lagerstempel versah. Auf Grund dieser Zählungen wurde die Arbeitsleistung jeder Gruppe einer Brigade errechnet. Ich kann mich nicht mehr erinnern, wie hoch die vorgeschriebene Norm war, aber ich weiß noch, daß die Finnen, die zu Recht im Ruf stehen, die besten Holzfäller der Welt zu sein, sie selbst für einen freien, gut genährten Mann als ungewöhnlich hoch ansahen. Eine Waldbrigade konnte deshalb ohne sog. »Tufta« unmöglich die Norm erfüllen. »Tufta« war nichts anderes als ein ausgeklügelter Schwindel. Ob sich der Führer einer Brigade bei seinen Arbeitern Autorität verschaffen konnte oder nicht, hing zum großen Teil von seiner Begabung in dieser Hinsicht ab. Zugleich eröffnete ihm eine solche Autorität eine bedeutende Einnahmequelle durch die Geschenke, die ihm die schwächeren Gefangenen zu machen pflegten. Es gab verschiedene Möglichkeiten zu betrügen: man stapelte die zersägten Stücke so, daß die Stöße äußerlich fest und voll wirkten, obwohl sie im Inneren viele Lücken aufwiesen – das war aber nur möglich, wenn der Vorarbeiter selber ein Gefangener war, der für ein Stück Brot diese Lücken übersah. War er jedoch ein »redlicher« freier Lagerbeamter (selbst diese nämlich ließen sich manchmal bestechen, meist mit einem Zivilanzug), dann sägte man behutsam den Stempel an dem bereits abgezählten Stück ab und schmuggelte es unter die noch nicht gezählten Holzstöße, während das abgesägte Ende schnell verbrannt wurde. Jedenfalls kann man grundsätzlich festhalten, daß keine Brigade, wo immer sie auch im Lager beschäftigt war, ohne »Tufta« und Bestechung jemals die Norm auch nur hundertprozentig hätte erfüllen können.

Die Waldarbeit gehörte zu den schwersten Tätigkeiten im Lager, und zwar hauptsächlich wegen der Arbeitsbedingungen. Durchschnittlich lag die Arbeitsstätte ungefähr sechs Kilometer vom Lager entfernt; die Gefangenen mußten den ganzen Tag im Freien sein, standen bis zu den Hüften im Schnee, bis auf die Haut durchnäßt, hungrig und erschöpft. Niemals ist mir ein Gefangener begegnet, der länger als zwei Jahre im Wald gearbeitet hatte. In der Regel mußten sie es schon nach einem Jahr aufgeben, weil sie sich ein schweres Herzleiden zugezogen hatten. Dann wies man sie zunächst einer Brigade zu, die leichtere Arbeit verrichtete, aber schon bald eigneten sie sich nur noch für den rasch tödlich endenden »Ruhestand« in der »Leichenhalle«. Sobald ein neuer Gefangenentransport in Jercewo eintraf, wurden die jüngsten und kräftigsten Männer herausgesucht und erst einmal im Wald eingesetzt. Die Sklavenauslese erinnerte bis in kleinste Dekorationselemente an die Behandlung von Sklaven zu früheren Zeiten, wie man sie oft auf Bildern dargestellt findet. Zu den ärztlichen Untersuchungen erschien manchmal der Lagerkommandant von Jercewo, Samsonow, und betastete mit befriedigtem Lächeln Bizeps, Schultern und Rücken der Neuangekommenen.

Grundsätzlich betrug die Arbeitszeit jeder Brigade täglich elf Stunden und nach dem Ausbruch des russisch-deutschen Krieges zwölf. Aber die Trägerbrigade in der Lebensmittelzentrale, in der ich am längsten arbeitete, kannte diese feste Arbeitszeit nicht. Hier kam es auf die Zahl der Güterwagen an, die zu entladen waren, da sie nicht überfällig werden durften, denn das Lager mußte für jede Stunde, die die Waggons länger als vorgesehen auf dem Abstellgleis standen, einen Betrag an die Eisenbahnverwaltung zahlen. Praktisch arbeiteten wir manchmal zwanzig Stunden am Tag, mit nur ein paar kurzen Essenspausen dazwischen. Wenn wir erst nach Mitternacht ins Lager zurückkehrten, brauchten wir am nächsten Morgen nicht mit den anderen aufzustehen und begannen mit der Arbeit erst wieder um elf Uhr, schufteten dann aber wieder so lange, bis alle Waggons entladen waren und zum Bahnhof Jercewo zurückgeschickt werden konnten. Wegen der vielen Überstunden erfüllten wir unser Soll ohne weiteres zu 150 bis 200%. Aber auch wir kamen nicht ohne »Tufta« aus; die meisten Träger legten nämlich größten Wert darauf, auf der »Roten Liste« der Stachanow-Arbeiter geführt zu werden, da sich damit das Vorrecht verband, von Zeit zu Zeit im Lagerladen ein Stück Pferdewurst kaufen zu dürfen. Bei uns bestand »Tufta« darin, daß die Entfernung vom Waggon zum Warenspeicher mit Zustimmung des Vorarbeiters, der die Brigadeberichte unterschreiben mußte, auf dem Papier um einige Meter verlängert wurde. Die Norm der Trägerbrigade wurde nämlich nach der Menge der ausgeladenen Waren und der Entfernung vom Waggon zum Warenspeicher berechnet. An der ersten Zahl ließ sich nichts ändern, denn für jeden Waggon gab es einen genauen Warenbegleitschein; aber mit der zweiten konnte man doch ein wenig jonglieren.

Auf den ersten Blick erscheint es erstaunlich, daß die Trägerbrigade der Lebensmittelzentrale als besonders begünstigt galt, denn man darf nicht vergessen, daß Überstunden hier eher die Regel als die Ausnahme waren. Wir fünfundzwanzig Gefangene mußten die Lebensmittel für alle Kargopol-Lager, also für ungefähr 30 000 Leidensgenossen, entladen und außerdem noch für den außerhalb des Lagers befindlichen Staatsladen. Und trotzdem rissen sich die Gefangenen darum, zu uns zu kommen, sobald einer von uns ausschied. Der eine der beiden Hauptgründe dafür war rein materieller, der andere moralischer oder vielmehr psychologischer Natur. Wer in der Zentrale arbeitete, hatte häufig Gelegenheit, ein Stück gesalzenen Fisch, etwas Mehl oder ein paar Kartoffeln zu stehlen. Aber wir konnten auch bei der Ableistung von Überstunden

mit unserem Brigadeführer, ja sogar mit einem freien Lagerbeamten als Gleichberechtigte verhandeln. Die Tatsache, daß
wir meistens länger arbeiteten als normalerweise üblich, gab
uns das Vorrecht, darum gebeten zu werden. Hätten wir uns
geweigert, hätten natürlich unsere Aufseher bei der Lagerverwaltung vorstellig werden und uns so kirre machen können,
aber ehe sie nicht jede Möglichkeit erschöpft hatten, uns zu
freiwilliger Mehrarbeit zu überreden, vermieden sie jeden
Zwang. Wir aber wachten eifersüchtig darüber, daß man uns
nicht diese bescheidene Illusion der Freiheit raubte. Jeder Gefangene ist so sehr von dem Wunsch erfüllt, Überreste, und
seien sie noch so armselig, eines freien Willens zu bewahren,
daß er das oberste Gesetz des Lagerlebens, nämlich die eigenen
Kräfte zu schonen, mißachtet und die vermeintliche Freiwil-
ligkeit, mit der seine Arbeitskraft bis an ihre äußerste Grenze
ausgenützt wird, als ein kostbares Vorrecht empfindet. Das hat
wohl Dostojewski gemeint, als er schrieb: »Ein Sträfling ist
nur noch ein Mann ohne eigenen Willen, aber wenn er sein
Geld vergeudet, sieht er darin den Beweis für das Gegenteil.«
Wir besaßen zwar kein Geld, aber wir konnten mit den Re-
sten unserer physischen Kraft handeln und gingen mit ihr so
verschwenderisch um wie die zaristischen Verbannten mit
ihren Kopeken, wenn wir uns damit den letzten Anschein des
Menschseins erhalten konnten.

Nach der Rückkehr von der Arbeit wurden die Arbeits-
leistungsformulare von jedem Brigadeführer sauber ausgefüllt
und ins Abrechnungsbüro des Lagers gebracht. Dort rechnete
man die Endsummen nach bestimmten Tabellen in Prozente
um und schickte sie anschließend zur Verwaltung. Nach meiner ungefähren Schätzung waren bei zweitausend Gefangenen
allein in Jercewo für diese Arbeit ungefähr dreißig Leute nötig.
Die festgelegten Prozente wurden darauf an das Verpflegungs-
büro weitergeleitet, das seinerseits nun den Gefangenen in die
entsprechende Verpflegungsstufe einreihte. Zum Schluß wurden die Ziffern dem Lagerlohnbüro gemeldet. Dort wurde die
Karteikarte jedes Gefangenen mit langen Zahlenreihen beschrieben, die seinen Verdienst an Rubeln und Kopeken nach
dem für die Arbeitslager gültigen Lohntarif ergaben. Während

meines eineinhalbjährigen Aufenthaltes in Jercewo kam nur ein einziges Mal ein Lagerzahlmeister in unsere Baracke – am 1. Mai 1941 – und brachte uns die Aufstellungen unserer Einnahmen. Ich mußte ein riesiges Formular unterschreiben, aus dem ich ersehen konnte, daß mein Verdienst in den letzten sechs Monaten kaum die Kosten für mein Leben im Lager deckte (Barackenreparaturen, Kleidung, Verpflegung und Verwaltungskosten). Mir blieben gerade zehn Rubel. Es war mir eine nicht geringe Genugtuung, daß ich für mein Leben im Lager bezahlte und ebenso für die Aufseher aufkam, die mich zur Arbeit führten, wie für die NKWD-Offiziere, die nur darauf lauerten, eine unbedachte Äußerung von mir mit einer Haftverlängerung bestrafen zu können. Es stand also nicht so schlecht. Ich kannte viele Gefangene, die nicht soviel verdient hatten wie ich und denen man an jedem ersten Mai mitteilte, daß ihr Konto ein Defizit aufwies. Ich weiß nicht, ob sie diesen Fehlbetrag dem »Besserungsinstitut« nach ihrer Freilassung von ihrem Verdienst zurückzahlen mußten, ob sie nach Verbüßung ihrer Strafe noch weiterhin im Lager festgehalten wurden, um ihre Schulden abzuarbeiten, oder ob ihre Familien gezwungen wurden, eine bestimmte Kaution zu bezahlen.

Kurz vor Beendigung der Tagesarbeit brachten die Gefangenen ihr Handwerkszeug in den Schuppen, setzten sich im Kreis um das Feuer, hielten ihre rissigen, schmutzigen, frosterstarrten Hände darüber; in ihren Augen lag ein fiebriger Glanz, und die Schatten der Flammen spielten auf ihren vom Leiden gezeichneten Gesichtern. Wieder einmal war ein Tag zu Ende. Die Hände waren schwer wie Blei; in den Lungen spürten sie ein heftiges Stechen, der leere Magen brannte, und die geschundenen Glieder schmerzten. Auf ein Zeichen des Wachhabenden erhoben sie sich mühsam, wobei manche sich auf einen Stock stützten, den sie sich selber angefertigt hatten. Gegen sechs Uhr bewegten sich aus allen Richtungen die Brigaden wie schattenhafte Leichenzüge über die weiße Fläche auf das Lager zu. Auf unserem Marsch über gewundene Pfade glichen wir den Fangarmen einer schwarzen Riesenkrake, deren Kopf im Lager mit den vier Lanzen der Scheinwerfer durchbohrt ist und die ihre Zähne – die in der Dunkelheit leuchtenden Barackenfenster – gen Himmel fletscht. In der tiefen Abendstille hörte man nur das Knirschen unserer Schritte auf dem Schnee und dazwischen, wie ein Peitschenknallen, das uns antreibende »Schneller! Schneller!« des Wachpostens. Aber wir waren zu kraftlos, um schneller zu gehen; schweigend trotteten wir weiter, dicht aneinandergedrängt, als ob wir so die erleuchteten Lagertore leichter erreichen könnten. Nur noch die letzten paar hundert Meter, nur noch eine letzte Anstrengung, und dann endlich das Lager, eine Kelle Suppe, ein kleines Stück Brot, eine Pritsche und die Einsamkeit, die ersehnte und doch so trügerische Einsamkeit ...

Aber noch war es nicht soweit. Die letzten drei-, zwei-, einhundert Meter forderten fast Übermenschliches von uns. Wenn die Brigaden das Wachhaus erreicht hatten, wurden sie durchsucht. Es kam vor, daß ein Gefangener am Tor plötzlich zu Boden fiel, wie ein Sack, den man von der Schulter wirft. Wir zogen ihn dann an den Armen hoch, damit das Durchsuchen nicht noch länger dauerte. Wurde bei einem etwas Verbotenes oder etwas Gestohlenes gefunden, mußte die ganze Brigade zur Seite treten und sich in Eis und Kälte fast völlig entkleiden. Mit geradezu sadistischer Langsamkeit wurde dann jeder einzelne genau durchsucht, und das dauerte manchmal von sieben bis zehn Uhr abends.

Erst wenn man das Tor hinter sich hatte, war der Arbeitstag wirklich zu Ende. Einen Augenblick blieb man vor der dort hängenden Posteingangsliste stehen, auf der die Namen der Empfänger in alphabetischer Reihenfolge standen, und schleppte sich dann zu seiner Baracke, um dort sein Eßgeschirr zu holen, mit dem man danach zur Küche ging. Das Lager lag wieder, wie am Morgen, in tiefem Dunkel, die Schlangen vor den Essensausgaben wurden immer länger, und die Schüsseln klapperten auf der erleuchteten Plattform vor der Küche. Stumm gingen wir aneinander vorüber, wie die Bewohner einer von einer Seuche heimgesuchten Stadt. Plötzlich hallte ein lauter Verzweiflungsschrei durch die Stille: irgend jemandem wurde seine volle Suppenschüssel entrissen.

Und so ging es Tag für Tag – wochen-, monate-, jahrelang – ohne Freude, ohne Hoffnung, ohne Leben.

2. Den Wölfen zum Fraß hingeworfen

Daß die Arbeit oft ein Mittel war, uns bewußt zu quälen, zeigt am besten das Beispiel eines Mannes, der im Winter 1941 durch die Arbeit in einer Waldbrigade zu Tode kam. Es war ein sozusagen legaler Mord, bei dem die Lagervorschriften kaum verletzt wurden.

Einen Monat nach meiner Ankunft in Jercewo kam ein neuer Transport aus dem Leningrader Gefängnis an, der aus hundert Politischen und zwanzig Bytowiks bestand. Die Bytowiks blieben in Jercewo, während die Politischen, außer einem, auf die anderen Lager verteilt wurden. Dieser eine war ein kräftiger junger Mann, der das stumpfe Gesicht eines Fanatikers hatte und Gorcew hieß. Er wurde sofort in eine Waldbrigade eingegliedert.

Die seltsamsten Gerüchte liefen über ihn im Lager um, da er, den von der Tradition geheiligten Brauch mißachtend, niemals von seiner Vergangenheit sprach. Dies allein genügte, um die Gefangenen feindlich gegen ihn zu stimmen, weil man Leute, die über ihre Verurteilung und Haftzeit nicht ein Sterbenswörtchen verlauten ließen, entweder für hochmütig oder für politische Spitzel hielt. Doch dies war nicht einmal Gorcews schlimmstes Vergehen, weil Spitzeln und Denunzieren fast etwas Selbstverständliches im Lager waren. Viel aufreizender war seine Haltung. Er tat so, als wäre er noch ein freier Mann, der nur zufällig hierhergeraten war. So etwas durfte sich höchstens ein »Spezialist«, ein Techniker oder Ingenieur, herausnehmen, niemals aber ein gewöhnlicher Gefangener. Man munkelte, Gorcew sei vor seiner Festnahme NKWD-Offizier gewesen.

Er selbst tat – sei es unbewußt oder aus purer Dummheit – alles, um diese Vermutung zu bestätigen. Sprach er wirklich einmal, wenn die Gefangenen im Wald rings um das Feuer saßen, dann erging er sich in hochtrabenden Reden, prangerte die »Feinde des Volkes« im Lager an und verteidigte Partei und Regierung mit sturer Verbissenheit. Sein wenig intelligentes Gesicht mit den listigen Spitzbubenaugen und der großen Narbe auf der rechten Backe verklärte sich zu einem demütig liebedienernden Lächeln, sobald er die Zauberworte »Partei« und »Regierung« in den Mund nahm. Einmal äußerte er leichtsinnigerweise, daß er nur durch einen Irrtum ins Lager gekommen sei und bald wieder seine frühere »verantwortliche Stellung« einnehmen werde. Von da an stieß er bei den anderen Gefangenen nicht nur auf Ablehnung, sondern auf offenen Haß.

Ich versuchte mehrmals, sein Vertrauen zu gewinnen, nicht aus Sympathie für ihn, sondern aus reiner Neugier. Es reizte mich, einmal mit einem Mann sprechen zu können, der, obwohl in einem Lager eingesperrt, alles mit den Augen eines freien Kommunisten sah. Aber Gorcew ging mir ebenso aus dem Wege wie den anderen, ließ mich abblitzen, sobald ich ihn irgend etwas fragte und reagierte auch auf keinerlei spöttische Bemerkungen. Nur einmal gelang es mir, mit ihm ins Gespräch zu kommen. Wir diskutierten über die Welt des Kapitalismus. Diese Diskussion zeigte mir deutlich, wie irrig der weitverbreitete Glaube ist, die junge Generation der Sowjetkommunisten sei nur eine Schar von Kondottieri, die zwar ihrem Führer gehorchen, aber bereit sind, ihn bei der ersten besten Gelegenheit zu verraten. Für Hunderttausende von Gorcews ist der Bolschewismus, den sie gleichsam mit der Muttermilch eingesogen haben, die einzige Religion und die einzige Weltanschauung. Menschen vom Typ eines Sinowjew, Kamenew oder Bucharin mögen ihre »ideologische Abweichung« als eine große persönliche Niederlage erlebt haben, durch die ihr Leben jäh seinen Sinn verlor; sie mögen sogar daran zerbrochen sein, mögen gelitten und sich betrogen gefühlt haben – und doch haben sie sich sicherlich gewisse Vergleichsmöglichkeiten und die Fähigkeit zur Kritik bewahrt, um in ihren wachen Momenten das, was man ihnen angetan und was um sie herum geschah, von einer geschichtlich höheren Warte sehen zu können. Menschen vom Schlage eines Gorcew aber würden, wenn man ihnen den Glauben an den Kommunismus nähme, den einzigen Glauben, der ihr ganzes Leben bestimmt hat, sich überhaupt nicht mehr in der Wirklichkeit zurechtfinden, als hätte man sie der fünf Sinne beraubt. Selbst eine Inhaftierung kann sie deshalb meistens nicht dazu verleiten, ihr priesterli-

ches Gelübde zu brechen, denn sie sehen in ihr nur eine vorübergehende Verbannung, die sie erdulden müssen, weil sie gegen die klösterliche Disziplin verstoßen haben, und mit um so
größerer Ergebung und Demut im Herzen warten sie auf den
Tag, da man sie wieder in Gnaden aufnimmt. Daß sie diese Zeit
in der Hölle verbringen müssen, beweist für sie gar nichts oder
höchstens, daß es eine Hölle gibt, in der der aus dem Paradies
Vertriebene schmachten muß, weil er sich gegen die Gebote
des Allmächtigen versündigt hat.

Eines Abends wurde der Schleier, der über Gorcews Vergangenheit lag, ein wenig gelüftet. Gorcew war mit mehreren
»Nacmenj« in einer Ecke der Baracke wegen einer Nichtig-
keit in Streit geraten und dabei so sinnlos wütend geworden,
wie wir es nie zuvor bei ihm erlebt hatten. Er packte einen
Usbeken beim Kragen und zischte, während er ihn heftig
schüttelte, durch die zusammengepreßten Zähne: »Früher habe
ich euch asiatischen Bastarde wie Spatzen zu Dutzenden abge-
knallt!« Der alte Usbeke, der wie immer im Schneidersitz auf
der unteren Pritsche hockte, knurrte irgend etwas zornig in
seiner Sprache, und im Bruchteil einer Sekunde veränderte
sich sein Gesicht derart, daß er nicht wiederzuerkennen war.
Zwischen den halbgeschlossenen Lidern funkelten seine Augen, als wolle er seinen Angreifer mit Blicken erdolchen, und
seine Unterlippe zuckte nervös unter dem dünnen, langen
Schnurrbart, so daß man seine weißen Zähne sehen konnte.
Plötzlich stieß er mit einer blitzschnellen Bewegung Gorcews
Hände nach oben, beugte sich ein wenig vor und spuckte ihm
mit aller Kraft ins Gesicht. Gorcew wollte sich auf den alten
Mann stürzen, aber da hielten ihn schon zwei »Nacmenj« fest,
die von einer oberen Pritsche heruntergesprungen waren. Wir
beobachteten die Szene stumm und ohne uns von unseren
Plätzen zu rühren. Gorcew schien also an der Unterdrückung
des großen Aufstandes in Mittelasien beteiligt gewesen zu sein;
wir wußten, daß nur, wer das volle Vertrauen der Regierung,
der Partei-»Elite« und des NKWD besaß, mit solchen Aufgaben
betraut wurde. Gorcew beschwerte sich beim NKWD, aber
der alte Usbeke wurde nicht einmal verhört. Vielleicht, weil
Gorcew unabsichtlich etwas bestätigt hatte, worüber man in

Rußland nicht sprechen durfte, oder weil er entgegen allem Anschein doch außerhalb des Lagers keinen mächtigen Beschützer besaß; seine alten Beziehungen nutzten ihm nicht das geringste, und er war so dem, was ihn treffen sollte, schutzlos ausgeliefert. Jedenfalls nahm seine Brigade diesen Mißerfolg als gutes Zeichen. Es ging nur darum, daß das NKWD nichts unternehme, daß es wenigstens einen von seinen ehemaligen Leuten den Wölfen zum Fraß hinwerfe, d. h. ihn der Rache der Gefangenen preisgäbe.

Kurz vor Weihnachten traf ein Transport auf dem Weg von Kruglitza nach Pechora in Jercewo ein. Die Gefangenen verbrachten drei Tage in der Peresylni-Baracke und kamen am Abend in die anderen Baracken, um zu sehen, ob sie dort vielleicht einen alten Freund fänden. Als einer von ihnen Gorcew auf seiner Pritsche erblickte, blieb er wie angewurzelt stehen und wurde leichenblaß.

»Du – hier?« flüsterte er.

Gorcew hob den Kopf, stutzte, wurde ebenfalls blaß und wich bis an die Wand zurück. »Du – hier?« wiederholte der andere und trat langsam auf ihn zu. Dann sprang er plötzlich Gorcew an die Kehle, warf ihn der Länge nach auf die Pritsche, und während er ihn mit dem rechten Knie niederdrückte, schlug er mit aller Gewalt auf ihn ein.

»Hat es auch dich erwischt?« schrie er dabei. »Endlich hat es auch dich erwischt? Gut hast du es gekonnt, uns in den Türen die Finger zu brechen, Nadeln unter die Nägel zu schieben, uns ins Gesicht zu schlagen und in den Magen und den Bauch zu treten ... Meine Finger sind wieder zusammengewachsen ... sie werden dich erwürgen, du Schweinehund, erwüüüürgen ...«

Obwohl Gorcew jünger und offensichtlich auch stärker als sein Angreifer war, schien er erstarrt und zu keiner Gegenwehr fähig. Erst nach einer ganzen Weile raffte er sich auf, versetzte dem anderen einen heftigen Tritt, und sie fielen dann beide auf den Boden. Gorcew zog sich an einer Bank hoch und lief mit vor Angst verzerrtem Gesicht auf die Barackentür zu. Aber dort versperrten ihm die schnell herbeigeeilten Usbeken den Weg. Er machte kehrt – aber da stand schon seine

Brigade, die ihn feindselig musterte. Der Angreifer ging von neuem auf ihn zu, mit einer Eisenstange, die ihm jemand von einer oberen Pritsche zugeworfen hatte, in der Hand. Gleichzeitig schloß sich der Kreis um Gorcew. Er öffnete den Mund, um »Hilfe« zu rufen, aber da schlug ihn schon ein Usbeke mit dem Holzdeckel eines Kübels auf den Schädel, und er sank blutüberströmt zu Boden. Mit letzter Kraft richtete er sich auf den Knien auf, blickte auf die ihn immer dichter umdrängenden Gefangenen und schrie gellend: »Wache! Die bringen mich um! Die bringen mich um! ...« Dann wurde es totenstill. Dimka kletterte mühsam von seiner Pritsche herunter, humpelte zur Tür und riegelte sie ab. Man warf Gorcew eine Jacke über den Kopf, und gleich darauf hagelten wilde Schläge mit der Eisenstange auf ihn nieder. Er befreite sich von der Jacke und stolperte wie ein Betrunkener auf seine Brigade zu. Aber dort traf ihn ein so heftiger Faustschlag ins Gesicht, daß er wie ein Gummiball zurückfiel und torkelnd Blut brach. Einer nach dem anderen schlug auf ihn ein, bis er hilflos liegenblieb, wobei er sich instinktiv die Hände vor den Kopf hielt und die Knie hochzog, um seinen Bauch zu schützen. Einige Gefangene traten ihn noch mit den Stiefeln; aber er bewegte sich nicht mehr.

»Lebt er noch?« fragte der Fremde, der ihn hier wiederentdeckt hatte. »Er war der Untersuchungsrichter im Charkower Gefängnis, Brüder. Er hat brave Männer mit seinen Schlägen so zugerichtet, daß selbst ihre eigenen Mütter sie nicht wiedererkannt hätten. Oh, dieser Bluthund! Oh, dieser Bluthund! ...«

Dimka brachte einen Eimer voll »Hwoja« und goß ihn Gorcew über den Kopf. Gorcew bewegte sich ein wenig, seufzte tief und lag dann wieder bewegungslos da.

»Er lebt«, sagte der Führer der Waldbrigade, »aber nicht mehr lange!«

Am nächsten Morgen wusch Gorcew sich das angetrocknete Blut vom Gesicht und schleppte sich zur Ambulanz, wo man ihn für einen Tag von der Arbeit befreite. Wieder ging er zum NKWD, um sich zu beschweren, kehrte jedoch auch diesmal unverrichtetersache zurück. Jetzt war es klar. Das NKWD hat einen seiner Ehemaligen den Gefangenen überantwortet. Ein unheimliches Spiel begann, bei dem sich Quäler und Opfer stumm verständigten.

Nachdem Gorcews Vergangenheit bekanntgeworden war, gab man ihm die schwerste Arbeit: Er mußte die Tannen mit der »kleinen Säge« fällen. Für einen Mann, der nicht an körperliche Arbeit und schon gar nicht an Waldarbeit gewöhnt ist, bedeutet das den sicheren Tod, wenn er nicht wenigstens einmal am Tag eine Pause machen darf, um die abgesägten Zweige zu verbrennen. Aber Gorcew wurde das nicht erlaubt. Er sägte täglich elf Stunden, fiel oft vor Erschöpfung um, schnappte nach Luft wie ein Ertrinkender, spuckte Blut und rieb sich sein vor Fieber glühendes Gesicht mit Schnee ab. Sobald er aufbegehrte und die Säge mit einer verzweifelt herausfordernden Geste fortwarf, kam der Brigadeführer auf ihn zu und sagte ruhig: »Los, an die Arbeit, Gorcew, oder wir machen dich in der Baracke fertig.« Und gehorsam folgte Gorcew dem Befehl. Die Gefangenen sahen ihn voller Freude und Behagen langsam zugrunde gehen. Sie hätten ihm leicht an einem Abend den Rest geben können – jetzt, da sie die offensichtliche Erlaubnis von oben dazu hatten, aber sie wollten seinen Tod so lange wie möglich hinauszögern, damit er am eigenen Leib all die Qualen litte, zu denen er einst Tausende verurteilt hatte.

Gorcew versuchte noch sich zu wehren, obgleich er hätte wissen müssen, daß das genauso hoffnungslos war wie der Widerstand, den seine Opfer seinen Verhören entgegengesetzt hatten. Er ging zum Revier, um sich wieder von der Arbeit befreien zu lassen, aber der alte Matwei Kiryllowitsch weigerte sich, ihn in die Krankenliste einzutragen, und als er einmal nicht zur Arbeit antreten wollte, wurde er zu achtundvierzig Stunden Einzelhaft mit Wasser als einziger Nahrung verurteilt und nach deren Verbüßung sofort wieder zur Arbeit getrieben. Die stillschweigende Verabredung bewährte sich bestens. Gorcew war nicht mehr ganz bei sich, wusch sich überhaupt nicht mehr, fieberte, stöhnte zum Erbarmen, spuckte Blut, schrie des Nachts wie ein kleines Kind und winselte am Tage um Gnade. Er bekam die Ration der Stachanow-Arbeiter nur, damit er nicht zu schnell stürbe; nach seiner Arbeitsleistung hätte er nicht einmal auf die Verpflegungsstufe I Anspruch gehabt.

Nach einem Monat schließlich, Ende Januar, brach er bei der Arbeit bewußtlos zusammen. Die Gefangenen fürchteten schon, es diesmal nicht verhindern zu können, daß man ihn ins Lazarett brächte. Es wurde vereinbart, daß der Wasserträger, der jeden Tag in den Wald gefahren kam, um den Stachanow-Arbeitern das zusätzliche Essen zu bringen, und der mit den Waldarbeitern befreundet war, ihn nach getaner Arbeit auf seinem Schlitten ins Lager zurückbringen sollte. Am Abend trottete die Brigade langsam – in einem Abstand von ein paar hundert Metern – durch den Wald zurück, und hinter ihr her fuhr der Schlitten, auf dem der regungslose Gorcew lag. Am Lagertor stellte sich jedoch heraus, daß der Schlitten leer war. Der Wasserträger erklärte, er habe die ganze Zeit vorn gesessen und es wahrscheinlich überhört, wie Gorcew in den weichen Schnee gefallen sei. Erst nach neun Uhr – nachdem der Wachposten sein Abendessen verzehrt hatte – schickte man ein Kommando mit brennenden Fackeln aus, um Gorcew zu suchen. Vor Mitternacht sahen wir von unserem Barackenfenster einen flackernden Lichtschein auf dem Weg, der zum Wald führte. Aber der Schlitten fuhr statt zum Lager zurück in Richtung zur Stadt. Man hatte Gorcew in einem zwei Meter tiefen Loch gefunden, das sich unterhalb einer Holzbrücke in der einen zugefrorenen Bach bedeckenden Schneefläche gebildet hatte. Die zu Eis erstarrte Leiche wurde sofort zur Leichenhalle im Dorf Jercewo gebracht.

Noch lange danach brüsteten sich die Gefangenen ihrer gelungenen Rache. Einer meiner Freunde unter den Technikern, dem ich im Vertrauen von den Hintergründen dieses »Unfalls« berichtete, lachte bitter und sagte: »Na, endlich dürfen auch wir das Gefühl haben, daß die Revolution die alte Ordnung auf den Kopf gestellt hat. Einst warf man die Sklaven den Löwen zum Fraß vor, heute wird der Löwe den Sklaven hingeworfen.«

Ein zusätzliches Arbeitshemmnis war die Nachtblindheit, eine Krankheit, die früher oder später die meisten Gefangenen in den Arbeitslagern des Nordens befällt; sie ist eine Folge der schlechten Ernährung und vor allem des Fettmangels.

Ein Nachtblinder kann, sobald es dunkel wird, nichts mehr sehen und muß sich so jeden Abend von neuem mit diesem Übel abzufinden versuchen. Darin liegt wohl der Grund für seine dauernde Gereiztheit und Nervosität und seine panische Furcht vor Nacht und Dunkelheit. In den Waldbrigaden, die nur am Tage, aber mehrere Kilometer vom Lager entfernt arbeiteten, begannen die Nachtblinden schon um drei Uhr nachmittags, wenn die Dämmerung erst einen leichten Schleier über den blaßblauen Himmel breitete, dem Wachposten vorzujammern: »Wir müssen jetzt ins Lager zurück, sonst finden wir nie mehr dorthin.« Das wiederholte sich täglich mit monotoner Regelmäßigkeit und hatte immer den gleichen Erfolg: Die Brigaden brachen um fünf Uhr auf und erreichten nach einstündigem Marsch durch tiefen Schnee um sechs Uhr das Lager, das dann schon ganz im Dunkel lag.

Man war an den Anblick der Nachtblinden, die sich frühmorgens oder am Abend vorsichtig durch das Lager tasteten, wobei sie die Hände wie Fühler weit vor sich streckten, genauso gewöhnt wie an den der Wasserträger, die aus allen Richtungen unter dem schweren Holzjoch gebückt dem Brunnen zustapften. Zu dieser Stunde erinnerte das Lager an ein riesiges, bis zum Rand mit schwarzem Wasser und schwankenden Schatten von Tiefseefischen gefülltes Aquarium.

Die Nachtblinden wurden natürlich nie bei einer Arbeit eingesetzt, die bis spät in die Nacht dauerte. Darum gehörte auch keiner von ihnen zur Trägerbrigade, obwohl sie nur dort, wo man manchmal heimlich ein Stück Speck ergattern konnte, von ihrem Leiden hätten kuriert werden können – es war ein Circulus vitiosus: Bei uns allein hätten sie geheilt werden können, aber ihrer Nachtblindheit wegen wurden sie hier nicht beschäftigt.

Ich erinnere mich jedoch, wie ein neuer Gefangener, ein

kleiner, stiller Mann mit ernstem Gesicht und rotumrandeten Augen ein einziges Mal mit uns zur Arbeit ging. Er war für ein lächerliches Vergehen zu zehn Jahren verurteilt. Als hoher Beamter in einem Volkskommissariat hatte er eines Tages mit einem Freund in seinem Büro gezecht und dabei gewettet, daß er mit einem einzigen Revolverschuß Stalin, dessen Bild dort, wie in jeder Amtsstube, an der Wand hing, »direkt ins Auge« treffen könne. Er gewann die Wette, aber sie kostete ihn das Leben. Einige Monate danach nämlich, als er die Sache schon längst vergessen hatte, geriet er mit dem Freund unvermutet in Streit. Schon am nächsten Tag erwarteten ihn zwei Offiziere des NKWD in seinem Büro; sie untersuchten das Stalinbild und verfaßten an Ort und Stelle die Anklageschrift. Er wurde von einem Sondergericht des NKWD abgeurteilt. Sieben Jahre Haft hatte er schon hinter sich, und vorausgesetzt, daß seine Gefängniszeit nicht noch verlängert wurde, die drei schlimmsten Jahre noch vor sich. Er war nach vielem Bitten und Flehen unserer Brigade zugeteilt worden, »um hier ein wenig in Form zu kommen«, wie er erzählte, wobei er mit der Hand einen großen Kreis rund um sich selbst beschrieb.

In Gruppen zu sieben aufgeteilt, mußten wir drei große Güterwagen Mehl entladen. Wir schufteten wie besessen, denn man hatte uns gesagt, daß wir, sobald wir mit dem Ausladen fertig seien, ins Lager zurück dürften. Der neue Mann arbeitete am Anfang ganz ordentlich, aber sobald es anfing dunkel zu werden, kam er nicht mehr mit unserem Tempo mit, verpaßte den Augenblick, wenn er einen Sack ergreifen sollte, ließ ihn im Wagen absichtlich fallen, brauchte eine Ewigkeit, bis er sich ihn dann endlich wieder aufgeschultert hatte, und drückte sich immer häufiger. Glücklicherweise gehörte zu unserer Gruppe nur ein »Urka«, und die Politischen machten keinerlei Aufhebens davon. »Der alte Mann kommt nicht mit uns mit«, sagte der Finne Rusto Karinen mit seinem fremdländischen Akzent zu mir.

Als es schon fast dunkel war, bat der Neue den Wachposten, einmal austreten zu dürfen und ging, bedächtig einen Fuß vor den anderen setzend, wie ein Akrobat auf einem straff gespannten Seil, zur Latrine. Er blieb dort eine geraume Zeit, so daß schließlich der »Urka« Iwan unter dem Beifall der beiden Deutschen sich an uns alle wandte und daran erinnerte, daß wir im Kollektiv arbeiteten und die Prozente nach der Durchschnittsleistung berechnet würden. Kurz darauf tauchte der Neue mit kreidebleichem Gesicht wieder auf, und ich sah, daß er am ganzen Leibe zitterte. »Was hast du?« fragte ich und blieb einen Augenblick bei ihm stehen.

»Ach, nichts«, erwiderte er, und dabei tastete seine Hand nach mir, als ob er mich nicht sähe, obwohl man durch den Schnee in einem Umkreis von fünf Metern alles deutlich erkennen konnte. »Nichts«, wiederholte er, »ich fühle mich nur ein bißchen schwach.«

»Nimm einen Sack, oder sie werfen dich hier wieder raus«, rief ich und lief schnell zum Waggon zurück. Gleich darauf sah ich, wie er auf den Holzsteg kletterte, der die Speicherrampe mit dem Waggon verband. Er ging nur langsam, aber recht sicher, und hob die Beine hoch wie ein Rassepferd mit umwickelten Fesseln. Wieder hielt er sich lange im Waggon auf, und wir wurden von neuem ärgerlich und ungeduldig. Die beiden Gefangenen, die uns drinnen die Säcke zureichten, erzählten uns später, daß er sie mit einem wimmernden »Um der Barmherzigkeit willen« gebeten habe, ihm den Sack auf die Schultern zu legen. Schließlich erschien er in der Waggontür und tastete mit dem vorgestreckten Fuß nach dem Holzsteg. Als er ihn gefunden hatte, ging er mit wenigen langen Schritten halb hinüber. Dann blieb er stehen, hob das rechte Bein in die Luft und schwenkte es mehrmals wie eine Ballerina, aber jedesmal, wenn er es wieder aufsetzen wollte, trat er ins Leere – der Steg war sehr schmal – und blieb dann wie zu Stein erstarrt stehen. Das alles wirkte irgendwie komisch, aber es weckte in uns keine Sympathie für ihn. Erst später haben wir begriffen, daß wir da einem unheimlichen Totentanz zusahen. Karinen lachte kurz auf, und Iwan rief wütend: »He, du, Stalinmörder, du denkst wohl, du bist hier im Zirkus?«

Da vernahmen wir seltsame Laute, die halb wie ein Seufzen, halb wie ein Schluchzen klangen, und dann machte der Stalinmörder langsam kehrt – er hatte sich offensichtlich entschlossen, zurückzugehen. »Bist du verrückt geworden?« rief ich. »Warte, ich helfe dir!« Aber es war schon zu spät, denn plötzlich reckte er sich, schwankte, versuchte das Gleichgewicht wiederzugewinnen und stürzte dann mit dem Sack auf die mit Schnee bedeckten Schienen. Wir sprangen alle zu ihm hinunter und stellten uns im Kreis um ihn herum.

Er klopfte sich das Mehl von der Jacke und wischte sich die blutende Stirn ab. »Nachtblind«, sagte er lakonisch und dann: »Ich dachte, ich wäre es nicht mehr.«

Ich beobachtete ihn später, als ich mit den Säcken über den Steg lief, oder zurück, um neue Säcke zu holen. Tiefgebeugt versuchte er das verschüttete Mehl mit beiden Händen im Schnee aufzulesen. Er wirkte wie jemand, der zur Strafe vom Himmel in die tiefste Tiefe der Hölle gestürzt ist, zu den schlimmsten Qualen. Ich glaube, er weinte still vor sich hin. Vielleicht wollte er auch nur ein paar Hände voll Mehl für sich selbst retten und sie in seinen Taschen verstecken, so als wäre nun doch alles gleich. Ich weiß es nicht, so wie ich bis heute nicht weiß, wie er seine Nachtblindheit so lange hatte verbergen können und wieso er hatte glauben können, sie losgeworden zu sein. Unser Brigadeführer brachte ihn nach der Arbeit ins Lager zurück. Als man ihn am Wachhaus untersuchte, hatte er nichts in den Taschen als sein Taschentuch. Am anderen Morgen zog er mit einer Strafbrigade in den Wald ... Für einen Mann, der schon sieben Jahre im Lager verbracht hat, bedeutet der Wald den langsamen sicheren Tod.

Wenige Monate danach starb er schließlich an Erschöpfung. Als ich ihn ein paar Tage vor seinem Tod noch einmal sah, hatte er sich schon lange nicht mehr gewaschen; sein Gesicht erinnerte an eine vertrocknete Zitrone, aber in den unter den vereiterten Lidern fiebrig glänzenden Augen waren schon, obwohl sie noch gar nicht erloschen wirkten, die ersten Anzeichen des Irrsinns erkennbar. Es bedurfte keiner Erfahrung, um zu wissen, daß er schon bald in völliger geistiger Umnachtung versinken würde. Er stand, mit einer Schüssel in der Hand, an das Geländer der Küchenplattform gelehnt, und gerade als der Koch mir mein mit Suppe gefülltes Blechgeschirr durch das Ausschankfenster zuschob, stieß ich mit ihm zusammen. Er stank so fürchterlich, daß ich unwillkürlich einen Schritt zurückwich. Offensichtlich hatte er jede Kontrolle über die Funktionen seines Körpers verloren, schlief, ohne sich auszukleiden, und seine getrockneten Exkremente klebten ihm am Leibe. Er erkannte mich nicht, stierte nur vor sich hin und greinte:»Gib mir etwas Suppe.« Und wie um seine tollkühne Bitte zu rechtfertigen, fügte er hinzu:»Nur ein ganz klein bißchen.« Ich goß ihm meine ganze Suppe in die Schüssel und beobachtete ihn gespannt. Mit zitternden Händen führte er die Schüssel an den Mund und schlurfte gierig die heiße Brühe. Aus den Mundwinkeln floß ihm etwas davon aufs Kinn und gefror dort sofort. Als er mit dem Essen fertig war, trat er ans Ausschankfenster, ohne daran zu denken, daß ich noch da war, und preßte sein schmutziges Gesicht an die Scheibe, hinter der der Koch am dampfenden Suppenkessel stand; es war Fjedka, der Dieb aus Leningrad (politische Gefangene wurden fast nie in der Küche beschäftigt). Er lachte den Alten aus und schrie:»Für Gegenrevolutionäre gibt's keinen Nachschlag!«

Ich betrachtete eine Weile die beiden, nur durch die dünne Scheibe getrennten Gesichter.»Stalins Mörder« starrte mit der letzten Kraft seines erschöpften Körpers und Geistes auf den Kessel. Man sah ihm die übermenschliche Anstrengung an, mit der er sich zu erinnern und zu begreifen versuchte. Plötzlich hob er die rechte Hand, wie um zum Schlage auszuholen; aber ich hielt sie fest.»Komm«, sagte ich,»das hat doch keinen Sinn. Ich werde dich jetzt in deine Baracke zurückbringen.«

Ohne jede Gegenwehr ließ er sich gehorsam von mir führen. Er ging tief gebückt, stolperte bei jedem Schritt und schluchzte und seufzte wie auf dem Holzsteg.»Räuber«, sagte er schließlich mühsam,»Räuber, Räuber …«

»Wer?« fragte ich gedankenlos.

»Du, du, ihr alle hier«, schrie er gellend und machte sich im selben Augenblick von mir los und versuchte davonzulaufen. Wie eine riesengroße, mit Schlamm bedeckte Ratte, die sich plötzlich in einem Lichtstrahl gefangen sieht, drehte er sich um sich selbst, als gäbe es kein Entkommen mehr; dann aber blieb er jäh stehen und starrte mich an.

»Ich habe Stalin getötet!« rief er mit einer weinerlich kräch-

zenden, irren Stimme. »Ich habe ihn wie einen Hund abge-
knallt … wie einen Hund …« Er lachte bitter und triumphierend.

Er war zu schwach, um noch klar denken zu können, aber
leider noch stark genug, um zu begreifen, daß der Tod ihm
auf den Fersen war. Ehe er starb, wollte er sich noch zu einem
Verbrechen, das er nicht begangen hatte, bekennen. Die vielen
Jahre hindurch wußte er nicht, weswegen er leidet. Heute wollte er sich bekennen, wollte sich selbst in der grausamen und
unverständlichen Schicksalsfügung, die man ihm vor sieben
Jahren zur Unterschrift vorgelegt hatte, finden. Im Angesicht
einer unbekannten Zukunft und ohnmächtig gegen die Fesseln der Gegenwart, ratifizierte er die ihm angetane Vergangenheit. Und vielleicht hat er in der Stunde des Todes den
Glauben an das Leben und den Wert seines eigenen zerstörten
Daseins wiedergefunden.

4. Kapitel

Drei Kameraden*

Alle Gefangenentransporte kamen zuerst nach Jercewo. Von hier wurden die Gefangenen auf die anderen Lager verteilt. Diejenigen, die nicht das Glück hatten, in Jercewo bleiben zu können, verbrachten meist mehrere Nächte in der kleinen Durchgangsbaracke unmittelbar neben dem Wachhaus. An den Abenden, da ich ganz sicher war, daß meine Brigade nicht zur Arbeit würde antreten müssen, ging ich häufig in diese kleine Baracke, die sogenannte »Peresylni«. Von uns hier führte der Weg in alle möglichen Lager, aber die meisten der Gefangenen waren für das Straflager Alexejewka II bestimmt, von dem kaum jemals einer zurückkehrte. Nur ein einziges Mal, nach der Amnestie, die nach dem russisch-polnischen Vertrag von 1941 proklamiert wurde, bin ich in der Baracke dort einem Gefangenen begegnet, der aus jenem Lager entlassen worden war und auf dem Weg in die Freiheit durch Jercewo kam. Es war Andrzej K., ein freundlicher trotzkistischer Arbeiter aus Warschau, den ich früher schon einmal im Gefängnis in Grodno, kurz nach meiner Verhaftung getroffen hatte. Aus dem, was er mir nur widerwillig erzählte, erfuhr ich, daß die Gefangenen im Straflager Alexejewka II ausschließlich im Wald arbeiten mußten und daß die Verhältnisse dort sehr viel schlimmer waren als in Jercewo. Das Lager lag völlig isoliert inmitten der Urwälder um Archangelsk, weit von jeder anderen menschlichen Siedlung und der Eisenbahnlinie entfernt. Es war nur durch eine Nebenlinie, auf der die Verpflegung dorthin befördert wurde, mit Jercewo verbunden. Das Lager stand ganz unter der Gewalt seines degenerierten Kommandanten, eines NKWD-Offiziers, und des ihm hündisch ergebenen Stabes. Die Gefangenen hausten in halb zerfallenen Baracken, durch

---

* im Original deutsch

deren Dächer das Wasser tropfte, bekamen nur die Verpflegungsstufe II (500 Gramm Brot und zwei Portionen einer dünnen Suppe) und abgetragene, zerlumpte Kleidung, arbeiteten dreizehn Stunden – anstatt zwölf wie anderswo – im Wald, mußten oft zwei oder drei Monate darauf warten, daß man ihnen feierlich einen freien Tag gewährte, und wurden, da es dort kein Lazarett gab, bei den kleinsten Krankheitsanzeichen gleich in die »Leichenhalle« gebracht. Nur im Juli und August, wenn der endlose nördliche Winter einem kurzen, aber sehr heißen Sommer weicht, konnten die ausgemergelten, skorbutkranken Gefangenen in den sumpfigen Lichtungen Beeren, Pilze und die bitteren roten Früchte der Eberesche finden.

Dann blitzte in ihren eitrig verklebten Augen ein Funke Leben auf, und sie erhoben ihre verhärmten, schmutzverkrusteten Gesichter dankbar und voll neuer Hoffnung zur Sonne. Die offizielle Bezeichnung »Straflager« für Alexejewka war noch harmlos im Vergleich zu dem, was es in Wirklichkeit war: ein engmaschiges Riesennetz, in dem die Menschen wie Heringe zappelten. Es waren meist ausländische Gefangene, die in den wenigen Tagen, die sie in der Durchgangsbaracke in Jercewo verbracht hatten, kaum so sehr gegen die Disziplin verstoßen haben konnten, daß sich ihre Verlegung in ein Straflager hätte rechtfertigen lassen. Zu ihnen gehörte das »Lumpenproletariat« aus dem Warschauer Ghetto, das vor der Hölle der Nazibesatzung über den heiligen Fluß Bug ins Sowjetparadies geflohen war. Diese jüdischen Tagelöhner, Schuster, Kleinstgewerbetreibenden und Straßenhändler starben in Alexejewka wie die Fliegen. K. erzählte mir, daß sie oft in den Abfallhaufen nach ein paar faulen Kohlblättern und Kartoffelschalen wühlten. In diesem Straflager brachen deshalb immer wieder Meutereien aus, und erst diese erlaubten es gewissermaßen nachträglich den seit langem bestehenden Sachverhalt zu begründen. Ohne jedes Blutvergießen wurden sie niedergeschlagen – der Lagerkommandant stoppte lediglich für mehrere Tage jede Essensausgabe, und schon bald darauf wurden Skelette, deren Haut so vergilbt war wie das Pergament alter Bibeln und die keine Kugel der siegreichen Revolution getroffen hatte, aus dem Lager fortgeschafft. Nachdem er sich etwas in Jercewo umgesehen hatte, sagte K., der trotz seines Trotzkismus stets geneigt war, alles, was in Rußland geschah, nach wie vor von der »besten Seite« zu sehen: Je weiter man sich von der Zentrale in Moskau entferne, desto schlechter die Lebensbedingungen, was mit anderen Worten bedeuten sollte, daß die Idee gut, aber ihre Ausführung schlecht sei.

Am Ende des Bretterwegs, der zur Durchgangsbaracke führte, mußte man ein paar in den Schnee gehauene Stufen zu ihrem Eingang hinuntergehen. Sie war dunkel, schmutzig, ohne Wasser und »Hwoja« und bedeutend niedriger als die anderen Baracken, so daß man auf den oberen Pritschen nur liegen oder gebückt sitzen konnte. In die dicken Stützbalken des Daches, zwischen denen die Pritschen eingepfercht standen, hatte man Nägel eingeschlagen. An ihnen waren die ständig nassen Stiefel aufgehängt, und das Wasser tropfte so auf den Boden. Auf dem gekrümmten Ofenrohr trockneten die alten Lappen, die sich die Gefangenen um die Füße wickelten. Beim Eintreten schlug einem ein undurchdringliches Dunkel entgegen. Erst wenn sich die Augen an das trübe Licht einer an der gegenüberliegenden Wand angebrachten kleinen elektrischen Glühbirne gewöhnt hatten, konnte man zwei aus grauen, formlosen Lumpenbündeln herausragende Reihen bloßer Füße und drei oder vier Gestalten erkennen, die die Hände über die heiße Ofenplatte hielten, als wäre sie ein rotierender Tisch bei einer spiritistischen Sitzung. Der erste Besucher am Abend holte die Bewohner dieser Baracke gewöhnlich aus ihrem tiefem Schweigen, indem er sie an ihren nackten Füßen zog und die vier üblichen Fragen stellte: »Wer bist du? Woher kommst du? Wohin gehst du? Warum bist du hier?« Ein wütendes »Paschol won!« – »Mach, daß du fortkommst!« – war manchmal die einzige Antwort eines ausgemergelten menschlichen Schattens mit halbwahnsinnigem Blick, der den ungebetenen Frager von sich stieß und sich wieder in seinen Lumpenberg verkroch. Meistens aber erhob sich eine der grauen Gestalten von den Pritschen, um bereitwillig Auskunft zu geben und Tauschhandel zu treiben. Je später es wurde, desto mehr füllte sich die Baracke. Die Gefangenen, die in Jercewo »zu Hause« waren, standen an die Balken gelehnt, während die anderen

aus Angst um ihre kümmerliche Habe auf ihren Pritschen liegenblieben, und man erzählte sich gegenseitig Geschichten,
berichtete, was man erlebt und gesehen, und tauschte Brot und
Tabak untereinander. Die Atmosphäre in dieser Peresylni-Baracke gefiel mir. Mit ein wenig Phantasie ließ sich die Baracke
teils mit einer Herberge vergleichen, in der Abenteurer, die
ausgezogen waren, das Goldene Vlies zu suchen, einkehrten,
und teils mit einem Café irgendwo im Vorkriegseuropa. Hier
konnte man neue Leute kennenlernen, von anderen Lagern
und anderen Gefangenen hören, eine Prise Tabak kaufen, sich
über sein hartes Schicksal beklagen und sogar ein wenig auf
Stalin und seine Prätorianer schimpfen, da diese Männer einen
deshalb kaum denunzieren konnten. Erst nach dem Kriege erfuhr ich mit Kummer, aber zugleich mit geheimer Befriedi-
gung, daß die europäischen Cafés für Millionen von Menschen
genau das gleiche bedeutet haben wie die Durchgangsbaracke
in Jercewo für mich. Scharen von Flüchtlingen nahmen die
Plätze der Stammgäste ein, so daß die Cafés schließlich den
kleinen Holzkästen glichen, die wir in meiner Heimat an die
Bäume hingen, damit sich in ihnen die in wärmere Gegen-
den ziehenden Vögel ein wenig ausruhen konnten, und nicht
mehr den Kaffeehäusern in Wien oder den Cafés chantants von
Paris.

Die Durchgangsbaracke war für uns zugleich auch so etwas
wie ein Institut zur Erforschung der politischen Lage. An der
Art der hier einströmenden Gefangenen ließ sich nämlich der
Preis der Sklavenarbeit und der Grad der ideologischen Abweichungen erkennen. So beherbergte die Baracke – wie ich
aus den Erzählungen meiner Lagergefährten erfuhr – 1939
diejenigen, die bei der »Großen Säuberung« verhaftet, aber
dem Tode entgangen waren, und die man seitdem ohne jeden
sichtbaren Grund festhielt. 1940 kamen dann ganze Kontingente von Polen, West-Ukrainern, Weißrussen und Juden aus
Ostpolen sowie Balten aus dem Norden und Bewohner der
ukrainischen Karpaten. 1941 folgten die ersten Transporte aus
Finnland, zu denen auch Soldaten der Roten Armee gehörten, die in Finnland in Gefangenschaft geraten waren. Diese
Soldaten marschierten durch geschmückte Triumphbögen in

Leningrad, wo sie von Spruchbändern mit der Aufschrift »Das Vaterland grüßt seine Helden« willkommen geheißen wurden, unter den Klängen des Budjenni-Marsches zu einem Eisenbahnabstellgleis außerhalb der Stadt, um in verschlossenen Waggons direkt in die Lager abtransportiert zu werden. In den ersten Monaten nach dem Ausbruch des deutsch-russischen Krieges, im Jahre 1941, war die Durchgangsbaracke vollgestopft mit russifizierten Deutschen aus den Wolgagebieten und Gruppen verstörter Ukrainer und Weißrussen, die, als sich die Front rasch ihren Heimatdörfern näherte, nach Rußland flohen. Ich erinnere mich noch an einige Spitznamen, die man damals diesen Opfern der kriegsbedingten Ortswechsel gab. Die Polen wurden »Anti-Nazifaschisten«, die unglückseligen Soldaten der Roten Armee »Helden der finnischen Front« und die Ukrainer und Weißrussen, die vor den Deutschen geflüchtet waren, »Partisanen des Vaterländischen Krieges« genannt.

Im Februar 1941 traf ich in der Durchgangsbaracke drei Deutsche, die sich von den übrigen Insassen durch eine gewisse Hochmütigkeit und ihre ziemlich gute europäische Kleidung unterschieden. Otto, ein untersetzter, stämmiger, dunkelhaariger Mann mit breitem Gesicht und kleinen stechenden Augen, hatte immer eine schwarze Baskenmütze auf dem Kopf. Hans, der groß, breitschultrig und blond war, trug einen Wollschal um den Hals, und Stefan, ein dünner junger Mann mit intelligentem Gesicht, trennte sich nie von seinen Skistiefeln. Gemeinsam verfügten sie also über so etwas wie eine nicht ganz vollständige Touristenausrüstung und auf den ersten Blick hätte man sie wirklich für drei arme Intellektuelle halten können, die sich in einer Hütte irgendwo im Hochgebirge aufhielten. Ich war sehr verwundert, als ich hörte, daß nur Stefan, der jüngste der drei, Student gewesen war – er hatte in Hamburg studiert –, während die beiden anderen in einer Fabrik in Düsseldorf gearbeitet hatten. Zunächst unterhielten wir uns auf russisch (alle drei sprachen ein sehr ungelenkes und entsetzlich unmusikalisches Russisch, das von vielen ukrainischen Wörtern durchsetzt war und ihnen sichtlich Mühe machte), aber schon bald sind wir ins Deutsche übergegangen, und ich kletterte zu ihnen auf die Pritsche hinauf, wo uns der Lärm des »schwarzen Marktes« in der Baracke nicht störte.

Vor der nationalsozialistischen Machtergreifung gehörten alle drei der deutschen Kommunistischen Partei an, aber sie hatten sich damals nicht gekannt, obwohl Hans und Otto in der gleichen Stadt lebten. Als nach dem Reichstagsbrand die Partei verboten und aufgelöst wurde, emigrierten die drei. Und es war beinahe selbstverständlich, daß sie in Dimitroffs Wahlheimat, die die Wahlheimat aller Kommunisten ist, zu entkommen versuchten. Hans floh über Dänemark, Schweden und Finnland, während Stefan und Otto den Weg über Paris, Italien und den Balkan nahmen. Sie waren sehr erstaunt über die Tüchtigkeit der europäischen kommunistischen Organisationen, dank derer sie ohne alle Schwierigkeiten alle Grenzen passieren konnten. Während der langen Nachtstunden aber, die sie in ständig wechselnden Unterschlupfen verbrachten, ließen sie zusammen mit den zufällig unterwegs getroffenen Genossen ihren Träumereien über das »Vaterland des Weltproletariats«, wie sie es aus den von der Partei herausgegebenen Propagandaschriften und den Berichten der aus Rußland zurückgekehrten Abordnungen kannten, freien Lauf. Die sonntäglichen Parteischulungen fanden in Deutschland im ersten Jahr des Terrors meistens im Grünen statt; unwillkürlich verbanden sie also alles, was Rußland betraf, mit der Erinnerung an schöne Wälder, Felder und Flüsse, an junge Mädchen und die träge Üppigkeit der Obstbäume, unter denen sie sich ausruhten und den dahinziehenden Wolken nachschauten, an die angenehme Müdigkeit, die den ganzen Körper erfaßt, wenn man sich abends nach einem langen Ausflug in die Stadt zurückschleppt.

Otto und Hans lernten sich 1936 in einer Fabrik in Charkow kennen. Stefan hatte zunächst versucht, in Kiew zu studieren. Ihre ersten Eindrücke stimmten kaum mit dem Idealbild überein, das ihnen bei den sonntäglichen Schulungen entworfen worden war, aber ein gut Teil ihrer Enttäuschung konnte damals noch auf das Konto der schwierigen Akklimatisierung in dem fremden Land und ihrer Gewöhnung an das kapitalistische System gesetzt werden. Otto und Hans arbeiteten schwer, verdienten gut, hatten eine recht ordentliche Wohnung und nahmen abends, sobald ihre russischen Sprachkenntnisse dies erlaubten, an den politischen Propagandaveranstaltungen im Vortragsraum der Fabrik teil, deren hohes Niveau sie begeisterte. Als sie sich jedoch zum erstenmal an der jedem dieser Vorträge folgenden »freien Diskussion« beteiligt hatten, ließ ihre Begeisterung beträchtlich nach. Und schon bald stahl sich Otto nach der Arbeit zu einem Glas Bier und einer Partie Billard, während Hans mit einer ebenfalls in der Fabrik beschäftigten jungen Ukrainerin anzubändeln begann. Beide waren erschüttert über das, was in diesen Diskussionen über den Lebensstandard der westlichen Welt zusammengelogen wurde. Als Hans einmal versucht hatte, der Versammlung zu erklären, daß die westliche »kapitalistische Versklavung« auf etwas ganz anderem beruhe, wurde er durch den Vortragenden schroff zum Schweigen gebracht: »Sie möchten wohl gern wieder dorthin zurück, Genosse, woher Sie gekommen sind; andernfalls wäre es besser, Sie überlegten sich erst genau, was Sie sagen.« Hans wußte damals noch nicht, was diese versteckte Drohung bedeutete, aber um keinen Preis verlangte es ihn wieder dorthin zurückzukehren, woher er gekommen war. Von nun an hörte er stumm zu und ließ nur hin und wieder seine Blicke zu der ein Stück von ihm entfernt sitzenden jungen Ukrainerin schweifen. Eines Abends beim Abschied hatte sie ihm ins Ohr geflüstert: »Es ist besser nicht zu widersprechen, wenn jemand von der Regierung spricht.« Mitte 1936 heiratete Hans das Mädchen, zog aus dem Zimmer, das er mit Otto geteilt hatte, aus und lebte von da an mit der Familie seiner Frau zusammen. Bei der Hochzeit erhob Otto, nachdem schon mehrere ältere Gäste auf das Wohl des jungen Paares getrunken hatten, sein Glas und rief: »Die ganze unbesiegbare Sowjetunion ist ein Dreck.«[*] Er war bereits stark angeheitert und die anwesenden Russen hatten diesen kräftigen Ausdruck für eine Art deutsches »Hurra« gehalten, denn sie stießen mit den Gläsern an, nickten und meinten: »Richtig, richtig!« Aber Hans brachte Otto nach diesem Zwischenfall schleunigst nach Hause. Zu dieser Zeit lebte Stefan noch in Kiew; er studierte zwar nicht, weil er noch

* im Original deutsch

nicht genug Russisch konnte, war jedoch schon Ehrenmitglied des Studentenkomitees und bei ihren »Internationalen Treffen« ein geschätzter Sprecher.

Dann kam das denkwürdige Jahr 1937. Die »Große Säuberung« hing wie ein drohender Sturm in der Luft, kündigte sich aber vorerst nur durch aufzuckende Blitze und ein Donnergrollen von jenseits der sieben Berge und sieben Flüsse an. Es war schwer, den seltsamen Gerüchten, den sich widersprechenden Berichten und den sich in geheimnisvollen Andeutungen ergehenden Briefen aus Moskau und Leningrad zu glauben. Aber die immer stärker anschwellende Woge der Verhaftungen und Verfolgungen durchbrach schließlich alle Dämme und ergoß sich mit wildem Tosen über die Ukraine, fegte jeden, der sich ihr in den Weg stellte, unbarmherzig hinweg wie eine Flut, die Dächer, Balken, Fensterrahmen, Möbel und Heuschober mit sich reißt …

In jenen Tagen lag den Menschen, wenn sie in die Büros oder Fabriken, in die Schulen, Universitäten oder nach Hause kamen, die gleiche bange Frage auf den Lippen: »Wen werden sie heute holen?« Als erste kamen die Ausländer an die Reihe. Otto wurde in seiner Fabrik, Stefan in der Universität verhaftet. Hans wurde bei sich zu Hause festgenommen, ohne daß er sich von seiner zu Tode erschrockenen Frau und seinem Kind verabschieden konnte. Er hat seitdem nichts mehr von ihnen gehört; alle Briefe, die er an sie schrieb, sind ohne Antwort geblieben.

Bei den monatelangen Verhören drehte sich alles um dieselbe Bezichtigung: Spionage. Hans und Stefan wurden nur ein paarmal geschlagen, aber Otto mußte erst einmal für sein im trunkenen Zustand herausgeschrienes Wort »Dreck« büßen: Ihm schlug man die Vorderzähne aus, und seine inneren Organe haben sich von den vielen Fußtritten nie wieder völlig erholt. In den ersten Monaten des Jahres 1939 saßen fünfhundertsiebzig deutsche Kommunisten in einem Flügel eines Moskauer Gefängnisses (ich kann mich beim besten Willen nicht mehr erinnern, ob Hans vom Lubjanka oder Butyrki gesprochen hat), und dort begegneten Otto und Hans in der gemeinsamen Zelle dem verängstigten, unglücklichen Stefan und schlossen mit ihm Freundschaft.

Es muß Mitte September gewesen sein – denn jeden Tag berichtete der Wärter beglückt vom Siegeszug der deutschen Armee durch Polen –, als einer der Gefangenen in der Latrine ein Stück Zeitungspapier mit dem Text des russisch-deutschen Vertrags fand. Die Kunde davon verbreitete sich schnell im Gefängnis, und die deutschen Gefangenen beschlossen daraufhin sofort, am nächsten Morgen in den Hungerstreik zu treten und zu fordern, daß der deutsche Botschafter, als Vertreter einer jetzt Rußland befreundeten Nation, sie im Gefängnis besuche und sich um ihre Repatriierung kümmere. Die Russen nahmen eine Woche lang von all dem nicht die geringste Notiz, aber noch vor Beendigung des Hungerstreiks wurde eine Abordnung der Gefangenen – zu der einer aus jeder Zelle gehörte – ins Büro gerufen, um mit einem vom deutschen Botschafter, Graf Schulenburg, entsandten Beamten zu verhandeln. Die Gefangenen stellten nur die eine Bedingung, nach ihrer Repatriierung nicht für ihre Zugehörigkeit zur Kommunistischen Partei und ihre illegale Flucht aus Deutschland bestraft zu werden. Alles andere war ihnen gleichgültig; ja, sie waren sogar bereit, gleich nach Überschreitung der Grenze in die deutsche Wehrmacht einzutreten. An dem Hungerstreik beteiligten sich aus Solidarität auch deutsche Juden, ebenso wie einige Deutsche, die sich aber gegen ihre Repatriierung aussprachen. Die Sowjetregierung hatte den Hungerstreik nicht mit disziplinarischen Maßnahmen beantwortet, und während der monatelang sich hinziehenden Verhandlungen mit der deutschen Botschaft bekamen die Gefangenen sogar besseres und reichlicheres Essen und wurden täglich in den Gefängnishof hinuntergeführt. Eines Tages rief man die gleiche Gefangenenabordnung, um ihr die Entscheidung zu verkünden. Im Prinzip hatten die Russen gegen die Repatriierung der deutschen Kommunisten nichts einzuwenden, behielten sich aber das Recht vor, einige von ihnen nach eigenem Ermessen in Rußland zurückzuhalten. Der deutsche Beamte fügte hinzu, ein neuer Hungerstreik sei nutzlos, da die deutsche Botschaft die russischen Bedingungen bereits angenommen habe. So blieb den Gefangenen keine andere Wahl, als ebenfalls zuzustimmen. Hans, Otto und Stefan gehörten zu jenen, die im Gefängnis bleiben mußten. Im Januar 1940 wurde ihnen, nachdem man sie in eine andere Zelle verlegt hatte, bekanntgegeben, daß sie zu zehn Jahren Haft verurteilt seien, und im Februar brachte man sie nach Jercewo. Sie wußten nichts von den anderen fünf-hundert Gefangenen, die nach Deutschland entlassen worden waren.

Als Hans die Geschichte zu Ende erzählt hatte, fragte ich die drei, ob sie glaubten, daß deutsche Konzentrationslager besser seien als ein Arbeitslager wie dieses hier. Hans zuckte die Schultern und machte ein paar verächtliche Bemerkun-gen; aber Stefan schien zu verstehen, was ich meinte. Da hob Otto, der bis dahin geschwiegen hatte, seinen mächtigen Kopf, schaute Stefan mit seinen kleinen Augen kalt und durchdrin-gend an und sagte fast wörtlich: »Du hast Lust zu philosophie-ren, Stefan, aber Heimat ist immer Heimat, und Rußland wird immer ein Dreck sein.«* Unter dem Eindruck dieser Worte unterließ auch ich jedes weitere »Philosophieren«. In unserer Lage zu ihnen vom Terror des Naziregimes zu sprechen, wäre dasselbe gewesen, als wenn man eine in einer Falle gefangene Ratte auf ein Loch aufmerksam machte und ihr sagte, daß der Weg da hindurch in eine ähnliche Falle führt.

Am nächsten Tage, im Morgengrauen, wurden sie nach Njandoma gebracht. Stefan sah mich, als ich mit den anderen Gefangenen am Gefängnistor stand, wo wir, nach Brigaden aufgestellt, auf den Abmarsch zu unseren Arbeitsplätzen warte-ten. Er winkte und rief: »Auf Wiedersehen, mein Freund!«* Im April bekam ich einen Brief von Hans, den ich noch heute besitze. »Stefan«, schrieb er, »war hier auf allgemeiner Arbeit. Mir, Hans, ist es allerdings gelungen hier als Maschinist zu ar-beiten. Otto ist noch auf allgemeiner Arbeit im Sägewerk be-schäftigt. Wir bekommen nicht einmal von unseren Angehöri-gen aus der S.S.S.R. Post. Wie traurig sieht hier oben im Norden der Frühling aus, und besonders unter den Bedingun-gen, unter denen wir hier leben.«*

☆ ☆ ☆

* im Original deutsch

Bis 1947 war ich überzeugt, daß diese Erzählung im Bereich des Möglichen liegt bis zu der Stelle, wo es heißt, die russische Regierung habe damals mit Einwilligung der deutschen Botschaft die streikenden Gefangenen in neue Gruppen eingeteilt und jede von diesen »nach eigenem Ermessen« in einem anderen Gefängnis in Rußland festgehalten. Erst in London erfuhr ich von Alexander Weissberg-Cybulski, einem der bekanntesten Wiener Kommunisten, einem Jugendfreund von Arthur Koestler, das wirkliche Ende dieser Geschichte. Ein Jahr später wurde mir sein Bericht durch das Buch von Margarete Buber-Neumann »Unter zwei Diktaturen« bestätigt. Im Winter 1940 überquerten die Deutschen die Brücke, die sich bei Brest über den Bug spannt, der zu jener Zeit die Demarkationslinie zwischen Rußland und Deutschland bildete, und marschierten, ohne von Triumphbögen empfangen zu werden, heim in ihr Vaterland, um nach allen ihren Erlebnissen in der Sowjetunion, im Westen auf gleiche Weise ihr Leben zu fristen. Meine drei Kameraden waren nicht unter ihnen. Die deutschen Juden, die sich zu weigern versuchten, wurden vom NKWD über die Brücke gejagt und liefen so der Gestapo direkt in die Arme. Alexander Weissberg-Cybulski floh am anderen Ufer des Bug aus dem Transport und hielt sich den ganzen Krieg über in Polen versteckt.

5. Kapitel

Der Eisbrecher

… – und da man ganz ohne Hoffnung nicht leben kann, so hatte er sich als Rettung ein freiwilliges, fast künstliches Martyrium erdacht.

Dostojewski, *Aufzeichnungen aus einem Totenhaus*

Entgegen der landläufigen Meinung dient das ganze Zwangs-arbeitssystem in Rußland – in all seinen Stadien: Untersuchun-gen, Verhöre, Gefängnishaft und schließlich Arbeitslager – in erster Linie nicht dazu, den Verbrecher zu bestrafen, sondern ihn wirtschaftlich auszubeuten und psychologisch gefügig zu machen. Die Folterungen bei den Verhören werden nicht aus Prinzip angewandt, sondern nur als ein Hilfsmittel benutzt. Der Sinn der Verhöre liegt nicht darin, daß man den Gefangenen erpreßt, seine Unterschrift unter ein fingiertes Urteil zu set-zen, sondern vielmehr in der Vernichtung seiner Individualität.

Ein Mensch, der Nacht für Nacht geweckt wird, der wäh-rend der Verhöre nicht einmal die elementarsten körperlichen Bedürfnisse befriedigen kann, der stundenlang ohne Unter-brechung auf einem kleinen harten Stuhl sitzen muß, von dem grellen Licht einer starken Birne geblendet, von plötzlichen, hinterlistigen Fragen und phantastischen, aufgebauschten Be-schuldigungen überfallen, auf sadistische Weise durch den An-blick von Zigaretten und heißem Kaffee auf dem Tisch vor ihm gequält, ist bereit, wenn dies alles sich manchmal monate-, ja jahrelang wiederholt, alles zu unterschreiben. Das ist aber kei-neswegs der springende Punkt. Erst dann hält man einen Ge-fangenen für »reif«, mit seiner Unterschrift dem allem ein Ende zu setzen, wenn seine Persönlichkeit bereits offensichtlich in ihre Einzelteile zerfällt. In der logischen Gedankenassoziation tauchen Lücken auf, Gedanken und Gefühle werden in ihrem Gefüge gelockert und klappern gegeneinander wie die Teile einer zertrümmerten Maschine; die Treibriemen, die die Vergangenheit mit der Gegenwart verbinden, rutschen von ihren Rädern und hängen schlaff auf dem Grund des Bewußtseins; alle Gewichte und Hebel des Verstandes und Willens werden verbogen und weigern sich zu funktionieren, der Zeiger des Druckmessers springt wie besessen von Null bis zum Maximum und wieder zurück. Die Maschine läuft zwar noch auf Hochtouren, aber sie arbeitet nicht mehr wie zuvor – all das, was einem eben noch wie Wahnsinn erschien, wird plötzlich wahrscheinlich, wenn auch nicht wahr; das Gefühl verliert seine Farbe, der Wille seine Kraft. Der Gefangene ist jetzt zu dem Geständnis bereit, die Interessen des Proletariats dadurch verraten zu haben, daß er an seine Verwandten im Ausland geschrieben hat, daß seine Nachlässigkeit bei der Arbeit Sabotage der sozialistischen Industrie war. Dies ist der entscheidende Augenblick für den Untersuchungsrichter. Noch ein Stoß gegen den lädierten Widerstandsmechanismus, und die Maschine steht endgültig still. In der Narkose schwebt ein Mensch für den Bruchteil einer Sekunde gewissermaßen im luftleeren Raum, wo er nichts fühlt, nichts denkt und nichts begreift. Nun heißt es, schnell zu handeln, wie bei einem künstlich hervorgerufenen Schockzustand oder einer Bluttransfusion, bei der der Herzschlag des Patienten für einen Augenblick aussetzt. Die geringste Verzögerung, die kleinste Unaufmerksamkeit, und der Patient wird auf dem Operationstisch erwachen und dann entweder um sich schlagen oder laut schreien oder aber zusammenbrechen und in Apathie versinken. Jetzt oder nie muß der Richter handeln. Seine Augen starren auf das für diesen Augenblick vorbereitete Beweisdokument, und seine Hände ergreifen es wie ein Skalpell. Nur wenige Stunden vorher hätte es noch seine Wirkung verfehlt, aber da es der einzige Beweis ist, der sich auf eine Tatsache gründet, nimmt es jetzt in der ausgehöhlten Phantasie des Angeklagten gewaltige Formen an. Das Skalpell hat den richtigen Punkt gefunden und stößt tiefer vor. In wilder Hast schneidet der Chirurg jetzt das Herz des Patienten heraus und setzt es ihm auf der rechten Seite wieder ein, schneidet die infizierten Fasern des Gehirngewebes aus, pfropft Hautfetzen auf, ändert den Blutkreislauf, flickt das zerrissene Netz des Nervensystems. Der menschliche Mechanismus, der in seinem äußersten Tiefstand stillgelegt und auseinandergenommen wurde, wird neu zusammengesetzt und dabei völlig verändert. Die in den Gedankenverbindungen entstandenen Lücken werden durch neue Verbindungen wieder geschlossen. Gedanken und Gefühle gehen in anderer Richtung; die Treibriemen laufen verkehrt herum, so daß sie die Vergangenheit nicht mehr der Gegenwart, sondern die Gegenwart der Vergangenheit übermitteln; Verstand und Wille haben andere Aufgaben; der Zeiger des Druckmessers steht unausgesetzt auf dem Maximum. Der Gefangene erwacht aus seinem Trancezustand, sieht seinen »Wohltäter« erschöpft, aber lächelnd an und gibt mit einem tiefen Seufzer zu, daß ihm jetzt alles klar ist, daß er sein ganzes Leben lang geirrt hat, aber daß nun alles gut werden wird. Die Operation ist geglückt; der Patient ist neu geboren. Nur einmal noch, wenn er in seine Zelle zurückgekehrt ist und über dem Kübel endlich seine schmerzende Blase entleeren kann, wenn Schweißtropfen ihm auf die Stirn treten und er fühlt, wie die Spannung aus seinem Körper weicht, hält er plötzlich inne und fragt sich, ob er diese Reinkarnation wirklich erlebt oder nur geträumt hat. Zum letzten Mal in seinem Leben versinkt er mit dem quälenden Gefühl der Ungewißheit in tiefen Schlaf, und am nächsten Morgen beim Erwachen fühlt er sich nach der unmenschlichen Anstrengung der letzten Monate so leer wie eine hohle Nuß – und doch erleichtert in dem Gedanken, daß nun alles vorüber ist. Wenn so ein Gefangener, ohne irgend jemanden anzusprechen, an den Pritschen entlanggeht, kann man mit Sicherheit davon ausgehen, daß es sich um einen Rekonvaleszenten handelt, dessen Wunden schon fast verheilt sind, einen neu zusammengesetzten Menschen, der vorsichtig tastend die ersten Schritte in eine neue Welt tut.

In der Zeit zwischen dem Ende der Verhöre und dem in seiner Abwesenheit gesprochenen Urteil, dem meistens ein rascher Abtransport ins Lager folgt, gewöhnt sich der Gefangene in der Zelle an seine neue Lage. Sein Instinkt warnt ihn, mit den anderen Gefangenen, die die »Große Umwandlung« noch nicht hinter sich haben, von seinem Zustand zu sprechen, denn die Nähte an seinen Wunden sind noch zu frisch, um das heftige Zerren grausamer Hände ertragen zu können. Unbewußt hat er nämlich vor allem vor dem Augenblick Angst, da die neue Wirklichkeit wie ein Kartenhaus zusammenstürzen wird und eine atavistische Stimme, die aus den Trümmern der Vergangenheit herüberklingt, ihm befiehlt, zur Tür zu laufen, mit den Fäusten gegen sie zu trommeln und zu schreien: »Ich habe gelogen! Ich habe gelogen! Ich nehme alles zurück! Ich bin unschuldig! Führt mich zum Richter! Ich will den Richter sprechen, ich bin unschuldig!«

Wenn der Gefangene das Glück hat, von dieser Krise verschont zu bleiben – dieser furchtbaren Krise, in der sein alter Verstand noch über soviel Kraft verfügt, um zu erkennen, daß das neue Herz anders und an anderer Stelle schlägt als früher, und damit die mühsame Arbeit von Monaten oder gar Jahren zu zerstören –, liegt er tagelang still und gleichgültig auf seiner Pritsche, und wartet nur darauf, daß man ihn in ein Lager transportiert. In diesem somnambulen Zustand sieht er nach einiger Zeit noch den schwachen Hoffnungsschimmer, der durch einen schmalen Spalt in der kalten Mauer seines eigenen Gefängnisses sickert. Er beginnt sich nach dem Lager zu sehnen, schüchtern zuerst, dann mit wachsender Ungeduld. Eine lockende fremde Stimme – ein kostbares Überbleibsel seines einstigen Ich, das Bewußtsein, daß er ein anderer gewesen ist und immer noch ein anderer sein könnte – gaukelt ihm ein freies Leben im Lager vor, unter Menschen, von denen sich sicherlich noch einige an die Vergangenheit erinnern können. Er zählt jetzt hauptsächlich auf zweierlei: Arbeit und Mitleid. Dabei will er das Mitleid nicht für sich, denn er hält das, was er eben erst durchgemacht, für einen persönlichen Sieg. Undeutlich nur ahnt er, daß, wenn der dünne Faden, der ihn noch mit der Vergangenheit – in der er ein ganz anderer Mensch war – verbindet, nicht abreißen soll, er um jeden Preis in sich ein Gefühl des Mitleids für seine Gefährten im Unglück nähren muß, ein Mitgefühl für das Leiden der anderen, das ihm beweisen würde, daß er trotz seiner inneren Verwandlung doch noch ein Mensch geblieben ist. »Kann man ohne Mitleid leben?« fragt er sich des Nachts, wenn er sich unruhig auf seinem Lager wälzt und sich ängstlich mit der Hand über die Stirn fährt; wenn er versucht, sich daran zu erinnern, ob er einst menschlichem Leid gegenüber ebenso erschreckend gleichgültig gewesen ist wie jetzt nach seiner Wiedergeburt. Kann man ohne Mitleid leben?

Im Lager wird er lernen, daß man es kann. Anfangs wird er sein Brot mit den halbverhungerten Kameraden teilen, einen Nachtblinden auf dem abendlichen Heimweg führen, um Hilfe rufen, wenn sein Nachbar bei der Waldarbeit sich zwei Finger abgehackt hat, und heimlich Suppe und Heringsköpfe in die »Leichenhalle« schleppen. Aber schon nach einigen Wochen wird ihm klar, daß seine Motive weder rein noch ohne Berechnung sind, daß er den egoistischen Befehlen seines Verstandes folgt und nur darauf bedacht ist, sich selbst zu retten, und erst in zweiter Linie die anderen. Das Lager mit seinen eigenen Gesetzen und dem System, die Gefangenen knapp unterhalb der unteren Grenze des Menschseins vegetieren zu lassen, macht es ihm leicht, zu diesem Schluß zu kommen. Wie hätte er damals im Gefängnis glauben können, daß es möglich sei, einen Menschen so zu erniedrigen daß er in seinen Gefährten nicht Mitleid, sondern Widerwillen und Ekel erweckt? Wie kann er den Nachtblinden helfen, wenn er sieht, daß man sie jeden Tag mit Gewehrkolben schlägt, weil sie die Rückkehr ins Lager verzögern, und die zur Küche eilenden Gefangenen sie unwirsch zur Seite stoßen, weil sie ihnen im Wege stehen? Wie kann er die »Leichenhalle« besuchen und die Dunkelheit und den Gestank der Exkremente dort ertragen, wie sein Brot mit einem hungrigen Irren teilen, der ihn am nächsten Tag mit einem gierig fordernden Blick anstarrt? Nach zwei oder drei Monaten des Kampfes wird der Gefangene, der die »Große Umwandlung« an sich erlebt hat und sich verzweifelt müht, einige der früheren Vorstellungen, die ihm bei den Verhören verlorengegangen sind, wiederzufinden, die Waffen strecken. Ohne zu widersprechen, hört er sich nun das tägliche Murren in seiner Baracke an:»Diese Bastarde in der ›Leichenhalle‹ stopfen sich die Bäuche mit unserem Brot voll, ohne einen Finger dafür zu rühren.« – »Die Nachtblinden drücken nach Anbruch der Dunkelheit unsere Norm herab und kriechen dann so langsam über die Lagerwege, daß man selber kaum vom Fleck kommt.« – »Die dem Hungerwahn Verfallenen sollte man in Strafzellen einsperren, sie werden uns sonst noch unser Essen stehlen.« Recht hatte also sein Untersuchungsrichter, als er sagte, daß der eiserne Besen der Sowjetjustiz nur den Abfall in die Lager kehrt, Menschen aber, die dieser Bezeichnung würdig seien, beweisen könnten, daß man sich ihnen gegenüber geirrt habe. Der letzte Faden ist zerrissen, die Umerziehung des Gefangenen ist vollendet. Es bleibt nur noch die Ausbeutung seiner billigen Arbeitskraft, und wenn er acht oder zehn Jahre Sklavenarbeit überlebt, wird er fähig sein, den Platz des Untersuchungsrichters hinter dem Tisch einzunehmen, an dem dort, wo er einst saß, dann ihm ein Gefangener gegenübersitzt.

Es gibt aber auch solche, die gegen Ende ihrer Strafverbüßung plötzlich erwachen, auf ihr Leben zurückblicken und klar erkennen, daß man sie betrogen, sie nicht überzeugt oder bekehrt, sondern lediglich als Menschen zerstört und ihre Gefühle mit einem glühenden Eisen ausgebrannt hat. Noch ist nicht alles in ihnen erstorben. Es ist zwar zu spät, um mit den Fäusten an die Tür zu hämmern und zu schreien: »Ich will vor den Richter! Ich bin unschuldig!«, aber es ist noch Zeit, die fast erloschene Glut des menschlichen Fühlens neu anzufachen und so ein geläutertes Erbarmen auflodern zu lassen – ein freiwilliges und fast künstliches Martyrium.

✩ ✩ ✩

Ohne diese Einleitung kann man die Geschichte von Michael Alexejewitsch Kostylew, einem Gefangenen, der aus dem Lager Mostowitza kam und unserer Brigade zugeteilt wurde, nicht verstehen. Sie ist in keiner Weise typisch für russische Gefangene und unterscheidet sich besonders von der der Polen.

Im allgemeinen wurden nach der Annexion Ostpolens durch Rußland im Jahre 1939 bei den Verhören von Polen andere Ziele verfolgt als bei den Russen. Es ging nicht darum, zukünftige russische Bürger umzuerziehen, sondern man wollte lediglich die Unterschrift unter ein fiktives Schuldbekenntnis erpressen, um den Offizieren, die Sklavenarbeiter auszuheben und den polnischen Einfluß in den neu erworbenen Gebieten auszumerzen hatten, einen bequemen Vorwand zu liefern. Die

Hast und das Durcheinander bei den Untersuchungen brachten mich zu der Überzeugung, daß die Russen die Aushebung der Sklavenarbeiter in Ostpolen in der Übergangszeit als eine prophylaktische Maßnahme ansahen und daß sie trotz all ihrer hochtrabenden Erklärungen mit der Möglichkeit rechneten, bei der internationalen Konferenz nach dem Krieg mit Polen ein Geschäft zu machen. Nach Ansicht der Sowjetregierung war Ostpolen durch den Ribbentrop-Molotow-Vertrag endgültig an Rußland gefallen, aber die polnischen Einwohner sollten bis zum Kriegsende gleichsam als Sicherheit und Pfand dienen wie die von einem Gläubiger mit Beschlag belegten Vermögenswerte eines Schuldners. Wäre der Krieg anders ausgegangen, und hätten die Russen sich heraushalten können und in Erwartung des deutschen Endsieges nur Zuschauer zu sein brauchen, dann wäre zweifellos dieses Pfand Eigentum jenes seltsamen »Gläubigers« geworden, und eineinhalb Millionen Ostpolen hätten von neuem Verhaftungen und Verhöre über sich ergehen lassen müssen; diese Prozesse wären dann jedoch von erfahrenen und dazu ausgebildeten Männern durchgeführt worden.

Als Kostylew aus seiner zwei Jahre dauernden Versteinerung erwachte, erkannte er deutlich, daß man ihn betrogen und wie man ihn betrogen hatte. All das, was ich oben über die Umerziehungsabsichten der sowjetischen Arbeitslager gesagt habe, ist also keine Theorie, die ich mir selbst – hinterher klug geworden – zurechtgelegt habe; es soll auch keine psychologische Deutung des Lebens und Sterbens von M. A. Kostylew sein, sondern es ist seine immer wieder von ihm erzählte eigene Geschichte. Wie ein Jagdhund, der einmal die richtige Fährte entdeckt hat, spürte Kostylew allen Einzelheiten seiner Gefangennahme, seiner Verhöre und seines Lebens im Lager nach. Er hatte gelernt, ruhig, überzeugend und mit Kennerschaft darüber zu berichten, wie ein Schwindsüchtiger, der mit gespielter Gleichgültigkeit den Fortschritt seiner Krankheit genau verfolgt. Auch war es nicht meine Idee, das bedrohte Menschsein durch Mitleid und später durch ein freiwilliges Martyrium retten zu wollen. Kostylew brachte sie mir nahe, als ich ihn fragte, was er damit bezwecke, wenn er sich alle drei oder vier

Tage körperlich martere und die rechte Hand über dem Feuer anbrenne. Die Art, in der Kostylew sprach, hätte den Verdacht erwecken können, er litte an einer besonderen Form religiösen Wahnsinns, den er von Generationen russischer Mystiker geerbt hätte, oder an einer leichten Schizophrenie, die sich, von ihm selbst unbemerkt, nach dem Schock der fast ein Jahr währenden Verhöre und den ersten Monaten im Lager entwickelt hatte. Er sprach sachlich, knapp und intelligent, mit der für Geistesgestörte so typischen Eindringlichkeit, die keine Gegenargumente aufkommen läßt, und die, wenn sie den Zuhörer erst einmal durch ihre Logik gewonnen hat, ihn dazu bringt, sich ihr zu beugen. Obwohl ich mich nicht dafür verbürge, daß er nicht irre war, will ich seine Geschichte erzählen, so wie ich sie von ihm gehört habe, weil meine Erfahrungen in der Sowjetunion durch die Freundschaft mit ihm ungeheuer bereichert worden sind, und weil sein Tod selbst die anderen Gefangenen in Jercewo tief bewegt hat.

Kostylew war vierundzwanzig Jahre alt, als er auf Veranlassung der Partei sein Studium am Polytechnikum in Moskau aufgab und in die Marineschule in Wladiwostok eintrat. Er war in Woronesch geboren; bereits in frühester Jugend verlor er seinen Vater und mußte so schon als Kind für seine Mutter sorgen, die nach ihres Mannes Tod all die unerfüllte Liebe einer jungen Witwe auf den Sohn übertrug. Die Liebe zu seiner Mutter bildete auch für ihn den einzigen festen Punkt in der ihn umgebenden Welt. Er gehörte zwar dem Komsomol (der kommunistischen Jugendorganisation) und später der Partei an, aber er konnte aus dem Zwang der politischen Schulung immer wieder in die Arme seiner Mutter flüchten. Auf seinem Sterbebett hatte sein Vater ihm noch eingeschärft, seiner Mutter und den »großen Errungenschaften der Oktoberrevolution« immer treu zu sein. Kostylew wuchs in einer kommunistischen Atmosphäre auf und war viel zu tief darin verwurzelt, um annehmen zu können, daß es auf der Welt noch etwas anderes gäbe, dem man die Treue halten mußte. Er schwankte darum auch nicht einen Augenblick, als der Komsomol ihn aufforderte, in Moskau Technik zu studieren, obgleich er versicherte, daß er sich immer sehr zur Literatur hingezogen gefühlt hätte.

Ebensowenig widersetzte er sich, als die Partei ihn zum weiteren Studium auf die Marineschule nach Wladiwostok schickte.

Ehe ich jedoch weiter von seinem Leben berichte, möchte ich die Art und die charakteristischen Merkmale von Kostylews Kommunismus kurz beleuchten. Seine Mutter, eine einfache, ziemlich fromme Frau, verstand nur wenig von dem, was ihr Mann ihr von der Politik erzählt hatte, aber in der Erinnerung an ihn und aus dem instinktiven Gefühl, daß es für sie und ihren Sohn das Sicherste sei, bejahte sie die Politik und bestärkte ihren Sohn noch in seinem revolutionären Eifer. In seiner Kindheit genügte ihm ihr naiver Glaube; als er aber in das Moskauer Polytechnikum eintrat, verlangte sein gereifter Geist nach einer verstandesmäßigen Begründung dieses Glaubens, zu dem er sich bis dahin nur mit dem Herzen bekannt hatte. Er las die marxistischen Klassiker, studierte Lenin und Stalin, nahm aktiv an Parteiversammlungen teil und gelangte zu der Überzeugung, daß er als kommunistischer Ingenieur so etwas wie ein Missionar der neuen technischen Zivilisation in Rußland, das »den Westen einzuholen und zu überflügeln versuchte«, sein werde. Im Laufe der Jahre, als er mit seiner Mutter allein zusammenlebte, entwickelte sich in ihm, wenn er von der Schule heimkam und ihr verhärmtes Gesicht hinter dem Fenster der kleinen Hütte erblickte, später aber in dem engen, halbdunklen Raum ihre abgearbeiteten Hände küßte, der Wunsch, sich selbst zu opfern und zu leiden, damit die anderen glücklich würden. Da er aus der Parteipropaganda wußte, daß es nur noch im kapitalistischen Westen echtes Leiden gäbe, begeisterte er sich an dem Gedanken einer Weltrevolution. Entscheidend wurde sein Charakter durch die heftigen und maßlosen Angriffe der Sowjetpresse und -propaganda gegen den Kapitalismus beeinflußt, und er schwor sich so, für die Befreiung der versklavten Europäer zu kämpfen, nicht weil er den ihm unbekannten Westen haßte, sondern weil er ihn liebte.

Es ist nicht leicht zu begreifen, wie dieser junge Mensch, der, bevor er zum Studium nach Moskau fuhr, von der Welt nichts anderes als Woronesch und die vier Wände der bescheidenen Arbeiterwohnung gekannt hatte, sich ein so ideales Bild vom Westen hatte machen können. Wahrscheinlich hat er, weil er von Natur eher zu gläubiger Hingabe als zu zerstörendem Haß neigte, in seiner Phantasie vor allem die von der Parteipropaganda als »Kämpfer für den Fortschritt« verherrlichten und mit einem Glorienschein versehenen Gestalten verinnerlicht, die um so glänzender erschienen, je dunkler das gesellschaftliche, politische, religiöse und sittliche Umfeld, in dem sie wirkten, von der gleichen Propaganda mit den abgedroschensten Phrasen dargestellt wurde. Die sowjetischen Erzieher haben immer noch nicht so recht begriffen, wie die kindliche Phantasie reagiert. Scharf herausgemeißelte Heiligensilhouetten wirken meistens viel stärker und nachhaltiger auf sie als alle Schrecken der Hölle. Es war komisch und zugleich tragisch anzusehen, wie Kostylew noch im März 1941 vor Bewunderung fast verging, wenn er Thorez nur erwähnte. Für ihn war er der einzige, wahre Nachkomme der großen Französischen Revolution, obgleich er nicht ganz verstehen konnte, daß Thorez dem Mann, der »die Oktoberrevolution verraten« hatte, so blind gehorchte.

Der junge Mischa vertat seine Zeit nicht und lernte, während er studierte und in der Partei tätig war, nebenbei noch in Abendkursen Französisch. In Wladiwostok begann er systematisch zu lesen und ganz zufällig fiel ihm dabei Gontscharows Reisetagebuch *Fregatte Pallada* von der Weltumseglung in die Hände, das ihn aus seiner jugendlichen Traumwelt in die Wirklichkeit führte. Er studierte nun mit doppeltem Eifer, von dem unstillbaren Wunsch besessen, selber einmal reisen zu können. Zweifellos gestaltete sich sein Leben sonderbar: Er machte im reiferen Alter die Erfahrungen eines Knaben und holte das nach, was er in seiner Kindheit durch die ihm früh aufgebürdete Verantwortung versäumt hatte.

Im zweiten Jahr seines Studiums an der Marineschule entdeckte Kostylew in einer kleinen privaten Leihbücherei in Wladiwostok mehrere schon ziemlich zerfetzte französische Romane von Balzac, Stendhal, Flaubert, Musset und Benjamin Constant. Er hatte sich nichts Besonderes von ihnen versprochen und wollte sie nur lesen, um sich ein wenig im Französischen zu üben, aber die Welt, die sich ihm da erschloß, übertraf seine kühnsten Träume, ja, sie schien jeder Wirklichkeit zu spotten. Seitdem lebte er in einer immerwährenden inneren Erregung. Er las die Nächte hindurch, vernachlässigte seine Arbeit, ging nicht mehr zu den Parteiversammlungen, zog sich in sich selbst zurück und mied seine Freunde. Immer wieder versuchte er mir zu erklären, was diese Entdeckung der französischen Literatur für ihn bedeutet hätte.

»Ich war krank vor Sehnsucht nach etwas mir selbst Unerklärlichem«, sagte er und strich sich dabei mit der gesunden Hand über seinen eckigen, glattrasierten Schädel. »Ich atmete eine andere Luft, ich kam mir vor wie ein Mann, der sein ganzes Leben versäumt hat, ohne es zu wissen. Die Handlung an sich war nicht das Entscheidende dabei, denn überall auf der Welt lieben und sterben die Menschen, freuen sich, schmieden Pläne und leiden. Es war die Atmosphäre, die mich so in ihren Bann zog. Alles, was ich las, schien in einem tropischen Klima zu geschehen, und ich selbst hatte von meiner Geburt an in einer Eiswüste gelebt … Ich hatte zwar in Moskau auch ein anderes Leben gesehen, aber an ihm konnte ich nicht teilhaben, denn es vollzog sich, wie ein Geheimkult sozusagen hinter verschlossenen Türen und drang nicht nach außen …«

»Aber Mischa«, warf ich immer wieder aus purem Trotz ein, »das ist doch nur Literatur. Du hast ja keine Ahnung, wieviel Elend und Leid es im Westen gibt.«

»Ich weiß, ich weiß«, nickte er. »Mein Untersuchungsrichter hat das auch gesagt. Aber wenn ich je begriffen habe, und sei es nur für eine kurze Zeit, was Freiheit ist, dann damals, als ich die alten französischen Bücher las. Ich war wie ein Schiff, das im Eis festliegt und trotzdem krampfhaft versucht, warme Gewässer zu erreichen.« Kostylew bediente sich leider oft nicht gerade glücklicher literarischer Vergleiche in seinen Erzählungen, aber dieser hier war in der Tat treffend. Mit seiner großen, kräftigen Gestalt, dem an einen Eisenklotz erinnernden Kopf und den schmiedehammergroßen Fäusten sah er tatsächlich wie ein Eisbrecher aus.

Kostylews Geschichte, die ich zu Anfang nicht begriff und deren Epilog ich miterlebt habe, ist mir jetzt bis in ihre letzten Einzelheiten klargeworden. Man darf freilich die Tragik darin nicht so deuten, wie er es getan hat. Seine Deutung war zwar von einer fast wissenschaftlichen Akribie, aber zugleich sehr einseitig. So war er z. B. fest davon überzeugt, daß er seine »Auferstehung« einigen zerlesenen französischen Romanen verdankte. Meiner Meinung nach hat er diese nur leider zu spät und dann noch im Urtext gelesen. Soviel ich weiß, sind all die Bücher, die Kostylew »entdeckt« hatte, ins Russische übertragen und in billigen, wenn auch mit törichten marxistischen Kommentaren versehenen Ausgaben beim Staatsverlag zu haben. Es war der reine Zufall, daß Kostylew sie auf französisch und zu einer Zeit las, als die verspätete und nicht ausgelebte jugendliche Auflehnung meistens bereits krankhafte, wenn nicht gar manische Züge hat; er bildete sich also ein, daß man ihn betrogen und ihm die »ganze Wahrheit« vorenthalten habe. Seine Haltung dem Westen gegenüber entsprach der eines bekehrten Novizen, der für seinen einstigen Irrglauben falsche Priester und deren gleisnerische Lügen verantwortlich macht. Er zog sich von der Partei zurück, ja, er gab sogar teilweise seiner Mutter und ihrer Erziehung die Schuld, daß er so lange einem Götzen gedient hatte. Eines Tages vergaß er sich in einer Diskussion mit seinen Freunden so weit, daß er ausrief: »Den Westen befreien?! Von was? Von einem Leben, wie wir es noch nie gekannt haben?« Die anderen waren darauf jäh verstummt, aber der Zwischenfall geriet zunächst in Vergessenheit.

Der Besitzer der privaten Leihbücherei war ein alter Deutscher aus dem Wolgagebiet, namens Berger; er wurde 1937 verhaftet. Durch ihn kam Kostylew ein paar Wochen später auch ins Gefängnis. Die ersten Verhöre schienen zu beweisen, daß Kostylew rein zufällig in Bergers Affäre verwickelt worden war. Als der alte Deutsche der Polizei alle angeben sollte, die häufig zu ihm in die Bücherei gekommen waren, erwähnte er auch einen großen, breitschultrigen Studenten der Marineschule. Obwohl Berger während der »Großen Säuberung« verhaftet worden war, als niemand vor »Verdächtigung« sicher sein konnte, lag sein Fall doch so, daß auch jede normale Polizei bei ihm Verdacht geschöpft hätte. Ohne jeden Zweifel war er bei einem Tauschhandel von Gold gegen ausländische Devisen und japanische Luxusartikel, dessen sich die Leiter des Kolyma-Lagers schuldig gemacht hatten, Mittelsmann gewesen.

Wiederholt hatte man Kostylew im Gefängnis bis zur Bewußtlosigkeit geschlagen und, nachdem man ihn mit einem Eimer kalten Wassers wieder zu sich gebracht hatte, die Prozedur noch einmal wiederholt. Er konnte durch die dicken Krusten des an seinen Augen getrockneten Blutes kaum etwas sehen; seine Lippen waren angeschwollen, die Kiefer gebrochen und die Zähne gelockert. Er wollte seine »Schuld« nicht zugeben, und das desto weniger, je mehr er leiden mußte. Der menschliche Organismus ist eine unberechenbare Maschine. Der Leidensfähigkeit ist zwar eine gewisse Grenze gesetzt, aber jenseits dieser Grenze gibt es entweder völlige Unterwerfung oder aber unvermutete Aufsässigkeit, die im Grunde nur eine Form von Empfindungslosigkeit in extremis ist. Ein Zustand dauernder psychischer Apathie, der vor allem eine Folge des Zusammenbrechens der körperlichen Widerstandskraft ist, geht meist in eine völlige Willenslähmung über, so daß man jedes Rückgrat verliert, das durch die vielen Schläge sowieso kaum noch mehr taugt als die zerbrochene Holzstütze einer Stoffpuppe. Aber manchmal geschieht es auch, daß der durch die Prügel versteinerte Organismus mechanisch die letzten kodifizierten Bemühungen des sich verzweifelt wehrenden Bewußtseins wiederholt, ähnlich den instinktiven Reflexbewegungen eines Sterbenden. Kostylew erinnerte sich nur, daß er immer wieder mit aufeinandergebissenen Zähnen und wilder Entschlossenheit gesagt hatte: »Ich bin unschuldig. Ich bin nie Spion gewesen.« Er wurde ohnmächtig in dem Augenblick, als er zum letztenmal »Nein« geschrien hatte; er spürte, wie durch das krampfartige Aufeinanderschlagen seiner Backenknochen sich die Vorderzähne lockerten und er sie dann mit einem Strom warmen Blutes ausspuckte, wobei er sich zugleich so heftig erbrechen mußte, daß es wie ein zischender Strahl an die Wand spritzte. Dann ward alles dunkel um ihn, und er war wie erlöst. Diese Ohnmacht war seine Rettung, denn als er nach einigen Tagen wieder zu sich kam, lag er im Gefängnislazarett, wo man ihn gewaschen und verbunden hatte.

Beim nächsten Verhör hatte man die Anklage wegen Spionage fallengelassen, und es war nur noch von Kostylews politischen Anschauungen die Rede. Es war klar, daß ihn das

NKWD in diesem Zustand nicht zur Marineschule zurückschicken wollte und sich darum entschlossen hatte, die Ermittlungen gegen ihn in eine andere Richtung zu leiten. Es war zu spät, das mißhandelte Gesicht des jungen Ingenieurs zu retten, aber die mächtige Institution, die zwanzig Jahre lang über die Sicherheit der Revolution gewacht hatte, konnte dafür ihr Gesicht wahren. Die sowjetische Rechtstheorie beruht auf dem Grundsatz, daß niemand unschuldig ist. Ein Untersuchungsrichter, dem man einen Gefangenen anvertraut, kann nach vielen vergeblichen Verhören den ursprünglichen Verhaftungsgrund fallenlassen, aber das bedeutet noch nicht, daß er nicht auf andere Art sein Glück versuchen könnte. Die Gefangenen haben eine ausgezeichnete Umschreibung für dieses merkwürdige Verfahren gefunden. »Was haben sie dir angehängt?« fragen sie den Kameraden, wenn er von seinem Verhör zurückkommt. Die Folge dieser Prozeßtaktik ist ein Urteil, das bis zu einem gewissen Grad einen Kompromiß darstellt; dem Angeschuldigten wird klargemacht, daß er »nicht ohne Grund hier ist«, und so kann das NKWD den Mythos seiner Unfehlbarkeit ungehindert weiter aufrechterhalten.

Es erübrigt sich, weitere Einzelheiten aus Kostylews Verhören zu schildern, denn zu Beginn dieses Kapitels habe ich schon an Hand seiner Erfahrungen beschrieben, wie der Charakter eines Gefangenen gebrochen und verändert wird. Kostylews Fall wurde von dem Bergers abgetrennt und einem anderen Richter übergeben. Mischa konnte wieder frei atmen. Die neuen Verhöre im Gefängnis in Wladiwostok dauerten, mit einer kurzen Unterbrechung, ein ganzes Jahr. Aber er wurde nicht mehr geschlagen. Manchmal glichen die nächtlichen Verhöre den eifrigen Diskussionen zwischen jungen Studenten; Kostylew verteidigte seine eigene Stellung, griff an, hielt lange Reden und bereitete sich, wenn er in seine Zelle zurückgekehrt war, auf das nächste Wortgefecht vor wie ein Rechtsanwalt auf sein Plädoyer vor Gericht. Der Untersuchungsrichter hörte die ganze Zeit höflich zu, warf hier und da etwas ein und machte sich Notizen. Für Kostylew, der schon an sich selbst erfahren hatte, daß das NKWD wenn nötig auch über andere Methoden und Argumente verfügte, waren diese drei ersten

Monate der Verhöre wie der tiefe Schlaf in der Morgenfrühe nach einer von bösen Träumen gestörten Nacht. Ja, er mochte ihn schließlich sogar fast gern, diesen schweigsamen, aber unentwegt lächelnden Richter, der ihm Kaffee und Zigaretten anbot, sich teilnahmsvoll nach seinen Wunden am Kopf erkundigte und der, sobald Kostylew die Stimme senkte, sich ein wenig vorbeugte, um jedes Wort verstehen zu können. Diese erste Phase des Verhörs führte jedoch zu nichts. Kostylew hatte alles gebeichtet und seine sündige Liebe zum Westen eingestanden und bat nun, seinen Fall dem Plenum der Parteiorganisation an der Marineschule zu übergeben, da über die Beschuldigung, Einflüssen des bourgeoisen Liberalismus erlegen zu sein, richtiger vor dem Zentralkomitee der Studenten verhandelt werde, das befugt sei, die Gültigkeitsdauer der Mitgliedskarte der Partei zu verlängern oder die Karte zu entziehen. Sein Inquisitor war jedoch anderer Meinung und ging nun zum Angriff über.

Die Szenerie der Verhöre verwandelte sich so rasch wie auf einer Drehbühne. Kostylew wurde jetzt in der Nacht geweckt und nach ein paar Stunden in seine Zelle zurückgebracht, um im Morgengrauen dann von neuem gerufen zu werden. Man holte ihn auch während des Essens oder der Zeit, die für den täglichen Gang zur Latrine bestimmt war. Er durfte sich nicht waschen und wurde nicht mehr in den Hof hinausgeführt. Es war auch kein Gedanke mehr an Zigaretten und warmen Kaffee. Kostylew war wie vor den Kopf gestoßen. Die noch nicht verheilten Wunden brannten an seinem Kopf, in dem das Blut brodelte wie kochendes Wasser, seine Augen waren von dem vielen Schlafentzug gerötet. Selbst am hellichten Tag taumelte er auf dem Wege zu einem neuen Verhör manchmal so sehr, daß er sich wie ein Blinder an der Wand im Flur entlangtasten mußte, oder er wurde ohnmächtig, wenn er auf dem harten Hocker dem Richter gegenübersaß. Die meiste Zeit verbrachte er in dem kleinen Raum, in dem Tag und Nacht die Läden vor den vergitterten Fenstern geschlossen blieben, so daß er jedes Gefühl für die Zeit verlor und eine leichte Beute der hinterhältigen Fragen wurde, die man ihm im grellen Schein elektrischen Lichtes stellte. Manchmal kam ihm sein Kopf wie ein großes, mit Roßhaar gefülltes Kissen vor, in dem Tausende von Nadeln steckten, die ihn immer wieder schmerzhaft stachen, und wenn ihn die Verzweiflung überkam, versuchte er den Schmerz dadurch zu lindern, daß er die Binden von seiner Stirn und seinen Wangen abriß oder sich die Hände an die Ohren hielt, in denen sich jene Nadelstiche zu einem scharfen, metallenen Klang von stählernen Feilspänen verwandelten, die gegen den Boden einer leeren Tonne schlugen. Er wurde immer schwächer, schlief unruhig und fuhr, sobald er seinen Namen hörte, jedesmal jäh hoch, halb betäubt und wie erstickt, und starrte mit seinen brennenden, nichts begreifenden Augen um sich. Grundsätzlich wäre er jetzt bereit und willens, eine abstrakte Schuld zuzugeben, und versuchte den Untersuchungsrichter dafür zu gewinnen. Aber dieser, der sich äußerlich so völlig verändert hatte, als wäre ihm eine Maske vom Gesicht gefallen, wollte erst noch mehr Tatsachen wissen. Wer gehörte zu der Geheimorganisation an der Marineschule? Mit wem hat er über seine Ansichten gesprochen? Wo und wann fanden die Versammlungen statt? Was für praktische Ziele verfolgte sie? Welche Verbindung hatte sie nach außen? Wer war der Führer? Kostylew verneinte mit letzter Willensanstrengung alles, aber er wußte, daß, wenn man die Verhöre noch länger fortsetzte, er Namen und Tatbestände erfinden würde, um in der Fiktion eine Rettung vor der bedrohlichen Leere der Wirklichkeit zu finden. Diese Art der Verhöre war in ihrer Grausamkeit und seelischen Quälerei schon fast ebenso unerträglich wie die kurze Episode der körperlichen Marterungen gleich nach seiner Verhaftung. Doch eines Nachts trat eine plötzliche Wende ein; man verlangte von ihm, zu unterschreiben, daß an der Marineschule keine eigentliche Organisation für die gegenrevolutionäre Agitation, deren er sich schuldig gemacht, bestanden habe.

Im dritten Stadium wurden die Verhöre wieder leichter. Kostylew wurde nur noch einmal die Woche, manchmal auch bloß alle vierzehn Tage abends vernommen. Hauptthema der freundlichen Gespräche waren nun zur Abwechslung die »wirklichen Zustände in Westeuropa«. Jetzt war es der Untersuchungsrichter, der sprach – höflich, lächelnd, nachsichtig wie früher –, und Kostylew hörte zu und stellte Fragen. Die Vorträge waren interessant und gescheit, und die Argumente wurden durch Bücher, Zahlen und Tatsachen gestützt.

Nach allem, was Kostylew durchgemacht hatte, hätte allein schon der veränderte Ton der Verhöre genügt, um in ihm ein Gefühl der Reue zu wecken. Jetzt aber ging es um mehr. Er ließ sich wirklich überzeugen, ja, er glaubte, was sein ehemaliger Verfolger ihm sagte. Aufmerksam hörte er zu, flüsterte dann und wann: »Aber das ist ja entsetzlich«, fragte nach Einzelheiten, zog aus den ihm dargelegten Tatsachen die Schlüsse, die man von ihm erwartete – kurz, in allem, was ihn einmal am Westen begeistert hatte, sah er jetzt nur noch Perfidie und Lüge. Der Richter jedoch dehnte die Vernehmungen künstlich aus, wie um sich zu vergewissern, ob die Bekehrung des Sünders auch wirklich echt und nicht nur geheuchelt sei. Worum ging es noch? Der Gefangene war bereit, für seinen Wankelmut und seine Zweifel zu büßen, denn er hatte seinen Glauben wiedergefunden. Er wollte durch seine Arbeit beweisen, daß er sein Leben mit Freuden dem opferte, was er zu lieben gelernt hatte.

»Nun, Kostylew«, sagte der Untersuchungsrichter eines Abends, »wir können heute die Verhöre beenden. Sie müssen ein Geständnis unterschreiben, und damit ist dann alles erledigt. Die Anschuldigungen gegen Sie sind bis auf die eine, daß Sie die Absicht gehabt haben, die gegenwärtige Regierung der Sowjetunion mit Hilfe ausländischer Mächte zu stürzen, gegenstandslos geworden.«

Kostylew duckte sich und wich ein wenig zurück, als ob er im nächsten Augenblick auf den Richter zuspringen wollte. Das Blut hämmerte in seinem Kopf, und er hätte schreien mögen: »Das ist eine Lüge!« Aber zu seiner eigenen Verwunderung konnte er nur wiederholen: »Die Regierung der Sowjetunion – mit Hilfe einer ausländischen Macht – stürzen?«

Da zog der Untersuchungsrichter, ohne Kostylew aus den Augen zu lassen, ein Schreiben aus dem Aktenordner und warf es auf den Tisch. Es war eine von drei Studenten der Marineschule unterschriebene Zeugenaussage. Ein Satz war mit Rotstift unterstrichen.

»Lesen Sie ihn laut vor«, befahl der Richter kurz.

»Den Westen befreien?! Von was? Von einem Leben, wie wir es noch nie gekannt haben?«

Kostylew ließ das Papier auf den Tisch fallen und senkte den Kopf. Er dachte an sein Reisefieber, an seine Träume von einer Fahrt in den Westen. Doch wer weiß, vielleicht … Alles schien ganz logisch zu sein – unwirklich, aber grauenhaft logisch. Vor ihm lag eine Rechnung mit vielen Posten – er hatte nur noch einen Strich darunter zu ziehen und die Endsumme auszurechnen. Er ließ sich das Geständnis geben und setzte langsam seinen Namen darunter.

»Darf ich an meine Mutter schreiben?« fragte er leise. »Sie hat seit einem Jahr nichts mehr von mir gehört.«

»Sie werden morgen in der Zelle einen Bogen mit Umschlag bekommen.«

Man führte Kostylew darauf noch einmal in seine Einzelzelle zurück, wo er seine Sachen holen sollte, und brachte ihn dann in eine Gemeinschaftszelle. Dort lag er stumm auf seiner Pritsche, vermied jedes Gespräch mit den anderen und starrte unverwandt zur Decke. Die Qual der schlaflosen Nächte und die Tage der grausamen Verhöre waren vorüber. Er war froh, daß man ihn nun in ein Lager schicken würde. Nach einem Jahr des Nichtstuns, das fast ebenso marternd war wie die Vernehmungen und Schläge, sehnte er sich nach Arbeit und einem Leben unter Menschen. Nachts dachte er an seine künftigen Gefährten, und dabei fragte er sich immer wieder: »Kann man ohne Mitleid leben? Ist das möglich?«

Im Januar 1939 wurde er zu zehn Jahren Arbeitslager verurteilt und nach Kargopol geschickt, blieb einige Tage in Jercewo und kam dann als Techniker nach Mostowitza. Dort wurde er wie ein Heiliger verehrt. Noch lange nach seinem Tod sprachen Gefangene aus Mostowitza, die auf einem Transport durch Jercewo kamen, mit andächtiger Ehrfurcht von dem »Ingenieur Michael Alexejewitsch Kostylew«. Als Ingenieur hatte es Kostylew besser als die anderen, und auch seine Arbeit war verhältnismäßig leicht. Er verschenkte fast sein ganzes Brot, brachte Suppenkarten in die »Leichenhalle«, und da er ohne militärische Begleitung das Lager verlassen durfte, schmuggelte er auch hin und wieder etwas Fett oder Gemüse für die Kranken von draußen ein. Er gab für die unter ihm in der Sägemühle arbeitenden Brigaden eine höhere Arbeitsleistung an, als sie in Wirklichkeit erreichten, und dieser »Tufta« brach ihm den Hals. Einer der Brigadeführer denunzierte ihn, und der Kommandant des gesamten Kargopol-Lagers befahl, ihm das Recht, als Ingenieur beschäftigt zu werden, für die ganze Dauer seiner Haft zu entziehen. Er wurde einer Waldarbeiterbrigade zugeteilt, und dort vergaß er sehr schnell Mitleid und Erbarmen, weil er dessen selbst mehr als alle anderen bedurfte. Die körperliche Arbeit zerbrach ihn, und er sank so tief, daß er für ein zusätzliches Stückchen Brot alles getan hätte. Er haßte seine Mitgefangenen und sah in ihnen nur noch seine natürlichen, erbitterten Feinde. Vielleicht wäre er sogar noch tiefer gesunken und hätte das größte Verbrechen begangen, das ein Mensch, der noch den Namen Mensch verdient, in einem Lager begehen kann – das Verbrechen des Bespitzelns und Denunzierens –, wenn ihm nicht zufällig ein Buch in die Hand gefallen wäre, das er schon früher einmal, als er noch frei war, in Wladiwostok gelesen hatte. Er las es im Lager wieder und weinte dabei wie ein kleines Kind, das plötzlich in der Dunkelheit die Hand seiner Mutter wieder fühlt. Und zum zweiten Male erkannte er, daß man ihn betrogen hatte. Im März 1941 kam er nach Jercewo; den rechten Arm trug er in der Binde. Hier wies man ihn dann der Trägerbrigade zu.

Obwohl es schon längst Tag war, schliefen die zwanzig Träger friedlich weiter auf ihren Pritschen und ließen sich auch von Dimkas Rufen, daß das Frühstück vorüber sei, nicht im geringsten stören. Da wir die ganze Nacht hindurch gearbeitet hatten, war uns erlaubt worden, länger liegenzubleiben und vor dem Abmarsch zur Arbeit unser Frühstück zugleich mit dem Mittagessen zu empfangen.

Damals war ich noch nicht an schwere körperliche Arbeit gewöhnt. Ich schlief wie bewußtlos, aber manche Nacht nur zwei Stunden. Dann wachte ich auf und lag, ohne mich zu rühren, zwischen meinen unruhig schlafenden Nachbarn und bereitete mich innerlich so auf den neuen Tag vor. Da ich nur selten nach dem allgemeinen Wecken wieder einschlafen konnte, entdeckte ich einen Tag nach Kostylews Ankunft in Jercewo, was es mit seinem verbundenen Arm auf sich hatte. Nachdem Dimka verkündet hatte, daß die Küche geschlossen sei, war er wie immer ins Lager hinausgegangen. In der Baracke befand sich niemand mehr außer den schlafenden Trägern und einem jungen Mann, der in der Nähe des Ofens saß und in ein Buch vertieft war. Am Tage vorher hatte man uns mitgeteilt, daß uns ein neuer Gefangener aus Mostowitza zugeteilt sei; nur müsse sein Arm erst ausheilen, bevor er mit der Arbeit beginnen könne. Er war hochgewachsen, aber trotzdem wirkte sein eckiger, wie aus einem Felsblock gemeißelter Kopf fast zu mächtig; die buschigen Augenbrauen unter der niedrigen, gewölbten Stirn verdeckten beinahe völlig die kleinen blitzenden Augen, die wie zwei Kohlenstückchen tief in dem vom Hunger aufgedunsenen Gesicht lagen. Die untere Gesichtshälfte war besonders ausgeprägt und verriet starke Intelligenz und einen fanatischen, unerbittlichen Eigensinn. Die schmalen, fest aufeinandergepreßten Lippen ließen unwillkürlich an Bilder von Mönchen aus dem Mittelalter denken. Ich erinnere mich noch, wie sehr mich diese Mischung von Sensitivität und fast brutaler Härte entzückte. Mit der linken Hand schlug er, ganz in sich versunken, die Buchseiten um, während sein kranker rechter Arm unbeweglich auf den Knien ruhte und das Buch festhielt. Ein naives, kindliches Lächeln spielte um seine Mundwinkel.

Plötzlich blickte er um sich, wie um sich zu vergewissern, daß niemand aufgewacht war, legte dann das Buch beiseite und begann mit der gesunden Hand die Binde von dem Arm abzuwickeln. Das dauerte zwei oder drei Minuten, und zwischendurch warf er neue Scheite ins Feuer. Ehe die Binde ganz aufgerollt war, blickte er noch einmal zu uns herüber und riß sie darauf, ohne hinzusehen, mit einem Ruck ab. Ich hatte das Gefühl, seine Augen ruhten auf mir, aber er hatte sie geschlossen, biß sich heftig auf die Lippen, kroch dann näher an das Feuer heran und hielt den Arm, immer noch den Kopf abwendend, über die Flamme. Sein Gesicht verzerrte sich vor Schmerz, seine Augen schienen in ihren Höhlen ganz zu ver-

sinken. Er preßte die Kiefer aufeinander, und große Schweißtropfen standen auf seiner Stirn. In diesen wenigen Sekunden
sah ich nicht nur sein schmerzverzerrtes Gesicht, sondern auch
den Arm, ein Stück geschwollenes Fleisch, an dem Streifen ver-
brannter Haut hingen, von dem Blut und Eiter auf die glühenden Holzscheite hinuntertropften und wie siedend heißes Öl
dort aufzischten. Nach einer Weile zog er den Arm zurück, ließ
sich ermattet auf die Bank fallen, verbarg den Kopf in den
Knien und wischte sich mit dem linken Arm den Schweiß von
der Stirn. Ich kletterte von meiner Pritsche herunter und setzte
mich zu ihm an den Tisch, aber er schien mich erst zu bemerken, als ich die schmutzigen, blutdurchtränkten Lappen aufhob
und ihm half, den Arm neu zu verbinden. Er sah mich überrascht und dankbar an, aber im selben Augenblick glomm
Angst in seinen müden Augen auf. »Hast du zugesehen?« – flüsterte er.

Ich nickte stumm.

»Du wirst doch nichts verraten?«

Nein, er brauchte keine Sorge zu haben. Ich habe sein Geheimnis lange Jahre bewahrt, obwohl Kostylew schon einen
Monat nach diesem ersten Gespräch zwischen uns starb. Aber
da ich nun in sein Geheimnis eingeweiht war, wurde ich auch
bald sein Freund.

Wenn ich mich recht entsinne, war das Mitte März, und bereits am 15. April wurde seine Leiche aus dem Lager forttrans-
portiert. So haben wir uns also nur einen Monat gekannt. Aber
in dieser kurzen Zeit sind wir einander wirklich nahegekom-
men. Kostylew hing an mir wie ein Hund, und wir waren – soweit das in einem Lager überhaupt möglich ist – unzertrenn-
lich. Am Tage nämlich konnten wir kaum zusammensein, da
ich arbeiten mußte, Kostylew aber immer noch auf der Liste
der Arbeitsunfähigen stand. Jeden dritten Abend mußte er seinen Arm im Lazarett zeigen, aber er fand sicherlich jedesmal vorher eine Gelegenheit, ihn erneut den Flammen auszu-
setzen. Obwohl er mir die Geschichte seines Lebens in allen
Einzelheiten erzählt und dabei die Motive für sein freiwilliges
Martyrium bloßgelegt hatte, glaube ich, daß es ihm bei dieser
Selbstquälerei ebensosehr darauf ankam, sich von der Arbeit zu

drücken. Zweierlei sprach dafür. Erstens, die Umstände, die ihn überhaupt auf die Idee gebracht haben: im Wald von Mostowitza hatte er sich eines Tages ein Stück Brot über dem Feuer rösten wollen und es dabei aus Versehen in die Flamme fallen lassen. Weil er es jedoch vor Hunger kaum noch aushalten konnte, hatte er ohne Zögern mit der Hand in das Feuer gegriffen, um das Brot zu retten. Am selben Abend wurde er für sieben Tage von der Arbeit befreit, und da war ihm zum erstenmal der Gedanke gekommen. Zweitens, die Art, wie er die so gewonnene freie Zeit in der Baracke verbrachte. Es ist mir immer ein Rätsel geblieben, und Kostylew vermied es auch bewußt, darüber zu sprechen, wie er im Lager an all die Bücher kam. Er las den ganzen Tag, er las auch in der Nacht, oben auf seiner Pritsche unter der elektrischen Birne, ja, er las sogar noch im Lazarett, wenn er auf den Arzt wartete.

Kostylews Akte muß ein Vermerk des Untersuchungsrichters beigefügt gewesen sein, in dem er Milde und bessere Behandlung empfahl, denn trotz seines »Tufta«-Vergehens wurde er nach dem Unfall im Wald nach Jercewo geschickt und auf höhere Anordnung der Trägerbrigade zugewiesen. Es kann aber auch sein, daß er nach Jercewo kam, weil – zum erstenmal seit seiner Verhaftung im Jahre 1937 – seine Mutter ihn besuchen sollte. Noch in Mostowitza war vereinbart worden, daß sie Anfang Mai von Woronesch nach Jercewo fahren und dort drei Tage mit ihrem Sohn im »Haus des Wiedersehens« verbringen sollte. Mischa war durch die Aussicht auf diesen Besuch so freudig erregt, daß er die drohende Gefahr nicht sah. Ein sonst ganz gesunder Gefangener, dessen Arm nur aus irgendeinem geheimnisvollen Grund nicht heilen wollte, war etwas so ganz Ungewöhnliches, so gar nicht in das sowjetische Arbeitszwangssystem Passendes, daß man es nicht lange dulden konnte. Ich riet Mischa oft, einmal für eine Weile dem Arm Ruhe zu gönnen und, wenigstens bis seine Mutter käme, mit uns zur Arbeit zu gehen. Danach könne er dann wieder tun, was er wolle. Aber er hatte für meine Warnungen nur ein Lächeln und wiederholte immer wie ein eigensinniges Kind: »Ich werde nie wieder arbeiten. Nie, verstehst du? Nie!«

Anfang April hörten wir plötzlich, daß ein Transport nach

Kolyma zusammengestellt werden sollte. Seit ich so manches von deutschen Konzentrationslagern weiß, verstehe ich, daß das Verlegen nach Kolyma der deutschen »Selektion in die Gaskammern« gleichkam. Ebenso wie für die Gaskammern in Deutschland wurden nämlich für Kolyma auch nur die Gefangenen ausgesucht, deren Gesundheitszustand besonders schlecht war. Man schickte sie in Rußland zwar nicht unmittelbar in den Tod, aber zwang sie zu einer besonders schweren Arbeit, der sie keinesfalls gewachsen waren. Die Erklärung für dieses teuflische Paradoxon liegt darin, daß jeder Lagerkommandant zuerst und vor allem für sein eigenes Lager und die Erfüllung des diesem Lager vorgeschriebenen Produktionssolls verantwortlich ist. Wenn er den Befehl bekommt, soundso viele seiner Gefangenen für einen Transport zusammenzustellen, gibt er die schwächsten ab und beschützt eifersüchtig die kräftigeren. Als wir diese Kunde vernahmen, erstarrten wir alle vor Angst und Grauen: Die Unterhaltungen in den Baracken verstummten, niemand murrte bei der Arbeit, und das Lazarett blieb leer. Der Tag des Jüngsten Gerichts nahte, und wir sahen mit demütigem Bangen der Stunde entgegen, da uns das rächende Schwert unseres Herrn treffen würde.

Nicht einmal jetzt vermochte ich Kostylew zur Arbeit zu überreden; nach wie vor fand er sich jeden dritten Tag im Lazarett ein, wo er jetzt neben den Mongolen aus der »Leichenhalle« der einzige Patient war. Am Abend des 10. April wurde ihm mitgeteilt, daß sein Name auf der Kolyma-Liste stehe und er sich am nächsten Morgen im Badehaus zu der sogenannten »sanitären Vorbereitung« zu melden habe. Er nahm diesen Schlag äußerlich ruhig auf, schien aber innerlich wie betäubt zu sein und murmelte nur: »Nun werde ich meine Mutter nie mehr wiedersehen.«

Selbst heute weiß ich noch nicht, was mich an jenem Abend bewog, ins Büro des Lagerkommandanten zu gehen und zu bitten, mich an Kostylews Stelle nach Kolyma zu schicken. Es lag wohl an meiner ganzen körperlichen und seelischen Verfassung. Ich war so völlig am Ende meiner Kraft, daß die Aussicht auf drei Monate Ruhe – so lange dauerte die Fahrt nach

Kolyma – mich lockte. Ich war noch sehr jung, mich reizte diese Reise ans andere Ende der Welt und erfüllte mich mit der mir heute selber unerklärlichen Hoffnung, etwas Neues entdecken zu können. Ich fühlte mich außerdem Kostylew so tief verbunden, daß ich mich zu diesem Freundschaftsdienst verpflichtet glaubte. Jedenfalls trug ich meine Bitte im Büro des Lagerkommandanten dessen Stellvertreter vor, der mich zwar überrascht, aber keineswegs zornig anblickte. »Wir sind hier in einem Arbeitslager«, sagte er kurz, »und nicht in einer sentimentalen Traumwelt.«

Kostylew war nicht im geringsten darüber erstaunt, daß ich versucht hatte, ihn zu retten. Er lebte wirklich in einer »Traumwelt«, wenn auch wohl nicht in jener sentimentalen, von der der stellvertretende Kommandant gesprochen hatte. Er wußte um die Tragik seines Schicksals, und so erschien es ihm ganz natürlich, daß sein »guter Freund aus dem Westen« den Versuch unternommen hatte, die Katastrophe von ihm abzuwenden. Er drückte mir die Hand und ging, ohne ein Wort zu sagen, hinaus. Ich wußte, daß ich ihn vielleicht nie wiedersehen würde, denn die Gefangenen, die in entfernte Lager geschickt wurden, brachte man oft vom Badehaus direkt zum Bahnhof.

Als ich aber am nächsten Abend von der Arbeit zurückkam, erwartete Dimka mich schon am Lagertor.

»Gustav Josefowitsch«, flüsterte er, »Kostylew hat im Badehaus einen Eimer kochendes Wasser über sich gegossen. Er ist jetzt im Lazarett.«

Man wollte mir nicht erlauben, ihn zu besuchen – es hätte auch keinen Sinn gehabt. Kostylew lag lange in einer qualvollen Agonie und kam bis zu seinem Ende nicht wieder zu Bewußtsein. Nun war er für immer von der Arbeit befreit. Und noch heute sehe ich ihn deutlich vor mir, mit seinem vom Schmerz verzerrten Gesicht und dem Arm, der wie ein Schwert in der glühenden Scheide des Feuers steckte – gleichsam das symbolische Bild eines Menschen, der der Reihe nach alles, an was er glaubte, verlor.

Man scheint damals vergessen zu haben, Kostylews Mutter von dem Tod ihres Sohnes zu benachrichtigen, denn als wir in den ersten Maitagen eines Abends vor dem Tor auf die Durchsuchung warteten, sagte uns ein Soldat, daß sie gekommen sei, und deutete auf die Baracke, wo wir sie hinter der Scheibe mit zitternden Händen Mischas Habseligkeiten zu einem Bündel zusammenschnüren sahen.

6. Kapitel

Das Haus des Wiedersehens

»Dom Swidani«, das »Haus des Wiedersehens«, nannten wir die unmittelbar an die Wache gebaute Baracke, in der die Gefangenen einen bis drei Tage mit ihren aus allen Teilen Rußlands für diese kurze Zeit nach Kargopol kommenden nächsten Angehörigen verbringen durften. Die Lage des Hauses war in gewisser Hinsicht voller Symbolkraft: wenn wir vom Lager aus hineingingen, mußten wir durch die Wache, aber der Ausgang lag schon jenseits des Stacheldrahts, in der Freiheit. So befand sich die Baracke, in der die Gefangenen nach vielen Jahren zum erstenmal ihre Verwandten wiedersahen, gewissermaßen an der Grenze zwischen Freiheit und Versklavung. Überschritt der frisch rasierte, gewaschene und festlich gekleidete Gefangene – nachdem er sich entsprechend ausgewiesen und die offizielle Besuchserlaubnis vorgelegt hat – die trennende Schwelle, fiel er direkt in die Arme, die sich ihm aus der Freiheit entgegenstreckten.

Die Besuchserlaubnis wurde dem Gefangenen, ebenso wie seiner Familie, erst nach einem sehr komplizierten und langwierigen Verfahren gewährt. Wenn ich mich recht erinnere, war es theoretisch jedem Gefangenen gestattet, einmal im Jahr den Besuch eines Angehörigen zu empfangen; die meisten jedoch mußten drei, manchmal sogar fünf Jahre darauf warten. War seit der Verhaftung ein Jahr verstrichen, konnte der Gefangene – wenn er nicht in der »Leichenhalle« hauste – beim NKWD ein schriftliches Besuchsgesuch einreichen, dem ein Brief des Verwandten – aus dem unmißverständlich hervorging, daß er den Gefangenen zu sehen wünsche – und eine vom Lagerkommandanten ausgestellte Bescheinigung über die gute Führung des Betreffenden beigefügt sein mußten. Das setzte voraus, daß ein Gefangener, der seine Mutter oder Frau wiedersehen wollte, mindestens schon ein Jahr lang auf Grund seiner Arbeitsleistung die Verpflegungsstufe II erhielt. Der Brief des Angehörigen war aber nicht nur eine Formalität. War derjenige, der den Gefangenen besuchen wollte, nicht blutsmäßig, sondern durch Heirat mit ihm verwandt, übte man den größten Druck auf ihn aus, um ihn dahin zu bringen, seine Verbindung mit dem »Feind des Volkes« aufzugeben; und sehr viele Ehefrauen sind diesem Druck auch erlegen. Ich habe so manche Briefe gelesen, in denen die Frauen ihren Männern schrieben: »Ich kann nicht mehr so leben« und sie gleichzeitig baten, in die Scheidung einzuwilligen. Es kam auch vor, daß, wenn der Gefangene schon begründet hoffen konnte, Besuch empfangen zu dürfen, das Verfahren plötzlich eingestellt wurde; erst ein oder zwei Jahre später erfuhr er dann, daß seine Verwandten es sich damals anders überlegt und den Antrag zurückgezogen hätten. Dann wieder geschah es, daß ein Gefangener im »Haus des Wiedersehens«, statt mit sehnsüchtigem Verlangen in die Arme geschlossen zu werden, mit verlegenen Blicken und der gestammelten Bitte, nicht auf einer Fortsetzung der Ehe zu bestehen, empfangen wurde. Solche Besuche beschränkten sich dann auf die notwendige Aussprache zur Regelung des Schicksals der Kinder, und das Herz des unglücklichen Gefangenen verkrampfte sich dabei in namenloser Qual.

Natürlich mußte der Antrag auf Genehmigung des Besuches zuerst von der Familie gestellt werden. Aus Briefen an andere mit mir befreundete Gefangene habe ich ersehen, daß dies ein sehr langwieriges, schwieriges und oft sogar gefährliches Unternehmen war. Nicht das Gulag (Zentralbüro der Lagerverwaltung), das nur für die Verwaltung der Lager zuständig ist, aber nichts mit der Verhaftung und Verurteilung zu tun hat, entscheidet darüber, sondern der Generalstaatsanwalt, d. h. in Wirklichkeit die sich im Wohnort des Antragstellers befindende NKWD-Dienststelle. Ein Bürger, der mutig ausharrt und sich nicht von den anfänglichen Widerständen beirren läßt, gerät dabei selber oft in eine Falle, aus der es kein Entrinnen gibt. Nur jemand, der politisch eine absolut reine Weste hat und beweisen kann, daß er gegen den Bazillus der Konterrevolution immun ist, wird die so sehr begehrte und selten gewährte Erlaubnis bekommen. Wer in Rußland möchte sich jedoch freiwillig einem Verhör unterziehen, selbst wenn er ein ganz reines Gewissen hat? Denn das politische »Gesundheits«-Zeugnis, das man von ihm verlangt, kann nur die Behörde ausstellen, der er es vorlegen muß. Der Widerspruch, der schon allein darin liegt, wird aber noch von einem anderen, noch ungeheuerlicheren übertroffen. Die bloße Tatsache nämlich, daß jemand mit einem Feind des Volkes verwandt ist, beweist, daß er selber auch von der Seuche der Konterrevolution angesteckt sein muß.

Für das NKWD sind politische Vergehen eine ansteckende Krankheit. Jemand, der bei ihm um ein Gesundheitszeugnis einkommt, ist in seinen Augen allein schon deshalb seuchenverdächtig. Ergibt nun jedoch die politische Blutprobe, daß der Organismus nicht infiziert ist, so wird der Antragsteller geimpft und muß für eine unbestimmte Zeit in Quarantäne bleiben; erst dann wird man ihm gestatten, für drei Tage in direkte Berührung mit dem Kranken zu kommen, der, wiewohl Tausende von Meilen entfernt, vorher den Betreffenden immer noch hätte anstecken können. Das Paradoxe, das zutiefst sadistisch ist und letztendlich oft abschreckend wirkt, liegt darin, daß der Antragsteller zunächst einmal alles tun muß, um den NKWD-Beamten davon zu überzeugen, daß ihn äußerlich und innerlich nichts mehr mit dem Gefangenen verbindet. Und selbstverständlich wird man ihn darauf fragen: »Warum wollen Sie dann die weite und kostspielige Reise unternehmen?« Aus diesem Labyrinth gibt es kaum einen Ausweg. Den Frauen, die sich scheiden lassen wollen, um sich von der Qual eines Lebens als halbe Sklaven, von den ewigen Verdächtigungen und dem Makel der Mitverantwortung für die Verbrechen ihres Ehemannes zu befreien, legt man keine Schwierigkeiten in den Weg. Alle anderen geben schließlich den Reiseplan auf und halten schweigend die Treue oder unternehmen noch einen letzten Verzweiflungsschritt: sie fahren nach Moskau, um dort durch besondere Beziehungen die Erlaubnis zu erlangen. Aber selbst wenn sie so ihr Ziel erreichen, müssen sie nach ihrer Rückkehr aus dem Lager mit der Rache der NKWD-Dienststelle an ihrem Wohnort, die sie übergangen haben, rechnen.

Nach all dem läßt sich leicht denken, daß nur wenige den Mut aufbringen, ein Gesuch für eine solche Reise einzureichen.

Natürlich drängt sich hier die Frage auf, warum all diese gewaltigen Schwierigkeiten und Hindernisse, da die geforderte Zahl der Zwangsarbeiter in das Lager bereits überstellt wurde und die Reisekosten von dem Besucher getragen werden? Darauf ließen sich drei verschiedene Antworten geben, von denen vielleicht alle, aber eine bestimmt das Richtige trifft. Entweder ist das NKWD wirklich davon überzeugt, es sei seine Mission, die politische Gesundheit der Sowjetbürger zu schützen, oder aber es möchte den freien Menschen so lange wie möglich die Zustände in den Arbeitslagern verbergen und sie durch indirekten Druck dazu veranlassen, die Beziehungen zu den gefangenen Verwandten abzubrechen. Vielleicht will es auch, mit der dem Gefangenen vorgegaukelten Hoffnung auf einen baldigen Besuch eines seiner Angehörigen, dem Lagerkommandanten ein Mittel in die Hand geben, aus den Gefangenen die letzten Reste von Kraft und Gesundheit herauszupressen.

Wenn dann der Angehörige – meist die Frau oder Mutter – schließlich im NKWD-Büro des betreffenden Lagers erscheint, muß er eine Erklärung unterschreiben, mit der er sich verpflichtet, nach der Rückkehr nicht ein Wort über das, was er durch den Stacheldraht hindurch vom Lager gesehen hat, verlauten zu lassen. Der Gefangene muß eine ähnliche Verpflichtung unterzeichnen, in seinen Gesprächen weder von seinem noch dem seiner Mithäftlinge Leben im Lager das Geringste zu erwähnen – andernfalls hat er die schwerste Strafe, unter Umständen sogar die Todesstrafe, zu gewärtigen. Man kann sich vorstellen, wie schwer diese Bestimmung auf den Menschen lastet, die sich nach jahrelanger Trennung in einer so ungewöhnlichen Umgebung wiedersehen und versuchen, wieder einen inneren Kontakt zu finden. Was bleibt noch von einer Beziehung zwischen zwei Menschen übrig, wenn der Austausch gegenseitiger Erfahrungen und Erlebnisse verboten ist? Der Gefangene darf nichts sagen und der Besucher nicht fragen, wie es dem Gefangenen seit seiner Verhaftung ergangen ist. Wenn sich dieser so verändert hat, daß man ihn kaum noch wiedererkennt, wenn er erschreckend abgemagert, frühzeitig

gealtert ist, graue Haare bekommen hat und einem wandeln-
den Skelett gleicht, darf er höchstens beiläufig bemerken, er
habe sich in der letzten Zeit nicht besonders wohl gefühlt, weil
er das Klima in diesem Teil Rußlands nicht recht vertrage.
Indem er so den Mantel des Schweigens über den vielleicht
wichtigsten Teil seines Lebens breiten muß, ist er gezwungen,
sich an die ferne, halbvergessene Vergangenheit zu erinnern, da
er noch frei und ein völlig anderer Mensch gewesen. Er befindet sich damit in der qualvollen Lage eines Menschen, der seine
Not laut herausschreien möchte, aber dem die Lippen versie-
gelt sind. Ich weiß nicht, ob alle Gefangenen sich an diese
Schweigeverpflichtung hielten, aber angesichts des hohen Prei-
ses, den sie sonst hätten zahlen müssen, ist wohl anzunehmen,
daß es meistens der Fall war. Von zwei einander so nah verwandten Menschen ist sicherlich nichts zu befürchten, womit
der eine den anderen in Gefahr bringen könnte. Aber wer
weiß, ob nicht in dem kleinen Raum, in dem sie diese Tage
zusammen verbringen, Mikrophone eingebaut sind oder ein
NKWD-Offizier an der Wand horcht? Oft, wenn ich am »Haus
des Wiedersehens« vorüberkam, hörte ich ein Schluchzen, und
ich glaube, daß dieses hilflose, krampfartige Weinen alles aus-
drückt, was man da drinnen nicht mit Worten sagen darf, und
die qualvolle Spannung zwischen den so lange getrennt Ge-
wesenen löst. Ich glaube auch, daß das gerade das Wesent-
liche bei diesen Begegnungen ist, denn der Gefangene wagt
es nur selten, vor seinen Kameraden zu weinen, aber ich weiß
aus eigener Erfahrung, wie gut es einem tut, wenn man sich
nachts in den Schlaf hineinweinen kann. In dem erzwungenen
Schweigen versuchen die beiden Menschen, die sich dort im
»Haus des Wiedersehens« nach jahrelanger Trennung wieder-
begegnen, sich mit scheuen Liebesbeweisen aneinander heran-
zutasten und sich zu vergewissern, daß der andere wirklich
noch da ist, aber kaum, daß sie sich ohne Worte wieder nahe-
gekommen sind, müssen sie schon wieder auseinandergehen.
Darum waren die Gefangenen, wenn sie von dort ins Lager
zurückkehrten, innerlich noch zerrissener, ausgehöhlter und
niedergedrückter als vor dem langersehnten Besuch.

In seinem Buch »Ich wählte die Freiheit« erzählt Viktor

Krawtschenko die Geschichte einer Frau, die, nach vielen vergeblichen Versuchen, erst als sie sich verpflichtete, beim NKWD mitzuarbeiten, die Erlaubnis bekommen hat, ihren Mann in einem Lager im Ural zu besuchen. In dem kleinen Raum neben der Wachstube wurde ein alter Mann in schmutzigen Lumpen hereingeführt, und es dauerte eine Zeit, bis sie in ihm ihren Mann wiedererkannte. Es ist zwar durchaus glaubhaft, daß er gealtert war und sich sehr verändert hatte, aber nicht, daß er in Lumpen vor der Frau erschien. Wenn ich auch nicht in einem Lager im Ural, sondern am Eismeer gewesen bin, und mich somit nur für das verbürgen kann, was ich dort gesehen, gehört und erlebt habe, so glaube ich doch sagen zu können, daß man in sämtlichen russischen Arbeitslagern, so verschieden sie auch im einzelnen sein mochten, bestrebt war (vielleicht sogar auf Befehl von oben), die freien Sowjetbürger so lange wie möglich in dem Glauben zu halten, daß diese sich von einem normalen Industrieunternehmen nur dadurch unterschieden, daß sie an Stelle von Arbeitern Gefangene beschäftigen, die begreiflicherweise nicht so gut bezahlt und nicht so gut behandelt werden wie andere Arbeiter. Zwar kann man den körperlichen Zustand der Gefangenen den sie besuchenden Verwandten nicht verbergen, wohl aber, wenigstens teilweise, die Verhältnisse, in denen er lebt. In Jercewo mußte der Gefangene am Tage vor der Ankunft des Besuches ins Badehaus und zum Friseur gehen und von dort zur Kleiderkammer, wo er seine alten Lumpen für drei Tage gegen ein sauberes Leinenhemd, saubere Unterwäsche, eine neue wattierte Hose und Jacke, eine Mütze mit Ohrenschützern und ein paar fast neue Stiefel eintauschte. Nur die Gefangenen, die noch einen Zivilanzug besaßen, entweder den, den sie bei ihrer Verhaftung getragen, oder einen, den sie sich – meistens auf nicht ganz ehrliche Weise – für diesen Zweck »organisiert« hatten, waren davon ausgenommen. Obendrein erhielt der betreffende Gefangene auch noch seine Brotration und Suppenkarten für drei Tage im voraus. Meist aß er das Brot auf der Stelle auf, um einmal satt zu sein, während er die Suppenkarten an seine Freunde verteilte, da er annahm, daß der Besucher genug Eßvorräte mitbringen würde. War der Besuch dann wieder abgereist, mußte der Gefangene alles, was man ihm mitgebracht, auf der Wache vorzeigen. Von dort hatte er sich dann unverzüglich zur Kleiderkammer zu begeben, wo man ihn im Handumdrehen wieder in die Jammergestalt zurückverwandelte, die er vorher gewesen. All diese Bestimmungen wurden sehr streng durchgeführt, und trotzdem gab es auch hier die krassesten Widersprüche, die die dem freien Bürger der Sowjetunion vorgespielte Komödie um ihre ganze Wirkung bringen konnten. Wenn der Besuch am Morgen nach seiner Ankunft den Vorhang am Fenster des kleinen Raums ein wenig zur Seite schob, sah er draußen die vor der Wache zum Abmarsch angetretenen Brigaden, verdreckt und zerlumpt und vor Hunger, Kälte und Erschöpfung am ganzen Leibe zitternd, stehen. Nur ein Tor konnte annehmen, daß der sauber gewaschene und ordentlich gekleidete, wenngleich ausgemergelte Mann, den man Tage vorher ins »Haus des Wiedersehens« geführt, es sonst besser als all die anderen hatte. Dieser empörende Mummenschanz hatte neben allem Tragischen auch etwas Komisches, und der Gefangene wurde von seinen Kameraden grinsend und mit lautem Hallo begrüßt, wenn er sich in seinen »Sonntagskleidern« in seiner Baracke zeigte. Ich hatte jedesmal, wenn ich einen so Ausstaffierten sah, das unheimliche Gefühl, einem Toten zu begegnen, dem man für seine letzte Reise seinen besten Staat angetan hat und nun nur noch in einen prunkvollen Sarg zu betten brauchte. Die Gefangenen selber, die man zu dieser makabren Komödie zwang, fühlten sich in ihrer Verkleidung wenig wohl; sie kamen sich erniedrigt vor und schämten sich, daß man sie als Aushängeschild benutzte, hinter dem sich das wahre Gesicht des Lagers verbarg.

Von der Straße her, die vom Lager zum Dorf führte, wirkte das Haus freundlich und einladend. Es war aus rohem Tannenholz gebaut; die Lücken zwischen den Balken hatte man mit Werg ausgestopft, das Dach bestand aus schönen Dachziegeln, und die Wände waren glücklicherweise nicht verputzt, wie die unserer Baracken, die von dem Wasser der Schneeschmelze und dem Urin der Gefangenen – die an ihnen des Nachts ihre Notdurft verrichteten – schmutzige, graugelbe Flecken hatten. In der langen Tauperiode bröckelte der Putz dort an vielen Stellen ab, und wir konnten diesen Anblick kaum ertragen, weil er uns für unseren eigenen körperlichen Verfall symbolisch erschien. Schon deshalb, weil es so ganz anders aussah als unsere Baracken, ließen wir unsere müden Augen gern auf dem »Haus des Wiedersehens« ruhen und nannten es unter uns, nicht ohne Grund und nicht nur wegen seines Aussehens, die »Stätte der Erholung«. Zu der einen, sich jenseits des Stacheldrahtes befindenden Eingangstür führten ein paar Holzstufen hinauf. Nur die Besucher von auswärts durften diese Tür benutzen. Vor den mit baumwollenen Vorhängen umrahmten Fenstern standen Blumenkästen. Jedes Zimmer war mit zwei sauberen Betten, einem großen Tisch, zwei Bänken, einem Waschständer und einer Wasserkanne, einem Kleiderschrank und einem eisernen Ofen möbliert, und die elektrische Birne war sogar von einem kleinen Schirm verdeckt. Was konnte ein Gefangener, der jahrelang auf einer gewöhnlichen Pritsche in einer schmutzigen Baracke geschlafen hatte, sich mehr an kleinbürgerlicher Behaglichkeit wünschen? Wir alle erträumten uns von unserem Leben in der Freiheit nichts anderes als solch einen bescheidenen Raum.

Jeder Gefangene erhielt hier sein eigenes Zimmer; trotzdem waren ihm im Gegensatz zu dem Besucher viele Beschränkungen auferlegt. Während dieser sich bei Tag und Nacht frei bewegen und auch ins Dorf gehen konnte, mußte der Gefangene die ganze Zeit in dem kleinen Zimmer bleiben; er konnte höchstens, wenn's ihn danach verlangte, für ein paar Minuten ins Lager zurückkehren, wurde dann aber vorher immer in der Wache genau durchsucht. In Ausnahmefällen wurde die Besuchszeit auf den Tag beschränkt, dann mußte der Gefangene nachts in seiner Baracke schlafen und durfte erst im Morgengrauen wieder seinen Gast aufsuchen. (Ich habe nie den Grund dafür herauszufinden vermocht. Einige Gefangene meinten, es hinge von der Art des Vergehens ab, aber für diese Annahme bot die sonstige Praxis bei diesen Besuchen keinen Beweis.) Wenn die Gefangenen am Morgen auf dem Wege zur Arbeit am »Haus des Wiedersehens« vorbeikamen, waren die Vorhänge meist ein wenig zur Seite geschoben, und wir konnten dann hinter dem Fenster das seltsam entspannte Gesicht unseres

Kameraden neben dem fremden Gesicht eines freien Menschen sehen. Absichtlich langsam, mit schweren, schleppenden Schritten zogen wir dort vorüber, um »denen von draußen« zu zeigen, was man hinter dem Stacheldraht aus uns gemacht hatte. Anders konnten wir uns nicht bemerkbar machen; im übrigen war es uns auch ausdrücklich verboten, zu winken, wenn wir zufällig einmal an den Eisenbahnschienen einem vorüberfahrenden Zug begegneten. (Die Wachen hatten sogar den Befehl, uns beim Herannahen eines Zuges in den nahen Wald zu treiben.) Manchmal stand dann ein Gefangener lächelnd hinter dem Fenster und grüßte uns dadurch, daß er seinen Besuch zärtlich umarmte, als wollte er auf diese rührend einfache Weise uns daran erinnern, daß sie auch Menschen seien, ordentlich gekleidete Angehörige haben und einen freien Menschen umarmen können. Aber häufiger noch standen ihm die Tränen in den erloschenen Augen, und in seinem hageren Gesicht zuckte es schmerzlich auf. Vielleicht war er von unserem so jämmerlichen Anblick bewegt, vielleicht aber dachte er nur an morgen oder übermorgen, wenn auch er wieder mit der Brigade, hungernd und frierend, zu einem neuen Zwölfstundentag in den Wald marschieren mußte ...

Die Situation der Frauen, denen es nach Überwindung zahlloser Hindernisse gelungen ist, zu einem Besuch ins Lager zu kommen, war in gewisser Hinsicht auch nicht beneidenswerter als die der Gefangenen. Sie fühlen deren grenzenloses Elend mit, ohne es ganz begreifen oder ihnen auch nur ein wenig helfen zu können. In den langen Jahren der Trennung sind ihnen ihre Männer fremd geworden, und der Funke Liebe, der noch in ihren Herzen glimmt, kann in diesen so schnell dahinschwindenden drei Tagen nicht wieder zur Flamme auflodern, um ihren Nächsten die Wärme zu geben, die sie ihnen geben möchten, und derentwegen sie hierher gekommen sind. Außerdem warf das Lager, obwohl es ihnen versperrt blieb, seine drohenden Schatten auf sie. Zwar waren sie nicht Gefangene, aber mit Feinden des Volkes verwandt. Sie würden lieber wie die Gefangenen hassen und leiden, als stumm dieses demütigende »Zwischen–den–Fronten«–Stehen ertragen zu müssen. Die Lagerbeamten behandelten sie zwar höflich und korrekt, aber zugleich mit großer Reserviertheit und unverhüllter Gering-schätzung. Wie sollen sie auch die Frau oder Mutter eines Mannes achten können, der um einen Löffel Suppe bettelt, in den Abfallhaufen herumwühlt und längst jedes Gefühl für die eigene Menschenwürde verloren hat? Im Dorf Jercewo sah man jedem Neuangekommenen gleich an, was er hier will, und um die Lagerbesucher machte man einen großen Bogen. Ein Gefangener erzählte mir, daß seine Tochter, als sie ihn im Lager besuchte, im Dorf eine alte Freundin zufällig wiedergesehen hatte, die jetzt mit einem Lagerbeamten verheiratet war. Sie hatten sich freudig begrüßt, aber gleich darauf hatte die Frau des Beamten ängstlich gefragt: »Wie kommst du denn nach Jercewo?« »Ach«, hatte das Mädchen geantwortet, »ich will nur meinen Vater besuchen. Du kannst dir ja denken, wie unglücklich wir alle sind«, und rasch hinzugefügt: »Er ist natürlich unschuldig.« Sie hoffte heimlich, daß die Freundin für ihren Vater im Lager vielleicht etwas tun könnte. Aber die andere hatte nur kühl bemerkt: »Dann ist es am besten, du machst in Moskau eine Eingabe, dort wird man die notwendigen Nachprüfungen anstellen.«

Obgleich diese Besuche nur ganz selten möglich und so schwer zu erreichen waren, ja vielleicht gerade darum, spielten sie im Lagerleben eine große Rolle. Noch während meiner Gefängniszeit habe ich erkannt, daß ein Mensch, der nichts mehr planen kann – das Ende der Haftzeit und die endgültige Freilassung liegen in zu weiter Ferne, als daß man sie darin ein-beziehen könnte –, doch wenigstens etwas haben muß, auf das er sich freuen kann. Die wenigen Briefe, die man erhielt, wa-ren so nichtssagend und so vorsichtig abgefaßt, daß es einem fast gleichgültig war, ob sie kamen oder nicht. Das einzige, wor-auf man mit Spannung und sehnsüchtiger Ungeduld wartete, waren die Besuche. Auch wenn man noch keinen festen Ter-min wußte, konzentrierten sich alle Gedanken auf das große Ereignis. Es war wie eine heimliche Leidenschaft, die einen vor der äußersten Verzweiflung, vor der grauenhaften Erkenntnis der völligen Sinnlosigkeit seines Lebens bewahrte. Man nährte die Hoffnung krampfhaft mit allen Mitteln, schrieb Gesuche und Anträge nach Moskau, ertrug die schwerste Arbeit klaglos wie jemand, der weiß, daß er sich mit ihr seine Zukunft erkämpft, sprach am Abend mit Kameraden, die dieses Glück schon einmal erlebt hatten, erkundigte sich danach, was man tun könne, um das Wunderbare schneller zu erreichen. An Ruhetagen stellten sich die Gefangenen vor dem »Haus des Wiedersehens« auf, wie um sich davon zu überzeugen, daß man auch für sie ein Zimmer reserviert habe, stritten untereinander, welches das beste sei, und reinigten und stopften die Zivilkleider, die sie noch besaßen. Wer keine Familie hatte oder Ausländer war, war natürlich schlechter dran, aber er konnte doch immerhin an der Vorfreude und gespannten Erwartung der anderen teilnehmen und durch die Besuche wenigstens einen leisen Abglanz von dem Leben draußen in der Freiheit spüren.

Menschen, die gezwungen oder auch freiwillig von der übrigen Welt abgeschieden leben, idealisieren alles, was »draußen« vorgeht. Es war ergreifend zuzuhören, wie sie die Freiheit beschwörten, von der sie jetzt bald einen winzigen Zipfel erhaschen sollten. Man hätte glauben können, in ihrem ganzen Dasein vor der Verhaftung wäre es niemals zu bitteren Enttäuschungen und Schicksalsschlägen gekommen. Die Freiheit war heilig und unersetzlich. In der Freiheit schlief, aß und arbeitete man anders. Die Sonne schien dort heller, der Schnee war weißer und die Kälte nicht so grimmig. »Weißt du noch, weißt du noch?« flüsterten sie mit erregten Stimmen auf ihren Pritschen. »Als ich noch frei war, war ich so blöde und wollte kein dunkles Brot essen.« Oder: »Kursk genügte mir nicht, ich wollte durchaus nach Moskau. Wenn meine Frau kommt, werde ich ihr sagen, was ich jetzt von Kursk denke, ich werde ihr sagen …« Solche Worte konnte man bis tief in die Nacht hören, aber niemals beteiligte sich an diesen Gesprächen einer, der gerade ebensolchen Besuch hinter sich hatte. Illusion und Wirklichkeit waren da zusammengestoßen, und die Illusion war davon hart mitgenommen worden. Ob der Gefangene nun enttäuscht war, weil die Freiheit, der er in den drei Tagen teilhaftig geworden, einer idealisierten Vorstellung nicht entsprochen hatte, oder weil die Tage wie ein Traum vergangen waren und nur eine um so größere Leere in ihm zurückgelassen hatten; weil es für ihn nichts mehr gab, auf das er sich noch freuen konnte – einer wie der andere war nach den Besuchen still und bedrückt, ganz zu schweigen von denen, bei denen der Besuch der Frau nur den Sinn gehabt hatte, die Einwilligung in die Scheidung zu erlangen. Krestynski, ein Tischler von der 48. Brigade, hatte zweimal nach einem Gespräch mit seiner Frau, in dem sie ihn zur Scheidung drängte und von ihm die Zustimmung verlangte, die Kinder im Städtischen Kinderheim unterzubringen, versucht, sich zu erhängen. Ich glaube, wenn die Hoffnung das einzige ist, was dem Leben noch einen Sinn gibt, kann ihre Erfüllung oft zu einer unerträglichen Qual werden.

Jüngere Gefangene hatten es noch schwerer, weil sie vor dem Besuch ihrer Frauen noch zusätzlich in große Unruhe gerieten, was ihren Pritschennachbarn nicht verborgen blieb. Die langen Jahre der schweren Arbeit und des Hungers hatten ihre Manneskraft untergraben, und darum erfüllte sie der Gedanke an ein intimes Zusammensein mit der ihnen fast fremd gewordenen Frau neben scheuer Erregung mit nervöser Angst, ja Verzweiflung. Ein paarmal hörte ich Männer nach einem Besuch prahlerisch von ihren sexuellen Fähigkeiten berichten, aber meistens wurde schamhaft darüber geschwiegen. Selbst die »Urkas« ärgerten sich, wenn ein Posten, der sich bei einer Nachtwache die Zeit damit vertrieben hatte, durch die dünne Bretterwand auf die Liebeslaute von drinnen zu lauschen, sich anderen Gefangenen gegenüber später in spöttischen Bemerkungen erging. Sonderbar: im allgemeinen herrschte im Lager eine sexuelle Zügellosigkeit, in jeder Frau sah man hier nur eine Prostituierte, die Liebe war nichts als eine körperliche Funktion, und den Schwangeren in der Entbindungsbaracke wurden unflätige Witze zugerufen. Inmitten dieses Sündenpfuhls, der Erniedrigung und des Zynismus aber war das »Haus des Wiedersehens« die einzige Stätte eines echten Liebeslebens, so wie man es früher gekannt hatte. Ich erinnere mich noch, wie sehr wir uns freuten, als ein Gefangener von zu Hause die Nachricht bekam, daß seine Frau ein Kind geboren hatte, das während ihres Besuchs im Lager gezeugt worden war. Hätten wir dieses Kind bei uns im Lager haben dürfen, so wäre es unser aller Kind gewesen, und wir hätten selber gehungert, nur um ihm zu essen geben zu können, und es wäre von Hand zu

Hand gegangen, obgleich hier so manches Geschöpf zur Welt kam, das die Frucht einer »Liebe« auf der Barackenpritsche war. Und darin lag gerade der große Unterschied: auf einer Barackenpritsche und nicht im »Haus des Wiedersehens«, in einem reinen Bett von einer freien Frau empfangen … Auf diese Weise nämlich berührte unser Leben – das Leben von Toten und Vergessenen – zaghaft und vorsichtig die Freiheit und entschlüpfte so durch einen kleinen Spalt aus dem Sarg, dessen Deckel uns oft stärker erdrückte als alle physische Pein.

Was soll ich sonst noch vom »Haus des Wiedersehens« berichten? Vielleicht nur dies eine, daß ich als Ausländer nie einen Besuch erwarten konnte. Das ist wahrscheinlich auch der Grund, daß ich das Verhalten meiner Kameraden, an deren Freude und Enttäuschung ich unfreiwillig teilnahm, so objektiv, und scheinbar innerlich unbewegt, habe schildern können.

7. Kapitel

Auferstehung

Das Lagerlazarett war so etwas wie ein Hafen der Zuflucht für Schiffbrüchige. Es gab nur wenige Gefangene, die beim Anblick der gut gebauten Baracke mit den großen Fenstern nicht in Gedanken aufgeseufzt hätten: wenn man doch nur zwei oder drei Wochen in der hellen Krankenstube, in einem sauberen Bett verbringen könnte, von einer freundlichen, hilfsbereiten Schwester gepflegt, von einem höflichen Arzt behandelt und unter Leidensgenossen, die alle ganz verändert, menschlich und sympathisch wirkten. Wir sehnten uns nach einem Lazarettaufenthalt, träumten Tag und Nacht davon, nicht so sehr, weil wir uns dort für eine kurze Zeit ausruhen konnten, sondern weil wir wieder Menschen wurden, die dem Leben und der Welt so zugewandt waren wie einst, und so unsere Selbstachtung und das Bewußtsein unserer Menschenwürde zurückgewannen, wenn auch nur für diese schmale Zeitspanne, die uns noch bis zu unserem Tode verblieb. Im Lazarett, wie im »Haus des Wiedersehens«, versuchte der Gefangene, sein eigenes Bild im Spiegel der Vergangenheit zu sehen. Und von beiden kehrte er unglücklicher als zuvor in seine Baracke zurück: das war der Preis, den er für diese kurze Rückkehr zur Normalität hatte entrichten müssen.

Die Gefangenen, die es wagten, ihre früheren Vorstellungen und Maßstäbe neu in sich aufleben zu lassen, mußten, wenn sie aus dem Lazarett wieder entlassen wurden, für diese kurze Auferstehung mit einem langsamen, qualvollen Sterben büßen. Die glücklicheren hauchten dort ihr Leben aus und nicht in der »Leichenhalle«, in den Baracken oder bei der Arbeit: sie hatten die Welt noch einmal in einem besseren Licht gesehen, ehe sie sie für immer verließen.

Der Gefangene kann das Leben im Lager nur ertragen, wenn er alle Kriterien, die er in der Freiheit angewandt, aus seinem

Gedächtnis und Herzen zu verbannen vermag. Die alten Gefangenen trösteten die Neuangekommenen meistens mit den Worten: »Es ist alles nicht so schlimm; man gewöhnt sich daran.« Das »Sich-daran-Gewöhnen« hieß: alles vergessen, was man einst gedacht, wie man gefühlt, wen und wie man geliebt, was man gemocht und was einen abgestoßen hatte. Zwar ist dies keinem einzigen Gefangenen vollkommen gelungen, aber es gab doch Männer, die nach mehreren Jahren eines Daseins hinter Stacheldraht ihre Erinnerungen besser in Zaum halten konnten als ihre primitiven Instinkte. Erbarmungslos hatten sie eine unübersteigbare Mauer zwischen der Vergangenheit und der Gegenwart errichtet. Die meisten Gefangenen jedoch brachten das nicht über sich und versuchten durch die Erinnerung an ihr früheres Leben sich das schwere gegenwärtige zu erleichtern. Die ersten sind stärker und schwächer zugleich als die anderen. Stärker, weil sie sich ungehemmt den Gesetzen des Lagerlebens unterwerfen und es unbewußt als normal und natürlich hinnehmen, und dennoch schwächer, weil der kleinste Riß in dem Schutzwall, den sie sich selber gebaut haben – irgendein nebensächliches Ereignis, das ihre Phantasie belebt –, die zurückgestauten Erinnerungen wie eine Flut durchläßt, die alles mit sich reißt, was man an künstlichen Widerständen ihr entgegenzustellen versucht hat.

Einfache Menschen fanden sich leichter mit dem Leben im Lager ab, denn für sie ist es nur der Kulminationspunkt ihres mühseligen Erdenlebens, und mit demütigem Herzen warten sie auf den himmlischen Lohn für ihr geduldiges Ausharren im Leiden. Aber die intelligenteren, die eine reichere Phantasie und Lebenserfahrung hatten, waren meist viel verwundbarer und, wenn sie sich nicht mit einem Panzer von Zynismus haben umgeben können, hilflos ihren Erinnerungen ausgeliefert. Bezeichnenderweise haben sich gerade die Kulaken und Gewohnheitsverbrecher so »daran gewöhnt«, daß sie nur ungern ins Lazarett gingen und lieber statt dessen, wenn sie von der Arbeit befreit wurden, in ihren Baracken blieben, als fürchteten sie, ihr Sklavendasein nicht mehr ertragen zu können, wenn sie die Freiheit wieder einmal ein wenig gekostet hätten. Aber für die anderen, die, trotz der Warnungen ihres Instinkts, nicht alles vergessen wollten, war das Lazarett eine Zufluchtsssstätte, und sie begrüßten die Krankheit, die ihnen einen Aufenthalt dort ermöglichte. Kehrten sie danach zur Baracke zurück, waren ihre Gesichter vom Leid gezeichnet: Für eine kurze Weile war die Vergangenheit für sie lebendig geworden und hatte sie mit neuer Hoffnung auf die Zukunft erfüllt, aber dann waren die schützenden Mauern schon wieder eingestürzt.

Neben dem »Haus des Wiedersehens« war das Lazarett die einzige Lagerbaracke, die ebenso gut gebaut und erhalten wurde wie die Häuser der freien Menschen im Dorf Jercewo. Zu beiden Seiten des breiten Flurs lagen die Krankenstuben, die jeweils zwei Fenster hatten und in denen höchstens acht Betten standen. Wenn man aus seiner schmutzigen Baracke hierher kam, fiel es einem besonders auf, wie sauber und ordentlich alles war. Bis auf die improvisierten Lagerstätten im Flur, auf denen die Kranken oft mehrere Tage verbringen mußten, bis ein Bett frei wurde, unterschied sich das Lazarett in nichts von einem einfachen, aber gut geführten Krankenhauses in irgendeiner europäischen Provinzstadt. In der Mitte des Korridors befand sich das Zimmer für die Ärzte und Schwestern. Dort wurden auch in zwei Glasschränken die Medikamente und ärztlichen Instrumente aufbewahrt, und der große Tisch diente in Notfällen als Operationstisch.

Der Leiter des Lazaretts war ein Arzt aus dem Dorf, ein freier Mann, der jeden zweiten Tag ins Lager kam, um nach den Kranken und der Krankenstation zu sehen. Ihm unterstanden drei Lagerärzte – Löwenstein, Tatjana Pawlowna und ein russifizierter Pole namens Zabielski. In allen Streitfragen traf er die Entscheidung. Zwar beschäftigte er sich nicht damit, ob ein Gefangener von der Arbeit zu befreien oder ins Lazarett zu schicken sei, aber er überwachte die Behandlung und entschied, wann der Kranke wieder entlassen werden sollte. Nach Meinung der Lagerverwaltung genügte diese Kontrolle der Lagerärzte, sie daran zu hindern, ihre Befugnisse zu überschreiten. Sie waren, ebenso wie die Schwestern, Gefangene und konnten theoretisch ihre Stellung dazu benutzen, das Los der anderen zu mildern. In der Praxis jedoch richteten sie sich genau nach ihren Vorschriften, weil sie wußten, daß, wenn die kleinste Übertretung ruchbar wurde, man sie sofort wieder einer Arbeitsbrigade zuteilte. Wer über 38 Grad Fieber hatte, wurde von der Arbeit befreit, und wenn seine Temperatur auf 39 anstieg, ins Lazarett geschickt, ebenso wie alle, die bei der Arbeit einen Unfall erlitten. Bei der Arbeitsbefreiung konnten die Ärzte ein wenig mogeln, aber selbst da fürchteten sie, von ihren Assistenten denunziert zu werden – die häufig nur ihren guten Beziehungen zum NKWD ihre Stellen verdankten – oder von Gefangenen, die im Auftrag des NKWD die Loyalität des Arztes feststellen sollten. Es war auf jeden Fall für sie besser, streng zu verfahren; denn wenn ein Gefangener ohne die erforderliche Temperatur von der Arbeit befreit wurde, konnte das das Ende ihrer ärztlichen Laufbahn bedeuten. Man machte ihnen jedoch keinen Vorwurf wegen der Verweigerung der Arbeitsbefreiung, selbst wenn der Gefangene hohes Fieber hatte. Dies läßt sich ganz einfach und logisch erklären: nach Ansicht der Lagerverwaltung wäre es töricht gewesen, sich dort einzumischen, wo die Gefangenen sich gegenseitig Böses zufügen; es mußte aber unbedingt verhindert werden, daß sie einander halfen. Diese Einstellung wäre begreiflich, wenn die Gefangenen, statt sich gegenseitig zu quälen, sich lieber beigestanden hätten – aber leider war das in den sowjetischen Arbeitslagern nicht der Fall. Abgesehen davon sah die Lagergesetzgebung einen maximal zulässigen Prozentsatz Arbeitsunfähiger (ich glaube, es waren 5% der gesamten Lagerbelegschaft) vor, der auf gar keinen Fall überschritten werden durfte. So konnte der Arzt oft nur die wirklich Schwerkranken von der Arbeit zurückstellen, während er die leichter Erkrankten zur Arbeit schicken mußte und sie dabei mit dem mageren Versprechen tröstete, ihnen ein andermal zu helfen, damit bei der Zählung nicht zu viele fehlten, was immer zu peinlichen Rückfragen führte.

Die Lazarettbehandlung bestand bei allen Krankheiten hauptsächlich in der Verabreichung einer kleinen Dosis von Erholung und einer übergroßen Dosis von Tabletten, die die Temperatur herunterdrücken sollten. In der Lagerapotheke gab es so wenig verschiedene Medikamente, daß die Gefangenen die meisten bereits mit Namen kannten, und häufig schon um sie baten, ehe der Arzt seine Diagnose gestellt hatte.

Natürlich bemühten sich die Ärzte gemäß den Geheimverfügungen der Lagerverwaltung (von denen ich durch einen mir befreundeten Arzt erfuhr), nur die noch arbeitsfähigen Gefangenen schnell wieder gesund zu machen. Alte Männer, Gefangene mit einem unheilbaren Herzfehler, Pellagra oder Tuberkulose konnten sich im Lazarett nur ein wenig ausruhen, ehe sie starben oder in die »Leichenhalle« gebracht wurden. In diesem Fall hatte der Doktor lediglich dafür zu sorgen, daß der Kranke nach einigen Tagen Lazarettaufenthalt kräftig genug war, sich allein in die benachbarte »Leichenhalle« zu schleppen, weil sein Bett dringend für einen anderen Kranken gebraucht wurde. Man unternahm aber nichts, um völlige körperliche Erschöpfung, verschiedene Arten des durch Hunger hervorgerufenen Irrsinns oder der Nachtblindheit zu kurieren, ebensowenig wie hochgradigen Vitaminmangel, dessen Folgen Furunkulose und das Ausfallen der Haare und Zähne waren. All diese Kranken kamen ohne weiteres in die »Leichenhalle«. Nur der Gefangene, der noch kräftig genug war, daß es sich der Mühe lohnte, konnte damit rechnen, daß die eine oder zwei Wochen, die er im Lazarett verbringen durfte, für ihn mehr als eine Flucht aus der Wirklichkeit in die Träume der Vergangenheit sein würden.

Im Vergleich zum übrigen Lager ging es im Lazarett geradezu luxuriös zu. Jeder Patient mußte, ehe er dort aufgenommen wurde, das Badehaus aufsuchen. Gleich bei seinem Eintritt in die Krankenstube nahm man ihm seine Lumpen ab, gab ihm frische Wäsche und führte ihn zu einem sauber bezogenen Bett, neben dem ein kleiner Nachttisch stand. Welche Verpflegungsstufe er auch immer im Lager haben mochte, hier bekam er die »Stufe III« und dazu rohes Gemüse gegen Vitaminmangel und täglich eine große Portion Weißbrot. Diejenigen, die an Pellagra litten, erhielten außerdem noch pro Tag zwei Stück Zucker und ein ebenso großes Stück Margarine. Alles war so ungewöhnlich und seltsam, daß Gefangene, die ins Lazarett kamen, um einen kranken Freund zu besuchen, schon an der Tür ihre Mützen abnahmen und nicht einzutreten wagten, ehe eine freundliche Schwester sie dazu ermunterte.

Man kann nicht über die sowjetischen Arbeitslager schreiben, ohne dabei besonders der Güte und Hilfsbereitschaft der Krankenschwestern zu gedenken. Kam es daher, daß die Schwestern wenigstens am Tage — die Nächte mußten sie wie alle anderen in ihren Baracken verbringen — unter menschlichen Bedingungen lebten, oder daß das Lazarett der einzige Ort im Lager war, wo man der leidenden menschlichen Kreatur noch helfen durfte — ich weiß es nicht, jedenfalls pflegten sie uns mit so viel mütterlicher Hingabe, daß sie uns gleichsam wie Wesen aus einer anderen Welt erschienen, die nur durch eine absurde Laune des Schicksals unter uns leben und mit uns die Qualen der Versklavung erdulden mußten. Selbst die freien Männer wurden von der menschlichen Atmosphäre des Lazaretts angerührt. Jedesmal wenn der Lagerkommandant, Samsonow, zur Inspektion kam, wechselte er mit jedem Patienten ein paar Worte, und sogar die sonst so harte Stimme von Jegorow, dem freien Chefarzt (es hieß, daß er auch einst Gefangener gewesen sei), wurde sanft und mild, sobald er am Bett eines Kranken stand.

Nach allem, was ich vom Lazarett in Jercewo selber gesehen und mit den Erinnerungen und Erzählungen anderer Gefangener verglichen habe, glaube ich sagen zu können, daß es in Rußland so etwas wie einen »Krankenhaus-Kult« gibt. Sogar in den schlimmsten Lagern und in den schlimmsten Zeiten der Lagergründungen wehte in den Lazaretten eine andere Luft, und das Sklavensystem Sowjetrußlands wirkte sich in ihnen scheinbar nicht aus. Keiner, der nach seiner Genesung wieder aus dem Lazarett entlassen wurde, konnte es begreifen, daß er nun wieder ein Gefangener war, nachdem man ihm, solange er still in dem sauberen Bett gelegen, alle menschlichen Rechte, mit Ausnahme der Freiheit, zugebilligt hatte. Menschen, die nicht an die krassen Gegensätze des sowjetischen Lebens gewöhnt sind, empfinden die Lagerlazarette wie Kirchen, in denen man Schutz vor der allgewaltigen Inquisition findet. Sich nicht den dort geltenden Gesetzen zu unterwerfen, kam fast einer Schändung des Heiligen gleich; auch hier wird der Mensch zwar nicht verehrt, aber wenigstens geachtet, und er weiß zwischen Quälerei und Strafe zu unterscheiden.

☆ ☆ ☆

Darum ist es auch nicht verwunderlich, daß die Gefangenen kein Mittel unversucht ließen, um ins Lazarett zu kommen. In der »Pionier«-Zeit war dies durch Selbstverstümmelung bei der Arbeit zu erreichen, und ich habe viele gesehen, denen an einer oder an beiden Händen mehrere Finger fehlten. Dimka verdankte seinem rechten Holzbein nicht nur einen dreimonatigen Lazarettaufenthalt in Njandoma im Jahre 1937, sondern auch seinen Posten als Barackenältester. 1940 kamen jedoch die Lagerverwaltungen, beunruhigt durch die hohe Unfallziffer, hinter die Ursache, und von diesem Zeitpunkt an wurden alle »Arbeitsunfälle«, wenn sie nicht in allen Einzelheiten glaubwürdig erklärt werden konnten, als »Sabotage« mit einer zusätzlichen Haft von zehn Jahren bestraft. Dennoch war ich noch im Dezember 1941 Zeuge, wie ein junger Gefangener, der zwei Tage zuvor trotz all seiner Proteste, seines Bittens und Flehens aus dem Lazarett entlassen worden war, mit abgehacktem Fuß aus dem Wald ins Lager gebracht wurde.

Da Selbstverstümmelung verboten war, mußte man andere Listen und Schliche ersinnen, um ins Lazarett zu kommen. Bei unserem schlechten Gesundheitszustand bekam man schon eine Blutvergiftung, wenn man in eine kleine Wunde etwas Schmutz rieb. Manchmal verursachte sie nur leichtes Fieber, aber oft stieg die Temperatur auch auf die vorgeschriebene Höhe. Die »Urkas« spritzen sich aufgelöste Seife in den Penis, wodurch sie eine Geschlechtskrankheit simulierten, und sie wurden, wenigstens solange sie unter ärztlicher Beobachtung standen, von der Arbeit befreit. Ich selbst habe mir einmal, als ich bei der Arbeit so in Schweiß geraten war, daß mir das Hemd am Leibe festklebte, bei minus 35 Grad den Oberkörper frei gemacht, und schon am nächsten Tage − es war im Februar 1941 − kam ich dann für zwei Wochen ins Lazarett.

Eine Schwester geleitete mich in das große Krankenzimmer zu meinem Bett, das zwischen dem des deutschen Gefangenen S. und dem des russischen Filmschauspielers Michail Stepanowitsch W. stand. In den ersten Tagen sprachen wir kein Wort miteinander. Die Zeit kroch langsam dahin; auch in den Nächten lag ich, nachdem ich mich gründlich ausgeschlafen hatte, oft wach und starrte zur Decke oder zu den zugefrorenen Fensterscheiben, hinter denen sich ein undurchdringliches Dunkel ausbreitete. Ich versuchte absichtlich, mich wach zu halten, um meine Zeit im Lazarett noch mehr auszukosten. Hier erst wurde mir mit einer Intensität, die zugleich Schmerz und Freude beinhaltete, die ganze Erniedrigung und Qual des Gefängnislebens klar. Gleichzeitig erlebte ich in dieser Stille und Einsamkeit meine Auferstehung und träumte, man habe mich in eine Einzelzelle gebracht. Nach Mitternacht ging Schwester Eugenia Feodorowna durch die Krankenzimmer und legte, ohne das Licht anzuschalten, jedem Kranken für einen Augenblick ihre kühle Hand auf die Stirn. Ich tat so, als schliefe ich, um unnötigen Fragen zu entgehen, aber ich erinnere mich, daß ich einmal ihre Hand ergriff und sie sie stumm an meine vom Fieber ausgedörrten Lippen führte. Sie blickte mich verwundert und unwillkürlich auch erschrocken an, aber von nun an lächelte sie mir immer zu, sobald sie unser Krankenzimmer betrat. Im Lager wurde ebenso wie im Gefängnis nur im Lazarett nachts das Licht gelöscht. Und in der Dunkelheit begriff ich, daß ein Mensch allein in der Einsamkeit den wahren inneren Frieden finden und wieder er selbst werden kann. Nur in der allumfassenden Stille, im Dunkel, durch das nichts von der Außenwelt dringt, vermag man sich selbst zu erkennen, und man fühlt sich in dieser Erkenntnis befreit und erlöst, bis einem wieder Zweifel kommen und man sich jäh der eigenen Winzigkeit in dem unendlichen Universum – das in der Phantasie noch gewaltiger erscheint – bewußt wird. Wenn solch ein an Mystik grenzendes Erlebnis einen für das Religiöse empfänglich macht, dann ist mir das zuteil geworden, und ich habe lästerlich gebetet: »O Gott, schenke mir Einsamkeit, denn ich hasse alle Menschen.« Mit der Auferstehung meines eigenen Ich zerriß alles, was mich mit meinen Mitmenschen verband. Ich vergaß das Lager, die Gefangenen da draußen, ich vergaß meine Familie und meine Freunde, ich dachte nur noch an mich. Und so starb ich, während ich auferstand. Mit jedem Tag wuchs mein Haß auf den Gefangenen, der nach mir in diesem Bett liegen würde. Ich war aus meinem Grabe auferstanden, aber ich fand nur eine öde Wüste um mich – es war ein bitterer Triumph. Wenn die Kühle der Nacht meine ausgedörrten

Lippen erfrischte und ich in der tiefen Stille ringsum nur den regelmäßigen Schlag meines Herzens hörte, fand ich zu mir selbst zurück und verlor zugleich jedes Gefühl für das Leben der anderen. Ich war wie ein Blinder, der durch ein Wunder wieder sehend geworden, inmitten eines leeren Raumes voller Spiegel steht, aus denen ihn seine eigene Einsamkeit anblickt. Solange ich hohes Fieber hatte, dauerte dieser seltsame Seelenzustand an – ungefähr fünf Tage. Danach fühlte ich mich kräftig genug, um im Bett zu sitzen und mit meinen Nachbarn ein wenig sprechen zu können. Der gesprächigere der beiden war Michail Stepanowitsch W., ein schöner alter Mann mit weißem Spitzbart und kurzgeschorenem Kopf, der vor seiner Verhaftung in sowjetischen historischen Filmen zaristische Bojaren dargestellt hatte. Es war ihm sehr zugute gekommen, daß in Sowjetrußland alle Filmschauspieler, die großen ebenso wie die kleinen, sehr populär sind. Nur ein Jahr hatte er im Wald arbeiten müssen, dann wurde er Nachtwächter bei einem der Lebensmittellager und durfte ohne Bewachung das Lager verlassen. Es ging ihm verhältnismäßig gut, denn die freien Beamten der Lebensmittelzentrale steckten ihm manchmal eine Zigarette oder ein Stück Brot zu, und so schien er mit seinem Schicksal ganz ausgesöhnt zu sein. Er hatte eine tiefe, etwas manieriert klingende Stimme, wie sie für Menschen, die mit dem Theater in Berührung gekommen sind, typisch ist. Ich beschreibe ihn hier so ausführlich, weil mir im Lager sonst niemand begegnet ist, der wie er alles, was er seit seiner Verhaftung erlitten, für natürlich und folgerichtig hielt. Er war der demütig ergebene Untertan, der gelernt hatte, zu gehorchen und die Regierung zu achten – ein wahrer Musterbürger. 1937 hatte man ihn verhaftet, weil er in irgendeinem Film in seiner Darstellung eines Iwan dem Schrecklichen dienenden Bojaren das Edle zu sehr betont hatte. Er erzählte mir das mit todernstem Gesicht, so als hätte er wirklich ein Verbrechen begangen. »So ist das nun einmal, Gustav Josefowitsch«, pflegte er zu sagen, »es hat so sein müssen.« Ich versuchte ihm klarzumachen, wie dumm und unmenschlich ein System sei, das ihn einer schlechten schauspielerischen Leistung wegen bestraft habe, aber er hörte dann nie richtig zu, blickte nur still vor sich hin und strich sich leise seinen seidigen Bart. Er war davon überzeugt, daß einem anständigen Menschen keine größere Auszeichnung zuteil werden kann als der Beifall seiner Regierung, und daß es die größte Schande für ihn ist, wenn er ihr Mißfallen weckt. Das Schicksal seiner Mitgefangenen berührte ihn kaum. »Sie müssen es verdient haben«, sagte er. Aber manchmal fügte er unvermittelt mit trauriger Stimme hinzu: »Arme Seelen, arme Seelen.« Ich glaube, daß er zu der Sorte von Staatsbürgern gehörte, die zwar ehrlich und ohne Heuchelei den Sturz der Tyrannei wünschten, aber nie gewagt hätten, selber die Hand gegen sie zu erheben, solange sie an der Macht war. Zwei Gefühle beherrschten ihn nämlich zugleich: eine echte Empörung über alle Ungerechtigkeit und die instinktive Überzeugung, es sei das Vorrecht der Herrschenden, zu bestimmen, was Gerechtigkeit und Gesetz ist.

Michail Stepanowitsch schämte sich seines Vergehens, das ihm die Strafe eingebracht hatte, und doch glaube ich, in seinem tiefsten Inneren fand er es lächerlich. Er verkörperte noch etwas von der »alten Ordnung«, und deshalb war ich ihm zugetan. Er hielt an dem anachronistischen Glauben fest, daß mit Gefängnis nur bestraft werde, wer nachweislich ein Verbrechen begangen habe. Sein alter Kopf konnte es nicht fassen, daß man auch Unschuldige einkerkerte. So redete er sich nach und nach ein, daß er schuldig sei, oder tat wenigstens so. Stunden und Aberstunden versuchte er uns klarzumachen, daß er, ohne es zu wollen, seine Rolle falsch angelegt und dadurch die Tendenz des Films gefährdet habe. Ich konnte nichts anderes tun, als ihm still zuzuhören und ihn seines tragischen Irrtums wegen zu bedauern. Glücklicherweise wurde er bald wieder gesund; zwei Tage, ehe er aus dem Lazarett entlassen wurde, stellte er sich, mit einem Krankenhauskaftan, den er über die Unterwäsche geworfen hatte, in dramatischer Pose mitten in der Krankenstube auf und zitierte uns Verse seines geliebten Puschkin. Ich habe immer noch eine Zeile aus Puschkins »Gesang des Oleg« im Gedächtnis, die er mehrmals höchst pathetisch vortrug: »Oh, sage mir, Prophet, Liebling der Götter, welches Schicksal hast du für mich bereit?«

Mein anderer Nachbar, der Deutsche S., war viel schweigsamer, vielleicht aber auch nur deshalb, weil er sehr schlecht Russisch sprach. Obgleich er kein Kommunist war, war er 1934 als Ölexperte nach Baku gegangen. Damals bestand ein Abkommen, auf Grund dessen Deutschland der Sowjetunion Techniker aller Industriesparten zur Verfügung stellte. 1937 verhaftete man ihn und warf ihm Spionage vor. Von allen Gefangenen im Lager, die ich kannte und die man für alle möglichen, völlig unwahrscheinlichen Verbrechen verurteilt hatte, war S. der einzige, an dessen Schuld ich ohne weiteres zu glauben bereit war. Er gehörte zu den Menschen, die immer und überall die Aufmerksamkeit auf sich lenken und schon allein durch ihr Verhalten und Auftreten Verdacht erwecken. Er hatte ein blasses, von Krankheit und der langen Haft gezeichnetes Gesicht und stechende Augen, in denen sich neben der Verachtung, die er für seine Umwelt empfand, große Intelligenz spiegelte. An seinen dünnen, verkniffenen Lippen ließen sich Haß, Grausamkeit und Wut ablesen. Er stellte kurze, scharf pointierte Fragen, die in medias res trafen, und nach ein paar Tagen war ich sicher, daß er mehr von uns wußte als das NKWD. Michail Stepanowitsch behandelte er mit unverhüllter Verachtung und konnte seinen Ärger kaum beherrschen, wenn er die naive Geschichte von dem verunglückten Film anhören mußte. »Gott, wie groß ist dein Tiergarten«*, sagte er einmal leise vor sich hin und hob dabei beschwörend seine ausgemergelten Arme gen Himmel.

S. litt an Pellagra. Als ich ihn kennenlernte, war er schon zwei Monate im Lazarett, und ich bin sicher, daß er ohne den deutsch-russischen Vertrag von 1939 und die Tatsache, daß er kein Rußlanddeutscher, sondern (zumindest formal) deutscher Staatsbürger war, schon längst tot gewesen wäre. Einmal beugte er sich zu mir herüber und flüsterte: »In einem halben Jahr gibt's Krieg, und dann werden die Schweine endlich für alles bezahlen müssen.« Der Krieg begann schon früher, aber S. war es, der bezahlen mußte. Am 23. Juni wurde er aus dem Lazarett geworfen, obwohl seine Krankheit schon in ihrem letzten Stadium war. Er wurde nicht einmal mehr von einem Arzt unter-

* im Original deutsch

sucht, sondern zusammen mit einer Anzahl anderer Deutscher, die man ihrer Stellungen in den Lagerbüros enthoben hatte, ins Straflager Alexejewka II geschickt. Ich sah ihn noch einmal an der Wache, als dort der Transport zusammengestellt wurde. Zwei Wolgadeutsche mußten ihn stützen. Er war in Lumpen gekleidet, seine Schuhe waren zerrissen, und er zitterte am ganzen Leibe. All seine Selbstsicherheit und spöttische Überlegenheit waren dahin. Fortgeschrittene Pellagra hat nicht nur körperliche Veränderungen wie Haar- und Zahnausfall sowie Geschwüre am ganzen Körper zur Folge, sondern auch seelische Veränderungen: Depressionen, Melancholien und Angstzustände. S. sah wie ein Häufchen Elend aus. Seine einst so stechenden und kalten Augen waren jetzt voller Angst und Unterwürfigkeit. Später habe ich erfahren, daß er das Lager Alexejewka II nie erreicht hat. Der Transport mußte die 25 Kilometer zu Fuß zurücklegen, und nachdem er zehn Kilometer mitmarschiert war, ließ man ihn einfach zusammen mit einem anderen alten Deutschen aus der Buchhaltung und einem Wachposten im Walde zurück. Keinen der beiden Deutschen hat man je wiedergesehen; die übrigen, zu dem Transport gehörenden Gefangenen berichteten in Alexejewka II, sie hätten, nachdem sie etwa eine Viertelstunde weitermarschiert, plötzlich zwei kurze, dicht aufeinanderfolgende Schüsse gehört, deren Echo wie ein jäher Donner durch den Wald gehallt sei ...

Es gab Lager, in denen die Stellung des Arztes gewisse Sonderrechte einschloß. Die Ärzte durften ohne Aufsicht die Lazarettküche und Apotheke betreten und hatten außerdem die Möglichkeit, sich für eine Arbeitsbefreiung mit kleinen Geschenken entlohnen zu lassen. Alle Frauen im Lager wünschten sich nichts sehnlicher, als ins Lazarett zu kommen, wo sie dafür, daß sie den Arzt des Nachts in seinem kleinen Zimmer besuchten, etwas besseres Essen als die anderen Patienten bekamen. Jeder »Urka«, der sich durch Ausplündern der »Politischen« ein kleines Vermögen erworben hatte, zahlte gern jeden Preis für einen Tropfen Alkohol aus der Apotheke, etwas Baldrian, aus dem sich mit Hilfe von trockenem Brot ein

Schnaps brauen ließ, oder ein Chlorohydrat, das die an Haschisch, Opium oder Morphium Gewöhnten in einen leichten Rausch zu versetzen vermochte. In solchen Lagern bildeten die Ärzte eine Elite, die sich in ihrem Lebensstil, ihren Möglichkeiten, ja selbst in ihren Orgien von allen anderen unterschied. Noch besser erging es ihnen, wenn der leitende freie Arzt, meist ein ehemaliger Gefangener, mit ihnen im Bunde war, selbst wenn er den Hauptanteil der Beute für sich beanspruchte.

Unter den freien Beamten der Lagerverwaltung gab es viele ehemalige Gefangene – meist waren es Ärzte, Ingenieure oder Schreibkräfte –, denen man nach Verbüßung der Strafe entweder eine neue Haft auferlegte oder aber eine gutbezahlte Stellung im Lager anbot, zu der fast immer das Anrecht auf eine Zwei- oder Drei-Zimmer-Wohnung im nahen Dorf gehörte. Diese Kompromißlösung war für beide Teile vorteilhaft, so daß sie selten auf Ablehnung stieß. Dem Durchschnittsgefangenen ist in den vielen Jahren im Lager Freiheit so fremd geworden, daß er mit gewisser Furcht daran dachte, wieder in einem Zustand fortwährender Wachsamkeit leben zu müssen, von Freunden, Verwandten und Kollegen belauert und bespitzelt, allein schon dadurch verdächtig, daß er gerade eine Haftzeit hinter sich hat. Bis zu einem gewissen Grad ist das Lager sozusagen seine zweite Heimat geworden; er kennt sich in seinen Gesetzen und Bräuchen aus, versteht damit umzugehen und hat hier gelernt, einer Gefahr aus dem Wege zu gehen. Die Jahre hinter Stacheldraht haben seine Phantasie abstumpfen lassen, und die Träume von der Freiheit hatten nicht mehr so sehr sein heimatliches Kiew oder Leningrad zum Inhalt, sondern die weite Ebene jenseits des Lagers, das kleine Dorf, in dem abends die Lichter brennen und am Tage die Kinder im Schnee spielen. Hat er draußen niemanden mehr, der auf ihn wartet, ist er für seine Familie im Laufe der Jahre gestorben, dann wird ihm die Entscheidung leicht, und er zögert nicht lange. Das Lager aber gewann so einen gewissenhaften Arbeiter, der, mit dem Leben und den Gewohnheiten dort vertraut und durch seine eigenen Erfahrungen in der Haftzeit klüger geworden, treu ergeben und nun für immer an die Galeere gekettet ist. Auch das

NKWD hat seine guten Gründe, diesen Arbeitskontrakten zwischen dem Opfer und seinen ehemaligen Verfolgern zuzustimmen: dadurch ließ sich nämlich die »Ansteckungsgefahr« auf einen Umkreis von mehreren Meilen lokalisieren, und das Lager erschien als eine normale Besserungsanstalt, da jeder Gefangene sich mit eigenen Augen davon überzeugen konnte, daß man seine ehemaligen Kameraden für die Jahre harter Arbeit mit der Freiheit belohnt und wieder zu vollwertigen Bürgern der Sowjetunion gemacht hat, die obendrein sich noch beim NKWD nützlich machen können.

Aber uns, die wir das alles anders ansahen, mahnte die Anwesenheit dieser Exgefangenen im Lager quälend daran, daß es hier nie und nimmer ein Entrinnen gab. Die ganze Welt schien plötzlich nur noch aus diesen kleinen Lagern zu bestehen. Wir beobachteten jene Freien – unsere ehemaligen Schicksalsgenossen – mit einem Gefühl, das wohl ein Katholik empfinden würde, wenn er sich eines Tages mit eigenen Augen davon überzeugen könnte, daß das Leben im Jenseits sich in nichts von dem im Diesseits unterscheide, d. h. daß es eine ewige Kette von Leid, Qual und Enttäuschung sei. Aber mit Ausnahme der Ausländer, die sich nie an den Gedanken dauernder Versklavung gewöhnen konnten, würde sich im Falle eines solchen Angebots jeder zweite Gefangene aus Angst vor einer Rückkehr in das Einst für diese »halbe Freiheit« oder gar »viertel Freiheit« entscheiden, die ihm zwar nur wenig verhieß, aber dafür auch weniger Gefahren und Enttäuschungen barg.

Wider alle Erwartung behandelten uns die ehemaligen Gefangenen noch strenger und härter als die wirklich freien Beamten. Vielleicht haßten sie uns, weil wir sie an ihre eigene Vergangenheit gemahnten; vielleicht waren sie nur darum so übertrieben gewissenhaft, weil sie sich das Vertrauen ihrer Vorgesetzten gewinnen wollten; vielleicht waren sie auch durch die langen, im Lager verbrachten Jahre so zynisch und grausam geworden – ich weiß es nicht –, jedenfalls konnten wir von denen, die einst unser Schicksal geteilt, kein Erbarmen erwarten. Nur in einem zeigten sie sich milde und verständnisvoll: im Einvernehmen mit den Brigadeführern und Lagerärzten nahmen sie jede Gelegenheit wahr, aus ihren bevorzugten Stellungen soviel Nutzen wie nur möglich zu ziehen. Ohne die Mithilfe dieser früheren Gefangenen war jede Bestechung ausgeschlossen. Die Berechnung der Arbeitsleistung ließ sich nur fälschen, wenn der Aufseher ein Exgefangener war. Und ebenso mußte der Chefarzt ein ehemaliger Gefangener sein, wenn man eine Verlängerung des Lazarettaufenthaltes erreichen wollte. Von seinem stillschweigenden Einverständnis hing es auch ab, ob sich die anderen Ärzte bestechen ließen, den »Urkas« Alkohol zu verkaufen, und die Krankenstuben der Frauen in private Harems verwandeln konnten. Der freie Arzt wußte aus seiner eigenen Haftzeit, daß im Lager nur das Recht des Stärkeren regiert.

Dies alles traf jedoch nicht auf Jegorow zu. Er hatte in Kruglitza eine achtjährige Haft verbüßt und war im Anschluß daran im Jahre 1939 zum Chefarzt in Jercewo ernannt worden. Er war groß und schlank, hatte ein hartes Gesicht, kalte Augen und nervöse Bewegungen und war entweder nur verschwiegen oder wirklich unbestechlich. Niemals hat ihn jemand im Lager beim Essen oder Trinken beobachtet. Zu den Lagerärzten war er kühl, zu den Patienten streng, aber manchmal auch sanft und freundlich. Sobald Jegorow in seinem langen Pelzmantel, der hohen Wollmütze und Ledergamaschen auf dem Weg, der zum Lazarett führte, auftauchte, füllte der diensthabende Arzt in aller Eile die Fiebertafeln aus, und Eugenia Feodorowna wurde vor Erregung blaß. Es hieß, sie sei das einzige Band, das ihn noch mit seiner früheren Gefangenenzeit verbinde, denn er hatte sie schon vor seiner Freilassung in Kruglitza gekannt; dort war er sozusagen ihr »Lager-Ehemann« gewesen, und er hatte die Stellung als Chefarzt in Jercewo nur unter der Bedingung angenommen, daß auch sie dorthin versetzt würde. Ob diese Geschichte wahr ist, kann ich nicht sagen, aber Michail Stepanowitsch erzählte mir, daß sie zwei Monate später als Jegorow mit einem Transport aus Kruglitza nach Jercewo gekommen sei und man sie sofort dem Lazarett zugeteilt habe.

Das Verhältnis der beiden war etwas für das Lager ganz Ungewöhnliches, denn es gründete sich auf echtem Gefühl und sogar Treue. Ein freier Beamter konnte jede Frau für eine Scheibe Brot haben, doch hätte er nie gewagt – und es auch nicht einmal gewollt –, aus einer solchen flüchtigen Transaktion eine dauerhafte Beziehung zu machen. Die Frauen kamen und gingen, so wie die Transporte kamen und gingen. Nur das eine blieb immer dasselbe: Jede von ihnen ließ sich ohne Schwierigkeit nehmen. Ein junger unverheirateter Beamter konnte unmöglich die Gesichter zählen, die durch seine Kammer im Lager gegangen waren, ja, sich nicht einmal an die einzelnen erinnern. Aber bei Jegorow war es Liebe, wenngleich vielleicht auch nur in ihrer rudimentärsten Form, und obwohl die Lagerverwaltung und ebenso die Gefangenen im Lager wie diejenigen, die im Lazarett arbeiteten, zweifellos von dem Verhältnis zwischen diesen beiden Menschen wußten, taten Jegorow und Eugenia Feodorowna doch so, als müßten sie ihre Gefühle vor den anderen verbergen, um ihre Liebe nicht zu gefährden.

Eugenia Feodorowna kam manchmal in unser Krankenzimmer, setzte sich auf das Bett des alten Schauspielers und erzählte von sich. Ihr Vater war Russe, ihre Mutter Usbekin; sie selber war außergewöhnlich anmutig, hatte ein schmales Gesicht, olivfarbene Haut und schöne, traurige Augen. Ihr straff zurückgekämmtes schwarzes Haar war im Nacken zu einem altmodischen Knoten geflochten. Obgleich sie wohl schon dreißig Jahre alt war, wirkte sie durch ihre Figur und ihre behenden Bewegungen wie ein Schulmädchen. Bis 1936 hatte sie in Taschkent Medizin studiert, dann war sie wegen »nationalistischer Abweichung« verhaftet worden. Sie wußte selber nicht, worin ihre »Abweichung« eigentlich bestanden hatte, aber aus ihren Worten entnahm ich, daß sie gegen die Russifizierung der Usbeken gewesen war; obwohl sie vom Vater her Russin war, fühlte sie sich durch ihre Mutter zu Asien hingezogen. Sie dachte wie eine fortschrittliche Europäerin und zugleich wie eine konservative Asiatin. Sie behauptete z. B., an freie Liebe und Freiheit in der Ehe zu glauben, und ließ es trotzdem nicht zu, daß man etwas gegen die Unterjochung der Frauen in Zentralasien sagte. Wenn sie mit uns sprach, erwähnte sie Jegorow nie auch nur mit einem Wort, nur einmal verplapperte sie sich; sie erzählte uns nämlich, wie schwer sie es am Anfang in Kruglitza gehabt und daß unser Doktor, damals noch selber Gefangener, sie, als sie ganz am Ende ihrer Kraft gewesen, von der Waldarbeit erlöst und für sie eine Stelle im Krankenrevier gefunden habe. An der Art, in der sie dies sagte, ließ sich erkennen, daß sie noch andere Gründe hatte, ihr Verhältnis zu Jegorow zu verschleiern. Ich spürte, daß sie die freien Männer haßte und daß sie sich schämte, gegen die Solidarität der Gefangenen zu verstoßen. Vor Jegorow versuchte sie immer gleichgültig zu erscheinen, aber wenn sie ein paar Stunden mit ihm in seinem Zimmer verbracht hatte und zu uns zurückkehrte, vermied sie es, uns anzusehen und senkte scheu die Lider. Jegorow schien sie zu lieben, weil er selber einmal Gefangener gewesen war und das nicht vergessen konnte oder wollte. Und wohl eben aus den gleichen Motiven erwiderte sie seine Liebe. »Das wird nicht ewig Bestand haben«, sagte ich oft zu Michail Stepanowitsch. »Es ist eine große Demütigung für sie. Jegorow kommt zu ihr wie zu einer Prostituierten, und nachher kehrt er wieder in ein anderes, freies Leben zurück.«

Einen Monat nach meiner Entlassung aus dem Lazarett besuchte ich an einem der Tage, an denen Jegorow nicht ins Lager kam, Eugenia Feodorowna. Ich traf sie in Gesellschaft von Serge K., einem Studenten von der Leningrader Technischen Hochschule, der 1934 im Zusammenhang mit der Ermordung von Kirow verhaftet, 1936 vorzeitig entlassen und 1937 erneut eingesperrt worden war. Er saß neben Eugenia Feodorowna auf dem kleinen Untersuchungsbett, und die Art, wie sie einander anschauten, verriet genug. Ihre sonst so feste und beherrschte Stimme zitterte vor grenzenloser Hingabe, und ihre brennenden Augen strahlten vor Glück, einem Glück, dem man sonst nie in den Gesichtern von Gefangenen begegnet. Später sah ich die beiden oft an Sommerabenden zusammen im Lager. Es hieß, Serge werde von ihr im Lazarett durchgefüttert, aber ich wußte, daß es Liebe war, echte Liebe, wie ich sie sonst nie im Lager gesehen. Ich war übrigens nicht der einzige, der dies bemerkt hatte; Michail Stepanowitsch bezeichnete das veränderte Wesen und Aussehen unserer Schwester mit dem Wort »Auferstehung«. Das war ein wenig übertrieben, wenn es auch in einer Hinsicht stimmte: das, was er hier mit »Auferstehung«, meinte, war nicht die innere Wiedergeburt in der Stille des Krankenzimmers, sondern die Rückkehr zu einer Selbstbestimmung über das eigene Gefühl, für die Eugenia Feodorowna sogar bereit war, ihr Leben zu wagen. Ein Wort von Jegorow hätte genügt, und sie wäre wieder einer Waldbrigade zugewiesen worden und hätte sich mit den anderen zum Morgenappell aufstellen müssen.

Jegorow schien jedoch nichts von dem zu bemerken, was hinter seinem Rücken vorging. Wie immer kam er jeden zweiten Morgen ins Lager, und wie immer ging er am Abend langsam wieder ins Dorf zurück. Und obgleich ich keinerlei Grund hatte, irgendeine Sympathie für ihn zu empfinden, stand ich doch unwillkürlich in dem Drama, das sich da in der Stille vollzog, auf seiner Seite. Ich glaube, er verlor nicht nur die Frau, die er liebte – denn damit zerbrach auch alles in ihm, was ihn so seltsam mit dem Lager verbunden hatte. Es hieß, seine Frau habe ihn fünf Jahre nach seiner Verhaftung verlassen. Seitdem hatte sich alles, was ihn noch ans Leben band, auf jenen Weg konzentriert, der vom Dorf ins Lager Jercewo führte.

Gegen Ende des Sommers wurde Serge ganz unerwartet einem Transport nach Pechora zugeteilt – ein Zeichen dafür, daß Jegorow zurückgeschlagen hatte. Doch schon am nächsten Tage bat Eugenia Feodorowna um ihre Verlegung in irgendein anderes Lager – ein Zeichen dafür, daß sie nicht nachgeben wollte. Ihr Gesuch wurde abgelehnt. Aber Jegorow kam von da an ebenfalls nicht mehr ins Lager. Ich hörte, er habe darum ersucht, ihn von seiner Stelle zu entbinden, und sei in ein anderes Lager versetzt worden. Aber Genaueres wußte niemand. Wir haben ihn nie wiedergesehen. Im Januar 1942 starb Eugenia Feodorowna bei der Geburt des Kindes, das sie von ihrem Geliebten empfangen hatte, und bezahlte so für ihre kurze Auferstehung mit dem eigenen Leben.

8. Kapitel

Der Ruhetag

Monat für Monat arbeiteten wir tagaus, tagein ohne Unterbrechung und hofften vergeblich, daß man uns bald einen Ruhetag gewähren würde. Nach den Bestimmungen stand den Gefangenen nach zehn Arbeitstagen ein Ruhetag zu. Aber die Praxis zeigte, daß selbst nur bei einem Ruhetag im Monat das Produktionssoll sich kaum erfüllen ließ; darum war es üblich geworden, dem Lager erst, wenn es seinen vorgeschriebenen Vierteljahrsproduktionsplan übererfüllt hatte, zum Lohn einen Ruhetag zuzubilligen. Nur in Ausnahmefällen wurde er auf Grund der durchschnittlichen monatlichen Arbeitsleistung gegeben und nur dann, wenn diese hoch genug war, um von vornherein die Möglichkeit eines Absinkens der Produktionsziffern im Gesamtvierteljahr auszuschließen. Natürlich war uns jeder Einblick in die Berechnungen der Arbeitsleistung und den Produktionsplan versagt; dadurch konnte man uns täuschen, und wir waren so einzig und allein der Gnade der Lagerverwaltung preisgegeben. Wie in vielen anderen Fällen erfüllte die Lagerverwaltung die vom Zentralbüro in Moskau ausgegebenen Bestimmungen mehr dem Sinn als dem Buchstaben nach und maßte sich widerrechtlich an, sie nach ihrem Gutdünken im einzelnen auszulegen. Das Zentralbüro und die Industrietrusts, die mit dem letzteren Verträge über die Ausbeutung billiger Arbeitssklaven schlossen, verlangten von den Lagern so viel, daß alle gesetzlichen Bestimmungen zur Farce wurden. Ich habe jedoch von Lagern gehört, in denen es alle drei bis vier Wochen einen freien Tag gab; in den eineinhalb Jahren, die ich in Jercewo verbrachte, hatten wir nur zehn, und einer davon war zudem der 1. Mai, an dem in allen sowjetischen Arbeitslagern sowieso nicht gearbeitet wurde. Aber nie ist mir ein Gefangener begegnet, der sich damit hätte brüsten können, daß in seinem Lager die Brigaden jeden zehnten Tag nicht zur Arbeit anzutreten brauchten.

Dieses System hatte seine guten und schlechten Seiten. Je erschöpfter die Gefangenen waren, mit um so größerer Spannung warteten sie auf den kurzen Ruhetag. Nach meiner Meinung wird meist das ewige Einerlei des Sklavendaseins unterschätzt. Dieses Einerlei ist so end- und hoffnungslos, daß jede kleine Abwechslung uns desto bedeutender erschien, je länger wir auf sie warten mußten. Jeden Tag konnte der freie Tag verkündet werden, aber war er dann endlich da, verging er viel schneller, als wir es uns in unserer Vorfreude ausgemalt hatten, unser Leben wurde wieder so leer wie zuvor, und wir lechzten nach einem neuen Hoffnungsschimmer. Die ersten Wochen nach jedem Ruhetag waren immer die schlimmsten, weil der nächste da noch in weiter Ferne lag. Und wie schmerzlich ist außerdem die Entdeckung, daß das, was man so sehnsüchtig erhofft hat, sobald es sich erfüllt, im Grunde in nichts zerfließt. Es ist besser, auf etwas ganz Unerreichbares zu hoffen, als erkennen zu müssen, daß nur ein Trugbild unserer Träume Wirklichkeit geworden ist. Mehrmals habe ich beobachtet, wie Gefangene, die eines der seltenen Lebensmittelpakete von zu Hause erhalten hatten, sich ein kleines Stück Speck auf eine Scheibe Brot legten und dann langsam das Brot kauten, aber den Speck immer wieder zurückschoben; denn gerade dieses künstliche Hinauszögern des Genusses brachte erst die richtige Freude zustande. Genauso war es mit den Ruhetagen und allem anderen, dem man in Erwartung entgegensah.

Aus dieser Eigenschaft der Gefangenenpsychologie muß die Lagerverwaltung großen Nutzen gezogen haben. Dadurch, daß sie den freien Tag immer wieder hinauszögerte, erhöhte sie seinen Wert, sparte Zeit und Kosten und außerdem strengten sich die Gefangenen so bei der Arbeit doppelt an, um die Höchsterfüllung des geheimnisvollen Produktionsplans zu erreichen. Alle Regierenden, die ihren Untertanen nur wenig bieten können, sollten ihnen zunächst einmal alles entziehen; dann wird jede kleinste Gunst, die sie ihnen später gewähren, zu einem großherzigen Geschenk. Wenn die Lagerverwaltung plötzlich verkündet hätte, daß wir wieder zur biblischen Woche zurückkehrten, d. h. zu sechs Arbeitstagen und einem Sonntag, wären wir wahrscheinlich alle der Meinung gewesen, daß die Gefangenen nirgends so menschlich behandelt würden wie in den sowjetischen Arbeitslagern. Aber unter so jäh verbesserten Lebensbedingungen hätten wir schon am nächsten Tage gegen die Haft als solche rebelliert.

Meist erfuhren wir von der Wache am Tor, oder von unseren Brigadeführern schon am Abend vor dem großen Tage, daß ganze vierundzwanzig Ruhestunden vor uns lagen. Wir gingen dann mit beschwingten Schritten zur Küche, grüßten uns unterwegs freundlich, trafen Verabredungen für den nächsten Tag und benahmen uns überhaupt auf einmal wie richtige Menschen. Gegen acht Uhr hatte das Lager bereits ein fast festliches Aussehen. Auf den Wegen, vor der Küche und auf dem kleinen Platz vor der Wache standen Menschengruppen in lebhaftem Gespräch; in den Baracken wurden die ersten Lieder angestimmt, und Akkordeons, Mundharmonikas und Gitarren erklangen. Musikinstrumente waren das Kostbarste und am meisten Begehrte im Lager. Die Russen haben ein ganz anderes Verhältnis zur Musik als wir. Für sie ist die Musik nicht nur Zerstreuung oder künstlerisches Erlebnis, sondern etwas, das wirklicher ist als das Leben selber. Ich sah oft Gefangene, die sich über ihre Instrumente beugten, an den Saiten einer Gitarre zupften, behutsam auf die Tasten eines Akkordeons drückten oder auf einer Mundharmonika bliesen, die sie mit beiden Händen festhielten – und dabei so todtraurig wirkten, als würden sie sich plötzlich ihrer tiefsten Seelenqual bewußt. Nie ist mir das Wort »Seele« so natürlich und selbstverständlich erschienen wie damals, als ich ihren seltsamen, improvisierten Melodien zuhörte und die anderen Gefangenen sah, die auf ihren Pritschen saßen, vor sich hinstarrten und mit einer fast religiösen Hingabe den Klängen der Musik lauschten. Die Stille ringsum machte die Gewalt der Musik noch fühlbarer, zugleich aber auch die Leere, in der sie widerhallte wie das traurig-klagende Echo einer Schäferflöte auf einem kahlen Berg. Der Spieler wurde eins mit seinem Instrument, er preßte es an die Brust, streichelte es mit den Händen, und mit nachdenklich geneigtem Kopf blickte er verzückt auf das leblose Ding, das bei der kleinsten Berührung seine Stimme erhob und all das ausdrückte, was kein Bewohner des Totenhauses je in Worte hätte fassen können. Manchmal bat man die Musikanten, mit ihrem Spiel aufzuhören: »Es zerreißt uns die Seele.« Und schon gleich darauf erklang die alte vertraute Weise einer ukrainischen Ballade oder eines Gefangenenliedes. Nach kurzem Zögern fielen immer mehr Stimmen ein, bis alle in der Baracke mitsangen und die seltsamen Verse von dem Gefangenen, der auf dem Weg zur Arbeit in »Tränen ausbricht«, von den Männern, die sich bei Nacht versammeln, um »ein geheimes Komitee zu wählen«, oder dem, der zu Neujahr seinen Freunden aus »dem dunklen Kerker der GPU Grüße schickt«, laut durch die Nacht hallten.

Bis Mitternacht herrschte in den Baracken und im ganzen Lager eine Atmosphäre der Aufregung. Doch dies war nur die Vorbereitung auf den eigentlichen Feiertag mit seinem längst bewährten Ritual und all den Zerstreuungen und kleinen Vergnügungen, die zu ihm gehörten. Auf die strenge Einhaltung dieses Rituals war jeder genau bedacht, denn es war der einzige Tag, an dem wir, mit Ausnahme einiger weniger Stunden am Morgen, tun und lassen konnten, was wir wollten. Keinem Gefangenen bedeutete ein Tag, an dem er wegen Krankheit von der Arbeit befreit war, ebensoviel wie dieser, denn da genoß er nur ein persönliches Vorrecht und nahm nicht an der allgemeinen Freude teil. Trotz allem, was die Gefangenen erlebt und erlitten hatten, war in ihnen das Kameradschafts- und Gerechtigkeitsgefühl viel stärker entwickelt als in jenen, die sie im Namen des Rechts und der Gleichheit hinter Stacheldraht zusammengepfercht hatten; schon dieser eine Friedenstag, an dem sie nicht so unmenschlich um ihre Selbsterhaltung kämpfen mußten, zeigte das deutlich genug.

☆ ☆ ☆

Die Gefangenen saßen oder lagen auf ihren Pritschen und unterhielten sich bis spät in die Nacht. Manche setzten sich auch mit ihren Bechern, die mit warmem Wasser gefüllt waren, an den Tisch, um dem Gespräch eine feierliche und ein wenig häusliche Note zu verleihen. An jedem Schritt, in jeder Ecke spürte man schon das Nahen des Festtages. Es ist mir immer unverständlich geblieben, wieso unter der Schale von Gleichgültigkeit und gegenseitigem Haß plötzlich so viel Höflichkeit hervorkam. Alle sprachen so freundlich miteinander, daß man darüber für einen Augenblick fast das Gefängnis hätte vergessen können. Es stank in der Baracke nach Schweiß und schlecht gelüfteten Sachen; dicke Dampfschwaden drangen durch die Tür herein, und die Gesichter verschwammen in dem trüben Licht. Dennoch war jetzt alles voller Leben, freudiger Erregung, voller Hoffnung und neu entfachten Gefühlen … So ergriff einen unwillkürlich tiefe Rührung, wenn man sah, wie die Gefangenen sich mit einem ehrlich gemeinten »Gute Nacht« verabschiedeten, ehe sie in ihre eigenen Barakken zurückkehrten oder sich zum Schlafen niederlegten. »Gute Nacht, gute Nacht«, flüsterten überall erregte Stimmen, »schlaf wohl, morgen ist unser Feiertag, morgen ist ein Ruhetag …«

Am nächsten Morgen wurden wir etwas später als gewöhnlich geweckt, und wenn wir vom Frühstück in die Baracken zurückkehrten, mußten wir alles für die Durchsuchung vorbereiten. Das war das einzige, das den Frieden unseres freien Tages störte. Drei Unteroffiziere vom Lagerkommando gingen von Baracke zu Baracke. Der eine blieb vor dem Barackeneingang stehen, während die beiden anderen hereinkamen und uns zur Tür trieben. Dort mußte jeder Gefangene all seine Habseligkeiten ausbreiten, seine Kiste öffnen und seinen Strohsack ausschütteln (sofern es ihm in den langen Jahren im Lager gelungen war, sich einen aus Lumpen und Stroh selber anzufertigen). Nach der Inspektion mußten wir alles wieder einsammeln und dann hinausgehen. Inzwischen tasteten die beiden Unteroffiziere in der leeren Baracke die Pritschen und Wände ab, hoben die losen Planken unserer Pritschen hoch, drehten Tische, Bänke und leere Eimer um. Zwei oder drei Stunden mußten wir indessen draußen im Schnee warten, aber ich habe kaum je einen Gefangenen darüber schimpfen hören. Für die meisten war es etwas ebenso Selbstverständliches wie ein Frühlingshausputz. Die Unteroffiziere suchten nach »scharfen Gegenständen«, wie Messern und Rasierklingen, sowie nach kleinen persönlichen Dinge, Kruzifixen, Ringen, Büchern, die nicht aus der Lagerbibliothek stammten, kurz all dem, was der Gefangene schon bei der ersten Durchsuchung nach seiner Verhaftung hatte abgeben müssen. Trotz der Gründlichkeit, mit der sie alles durchsuchten, konnte man diese Dinge sogar Jahre hindurch vor ihnen verborgen halten. Wurden sie gefunden, zogen die Unteroffiziere sie ein, aber niemand wurde dafür bestraft. Wenn die Durchsuchung beendet war und wir wieder in die Baracke hineindurften, blieb nur noch wenig Zeit, um alles bis zum Mittagessen, das für die meisten Gefangenen aus heißem Wasser bestand, wieder aufzuräumen. Nun erst begann der Festtag wirklich, denn jetzt gehörte er ausschließlich uns. Die Stunden im Lager vergingen ungleich schneller als bei der Arbeit.

Was diesen Tag so besonders reizvoll machte, war, daß jeder ihn so verbringen konnte, wie er wollte. Außer denen, die zu müde waren, selbst an diesem freien Nachmittag von ihren Pritschen aufzustehen, hatte jeder von uns sein eigenes immer gleichbleibendes Programm, so daß man fast unfehlbar wußte, wer wo war und was er zu jeder Stunde dieses Ausnahmetages tat.

Nach dem mittäglichen heißen Wasser ging ich meist zum Lagerladen, einer kleinen Hütte neben der Wache. Nur sehr selten, alle paar Monate einmal konnten Stachanow-Arbeiter in diesem Laden ein Stück Pferdewurst und ein Pfund Brot zum vorgeschriebenen Preis kaufen. Trotzdem war der Laden jeden Abend und den ganzen freien Tag über geöffnet. Für uns war es wie eine Komödie in einem kleinen Theater. Der kleine dunkle Raum war immer überfüllt, und Kusma, der lahme alte »Ladeninhaber« stand höflich lächelnd hinter der Theke, wobei er sich halb an die Regale lehnte, die er mit Kästen, Konservenbüchsen, Flaschen, die sämtlich leer waren, dekoriert hatte. Wir standen dort in der stickigen Luft und dem Tabaksqualm und unterhielten uns über das Wetter, die Arbeit, die neuesten Nachrichten aus den anderen Lagern, über unsere Leibgerichte und den Preis des Alkohols, als wären wir nach dem sonntäglichen Gottesdienst in einer Dorfkneipe versammelt. Wir fragten Kusma auch, was in seinen leeren Kisten sei, und er antwortete uns mit todernster Miene darauf, humpelte am Ladentisch entlang und begrüßte, während er mit uns sprach, neu Hereinkommende.

Uns alle kannte er beim Namen und Vatersnamen, und es gehörte zu seinen Pflichten, mit jedem von uns ein paar freundliche Worte zu wechseln. Die Leutseligkeit und das Entgegenkommen waren ein notwendiger Bestandteil dieser Komödie, bei der aber nur selten einmal jemand in Lachen ausbrach. Dies alles bewies, wie stark der Wunsch nach Theater selbst unter Menschen ist, in deren eng begrenzten Leben es nur wenig gibt, was sich für eine Darstellung auf der Bühne eignen würde. Diese ganze Komödie hatte auch etwas Masochistisches, das uns seltsamerweise ermutigte und belebte. Wenn wir so zwei Stunden miteinander geplaudert, gescherzt, uns begrüßt, gefragt und geantwortet hatten, verloren wir jedes Gefühl für die Wirklichkeit, und es fehlte nicht viel, und wir hätten mit leeren Gläsern angestoßen und wären nachher leicht schwankend ins Lager hinausgetorkelt – denn wenn die Stimmung ihren Höhepunkt erreicht hatte, wurde unsere Unterhaltung laut und lärmend wie die von Betrunkenen. Am Spätnachmittag verließ ich den Laden. Die Komödie war zwar kein Kunstwerk, an dem man sich begeistern konnte, aber bis in die kleinsten Einzelheiten ein Ersatz für das, was uns sonst im Leben fehlte.

Das Lager lag jetzt im Zwielicht. Vor den Baracken standen kleine Gruppen, die leise miteinander sprachen. Die jungen Männer gingen zur Frauenbaracke, um die ihnen bekannten Mädchen herauszurufen. Auf den Wegen gingen Paare spazieren, überall hörte man Lachen, und hier und da blieb ein Gefangener stehen, um einen anderen zu begrüßen und ihn in seine Baracke einzuladen. Der Abendhimmel hing wie eine undurchsichtige Glasglocke über dem Lager, und vom Wald her wehte der Wind herüber und wirbelte den Schnee hoch, der sich zu Verwehungen türmte wie Sanddünen. Am Horizont flammten die ersten Lichter des Dorfes auf. Manchmal verharrten wir einen Augenblick bei der Wache und blickten stumm und in Gedanken verloren zu jener anderen Welt dort hinüber, die ihr eigenes Leben lebte, in der es immer wieder Tag, Abend und Nacht wurde und die wohl kaum ahnte, daß nur gut ein paar Kilometer von ihr entfernt viele neidische Augen auf sie schauten. Was mochten die Menschen, die da drüben in ihren Häusern jetzt Licht machten, von uns denken? Haßten sie uns, wie man es sie gelehrt hatte, oder hatten sie insgeheim Mitleid mit uns, wenn sie zu dieser Stunde durch ihre halb zugefrorenen Fenster über dem Fleckchen Erde, auf dem zweitausend Gefangene ein wenig Trost zu finden suchten, die dünnen Rauchsäulen aufsteigen sahen? Wären wir für sie noch lebendige Menschen gewesen, wenn sie in unsere erloschenen Gesichter und unsere verhärteten Herzen hätten blicken und unsere ausgemergelten, verschwärten Körper hätten befühlen können? Wenn wir uns ansahen, waren wir selbst nahe daran, zu zweifeln, ob wir noch lebten. Und wie sollten dann sie, die ohne es zu wollen die Helfershelfer unserer Quäler waren, das Gegenteil glauben?

Ich ging nun in alle Baracken, in denen ich Freunde hatte. Um diese Zeit waren fast alle dort damit beschäftigt, Briefe zu schreiben oder alte Briefe von zu Hause zu lesen. Sie saßen um die Tische oder auf ihren Pritschen über das Papier gebeugt, das vor ihnen auf ihrer Holzkiste lag, waren in Gedanken versunken, und aus ihren von der Anstrengung des Schreibens geröteten Gesichtern sprach das große Heimweh. In allen Ecken beredete man miteinander, wie man die Briefe am besten abfasse, was man sagen könne und was dem Zensor oder den Empfängern verborgen bleiben müsse. Diejenigen, die des Schreibens mächtig waren, gingen überall herum und boten gegen eine Scheibe Brot den Analphabeten ihre Dienste an. Gefangene, die keine Briefe von zu Hause bekamen oder keine Verwandten in dem Gebiet hatten, das die russische Post erreichte, gesellten sich den Gruppen zu, wo man seine Briefe einander vorlas. Wir alle teilten die Sorgen und den Kummer unserer Kameraden, und die Baracke war in diesen Augenblicken so etwas wie eine große Familie. Ich brauche wohl nicht zu erwähnen, wieviel es für mich, der ohne jede Verbindung zu seinen Angehörigen war, bedeutete, wenn ich so wenigstens an den Briefen, die meine Freunde aus der Heimat bekommen hatten, teilhaben konnte.

Die Briefe, die man nach Hause schrieb, waren sich alle

ziemlich gleich. Man mußte sich auf das beschränken, was der Lagerzensor durchließ, und dennoch wollte man etwas von seinen wahren Gefühlen in ihnen zum Ausdruck bringen. »Es geht mir gesundheitlich gut. Ich habe Arbeit und denke an euch. Ich hoffe das gleiche von euch.« – Das waren die Sätze, die die Verwaltung schätzte. »Die Zeit kriecht nur so dahin, und ich zähle die Tage, bis ich euch wiedersehen kann«, schrieben die Gefangenen, die ihre Nächsten wenigstens annähernd ahnen lassen wollten, was sie hier durchmachten. »Ich war im Lazarett, aber jetzt geht es mir wieder ganz gut«, oder: »Schick mir doch ein paar Zwiebeln, die gibt es hier oben im Norden nur selten«, oder: »Du weißt ja, daß ich früher noch nie im Wald gearbeitet habe, ich muß das jetzt alles erst von Anfang an lernen ...« Diese äußerlich harmlosen Sätze hatten alle den gleichen Zweck, denen da draußen, die zwischen den Zeilen zu lesen verstanden, ein Bild von unserem Leben im Lager zu geben.

In der Waldarbeiterbaracke kannte ich den Donkosaken Pamfilow, der mir immer die Briefe seines Sohnes vorlas. Aus ihnen ergab sich eine merkwürdige Geschichte, die Mitte 1941 im Lager selbst ihren ganz unvorhergesehenen Höhepunkt erreichte.

Der Sohn des alten Kosaken war Leutnant in der Roten Armee. Er gehörte zu einer Panzerdivision, und sein Foto stand in einem Rahmen aus Silberpapier neben der Pritsche des Vaters in der Baracke. Über den alten Pamfilow selbst wußte ich nur, daß er 1934 infolge der Einführung der Kolchosenwirtschaft sein großes Gut am Don verloren hatte und nach Sibirien in die sogenannte »freiwillige Verbannung« geschickt wurde. Dort arbeitete er bis zu seiner Verhaftung im Jahre 1937 als landwirtschaftlicher Lehrer. Seine Frau starb in Sibirien, und sein Sohn war mit achtzehn Jahren zum Heeresdienst eingezogen worden. Pamfilow war ein echter Kulake, wie man sie heute nur noch selten in Rußland findet: eigensinnig, hochmütig, geizig, mißtrauisch und überaus arbeitsam. Er haßte das Kolchosensystem aus ganzem Herzen und hatte für das ganze Sowjetregime nur Verachtung und Zorn übrig. Noch immer hing er an dem Grund und Boden, der einmal sein eigen gewesen war. Trotzdem arbeitete er so eifrig und ausdauernd wie nur wenige Gefangene, als wäre es sein eigener Wald, in dem er die Bäume fällte. Die Lagerverwaltung hielt ihn oft den anderen als Beispiel vor, ahnte aber dabei nicht, daß das Geheimnis seines Fleißes und seiner Zähigkeit auf zwei seltenen Eigenschaften beruhte: einmal war er unglaublich kräftig – die Haut an seinem gekrümmten, sehnigen Körper, der wie aus einer alten stämmigen Eiche geschnitzt wirkte, war so hart, daß ein auf sie geschleudertes Messer sicherlich an ihr abgeprallt wäre; zum anderen aber war es sein sehnlichster Wunsch, vor seinem Tode seinen Sohn noch einmal wiederzusehen. Pamfilow liebte diesen Sohn abgöttisch. Nach der Arbeit lag er oft auf seiner Pritsche und starrte stundenlang das Bild des Jungen an, strich mit seinen knorrigen Fingern zärtlich darüber, und in seinen Augen waren dann immer ein verzweifeltes Sehnen und Heimweh zu lesen Das ihm angeborene Mißtrauen unterdrückend, glaubte er, daß man ihn für seine fleißige und gewissenhafte Arbeit eines Tages mit einem Besuch seines Sohnes belohnen würde.

Seine Liebe wurde auch dadurch nicht getrübt, daß sie nur halb erwidert wurde. Saschas Briefe – wir kannten sie fast alle auswendig, so oft hatte er sie uns vorgelesen – waren kurz, zurückhaltend und voller politischer Propagandaphrasen. Sascha war froh, daß es dem Vater gutging und daß er so tüchtig arbeiten konnte; dann berichtete er von seinen Beförderungen und daß er hoffe, beim Militär Karriere machen zu können, fügte ein paar Worte über das glückliche Leben in der Sowjetunion hinzu und empfahl seinen Vater der Gerechtigkeit »unseres Sozialistischen Vaterlandes«. Der alte Pamfilow las jedesmal die ersten beiden Sätze mit besonderer Betonung vor, überging den dritten hastig und zeigte sich beglückt über den letzten. »Weißt du«, meinte er dann eifrig und ein wenig verlegen, »er muß so schreiben, trotzdem kommt's aus seinem Herzen. Ich mag das – ›der Gerechtigkeit unseres Sozialistischen Vaterlandes!‹ Er empfiehlt mich Gott, Saschenka, mein einziger Sohn. Sie können seine Seele nicht ändern, selbst wenn der Teufel sich an ihr zu schaffen macht. Ich habe ihn erzogen, ich, Pamfilow, ein Donkosake, Herr meiner eigenen Erde.« Man nannte ihn im Lager den alten »Freibauern Pamfilow«, und mindestens fünfzig Gefangene kannten Sascha aus dessen Briefen oder den Erzählungen des Alten. Aber nur wenige teilten des Vaters Glauben an die unverletzliche Seele seines Sohns. In den Briefen, die die anderen Gefangenen von zu Hause erhielten, stand nämlich nichts von »unserem Sozialistischen Vaterland«. Pamfilow muß selber geahnt haben, daß das alles nicht so war, wie er es sich selbst einredete, denn immer, wenn er uns einen Brief von Sascha vorgelesen hatte, forschte er besorgt in unseren Gesichtern. »Das ist doch klar, Pamfilow, sie können seiner Seele nicht schaden. Das ist doch ganz klar«, sagten wir dann, obwohl wir uns innerlich dessen durchaus nicht sicher waren. »Ein guter Same kann nie schlechte Frucht bringen.«

Aber Saschas Briefe waren schon alle sehr alt; meistens stammten sie aus dem Jahre 1939. Den letzten, im November 1939 allen Anschein nach hastig geschriebenen, hatte Pamfilow im März 1940 erhalten, noch ehe ich ins Lager kam. Dann hörte er lange Zeit nichts und tröstete sich inzwischen damit, daß er die alten Briefe immer wieder las. Er fand in mir einen aufmerksamen Zuhörer, denn mir ging's wie jemandem, der einen Fortsetzungsroman in der Mitte zu lesen begonnen hat und nun brennend gern den Anfang kennen möchte. So entstand unsere Freundschaft: durch mich wurden die Briefe noch einmal neu.

Durch das wiederholte Lesen der fleckigen und zerknitterten Bogen verlor Pamfilow ganz das Zeitgefühl, und einmal, als ich ihm über die Schulter blickte, merkte ich, daß er das Datum in dem Brief änderte. Trotzdem konnte er seine Unruhe nicht verbergen; ja, sie nahm sogar immer mehr zu, als ihm bewußt wurde, daß Monat für Monat verging, ohne daß ein einziges Mal sein Name auf der Postliste neben dem Briefkasten erschien. Die Gefangenen können im Lager beliebig viele Briefe erhalten, dürfen aber selber nur einmal im Monat schreiben. Pamfilow ließ keine Gelegenheit vorübergehen, seinen Sohn um einen Brief zu bitten – denn dies war das einzige, das seinem Leben noch einen Sinn gab. Und obgleich er immer wieder Saschas Verhalten zu entschuldigen versuchte, so als ginge es ihm dabei nicht nur um seine Gefühle, sondern auch um die

Familienehre, waren wir nicht so blind wie er. Wir blickten verstohlen in sein müdes Gesicht und seine rotumränderten Augen. Wenn seine Hände in den kleinen Beutel griffen, den er um den Hals trug und in dem er die Briefe aufbewahrte, zitterten sie wie die eines alten Geizhalses, der echte Juwelen nicht mehr von falschen zu unterscheiden vermag. Wir waren überzeugt, daß er die Wahrheit selber genau kannte und sich dadurch, daß er auf die innere Stimme nicht hörte, gegen sie schützen wollte.

Im März 1941 kam endlich ein neuer Brief. Er war ein volles Jahr unterwegs gewesen, denn das Datum – Februar 1940 – war vom Zensor nur so oberflächlich durchgestrichen worden, daß man es noch deutlich lesen konnte. Sascha schrieb, daß er dringender Angelegenheiten wegen länger nicht werde schreiben können. Die stereotypen Phrasen über die Macht der Sowjetunion und das Sozialistische Vaterland klangen noch pathetischer als sonst, und der Brief endete mit einem Satz, in dem der Sohn die Verhaftung seines Vaters als »ein Zeichen historischer Notwendigkeit« nicht nur zu rechtfertigen versuchte, sondern sie sogar pries; Pamfilow schloß die Augen, und seine Hände, die immer noch den Brief hielten, sanken müde auf die Knie. Wir alle schwiegen; was hätten wir auch sagen sollen? Pamfilow, der wußte, was Erde ist und was Vaterliebe ist, konnte einen so schwierigen Begriff wie »historische Notwendigkeit« nicht fassen. Aus den geschlossenen Augenlidern tropften ihm ein paar Tränen auf die Wangen. Dann fiel er auf die Pritsche zurück und flüsterte: »Ich habe meinen Sohn verloren. Mein Sohn ist tot.«

Am nächsten Tage ging er nicht mit zur Arbeit und wurde zur Strafe dafür drei Tage bei Wasser und Brot in eine Einzelzelle gesperrt. Sein Widerstand wurde dadurch gebrochen; er arbeitete wieder im Walde, aber nicht mehr so ausdauernd und gut wie vorher. Am Abend kehrte er still und traurig zurück, ohne mit jemandem zu sprechen. Sein Pritschennachbar erzählte mir, Pamfilow habe eines Abends noch lange am Feuer gesessen, habe sich dann plötzlich erhoben, sich den kleinen Beutel vom Halse genommen und ihn in die Flammen geworfen.

Im April kam ein Transport mit Offizieren und Soldaten von der finnischen Front, die zu zehn Jahren Haft verurteilt worden waren, weil sie sich dem Feind ergeben hatten, durch Jercewo. Ich war gerade bei der Arbeit, aber als ich gegen Morgen ins Lager zurückkehrte, berichtete mir Dimka ganz aufgeregt, daß Sascha Pamfilow dabei sei. Er war am Morgen eingetroffen, hatte sich erkundigt, wo der alte Pamfilow wohne, und sich dann auf die Pritsche des Vaters gelegt. Andere Gefangene müssen ihm erzählt haben, wie sein letzter Brief auf seinen Vater gewirkt hatte, denn als der alte Kosake vom Walde heimkam, sprang Sascha von der Pritsche herunter und drückte sich an die Wand. Pamfilow wurde kreideweiß, begann zu zittern und ließ seine leere Essenschüssel fallen; dann ging er mit einem irren Flackern in den Augen auf seinen Sohn zu. »Na, Pamfilow«, riefen die Gefangenen von ihren Pritschen, »nun laß dein Söhnchen mal deine Faust spüren.« Aber Pamfilow setzte sich auf die Bank, sein Kopf fiel herab, und leise flüsterte er: »Mein Sohn, mein liebes, gutes Kind« …

Die ganze Nacht lagen sie nebeneinander auf des Vaters Pritsche und sprachen in einem fort. Am nächsten Morgen kam Sascha mit einem Transport nach Njandoma. Der alte Pamfilow aber arbeitete wieder genauso gewissenhaft und fleißig wie früher, als wollte er damit dem Lager danken, daß es ihm doch noch einmal ein Wiedersehen und eine Versöhnung mit seinem Sohn geschenkt hatte.

☆ ☆ ☆

Gegen Abend, ehe wir unsere Hauptmahlzeit bekamen, kehrten wir alle in unsere eigenen Baracken zurück, die wir danach nur selten noch einmal verließen. Wir lagen dann alle auf unseren Pritschen, lauschten einer Geschichte, die irgendeiner erzählte, oder unterhielten uns leise miteinander. Zu dieser Stunde war es in unserer Baracke warm und heimelig, fast wie zu Hause. Am Kaminsims hingen Stiefel und Kappen, die über dem knisternden Feuer trocknen sollten, und die Flammen warfen zitternde Schatten auf die ausgezehrten Gesichter der Männer. Einige saßen rund um die Tische bei Brett- und Würfelspielen, und die Klänge einer Gitarre oder Mundharmonika übertönten hin und wieder das laute Stimmengewirr. Selbst der Hunger schien an diesem Tage Urlaub zu haben. Friede war hier eingekehrt, und wenn sich dann draußen plötzlich heulend ein Wind erhob, wurde in uns das Gefühl, wenigstens für eine vorübergehende Zeit geborgen zu sein, noch stärker.

An mehreren aufeinanderfolgenden Ruhetagen hörte wenigstens die Hälfte der Gefangenen in unserer Baracke, gespannt und ohne jedes Anzeichen von Langeweile, Rusto Karinen zu, der immer wieder die Geschichte seiner mißglückten Flucht im Winter 1940 zum besten gab. Karinen war ein Finne, der in der 42. Brigade arbeitete. 1933 war er illegal nach Rußland gekommen, und da er gelernter Metallarbeiter war, hatte er auch in Leningrad schnell eine gutbezahlte Arbeit gefunden. Er lebte dort unbehelligt, vor allem nachdem er recht gut Russisch gelernt hatte, bis er bei der Säuberungsaktion, die auf die Ermordung von Kirow folgte, verhaftet wurde. Man beschuldigte ihn, dem Attentäter Geheiminstruktionen aus Finnland überbracht zu haben. Eine absurdere Beschuldigung hätte man sich kaum vorstellen können, denn alle Untersuchungen im Fall Kirow – denen eine ungeheuer große Verhaftungswelle folgte, die, wie manche Kenner der sowjetischen Verhältnisse annehmen, der Beginn der »Großen Säuberung« der Jahre 1936-37 war – haben nie zu einer öffentlichen Verhandlung geführt, und höchstwahrscheinlich hat der Leningrader Student Nikolajew, der Kirow erschossen hatte, aus ganz persönlichen Motiven gehandelt. Nach den ersten Monaten, in denen er Nacht für Nacht verhört wurde, merkte Karinen, der ein intelligenter, lebenserfahrener und nicht ganz ungebildeter Arbeiter war, daß es den Sowjets bei ihren Inquisitionen nicht so sehr darauf ankommt, die Wahrheit zu ermitteln, sondern vielmehr zu erreichen, daß der Angeschuldigte von einer Anzahl von Verbrechen, die er angeblich begangen hat, wenigstens eins zugibt. Karinen nahm darum die Fiktion auf sich, Mittelsmann einer ausländischen Terroristenorganisation zu sein, aber nur unter der Bedingung, daß man ihn nicht über seine Auftraggeber noch seine Leningrader Verbindungen befragte. Er gab auf diese Weise ein Verbrechen zu, ohne auf Einzelheiten einzugehen, und erklärte, daß er den ihm übertragenen Auftrag nicht ausgeführt habe. Doch obgleich Karinens Überlegungen an sich richtig waren, hatte er sich doch mit seinem Schachzug verrechnet. Für ihn war das Ganze eben nur eine Fiktion, zu der er sich flüchtete, um sich in seiner ausweglosen Lage weiteres Leiden zu ersparen. Für den Untersuchungsrichter aber war es ein Funke Wahrheit, den er mit viel List und Mühe dem Angeklagten entlockt hatte und in dem er den Ausgangspunkt für weitere Verhöre sah. Karinen jedoch war nicht willens, noch einen Schritt weiterzugehen, nein, im Gegenteil, er begann sein Geständnis zurückzunehmen. Im Januar 1936 sperrte man ihn drei Wochen in die Todeszelle; im Februar aber verlas man ihm zu seiner Überraschung sein auf zehn Jahre Arbeitslager lautendes Urteil. Mitte 1939 kam er nach Jercewo, nachdem er drei Jahre im Lager Kotlas verbracht hatte.

Während des russisch-finnischen Krieges versuchte er zu fliehen, und dieser Fluchtversuch nahm in den Erzählungen der Gefangenen legendäre Ausmaße an. Jeder Gefangene »plant« in Perioden des Selbstvertrauens ein Entkommen und versucht, seine besten Freunde in sein Vorhaben einzuweihen. Aber all diese Pläne entspringen nur einem naiven Selbstbetrug und sind so von vornherein illusorisch. Ihre Erfolgschancen sind gleich null, ja, man kann sie nicht einmal ernstlich vorbereiten. Wir polnischen Gefangenen liebäugelten am meisten mit Fluchtplänen, denn abgesehen davon, daß wir die Qualen des Lagerlebens kaum ertragen konnten, quälte uns auch der Gedanke, daß wir nicht an dem Krieg, der irgendwo in der Ferne tobte, teilnehmen konnten. So trafen wir uns oft in einer der Baracken und besprachen in vertrautem Kreis alle Einzelheiten unserer Flucht. Wir sammelten Metallstücke, die wir bei der Arbeit fanden, Kistenholz und Glasscherben und redeten uns ein, daß man daraus einen Kompaß basteln könne. Wir versuchten, uns genauer über die Landschaft ringsum zu informieren, die klimatischen Verhältnisse, Entfernungen und geographischen Besonderheiten – und obwohl wir wußten, daß wir wie Kinder waren, die mit Zinnsoldaten Schlachten schlagen, ließen wir uns nicht entmutigen. Wohl spürten wir, wie töricht unser Tun war, aber wir hatten nicht den Mut, es uns gegenseitig einzugestehen. In diesem Königreich der Fik-

tion, in das man uns aus dem Westen in Hunderten von Gü-
terwaggons verschleppt hatte, erfüllte uns schon das kleinste
Festbeißen in unsere eigenen Tagträume mit neuer Zuversicht.
Wenn die Mitgliedschaft in einer nicht existierenden Terroristenorganisation ein Verbrechen sein kann, für das man zehn
Jahre Arbeitslager bekommt, warum soll dann nicht ein ange-
spitzter Nagel eine Kompaßnadel, ein Stück Holz ein Ski, ein
bekritzelter Fetzen Papier eine Karte sein können? Ich muß
hier an einen jungen polnischen Kavallerieoffizier denken, der
während der schlimmsten Hungerperiode im Lager die Energie
aufbrachte, sich von seiner täglichen Brotration eine Scheibe
abzusparen, die er dann über dem Feuer röstete und in einem
Sack irgendwo in der Baracke an einer niemandem bekannten
Stelle versteckte. Jahre später bin ich ihm noch einmal im Irak
begegnet, und als wir in einem Armeezelt bei einer Flasche
Wein saßen, hänselte ich ihn wegen seines Flucht-»Planes«.
Aber er antwortete ganz ernst: »Du solltest nicht darüber lachen. Ich habe das Lagerleben nur durch meine Hoffnung auf
die Flucht ertragen können, und ich bin nur darum lebendig
aus dem Totenhaus herausgekommen, weil ich diesen Brotvorrat besaß. Man kann nicht leben, wenn man nicht weiß, wofür
man lebt.«

Aus Karinens Geschichte ließ sich, was die technischen Einzelheiten der Flucht anging, nicht viel lernen, und trotzdem
lauschten wir ihr atemlos, als ob das Beispiel seines verzweifelten Vorgehens uns neue Lebenskraft geben könnte. Karinen saß
auf einer oberen Pritsche und ließ die Beine herunterbaumeln.
Um ihn herum war tiefes Schweigen, das nur dann und wann
einmal durch Fragen und Rufe unterbrochen wurde. Er erzählte langsam, in fließendem, fast akzentfreiem Russisch, unterstrich seine Worte mit lebhaften Gesten und machte alle
paar Minuten eine kleine Pause, um einen Schluck »Hwoja« zu
trinken. Es war, als erlebte er das alles noch einmal, und als
suchten seine kleinen entzündeten Augen wieder den Weg
durch die tiefverschneiten, einsamen Wälder von Archangelsk.

Als der Blitzfeldzug Rußlands gegen Finnland sich zu einem
langwierigen taktischen Krieg auszudehnen begann, hatte Karinen sich zur Flucht entschlossen. Er wußte selber nicht mehr,

hatte ihn ein plötzlich erwachtes patriotisches Gefühl dazu getrieben oder die Hoffnung, daß die Grenze, vor allem auf der russischen Seite, infolge der Kampftätigkeit nicht mehr so scharf bewacht wäre? Er kannte das Grenzgebiet von früher, als er sich in seine Wahlheimat durchschlug, und so hatte er sich vorgenommen, tagsüber durch die Wälder zu schleichen und die Nächte in den Dörfern am Weg zu verbringen. Die ganze Strecke vom Weißen Meer zur Südküste des Onegasees und von dort zur Nordküste des Ladogasees, die fast senkrecht zur finnischen Grenze führt, betrug mehrere hundert Kilometer. Nur die vier Gefangenen, die zu seiner Gruppe in der Waldbrigade gehörten, wußten von seinem Plan. In der Frühstückspause gelang es ihm, sich fortzustehlen. Wenn der Wachposten erst bei der Zählung am Abend vor dem Rückmarsch seine Flucht entdeckte, konnte er schon fünf Kilometer vom Wald und zehn vom Lager entfernt sein. Er zog sich an dem Tag besonders warm an. Unter seiner wattierten Gefangenenbekleidung trug er alle Unterwäsche, die er besaß, sowie seinen alten Zivilanzug, den er einst ins Lager mitgebracht hatte und in dem er sich dort zeigen wollte, wo er um Obdach bat. In einem Säckchen führte er ein paar Scheiben getrockneten Schwarzbrots, ein kleines Stück Speck, das ihm einer der ins Vertrauen gezogenen Gefangenen geschenkt hatte, eine Flasche Pflanzenöl, die er mit einem freien Beamten gegen ein Paar Schuhe getauscht, und ein paar Zwiebeln mit sich. Außerdem hatte er drei Schachteln Streichhölzer und zweihundert Rubel mitgenommen. Er hat uns zwar nie verraten, woher er das Geld besaß, aber wahrscheinlich hatte er seinerzeit bei seiner Ankunft im Lager finnisches Geld einschmuggeln können, das er dann später bei einem Beamten gegen Rubel eingewechselt hatte. Auf einen Kompaß hatte er verzichtet, weil man nach seiner Meinung den Weg nach Westen gar nicht verfehlen konnte, wenn man am Morgen die Sonne im Rücken und am Abend vor sich hatte.

Die ersten Stunden marschierte er, ohne auch nur einmal anzuhalten; um seinen Durst zu stillen, griff er sich im Vorübergehen ein wenig Schnee von den Zweigen und befeuchtete damit seine trockenen Lippen. Gegen Abend vernahm er ein paar Gewehrschüsse, die aber aus weiter Ferne zu kommen schienen. Er glaubte, der Wachsoldat habe seine Flucht entdeckt und schlage nun Alarm, aber er hielt es für ausgeschlossen, daß man im Lager die Schüsse würde hören können. Für die Nacht hatte er noch nichts zu befürchten, denn erst frühestens am nächsten Morgen würde man die Verfolgung aufnehmen. Als es jedoch dunkel wurde, verlor er die Orientierung und konnte darum nicht weitergehen. Er entdeckte eine große Kuhle, schaufelte ein Loch in den Schnee, deckte es von außen mit Tannenzweigen zu und kroch hinein. Zwischen den ausgestreckten Beinen machte er ein kleines Feuer, das er die Nacht hindurch damit in Gang hielt, daß er immer wieder hineinblies und es nach oben mit den Händen abschirmte. Er tat die ganze Nacht kein Auge zu, war aber trotzdem nicht eigentlich wach. Der Winter in jenem Jahr war besonders streng. Die Lungen taten ihm weh, wenn er die eisige Luft atmete, aber die dicke Schneeschicht, das Dach aus Tannenzweigen, seine doppelte Kleidung und nicht zuletzt das kleine Feuer hielten ihn doch einigermaßen warm. Obwohl er zum erstenmal nach Jahren frei war, kam er sich dort in seinem Schneeloch doch wie gefangen vor. Er lauschte auf jedes Geräusch in dem unheimlichen Wald, während sein Rücken an der Wand des Loches fast anfror, dämmerte dann immer wieder ein paar Augenblicke vor sich hin, und es war ihm jedesmal, wenn er wieder hochfuhr, als wälze er sich auf seiner Pritsche. Ein paarmal erhob er sich ein wenig, um die Glieder zu strecken, und schlug sich mit seinen frostklammen Händen auf die Schenkel. Als es dämmerte, glaubte er plötzlich, Stimmen und Hundegebell zu vernehmen. Er wollte bereits aufspringen, aber da war alles schon wieder totenstill. Nur die Nacht war um ihn – eine düstere, drohende, undurchdringliche Nacht, die nicht enden wollte. Es waren nur dicke Schneeklumpen, die da mit dumpfem Geräusch von den Bäumen zu Boden gefallen waren, und nicht die Schritte seiner Verfolger, wie er im ersten Augenblick angenommen hatte. Er kam sich grenzenlos verlassen vor und spielte sogar mit dem Gedanken, ins Lager zurückzukehren.

Im Morgengrauen kroch er aus seinem Versteck heraus, wusch sich das Gesicht mit Schnee ab und wartete, bis er sah, wo die Sonne aufging, um dann in entgegengesetzter Richtung weiterzumarschieren. Er kam nur langsam vorwärts, denn seine Glieder schmerzten ihn; er hatte Fieber und war hungrig. Gegen Mittag nahm er eine Scheibe Brot aus dem Säckchen, goß etwas Öl darauf und schnitt sich mit dem Taschenmesser ein kleines Stück Speck ab – dies war die Tagesration, die er sich im Lager ausgerechnet hatte, damit sein Vorrat für dreißig Tage reichte. Es war ein klarer Tag, und die rosa-weiß schimmernde Sonne schien den Wald zu neuem Leben zu erwecken. Dies beflügelte etwas seine Schritte, er sog die Luft tief ein, und sein Blick verlor sich in den grünen Spitzen der Zweige, die unter der dichten Schneedecke hervorlugten. Sein Weg führte durch Lichtungen, wo der Nordsturm riesige Tannen umgerissen hatte, deren vielgliedrige Wurzeln teils von der gefrorenen Erde bedeckt, teils wie betende Hände zum Himmel erhoben waren.

Um nicht in einer Schneewehe oder einem Loch zu versinken, tastete Karinen mit einem langen Stock den Weg vor sich ab. Alle Stunde blieb er stehen und horchte, ob seine Verfolger ihm schon auf den Fersen waren. Aber im Grunde glaubte er fest, daß die Polizeihunde ihn nicht würden aufspüren können, da seine Filzschuhe kaum eine Spur in dem trockenen Pulverschnee hinterließen.

An diesem Abend war sein Herz voller Hoffnung, und nachdem er sich wieder ein Loch in einer zugeschneiten Kuhle gegraben, entzündete er ein größeres Feuer als in der vergangenen Nacht. Gegen Mitternacht schlief er, zum erstenmal seit seiner Flucht, fest ein und erwachte erst, als es schon dämmerte. Bevor er sich nicht wenigstens hundert Kilometer vom Lager entfernt hatte, wofür er eine Woche brauchen würde, war er entschlossen, um jede menschliche Siedlung einen Bogen zu machen. Als er sich am vierten Abend sein Loch grub, gewahrte er am Horizont einen schwachen Lichtschein, und dann plötzlich drang der Strahl eines Scheinwerfers durch das Dunkel, war aber gleich darauf wieder verschwunden. Karinen erschrak zu Tode, denn das bedeutete, daß in der Nähe ein Lager war. In dieser Nacht machte er kein Feuer, sondern kauerte sich in den Schnee, zog sich die Jacke über den Kopf, steckte die Hände in die Ärmel, legte die Beine auf einen Ast und erfror so beinahe. Am Morgen mußte er alle Willenskraft zusammennehmen, um wieder aufstehen zu können. Es dauerte eine Weile, bis seine Glieder aus ihrer Erstarrung befreit waren. Er rieb sich dann die Hände mit Schnee ab und machte sich wieder auf den Weg, in der Hoffnung, daß er sich etwa zwanzig Kilometer von Jercewo entfernt, westlich vom Kargopol-Lager, befinde. Aber er konnte das Angstgefühl nicht abschütteln und wurde seinem Vorsatz, sich allein nach der Sonne zu orientieren, untreu, bog seitlich ab, um der Stelle zu entkommen, wo gestern die Scheinwerferlichter aufgezuckt waren, und ging in nordwestlicher Richtung weiter. Er stolperte vorwärts, fiel immer wieder hin, konnte seine Tagesration kaum schlucken und mußte sich immer von neuem sein brennendes Gesicht mit Schnee abreiben. Er war nahe daran, zusammenzubrechen, und es war ihm, als strömten ihm Tränen aus den Augen, obwohl er wußte, daß er nicht weinte. Er fürchtete sich so in seiner Verlassenheit, daß er anfing, mit sich selbst auf finnisch zu sprechen, das erste Mal seit sechs Jahren, daß er diese Sprache benutzte, aber bald fehlten ihm die Worte für seinen Monolog; er konnte nur noch ein paar Sätze aus einem schon fast vergessenen Gebet seiner Kinderzeit immer wieder vor sich hin stammeln.

Da er am Abend nirgends einen Lichtschein erspähte, zündete er ein größeres Feuer an, schlief die ganze Nacht hindurch und erwachte immer nur, wenn die Flamme zu erlöschen drohte. Am Morgen hatte er das seltsame Gefühl, er selbst und zugleich ein anderer zu sein; er wußte, daß er auf der Flucht war, und doch schien es ihm, als ginge er zur Arbeit; er hatte Fieber, sein ganzer Körper war wie betäubt, und er wankte wie ein Schlafwandler weiter, ohne noch auf die Richtung zu achten. Am Nachmittag setzte er sich unter einen Baum und schlief sofort ein. Als er mitten in der Nacht erwachte, überfiel ihn eine solche Furcht, daß er laut aufschrie. Als er jedoch eine Antwort auf sein Rufen zu hören vermeinte, sprang er auf und begann wie gejagt davonzulaufen. Doch schon nach wenigen Schritten stolperte er und fiel mit dem Gesicht in den Schnee. Eine ganze Weile blieb er so liegen, dann raffte er sich mühsam auf und versuchte wieder, zu sich zu kommen. Dabei durchfuhr ihn immer von neuem nur der eine Gedanke: er mußte sich, koste es, was es wolle, ein Feuer machen. Es war die sechste Nacht seit seiner Flucht. Am Feuer begannen sich seine Lebensgeister wieder zu regen, und er faßte den Entschluß, sobald es Tag würde, eine menschliche Siedlung aufzusuchen, um sich dort auszuruhen und wieder zu gesunden. Am nächsten Morgen brach er auf, nachdem er ein Stück Brot mit Speck verzehrt hatte, und zog seines Weges weiter, ohne zu wissen, wohin er ihn führte. Am späten Nachmittag sah er jenseits des Waldes Rauchsäulen zum Himmel aufsteigen. Er beschleunigte daraufhin seine Schritte, und doch wurde es Abend, bis er am Rande einer Lichtung ein paar erleuchtete Fenster erblickte. Ohne seine Gefängniskleidung abzulegen, betrat er die erstbeste Hütte, sank dort auf eine Bank am Feuer und verlor das Bewußtsein.

Das Dorf, das Karinen nach sieben Marschtagen erreicht hatte, lag nur fünfzehn Kilometer von Jercewo entfernt. Die Bauern fuhren ihn ins Lager zurück, und man sperrte ihn dort ins Gefängnis, wo er, der immer noch ohne Bewußtsein war, so grausam verprügelt wurde, daß er noch drei Monate mit dem Tode rang und danach zwei weitere Monate im Lazarett bleiben mußte. Es hieß, Samsonow habe ihn überhaupt nicht verfolgen lassen, weil er überzeugt gewesen sei, daß Karinen entweder im Walde umkäme oder ins Lager zurückkehren würde. Und nun war er also zurückgekehrt. »Freunde, man kann dem Lager nicht entfliehen«, schloß er immer seine Geschichte. »Die Freiheit ist nichts für uns. Wir sind hier für den Rest unseres Lebens angekettet, auch wenn wir keine Ketten tragen. Wir können fliehen, ziellos umherschweifen, aber zuletzt kehren wir doch wieder zurück. Das ist nun einmal unser Schicksal, unser verfluchtes Schicksal.« — »Nimm's nicht so tragisch, Rusto Petrowitsch«, pflegten ihn dann die anderen zu trösten. »Du hast eine Woche Freiheit gehabt und fünf Monate im Lazarett verbringen können.« — »Da habt ihr recht«, antwortete er traurig, »trotzdem, man kann dem hier nicht entrinnen. Unser Leben ist hier, Brüder, und hier wird auch unser Tod sein. Wenn selbst die Freiheit gegen uns ist, wie können wir dann entkommen?«

»Laßt uns jetzt schlafen gehen«, beendeten die Gefangenen das Gespräch und blickten sich dabei bewegungslos an. »Der Ruhetag ist vorüber. Morgen geht's wieder an die Arbeit.«

Und kurz darauf gingen die Worte, deren grauenhaften Sinn niemand begreifen kann, der nicht selber in einem sowjetischen Arbeitslager gelebt hat, von Mund zu Mund, wie eine Botschaft, die von einer Gefängniszelle in die andere wandert: »Morgen geht's wieder an die Arbeit.«

II. TEIL

9. Kapitel

Hunger

Meine eigenen Beobachtungen im Lager führen mich zu dem Schluß, daß Männer den physischen und sexuellen Hunger weit besser ertragen als Frauen. Die primitive Lagermoral gebot es, daß ein Mann, der die Macht hatte, den Widerstand einer Frau dadurch zu brechen, daß er ihr das Essen entzog, ihre beiden elementaren Bedürfnisse befriedigte, wenn sie dann schließlich nachgab. Ich erwähne das ohne jeglichen Zynismus. Will man nämlich all das, was in Europa während des letzten Krieges geschehen ist, überhaupt verstehen, muß man für einen Augenblick die moralischen Grundsätze vergessen, von denen sich unsere Großväter und Väter in der zweiten Hälfte des neunzehnten Jahrhunderts und in den ersten Jahrzehnten des zwanzigsten Jahrhunderts leiten ließen, in jener Epoche, in der der positivistische Fortschrittsmythos sichtbare Wirklichkeit zu werden schien. Ein orthodoxer Marxist leugnet von vornherein, daß es so etwas wie eine absolute Moral gibt, da nach seiner Ansicht das Schicksal des einzelnen von seiner materiellen Lage bestimmt wird. Danach schafft jede Zeit, jedes Land und jede soziale Klasse sich ihre eigene Moral, oder aber aus diesen dreien zusammen ergibt sich das, was man als das ungeschriebene Gesetz des menschlichen Verhaltens an einem bestimmten Ort dieser Erde bezeichnen könnte. Die Erfahrungen in Deutschland und Sowjetrußland rechtfertigen diese Theorie bis zu einem gewissen Grade. Es hat sich dort gezeigt, daß man von einem Menschen, der die Grenze seiner Leidensfähigkeit erreicht hat, nicht mehr, wie man einst glaubte, Charakterfestigkeit und eine bewußte Anerkennung geistiger Werte erwarten kann. Ein Mensch, der hungert und leidet, ist tatsächlich zu allem fähig. Diese »neue Moral« setzt nicht mehr ein anständiges menschliches Verhalten voraus, sondern einen geschickten Umgang mit den Menschen und ist heute gespickt mit scharfen Waffen; ihre Tradition reicht bis in die Anfänge der spanischen Inquisition zurück. Über diese Tatsache sollten wir nicht allzu flüchtig hinwegsehen. Beiden Strömungen liegt die Überzeugung zugrunde, daß der sich selbst überlassene Mensch – ohne Glauben an ein offenbartes geistiges Wertesystem oder ein aufgezwungenes materielles Wertesystem – nur ein formloser Müllhaufen ist. Lysenkos genetische Revolution hat die an sich verwandten Tendenzen in der katholischen Kirche nur umgekehrt. Dort geht der Mensch, falls ihn nicht das Licht der übernatürlichen Gnade erlöst, im Strudel von Sünde und Verdammnis unter, hier kann er zu dem werden, was die künstlich veränderten Naturgegebenheiten aus ihm machen. Hier wie dort ist er jedoch ein willenloses Objekt in den Händen eines anderen, und es hängt lediglich von der ursprünglichen Zielsetzung des menschlichen Lebens auf Erden ab, ob aus dem Müllhaufen das geforderte biologische Zuchtexemplar hervorgeht oder eine begnadete Blüte der menschlichen Seele. Persönlich gehöre ich weder zu den Menschen, die die furchtbaren Kriegserlebnisse in die Arme der »neuen Moral« getrieben haben, noch zu denen, die darin einen weiteren Beweis für die Zerbrechlichkeit des Menschen, der sich in den Fängen des Satans befindet, sehen. Ich habe mich wiederholt davon überzeugt, daß ein Mensch nur unter menschlichen Bedingungen menschlich sein kann, und ich halte es für ein wahnwitziges Unterfangen, ihn nach den Taten zu beurteilen, die er unter unmenschlichen Bedingungen begangen hat – das wäre genau so, als mäße man Wasser am Feuer und die Erde an der Hölle. Aber ein Schriftsteller, der ein sowjetisches Arbeitslager objektiv beschreiben möchte, muß in die Tiefen der Hölle hinuntersteigen, wo sich für die unmenschlichen Taten keine menschlichen Motive entdecken lassen. Dort blicken ihn die qualvoll verzerrten Gesichter seiner toten und vielleicht noch lebenden Leidensgenossen an, und ihre von Hunger und Kälte blauen Lippen flüstern: »Sag die ganze Wahrheit über uns, sag, was man aus uns gemacht hat.«

Zur Verteidigung der Frauen ließe sich aber sagen, daß die Lagermoral, wie jede andere Moral, auch eine besondere Heuchelei mit sich brachte. So würde z. B. niemand auch nur im Traum einen jungen Mann verurteilen, der, um sich sein Leben etwas angenehmer zu machen, ein Verhältnis mit einer älteren Ärztin beginnt; aber ein hübsches Mädchen, das sich aus Hunger einem widerwärtigen alten Kerl hingibt, der die Brotverteilung unter sich hat, ist natürlich eine Hure. Die regelmäßigen monatlichen Denunzierungen beim NKWD, durch die fast alle Brigadeführer und technischen Spezialisten sich ihr persönliches Einkommen verbesserten, wurden nie als unmoralisch angesehen; aber eine Frau, die nachts das Lager verließ, um mit dem Lagerkommandanten zu schlafen, galt als Prostituierte, und zwar der schlimmsten Art, weil sie die Solidarität der Gefangenen den freien Männern gegenüber brach. So selbstverständlich es war, daß ein neuangekommener Gefangener seinem Brigadeführer die Reste seiner Zivilkleidung überließ, um dadurch in eine höhere Leistungsstufe zu kommen (was für ihn gleichzeitig eine bessere Verpflegung bedeutete), so empört waren manche, wenn ein bettelarmes Mädchen, das unter der Arbeit im Walde fast zusammenbrach, demselben Brigadeführer schon an ihrem ersten oder zweiten Abend im Lager das einzige gab, was sie noch besaß – ihren Körper. Ein Gefangener, den man dabei ertappt hätte, wie er einem anderen Brot stahl, wäre wahrscheinlich von den »Urkas«, die allein über die Lagermoral zu gebieten hatten, totgeschlagen worden; aber ein Priester unter den polnischen Gefangenen, der sich für eine Beichte und Absolution 200 g Brot geben ließ (100 g weniger als der alte Usbeke, der einem aus der Hand las), wurde von seinen Schäflein mit einem Heiligenschein umgeben.

All dies Seltsame und wenig Erfreuliche entsprang, wie mir scheint, dem in jeder größeren Gemeinschaft vorhandenen unbewußten Verlangen, »Verbrecher«, die man auf frischer Tat ertappt hat, zur billigen Beruhigung des eigenen Gewissens, an den Pranger der »öffentlichen Meinung« zu stellen. Frauen eigneten sich am besten als Sündenböcke, nicht nur weil sie außer ihrem Körper selten noch ein anderes Handelsobjekt besaßen, sondern auch weil sie die ganze Bürde der konventionellen moralischen Heuchelei von der Außenwelt in das

Lager mitschleppten. Nach dieser Moral ist ein Mann, der sich eine Frau, kaum daß er sie kennengelernt und mit ihr geflirtet hat, gefügig macht, ein forscher Bursche, eine Frau dagegen, die sich einem Mann gleich im Anfang ihrer Bekanntschaft hingibt, eine Nutte. Das, was der einzelne unter Moral verstand, und die entsprechende Heuchelei hing von den Verhältnissen ab, in denen er vor seiner Verhaftung gelebt hatte. Für die Russen existierte dieses Problem freilich nicht, da sie an die »Fünfrubelehen« gewöhnt waren und mit allgemeiner Billigung ein Verhältnis eingingen, wenn ihr Trieb sie dazu drängte. Ihre Einstellung zu diesem Problem zeigte sich in der Art, wie sie sich über die gesetzliche Gleichstellung der Frau unter dem neuen Regime lustig machten. Ausländische Gefangene aber (darunter auch Kommunisten) schüttelten oft die Köpfe »über den allgemeinen moralischen Verfall in Rußland«. Jedenfalls ist es wahr, daß Hunger mehr als irgend etwas anderes den Widerstand einer Frau zu brechen vermag, und wenn es erst einmal soweit ist, dann gibt es kein Halten mehr, und sie versinkt sehr schnell in die tiefsten Tiefen sexueller Zügellosigkeit. Manche von ihnen gaben sich nicht nur in der Hoffnung hin, sich ihr Leben ein wenig zu erleichtern oder einen mächtigen Beschützer zu finden, sondern auch weil sie sich nach Mutterschaft sehnten. Man darf darin allerdings kaum den Ausdruck eines echten Gefühls sehen. Schwangere Frauen sind nämlich in den Lagern drei Monate vor und sechs Monate nach der Niederkunft von der Arbeit befreit. Sechs Monate hielt man für ausreichend, um das Kind zu nähren und so weit aufzuziehen, daß man es der Mutter fortnehmen und zu irgendeinem ihr nicht bekannten Ort bringen konnte. Die Entbindungsbaracke in Jercewo war immer voll belegt mit Frauen, die ihren schwangeren Leib mit feierlicher Würde vor sich herschoben, wenn sie sich in der Küche ihre Suppe holten. Aber von Gefühlen, von echten menschlichen Gefühlen kann wohl kaum die Rede sein, wenn sich der Liebesakt vor aller Augen oder bestenfalls in der Kleiderkammer, zwischen Stapeln von stinkenden, verschmutzten Lumpen vollziehen mußte. Noch nach vielen Jahren kann man nur mit tiefstem Ekel vor sich selbst und der Frau, mit der man sich einmal nah verbunden glaubte, an diese »Schäferstündchen« zurück-denken.

Im Januar 1941, als ich erst einige Wochen im Lager war, kam eine Polin, die Tochter eines Offiziers aus Tarnopol, mit einem Transport bei uns an. Sie war ein wahrhaft liebliches Geschöpf: schlank und biegsam, mit einem frischen Mädchengesicht und zarten, kleinen Brüsten, die sich unter der blauen Bluse ihrer Schultracht kaum abzeichneten. Die »Urkas« bezeichneten sie als eine wertvolle »junge Stute« und, wohl um ihren proletari-schen Appetit auf sie noch mehr zu reizen, nannten sie sie auch die »Generalstochter«. Das Mädchen jedoch wußte sich zu be-haupten. Mit hoch erhobenem Kopf ging sie zur Arbeit, und jeden Mann, der sich ihr zu nähern versuchte, wehrte sie mit zornesfunkelnden Blicken ab. Abends kam sie zwar weniger stolz zurück, aber sie blieb auch dann unnahbar, ging unmit-telbar vom Tor zur Küche, um sich ihr Essen zu holen, und ver-schwand darauf für die ganze Nacht in der Frauenbaracke. Man konnte darum annehmen, sie werde nicht so bald die Beute einer der nächtlichen Jagden im Lager werden. Es war auch nicht sehr wahrscheinlich, daß man sie durch Hunger ge-fügig machen konnte, denn sie wurde der 56. Brigade zugeteilt; die Brigade bestand nämlich aus Frauen und Invaliden, die für die Lebensmittelzentrale Säcke flicken und Gemüse sortieren mußten. Und wenn auch die Gefangenen dort nicht so gün-stige Gelegenheit zum Stehlen hatten wie wir in der Träger-brigade, so war ihre Arbeit doch verhältnismäßig leicht. Ich war noch nicht so gut mit dem Lagerleben vertraut, um das Ende dieses stummen Kampfes voraussehen zu können, und ohne Zögern nahm ich den Vorschlag des Ingenieurs Polenko an, dem das Gemüselager bei der Lebensmittelzentrale unterstand, mit ihm um ein halbes Brot zu wetten, daß das Mädchen sich niemandem hingeben würde. Diese Wette erregte mich vor al-lem in »patriotischer« Hinsicht − ich wollte die weiß-rote Fahne Polens sozusagen am Mast der triumphierenden Tugend flattern sehen. Nach sieben Monaten Gefängnis und Lager war ich physisch so erschöpft, daß ich keinerlei Begehren nach ei-ner Frau hatte, und ich war geneigt, den warnenden Worten meines Untersuchungsrichters zu glauben: »Sie werden leben, gewiß, aber Sie werden nicht mehr das Verlangen haben, mit einer Frau zu schlafen.« Dank der Vorteile jedoch, die ich durch meine Stellung als Träger und meine guten Beziehungen zu den »Urkas« genoß, entschloß ich mich, Polenko zu betrügen. Ich schlug der jungen Polin eine Scheinehe vor, die ihr gegen das eigenartige jus primae noctis, nach dem man im Lager handelte, Schutz gewähren sollte und führte mich bei ihr, um ihr zu zeigen, daß sie damit nicht unter ihrem Stande heiratete, als Student aus Warschau ein. Ich weiß nicht mehr genau, was sie mir darauf antwortete: aber es muß so etwas wie »Was unterstehen Sie sich!« gewesen sein, denn ich gab den Plan danach sofort wieder auf. Polenko indessen, unter dem sie im Gemüselager arbeitete, wachte scharf darüber, daß sie auch nicht eine halbverfaulte Mohrrübe oder eine gesalzene Tomate aus einem Faß stehlen konnte. Ungefähr einen Monat nachdem wir die Wette abgeschlossen hatten, kam er eines Abends in meine Baracke und legte mir stumm einen zerrissenen Schlüpfer auf meine Pritsche. Ebenso stumm schnitt ich behutsam ein Brot durch und gab ihm die Hälfte.

Von da an ging mit dem Mädchen eine völlige Veränderung vor sich. Sie sputete sich nicht mehr wie früher, ihre Suppe aus der Küche zu holen, sondern streunte nach der Arbeit wie eine läufige Hündin bis spät in die Nacht im Lager umher. Jeder Beliebige konnte sie haben. Es war ihr gleich, wo sie sich hingab, auf der Pritsche, unter der Pritsche, in den Zimmern der technischen Spezialisten oder in der Kleiderkammer. Sobald sie mir begegnete, wandte sie den Kopf ab und preßte die Lippen heftig aufeinander. Als ich eines Tages zufällig in das Kartoffellager in der Zentrale kam, sah ich sie mit dem buckligen Krüppel Lewkowitsch, dem Vorarbeiter der 56. Brigade, auf einem Kartoffelhaufen liegen. Sie brach in ein fassungsloses Schluchzen aus, und als sie am Abend ins Lager zurückkehrte, hielt sie sich beschämt die Hände vors Gesicht. Ich habe sie 1943 in Palästina wiedergetroffen. Sie war eine alte Frau geworden. Wenn sie lächelte, sah man ihre lückenhaften, schlechten, gelben Zähne, und ihr verschwitztes baumwollenes Kleid spannte sich straff über ihren an die einer Amme erinnernden mächtigen Brüsten.

Eine andere, ähnliche Geschichte machte in Jercewo die Runde, nicht weil sie besonders ungewöhnlich, sondern weil ihre Heldin ebenfalls, nach den Moralbegriffen des Lagers, sehr lange Widerstand geleistet hatte. Es handelte sich um Tanja, eine schwarzhaarige Sängerin von der Moskauer Oper. Wie üblich, war sie zusammen mit anderen Künstlern zu einem Ball eingeladen worden, den man zu Ehren des diplomatischen Korps veranstaltet hatte. Dort hatte sie, entgegen den ihr vorher vom NKWD erteilten Instruktionen, öfter als erwünscht mit dem japanischen Botschafter getanzt. – Die Folge war, daß man sie der Spionage verdächtigte und sie zu zehn Jahren Arbeitslager verurteilte. Als »politisch verdächtig« wurde sie sofort einer Waldbrigade zugeteilt. Was sollte diese zarte Frau mit ihren zierlichen Händchen in einem Wald tun? Bestenfalls Zweige ins Feuer werfen, wenn sie Glück hatte und einem menschlichen Brigadeführer unterstellt wurde. Aber unglücklicherweise wollte Wanja, der untersetzte »Urka«, der der Führer ihrer Brigade war, sie durchaus besitzen und ließ sie darum mit einer riesigen Axt, die sie kaum heben konnte, die Rinde von den gefällten Bäumen schälen. Allabendlich kam sie dann, immer ein paar Meter hinter den anderen Gefangenen hertrottend, so erschöpft ins Lager zurück, daß sie sich kaum noch zur Küche schleppen konnte, um sich ihr Essen zu holen. (Es bedarf wohl kaum der Erwähnung, daß der »Urka« ihre Arbeitsleistung so niedrig taxierte, daß sie nur die Verpflegungsstufe I bekam.) Sie hatte offensichtlich Fieber, doch der Sanitäter war ein Freund von Wanja und setzte deshalb ihren Namen nicht auf die Krankenliste. So ging es Wochen hindurch; es war eine wahre Rekordleistung, die sie vollbrachte; kaum ein anderer hätte es unter den gleichen Umständen so lange in der Waldbrigade ausgehalten. Dann aber ging Tanja eines Abends in die Waldarbeiterbaracke, und ohne ein Wort zu sagen und auch Wanja nur anzusehen, ließ sie sich ergeben auf seine Pritsche fallen. Sie hatte eine glückliche Veranlagung, nahm das alles auf die leichte Schulter und wurde so etwas wie ein Brigademaskottchen, bis plötzlich die lüsterne Hand eines Lagergewaltigen sie gleichsam an den Haaren aus dem Dreck herauszog und in die Lagerbuchhaltung versetzte. Später sang sie bei einem Lagerkonzert in der »Kulturbaracke« hübsche russische Lieder, und aus der Ecke, in der die Waldarbeiter saßen, ließ sich drohendes Gemurmel vernehmen: »Moskauer Hure.« Was sollte aus ihr werden, wenn sie eines Tages ihrem Chef nicht mehr gefiel und darum wieder zu den »Waldburschen« zurück müßte?

Hunger … Hunger ist ein furchtbares Gefühl, das sich schließlich zu einer abstrakten Idee wandelt, einem fiebrigen Alptraum. Der Körper gleicht da einer überheizten, schlecht geölten, auf hohen Touren laufenden Maschine. Unter den physischen Einwirkungen des Hungers verliert die schon schwankende menschliche Würde ihren letzten Halt. Wie oft habe ich mein blasses Gesicht an die vereiste Scheibe des Küchenfensters gepreßt, um mit einem stummen Blick von dem Koch, dem Leningrader Dieb Fjedka, eine Extrakelle dünner Suppe zu erbetteln. Und ich erinnere mich, daß mein bester Freund, ein alter Kommunist und Jugendgefährte von Lenin, der Ingenieur Sadowski, mir einmal auf der leeren Plattform vor der Küche meine volle Suppenschüssel entriß, im selben Augenblick mit ihr davonlief und schon, ehe er die Latrine erreicht hatte, das heiße Zeug mit fiebernden Lippen hinunterschlang. Wenn es einen Gott gibt, dann soll er jene gnadenlos bestrafen, die ihre Mitmenschen durch Hunger körperlich und seelisch zerstören.

War die Aufsicht bei der Lebensmittelzentrale einmal nicht so streng, dann konnten die Träger ebenso wie die Gefangenen, die im Besitz eines besonderen Ausweises waren und ohne Bewachung außerhalb des Lagers arbeiteten, sich hier und da etwas zur Stillung ihres Hungers beschaffen. Doch selbst außerhalb des Lagers stand es mit der Ernährung kaum besser. Vom Lagertor aus konnten wir nicht selten eine lange Schlange vor der kleinen Holzhütte am Dorfeingang stehen sehen. Dort befand sich der Laden, in dem der Militär- und Verwaltungsstab des Lagers zusätzlich zu den normalen Rationen täglich zwei Kilo schwarzes Brot und ein Stück Pferdewurst und wöchentlich einen halben Liter Wodka erstehen konnte. Im Dorf gab es zwar noch einen weiteren Laden, den sogenannten »Spezlarok«, aber er stand nur den zehn höchsten Würdenträgern des Lagers offen. Allen voran dem Kommandanten des gesamten Kargopol-Lagers, Hauptmann des Staatssicherheitsdienstes Kolizyn. Ihm folgten der Leiter des NKWD von Kargopol, an dritter Stelle befand sich der Vorsteher der Lebensmittelzentrale des Lagers, Blumen, sowie der Lagerkommandant von Jercewo, Samsonow, und schließlich die sechs Kommandanten der übrigen dazugehörenden Lager. Am deutlichsten kann ich mich noch an Blumen erinnern, denn die ganze Lebensmittelzentrale zitterte jedesmal vor Angst, wenn er zur Inspektion kam. Er war ein fettes Schwein, trug eine große goldene Uhr um das rechte Handgelenk, zahllose Ringe an den Fingern beider Hände und war immer von einer leichten Parfumwolke umgeben. Er sagte nur selten etwas, und wenn, dann stets dasselbe: »Ihr müßt fleißig arbeiten, Gefangene, ihr seid nicht zur Erholung hier.« Ich sehe noch sein feistes, rotes, wütendes Gesicht vor mir, wenn er im Busen einer Frau eine halbverfaulte Mohrrübe entdeckte. Er riß ihr dann die Bluse auf und gab ihr zwei schallende Ohrfeigen. Solch ein Zwischenfall wurde von den Gefangenen immer mit sehr eindeutigen Worten kommentiert. Wer nicht selber ein sowjetisches Arbeitslager überlebt hat, kann sich nicht vorstellen, wie weit verbreitet, verbissen und heftig, weil untergründig, der Antisemitismus in Rußland ist.

Die »fetten Zehn« wurden besser als alle anderen Lagerbeamten versorgt, und oft genug seufzte unser gutmütiger Posten vernehmlich, wenn wir »Champagner« und »Konfekt« für den »Spezlarok« entluden. Selbst die Freien hatten ihre eigene Hierarchie, ihre Rivalitäten und Sorgen …

☆ ☆ ☆

Nur im Badehaus wurde sichtbar, was der Hunger aus uns gemacht hatte, denn in den Baracken schliefen wir auch nachts meistens angezogen. In der kleinen Badebaracke herrschte durch den aus dem großen Kessel mit kochendem Wasser aufsteigenden Dampf und die schmutzigen Fensterscheiben stets ein dämmriges trübes Licht. Wir gaben gleich am Eingang unsere Kleidungsstücke zur Entlausung ab und erhielten ein Stück grauer Seife von der Größe eines Dominosteins. Waren die Sachen entlaust, wurden sie auf eine Stange gehängt und von einem älteren Popen hereingebracht. Er senkte die Stange wie eine Fahne, und die Bündel glitten so zu Boden. Eine andere Form des Wäschewechsels gab es nicht.

Ungefähr alle drei Wochen gingen wir ins Badehaus, und das war das einzige Mal, da wir uns richtig wuschen, denn gewöhnlich feuchteten wir unsere verklebten Augen und Nasen und die aufgesprungenen Lippen nur mit ein wenig Schnee an. Ein ausgemergelter, halbnackter Lehrer aus Nowosibirsk, der wie ein indischer Yogi aussah und am grauen Star litt, gab jedem von uns zwei Eimer voll Wasser, einen mit heißem und einen mit kaltem. Die schattenhaften Gestalten mit den schlaff herabhängenden Hodensäcken, den eingesunkenen Brüsten und Bäuchen, den streichholzdünnen, mit offenen Wunden bedeckten Beinen, krümmten sich unter der Last der schweren Eimer und keuchten erschöpft in den dichten Dampfschwaden. Der Lehrer aus Nowosibirsk spielte hier so etwas wie die Rolle eines Eunuchen in einem türkischen Harem, denn er mußte auch die Frauen beim Baden bedienen. Für ein paar Brösel Tabak erzählte er uns, wie sie aussahen, ob sie schon alt und verbraucht oder noch knusprig wirkten, ob die jungen sich noch eine mädchenhafte Scheu bewahrt hatten.

Einmal stahl mir jemand mein Stück Seife von der Bank, und ich fluchte ärgerlich auf polnisch. Ein kleiner, grauhaariger alter Mann, der neben mir über seinen Eimer gebückt stand, sah mich daraufhin freundlich an und fragte mich in mühsamen Polnisch: »Haben Sie zufällig den Dichter Tuwim gekannt?«

»Nein, persönlich nicht«, antwortete ich, verwundert über diese ungewöhnliche Frage, »aber ich habe ihn natürlich gelesen ...«

»Nun, dann können Sie mir meinen Rücken waschen.«

Während ich ihm den Rücken abseifte, erklärte er mir unter ständigem Husten, was ihn zu seiner Frage bewogen hatte. Er hieß Boris Lazarowitsch N., hatte vor dem Ersten Weltkrieg die russische Schule in Lodz in Polen besucht und seit der Revolution 1918 in Rußland gelebt. Aus seiner Schulzeit erinnerte er sich noch an einen jüngeren Mitschüler, Tuwim, der, wie er später aus den Zeitungen erfuhr, ein namhafter Dichter geworden war. 1925 ließ N., der inzwischen Professor für französische Literatur in der Prosaklasse des Brjussow-Instituts in Moskau geworden war, Olga, eine junge Polin aus Lodz, nachkommen, heiratete sie und brachte sie am Polytechnikum unter. Einige Jahre später erhielt sie eine Stellung als Elektroingenieur an einer Moskauer Fabrik. 1937 wurden beide verhaftet und bekamen zehn Jahre Arbeitslager, weil sie einen literarischen Salon unterhalten hatten, in dem nur über polnische Literatur diskutiert wurde. Nach drei Jahren Trennung hatten sie sich ganz zufällig in einem der Kargopol-Lager wiedergetroffen, und jetzt waren sie beide nach Jercewo gekommen; das war der erste Fall dieser Art seit Bestehen der sowjetischen Arbeitslager.

Noch am gleichen Abend lernte ich Olga, eine gutaussehende junge Frau, kennen, die mit traurigen und zugleich bewundernder Blicken jede Bewegung ihres hilflosen Mannes verfolgte. Schon am nächsten Tage waren wir drei die besten Freunde. Der alte Mann war wegen seines Kräfteverfalls erst vor kurzem aus seiner Brigade hinausgeworfen worden. Er erhielt jetzt nur noch die Verpflegungsstufe I und mußte in der »Leichenhalle« hausen. Seine Frau arbeitete in der 56. Brigade, wo sie Säcke flickte und Gemüse sortierte. N. konnte den Hunger nicht ertragen, und der Gedanke an Essen wurde zu einer wahren Manie bei ihm. Manchmal gelang es mir, ein paar geröstete Kartoffeln und ein Stück gesalzenen Fisch aus der Lebensmittelzentrale mitzubringen, und jedesmal, wenn er das, was ich ihm heimlich zusteckte, gierig heruntergeschlungen hatte, erzählte er mir aus seinem früheren Leben. Er hatte am Brjussow-Institut – das als eine Schule für künftige Schriftsteller gedacht war, mit einer Prosa-, einer Lyrik- und einer Dramenklasse sowie einer Klasse für Literaturkritik – vor allem über Balzac gelesen und dabei die seltsamen Wandlungen miterlebt, die sich infolge der sich fortwährend ändernden politischen Parolen in der Beurteilung Balzacs in Rußland vollzogen. In den ersten Jahren nach der Revolution hatte man Balzac vor allem als Autor der »Bauern« verehrt. Im Kreuzfeuer der marxistischen Literaturkritik, die Balzacs royalistische Gesinnung angriff, ließ diese Begeisterung in den dreißiger Jahren merklich nach. Kurz vor der »Großen Säuberung« wurde der Dichter als der unvergleichliche Darsteller der »Nouveaux Riches«, die in einer jeden neuen herrschenden Klasse wie Pilze aus der Erde hervorschießen, wieder außerordentlich populär. Ich erinnere mich auch noch daran, daß N. mich mit Tränen in den Augen bat, unbedingt, falls ich einmal aus dem Lager entlassen werden sollte, den größten russischen Schriftsteller, Gontscharow, zu lesen, vor allem seine ausgezeichnete Studie über Cervantes. Einmal aber brachte er mir als Vertrauens- und Freundschaftsbeweis ein Heft der *Internationalen Literatur* mit und wies mich mit ungehemmtem Abscheu auf den »Verfall und Ende des britischen Empire« betitelten, grauenhaften Aufsatz eines englischen Kommunisten hin.

Der alte Professor mochte mich sehr gern, und ich glaube, ich war für ihn so etwas wie ein Schüler, während ich in ihm noch einen der Lehrer meiner Jugend sehe, obwohl ich unter den Bedingungen, in denen wir leben mußten, kaum viel von ihm habe lernen können. So manches Mal, wenn ich von der Nachtschicht zurückkam, stand er, schon ungeduldig auf seinen sich verspätenden Schüler wartend, am Tor, und bei sonnigem Wetter zog er mich dann, noch ehe ich mit meiner Morgensuppe fertig war, zu der kleinen Bank am Stacheldraht. Dort saßen wir beide, er zitternd vor Begeisterung und ich halbtot vor Erschöpfung, und starrten auf das weiße Blatt der verschneiten Ebene, auf die eine Vielzahl von Drähten Linien zog, die alle paar Meter durch Masten, Violinschlüsseln gleich, unterbrochen wurden; so gingen wir − als spielten wir vom Blatt − unser Morgenpensum durch. Ich mußte langsam alles wiederholen, was er mir in den vorangegangenen Stunden beigebracht hatte. Machte ich einen Fehler, verbesserte mich der Alte ärgerlich; hatte ich mich aber siegreich durch alle Fallen von Namen und Ereignissen hindurchgekämpft, gab er mir die Note »ausgezeichnet« und schob alle Fehler, die ich gemacht, nur auf meine Müdigkeit und meine Nachtarbeit. Zu meiner großen Freude und meinem Stolz vertauschten wir auch gelegentlich einmal die Rollen, und er hörte aufmerksam zu, wenn ich ihm von allen Neuerscheinungen der europäischen und polnischen Literatur seit seiner Verhaftung berichtete. Ich weiß noch, wie seine sonst vom ewigen Kampf mit dem Hunger erloschenen Augen aufblitzten und seine bleichen Wangen sich röteten, als ich von Maritains thomistischer Kunsttheorie erzählte, über die ich noch selber 1939 an der Warschauer Universität eine Vorlesung gehört hatte. Dieses Idyll währte kaum drei Monate, denn im März 1941 kam N. mit einem Transport nach Mostowitza – gerade zur richtigen Zeit, denn damals begann eine furchtbare Hungerepoche in Jercewo, und es wurde immer schwieriger, in der Zentrale auch nur ein paar Kartoffeln zu stehlen.

Schon Anfang 1941 wurde das ohnehin so karge Essen noch knapper. Die Suppe wurde mit jedem Tag dünner, das Brot hatte oft nicht das vorgeschriebene Gewicht, und Heringe, die die Verpflegungsstufe III zu Dimkas großer Freude hin und wieder bekommen hatte, gab es überhaupt nicht mehr. Die Wirkungen dieser Hungerkost machten sich bald bemerkbar. Die Brigaden schleppten sich immer mühseliger von der Arbeit zurück; am Abend konnte man sich durch das Heer der sich vorwärts tastenden Nachtblinden auf den Lagerwegen kaum noch durchzwängen; im Krankenrevier wickelten die Gefangenen wegen des großen Andrangs von ihren dick geschwollenen mit eitrigen, verkrusteten Wunden bedeckten Beinen die Verbände schon ab, bevor der Arzt kam. Jeden Abend wurden ein oder zwei bei der Arbeit im Walde ohnmächtig gewordene Gefangene auf einem Schlitten ins Lager zurückgebracht. Der Hunger gibt auch in der Nacht keine Ruhe, im Gegenteil, er greift aus dem Hinterhalt dann noch wütender an. Nur Iganow, ein alter Russe aus der Zimmermannsbrigade, betete jeden Abend bis spät in die Nacht und bedeckte dabei sein Gesicht mit beiden Händen. Die anderen schliefen in der beklommenen Stille der Baracke. Sie schliefen wie von Schmerzen gequälte Fieberkranke, schnappten wie Fische nach Luft, wälzten sich ruhelos von einer Seite auf die andere, schluchzten und jammerten im Schlaf auf eine herzzerreißende Art. Meine eigenen Träume wurden geradezu kannibalisch erotisch. Liebe und Hunger kehrten zu ihrer gemeinsamen biologischen Wurzel zurück, und vor mir erstanden Bilder von Frauen, die aus Teig geknetet waren und in die

ich voll Lust und Gier hineinbiß, bis Blut und Milch aus ihnen
hervorquollen und sie ihre Arme, die wie frisch gebackene
Brote dufteten, um meinen heißen Kopf legten. In diesem Augenblick erwachte ich meist, erschöpft und in Schweiß geba-
det, und gerade dann brauste der Moskau-Archangelsk-Expreß
zwei Kilometer vom Lager entfernt vorüber. Iganow betete
immer noch, während Dimka – obwohl selbst ein Pope – ihn
gehässig anfunkelte und mit seinem Löffel seine eigene Hun-
gerlitanei auf sein Holzbein schlug. Dimka hatte sich bereit erklärt, den drei gebrechlichen Latrinenreinigern gegen einen
zusätzlichen Teller Suppe bei ihrer Arbeit zu helfen. Kurz vor
Mitternacht kam er stinkend und durchnäßt wie eine Kanal-
ratte von dort zurück. Aus alter Gewohnheit hob er dann den
Deckel vom Abfalleimer, aber schon seit langem war auf dem
leeren Grund nicht eine Heringsgräte mehr zu finden. Einmal
kam er mit heiter-geheimnisvoller Miene zurück und zog ein
Stück blutiges, rohes Fleisch unter seinem Hemd hervor. Er
briet es lange über dem schon fast erloschenen Feuer, und als
wir dann das zähe Fleisch mühsam kauten, lachte er leise: »Der
soll ruhig beten, soviel er will; wir werden inzwischen den armen kleinen Hund vertilgen, der dumm genug war, sich in die
Latrine zu verirren.« – »Freilich«, antwortete ich vergnügt, »die
himmlischen Hunde, die das Reich Gottes bewachen müssen,
liegen ja auch an Ketten und können also nie im Lager her-
umstreunen.«
Es gibt ein altes Sprichwort: »Not macht erfinderisch«, aber
ich habe zwei Monate gebraucht, ehe ich begriff, daß man nach
dem Entladen der Güterwagen das dort auf dem Boden verschüttete Mehl zusammenfegen und eine Art Teig daraus machen konnte, mit dem sich hervorragend ein paar Löcher im
Magen stopfen ließen. Von da an nahmen wir immer kleine
Konservenbüchsen zur Zentrale mit. Einer von uns mußte
während der kurzen Mittagspause vor der kleinen Baracke, in
der sich der Posten aufhielt, Wache stehen, während wir anderen die Büchsen auf dem Feuer erhitzten und den Teig mit
Zweigen rührten. Ende Mai war ich bereits ein Meister in dieser Technik, und jeden Tag, eine halbe Stunde, ehe wir ins Lager zurück mußten, bereitete ich in einer Pfanne ein großes

Stück Teig, den ich dann in der dunkelsten Ecke der Baracke, in der die Säcke geflickt wurden, dünn und gleichmäßig auf Olgas nackte Brüste auftrug. So konnte sie ungehindert das Lagertor passieren, obwohl wir immer davor zitterten, daß plötzlich an Stelle des alten Soldaten, der bei der Durchsuchung die Frauen nur ganz oberflächlich abtastete, die pockennarbige Wächterin Nadjeschda Michailowna die Kontrolle vornehmen könnte, denn sie war bedeutend gründlicher. Sobald es dunkel war, trafen wir uns in der Kleiderkammer, wo wir den Teig in vier gleiche Teile teilten; einen bekam der Lagerist für die Bereitstellung der »Räumlichkeit«, einen Dimka, einen Olga und einen ich. So vermögen selbst in einem Arbeitslager die kühnsten und unwahrscheinlichsten Träume wahr zu werden.

Von Mostowitza erreichten uns indessen traurige Nachrichten über Professor N. Gefangene, die von dort kamen, berichteten, daß der alte Mann langsam am Hunger starb; er wusch sich nicht mehr, rasierte sich nicht, verließ die »Leichenhalle« nur noch, um sein Essen zu holen, bettelte vor der Küche und litt oft an durch Unterernährung hervorgerufenen Wahnsinnsanfällen. Doch kurz vor Ausbruch des russisch-deutschen Krieges erhielt Olga von einem Gefangenen einen schmutzigen Papierfetzen, auf den ihr Mann ein paar Worte an sie geschrieben hatte. Aus einem Satz ersahen wir, daß sein Geist noch nicht völlig umnachtet war: »Bitte, sag Gustav Josefowitsch, daß ich endlich begriffen habe, was für ein ausgezeichneter realistischer Schilderer des sozialen Lebens Knut Hamsun ist.«

10. Kapitel

Wenn die Nacht anbricht

»Wir sind geschlagenes Volk«, sagten sie zuweilen, »dagegen wehrt sich das Innere, darum schreien wir auch in der Nacht.«
Dostojewski, *Aufzeichnungen aus einem Totenhaus*

In den Baracken brannte das elektrische Licht bis zum Morgengrauen. Trotzdem wußten wir ganz genau, wann die Nacht wirklich anbrach.

Wenn wir nach der Arbeit am Abend unsere Suppe gegessen hatten, blieben uns noch zwei oder drei Stunden, bis wir schlafen gingen. Einige der Gefangenen saßen dann auf ihren Pritschen, ließen die Beine herabbaumeln und flickten ihre Arbeitskleidung, andere schrieben Briefe, über die Holzkisten gebeugt, in denen sie ihre Habseligkeiten aufbewahrten. Manche besuchten auch ihre Freunde in den anderen Baracken, und die jüngeren versammelten sich vor der Frauenbaracke. Die Stachanow-Arbeiter begaben sich zu ihrem kleinen Laden, um zu sehen, ob nicht auf der Theke in dem dunklen Raum endlich ein paar Pferdewürste zum Verkauf lagen – das einzige Produkt, das im Lager etwa alle drei Monate feilgeboten wurde. Die Kranken bereiteten sich für die ärztliche Untersuchung vor, und die Brigadeführer schrieben schnell für die Buchhaltung die erzielten Produktionsziffern auf. All diese Beschäftigungen hatten das eine gemeinsam: sie waren eine plumpe und eigentümliche Nachahmung der Gewohnheiten eines normalen freien Lebens. Einem scharfsichtigen Beobachter mag dies oft wie ein Schattentanz erschienen sein, eine Parodie auf das, was wir in unserem früheren Leben getan haben; dabei waren wir besonders darauf bedacht, an unseren alten Bräuchen festzuhalten, auch wenn diese in den Verhältnissen, in denen wir jetzt lebten, jeden Sinn verloren hatten. Ich hörte oft Bemerkungen wie: »Zu Hause habe ich immer nach dem Abendessen Dame gespielt« oder »Meine Frau schalt immer, daß ich dauernd zu anderen lief, statt zu Hause zu bleiben und ins Bett zu gehen. Aber Gewohnheit ist eben Gewohnheit, und ich hab's mein ganzes Leben so gehalten.« Das unbewußte Nachahmen der ehemaligen Lebensgewohnheiten bewahrte den Gefangenen vor Verzweiflung und machte ihm das Leben im Lager erträglich, obwohl er nie den Unterschied zwischen Illusion und Wirklichkeit vergaß. Es ist schwer zu sagen, ob diese instinktive Abwehr die natürliche Reaktion von Menschen war, die den größten Teil ihres Lebens in Freiheit verbracht haben, oder ob sie von den Bedingungen des Sklavendaseins nur künstlich hervorgerufen wurde. Eines jedenfalls ist sicher: es ist nicht möglich, das Sklavendasein zu verstehen, wenn man es nicht an den, und sei es auch fast zur Unkenntlichkeit entstellten Formen des freien Lebens mißt.

Das oben Gesagte trifft jedoch nur auf die wenigen Gefangenen zu, die verzweifelt bemüht waren, sich vor völliger Demoralisierung zu bewahren. Die Majorität nämlich – eine überwältigende Majorität, zu der auch ich am Beginn und am Ende meiner Gefangenschaft gehörte –, blieb den ganzen Abend auf ihren Pritschen liegen und erhob sich nur, um etwas warmes Wasser zu holen, mit dem man das quälende Hungergefühl zu betäuben versuchte. Zu ihrer Entschuldigung muß man allerdings sagen, daß nach elf Stunden harter Arbeit mit leerem Magen die kleinste körperliche Bewegung eine riesige Willensanstrengung erfordert, es sei denn, daß einen etwas Besonderes lockt, über dem man seine ganze Erschöpfung zu vergessen vermag. Die meisten Gefangenen, die den ganzen Tag von der Ruhe am Abend träumten, lagen nach dem Essen bewegungslos auf ihren Pritschen und gaukelten sich selbst vor, daß diese selbstmörderische Art der Entspannung ihre geschwächten Körper kräftigte. Denn im Lager war es gerade umgekehrt wie im freien Leben: Untätigkeit und Apathie beschleunigten den Tod, während jegliches Tätigsein ihn auf eine schwer abzuschätzende Zeit hinauszögerte. Ein Gefangener, der sich selber der Verzweiflung und den Todesgedanken ergab, ohne auch nur im geringsten dagegen anzukämpfen, und der in einem Anfall von Hungerwahnsinn Unmengen warmen Wassers in sich hineinpumpte, konnte eines Nachts plötzlich sterben, und am Morgen fand man dann seine grauenhaft aufgedunsene Leiche auf der Pritsche. Wenn er aber diesem Tod entging, der sich mit dem Platzen einer übervollen Blase vergleichen läßt, dann schwoll er allmählich wieder ab, wurde für eine kurze Zeit wieder normal und endete schließlich in der »Leichenhalle«, wo er Seite an Seite mit anderen lag, die ebenso zum Skelett abgemagert waren wie er. Gefangene, die sich durch Willensanstrengung und eine sei es auch nur minimale Aktivität vor dem Tod zu retten versuchten, konnten einige Jahre hindurch eine leidlich gute Kondition halten, aber dann quollen eines Tages auch ihre Körper ganz unvermittelt auf, und sie starben an Hungerödem, wenn das erschöpfte Herz nicht mehr Kraft genug hatte, das Blut durch die brüchig gewordenen Adern zu pumpen.

Abends, wenn fast alle sich auf ihre Pritschen gelegt hatten, erinnerte die Baracke an ein Lazarett. Einige Gefangene lagen völlig regungslos da, sie hatten nur ihre Schuhe ausgezogen und starrten verloren vor sich hin, darauf bedacht, nur ja keine unnötige Bewegung zu machen. Andere räkelten sich auf den Pritschen und unterhielten sich mit ihren Nachbarn, wie Kranke, die selbst dann, wenn der Doktor fern ist, nur flüsternd zu sprechen wagen. Besucher aus anderen Baracken hockten gewöhnlich am Ofen oder auf den Pritschen ihrer Freunde hier, und da sie allein völlig angezogen waren, wirkten sie wie Gesunde, die an den Betten ihrer kranken Kameraden sitzen. Eine Atmosphäre des Friedens, des stillen Duldens und einer verhaltenen Traurigkeit herrschte in diesem Raum, und das ständig brennende Licht der wenigen elektrischen Birnen unterstrich noch mehr die Ähnlichkeit der Baracke mit einem wirklichen Lazarett. Zugleich aber schien der tröstliche Akzent eines Provisoriums der Baracke innezuwohnen. Der trübe Lichtschein fiel auf die zugefrorenen viereckigen Fensterscheiben, die dadurch innen weiß und nach außen wie glitzernde schwarze Kristalle wirkten. Wer von draußen hereinkam, hätte glauben können, auf den Pritschen lägen nicht Menschen, sondern achtlos hingeworfenes Bettzeug, und die über dem Ofen und auf Schnüren, die zwischen den Dachbalken gespannt waren, zum Trocknen aufgehängten Lumpen, seien frisch gewaschene Wäsche. Das Erschreckendste an dem Anblick war nicht die Baracke an sich, sondern waren ihre Insassen, die man für unheilbare Kranke halten konnte, deren Gesichter schon von den Schatten des Todes gezeichnet waren. Die Gefangenen, die den ganzen Abend bewegungslos auf ihren Pritschen lagen, fürchteten sich vor der Nacht, und ihr Puls ging schneller, je näher sie kam.

Als ich am Abend meiner Ankunft im Lager vom Krankenrevier noch einmal in die Baracke zurückkehrte, war ich tief betroffen von dem Gesichtsausdruck eines alten Mannes, der halbnackt am Feuer saß und mit einem Haken in den Flammen stocherte. Die faltigen Backentaschen hingen ihm schlaff bis zum Kinn herunter, das von einem dünnen Bart bedeckt war, und in seinen Augen brannte ein unnatürlicher Glanz. Ihren Ausdruck vermag ich nicht mehr genau zu beschreiben, aber noch heute kann ich mich des Gefühls nicht erwehren, daß ich in die Augen eines zu Lebzeiten bereits toten Mannes blickte, der wußte, daß er schon lange gestorben war, obwohl das müde Herz in seinem ausgehöhlten Körper noch immer schlug. In diesen Augen stand nicht die leidenschaftliche Verzweiflung eines Menschen, der sich hilflos dem Tode ausgeliefert sieht, sondern die stumpfe Hoffnungslosigkeit eines, der trotz allem noch lebt. Wer sich noch etwas von der Zukunft erwartet, mit dem kann man über Hoffnung sprechen, aber wie soll man jemandem Hoffnung einflößen können, der nicht einmal mehr die Kraft hat, seinem eigenen Leiden ein Ende zu setzen? Wie hätte man diesen tief religiösen Mann, der sich von Gott als größte Gnade einen schnellen Tod erbat, davon überzeugen sollen, daß selbst einem versklavten Menschen immer noch die Vollmacht über seinen Willen bleibt, daß er immer noch das Recht hat, aus eigenem Willen zwischen Tod und Leben zu wählen? Für ihn war alles zu Ende, all sein Hoffen war dahin, nur die Qual eines sinnlosen Lebens war ihm geblieben, und doch, statt dem Schlag seines Herzens für immer ein Ende zu setzen, ließ er den Feuerhaken fallen, und seine Hand schlug wie mit einem Flammenschwert das Kreuzeszeichen über seinen ganzen Körper. Im Leben mancher Gefangener gibt es etwas Unerklärliches und Erschütterndes. Sie scheinen in der

Hoffnung zu leben, daß die Hoffnungslosigkeit sie schließlich töten werde. Und in der stummen Qual ihres Leidens ist der Gedanke an den Tod ihr einziger Trost, der sie für Augenblicke immer wieder glücklich macht. Ihr Christentum ist nicht der Glaube an die mystische Errettung der von ihrer harten irdischen Pilgerfahrt müden Seele, sondern die Dankbarkeit für eine Religion, die ewige Ruhe verheißt. Sie sind gleichsam religiöse Selbstmörder, Anbeter des Todes, für die die Ruhe des Grabes das ewige Ende ist, und nicht der Übergang zum ewigen Leben. Aus ihrer geradezu andächtigen Verehrung des Todes, der in ihren Augen zum höchsten Gut wird, auf das allein es sich lohnt zu warten, da alles andere bereits seit langem nur in Enttäuschung mündet, mag sich ihr Haß auf das Leben erklären lassen. Sie hassen sich selbst und die anderen, wenn auch nur darum, weil sie, trotz all ihrer Hoffnungen und glühenden Traumvisionen, immer noch leben. »Wir sollten tot sein; wir sind menschliche Spreu; wir sollten sterben zu unserem eigenen Besten und zum höheren Ruhm Gottes.«

Später lernte ich den alten Mann etwas näher kennen. Er war ein Bauer aus Tschetschenien (einer kleinen autonomen Region im Kaukasus) und arbeitete in der Lebensmittelzentrale, wo er Kartoffeln sortierte. Als ich ihm einmal ein Stück gesalzenen Fisch schenkte, erzählte er mir einiges von sich, wobei er mich unter seinen buschigen Brauen mißtrauisch anblickte. Bei Tage wirkten seine Augen böse und wild. Die anderen Gefangenen, einschließlich seiner Pritschennachbarn, behandelte er ausgesprochen feindselig.

Durch die Einführung der Kolchosenwirtschaft hatte er seinen kleinen Hof – ein paar Morgen Ackerland und ein paar Weiden – an den Hängen des Kaukasus verloren. Er war 1936 verhaftet worden, weil er sich geweigert hatte, einen Sack von seinem Weizen abzugeben, und zwei Lämmer, die zu der seiner Obhut anvertrauten Kolchosenherde gehörten, geschlachtet und das Fleisch vergraben hatte. Seine Familie – Frau und drei Kinder – wurden an einen unbekannten Ort verbannt, und er wußte nicht, was aus ihnen geworden war. Bei den Verhören war er nicht zu bewegen gewesen, das Versteck des Fleisches und Korns zu verraten. Man hatte ihn so grausam geschlagen, daß noch fünf Jahre später, 1941, sein ganzer Körper mit blauen Beulen bedeckt war. Aber er hatte sich so in den Gedanken verbissen, Schweigen sei das einzige, mit dem er sich für sein verlorenes Land und zerstörtes Leben rächen könnte, daß er bis zuletzt standhaft stumm blieb. Nach dem letzten Verhör hatte man ihn bewußtlos in seine Zelle zurückgebracht, und ein paar Tage später – als man erkannt hatte, daß er lieber sterben wollte als verraten, wo er die armseligen Reste dessen, was ihm einmal gehört, versteckt hatte – war er zu fünfzehn Jahren Arbeitslager verurteilt und erst in das Lager Kotlas und dann 1939 in das Lager Kargopol transportiert worden.

»Was ist mir außer dem Tod noch geblieben?« sagte er. »Ich habe keine Familie, ich bin zu alt, um zu der Kolchose zurückzukehren, ich werde die Berge nie wiedersehen … Jeden Tag bete ich um den Tod …« Und jeden Abend aß der alte Mann seine Suppe, stocherte dann ein paar Minuten im Feuer, wobei er hin und wieder sein von den Flammen gerötetes Gesicht in seinen knotigen Händen verbarg, kletterte danach auf seine Pritsche, sprach ein kurzes Gebet und schlief darauf rasch ein. Und das Seltsame war, daß er trotz seiner vielen Verletzungen durch die grausamen Schläge in der Nacht nie schrie oder stöhnte; nur manchmal wimmerte er leise, wenn er sich von der einen Seite auf die andere drehte, oder sprach im Schlaf wie in einem Fiebertraum flüsternd von Gott und dem Tod …

☆ ☆ ☆

Aber er war nicht der Gefangenentyp, an den ich dachte, als ich dieses Kapitel zu schreiben begann. Ich hatte dabei jene im Auge, die sich vor dem Tod fürchten und deren Furcht sich in eine Angst vor der Nacht verwandelt, nicht aber die, die ihn im Gebet erflehen. Erst am Ende meiner eigenen Gefangenschaft im Lager habe ich begriffen, aus welchen Gefühlen diese tägliche Agonie erwächst.

Jeder Gefangene wußte, wenn er am Abend nach der Arbeit ins Lager zurückkehrte, daß ihn jeder Tag unersetzliche Jahre seiner körperlichen Gesundheit und Kraft kostete und daß der Tod sich so schnell nahen konnte, daß er sein Kommen nicht einmal merkte. Da im Lager der Tod einem unaufhörlich auflauerte und dann plötzlich und unerwartet zuschlug, stieß er gleichsam den Zeitbegriff um, wurde im metaphysischen Sinn unberechenbar und stand außerhalb des Lebensrhythmus. Der Gefangene geriet schließlich in einen Zustand der Auflösung; er konnte nur noch mit Mühe atmen und war nicht mehr Herr seiner Gedärme, sondern erledigte seine körperlichen Bedürfnisse da, wo er lag, weinte ohne jeden Grund, sobald er allein war, griff mit zitternder Hand nach seinem schmerzenden, wie mit einem eisernen Ring umschlossenen Herzen, torkelte und stolperte selbst auf ebenen Wegen, schwoll mit beängstigender Schnelligkeit an und versuchte vergeblich die vor seinen Augen tanzenden feurigen Funken zu verscheuchen. Er ging zum Arzt, aber dort sagte man ihm, er sei völlig gesund, ihm fehle nichts. Er wußte jedoch selber genau, was ihm fehlte, wenn seine Krankheit auch keinen Namen und keine bestimmten Symptome hatte. Unseligerweise kann man körperliche Erschöpfung nur mit gutem reichlichen Essen und viel Ruhe heilen. Aber das Krankenrevier war keine Küche, und in die »Leichenhalle« wurde man nur aufgenommen, wenn man an einem unheilbaren Herzleiden, an Tuberkulose, fortgeschrittener Pellagra oder an hochgradigem Vitaminmangel litt, als dessen Folge der ganze Körper mit Furunkeln bedeckt war. Somit war es vielleicht etwas übertrieben, aber dennoch legte sich jeder Gefangene am Abend mit dem Gedanken zur Ruhe, daß ihn der Tod in der kommenden Nacht im Schlaf ereilen werde. Er fürchtete sich gerade darum so vor seinem jähen Nahen, weil er nicht wußte, wann, wie und woran er sterben würde.

Ein weiterer Grund für unsere Furcht vor dem Tode, der hinter dem dunklen Vorhang der Nacht auf uns zu lauern schien, war gerade das, was ihm im normalen Leben einen Teil seines Schreckens nimmt: daß ihm alle Menschen unterworfen sind. Jeder von uns fühlte sich ihm deshalb vor allem so hilflos preisgegeben, weil er wußte, daß er die anderen genauso unvermutet treffen konnte wie ihn selbst. Auch wenn ich keine Erklärung dafür finde; es war so, daß diese uns allen gemeinsame Ohnmacht uns eher trennte als verband. Nur gesunde Menschen, die sicher und fest im Leben stehen, können auf den plötzlichen Hilferuf eines Sterbenden reagieren. Uns jedoch, die wir alle schutzlos waren, deren Herzen verzweifelt und ängstlich dem anbrechenden Morgen entgegenschlugen, erinnerte ein Schrei aus Todesangst nur an unsere eigene Krankheit, und darum verschlossen wir uns ihm. In seinem »Bericht vom Pestjahr« hat Defoe Menschen beschrieben, die sich aus Angst vor Ansteckung aus dem Wege gehen. Genauso verhielten wir uns, wenn auch nicht aus so eindeutigen Motiven. Blickte man des Nachts in der Baracke um sich, hätte man wohl glauben können, daß der Tod ansteckend ist: wir fürchteten uns vor der Ansteckung, da wir den Keim in unserem eigenen Blut trugen. Wir fühlten die Gegenwart des Todes so deutlich und stark, daß wir uns zu verstecken versuchten, wenn er sich drohend einer Nachbarpritsche näherte, und wir fürchteten, uns ihm schon durch den kleinsten Seufzer zu verraten. Ohne daß wir je miteinander darüber gesprochen hätten, bildeten wir eine selbstsüchtige Verschwörergemeinschaft gegen den Tod, aber wir dachten voller Schrecken daran, daß auch wir eines Tages seine Opfer werden würden. Wir erinnerten uns an die Augenblicke, da wir mit halbgeschlossenen Augen zugesehen hatten, wie man in der Nacht die Toten aus der Baracke trug, und wußten, daß unsere eigenen Hilferufe genauso an der Apathie der anderen abprallen würden.

Noch etwas anderes machte den Tod im Lager so furchtbar: seine Anonymität. Wir hatten keine Ahnung, wo man die Toten begrub oder ob nach dem Tod eines Gefangenen irgendein – und sei es der schlichteste – Totenschein ausgestellt wurde. Während meines Aufenthaltes im Lazarett hatte ich zweimal vom Fenster aus einen mit Leichen beladenen Schlitten das Lager verlassen sehen. Er war zunächst auf der Straße zur Sägemühle gefahren, dann aber plötzlich links in einen kaum noch benutzten Weg eingebogen, den die ersten Häftlinge des Lagers angelegt hatten, und schließlich am Horizont im Wald verschwunden. Weiter konnte ich ihn mit meinen Augen nicht verfolgen – hier endete mein Blickfeld und hier verlief für uns alle die endgültige Grenze zwischen Leben und Tod. Wahrscheinlich fuhr dieser einsame Trauerzug zu irgendeiner verlassenen Waldlichtung, die niemand außer dem taubstummen ukrainischen Kutscher kannte. Wir versuchten aus ihm herauszubekommen, wo unser Friedhof verborgen lag, aber er zuckte nur die Schultern, nickte traurig und lallte ein paar unverständliche Worte. Diejenigen, die ihn zu verstehen glaubten, behaupteten, er meine die Jagdhütte, die vor wenigen Jahren am Ende der ersten, von den Gefangenen angelegten Straße erbaut worden war. Wir hielten dies aber schon deshalb für unwahrscheinlich, weil im Winter kein Spaten durch die hartgefrorene Erde dringen konnte, und weil im Sommer der Sumpf dort sich immer mehr ausdehnte und so allmählich die verfallene Hütte, die Baumstümpfe und den Weg verschlang. Die Gewißheit, daß niemand jemals von ihrem Tod benachrichtigt würde, noch erfahren würde, wo man sie begrub, war eine der größten seelischen Qualen der Gefangenen. Man kann irreligiös sein, kann ein Leben nach dem Tode leugnen, aber selbst dann findet man sich nur schwer mit dem Gedanken ab, daß die einzige greifbare Spur, die über das menschliche Leben hinaus bleibt und durch die es in der Erinnerung der anderen fortdauert, ausgelöscht wird. Diese Form der Angst vor dem Tod, vor der völligen Vernichtung wurde im Lauf der Jahre zu einer regelrechten Manie der Gefangenen. Man machte untereinander aus, daß derjenige, der den anderen überlebte, die Angehörigen des Verstorbenen von seinem Tod benachrichtigen und ihnen mitteilen sollte, wo ungefähr sich seine Ruhestätte befand. Überall hatten Gefangene ihre Namen und Geburtsdaten in die Barackenwände eingeritzt und baten ihre Freunde, nach ihrem Tode den Todestag und ein Kreuz hinzuzufügen. Jeder schrieb möglichst in gleichmäßigen Abständen nach Hause, damit die Angehörigen, wenn einmal länger keine Nachricht von dem Betreffenden kam, daraus ersehen konnten, daß er inzwischen gestorben und zugleich wann er gestorben war.

Aber all das konnte uns nicht darüber hinwegtrösten, daß die sowjetischen Arbeitslager Millionen ihrer Opfer sowohl des Rechts beraubt hatten, das man sonst jedem zubilligt, nämlich auf Bekanntgabe des Todes, als auch des Wunsches, den jeder Mensch unbewußt in sich trägt, nämlich in der Erinnerung der anderen fortzubestehen.[5]

Am Abend nahm man flüsternd voneinander Abschied, und zwei oder drei Stunden später, gegen zehn Uhr, wurde es allmählich still; nur hier und dort zischten die Worte noch wie eine erlöschende Glut, auf die man einen Eimer Wasser gegossen hat. Dann verstummte alles, aber der Schlaf wollte noch lange nicht kommen. Einige Gefangene saßen auf ihren Pritschen, verbargen den Kopf in den Händen und beteten. Andere lagen regungslos und starrten vor sich hin. Das Licht der elektrischen Birnen schien durch den Tabaksqualm noch trüber zu werden, und die goldroten Flammen des erlöschenden Feuers zuckten immer schwächer auf. Hinter den mit Eisblumen bedeckten Fensterscheiben lag die weiße Nacht, und die vereisten Holzpfade draußen knarrten noch unter den Schritten der letzten Vorübergehenden. Wenn man sich anstrengte, konnte man vom Dorf her das Heulen von Hunden hören und das Rangieren der Züge im Bahnhof Jercewo. Langsam versank das Lager in Schlaf.

Nach Mitternacht war ein erstes Schnarchen vernehmbar, dann folgte ein pfeifendes und leises Stöhnen, das immer lauter anschwoll, bis es zu einer monotonen Klage wurde, die nur hin und wieder ein krampfhaftes, tränenloses Schluchzen unterbrach. Irgend jemand schrie dann plötzlich schrill auf, ein anderer erwachte, richtete sich hoch, versuchte einen unsichtbaren Angreifer abzuwehren, blickte traumverloren und legte sich, wenn er wieder zu sich gekommen, mit einem herzzerreißenden Seufzer von neuem zur Ruhe. Das Murmeln der Schläfer im Traum klang wie ein immer wiederholtes »Erbarmen, Erbarmen« und mischte sich mit dem lauten, zu einem wilden Crescendo sich steigernden Rufen nach Gott und den fernen Angehörigen. Die Gefangenen wälzten sich unruhig auf ihren Pritschen, griffen in einem Anfall von Angst nach ihrem Herzen, richteten sich auf und ließen sich dann dumpf auf die harten Bretter zurückfallen. Nur Dimka saß noch bei seinem Eimer wie der ruhende Punkt in diesem Sturm, und seine erloschenen Augen, die schon lange nicht mehr weinen konnten, blickten gleichgültig auf diese in den Banden der Nacht gefangenen Menschen.

Wie ein Geisterschiff, hinter dem der Tod her ist, schwamm unsere Baracke über die mondlose See der Nacht und trug die schlafenden Galeerensklaven mit sich fort.

11. Kapitel

»Das Totenhaus«

Eines Abends, als wir ins Lager zurückkehrten, wurde unsere
Aufmerksamkeit auf ein Plakat gelenkt, das an der an einer
Wegkreuzung stehenden roten Tafel, auf der sonst die Namen
der Stachanow-Arbeiter standen, hing: »Acht Uhr in der Kulturbaracke Filmvorführung *Der große Walzer*«.

Es war der zweite Film, der in Jercewo gezeigt wurde; der
erste, seit ich dort war. Bei der Aufführung des sowjetischen historischen Films *Minin und Potscharski* hatte Michail Stepanowitsch, der als Ehrengast in der für die freien Lagerbeamten re-
servierten Reihe saß, mit Tränen in den Augen sich selbst auf
der Leinwand gesehen, wie er am Tische des Zaren ein Stück
Braten verzehrte. Schon seit Monaten war von einem neuen
Film gemunkelt worden, aber niemand hatte recht daran geglaubt. »Film«, sagten die Gefangenen verächtlich, »etwas zusätzliche Suppe oder 100 g Brot täten uns mehr not.« Aber
diese Worte drückten nicht ihre wahren Gefühle aus. Das Kino
bedeutete für sie mehr als Brot. Und wenn sie so verächtlich
darüber sprachen, so nur darum, weil sie glaubten, daß nur jene
Wünsche sich erfüllten, denen man nach außen hin keine Bedeutung beimaß.

Die Kulturbaracke lag in der Nähe der Küche und wurde,
wenn die Peresylni-Baracke überfüllt war, zur Unterbringung
der durch Jercewo kommenden Gefangenentransporte benutzt.
Die Baracke und all die Aufführungen dort – die nur sehr spär-
lichen Filme und Konzerte – unterstanden einzig und allein
dem Leiter der »Kultur- und Erziehungsabteilung«, die nach den
russischen Anfangsbuchstaben dieser Worte kurz »Kawetsche«
hieß. Nur ein freier Beamter oder ein entlassener Krimineller
konnte darauf hoffen, diese hohe Stellung zu erlangen, und ihr
Assistent wurde aus den Reihen der Bytowiks gewählt. Die Be-
rufung von Kriminellen war eine Vorsichtsmaßnahme gegen die

mögliche Ansteckung der Gefangenen durch gefährliche Literatur und gegen jedwede versteckte antisowjetische Anspielung bei den von Zeit zu Zeit veranstalteten Vorstellungen. Diese Vorsichtsmaßnahme war indes unnötig, denn es bestand keinerlei Ansteckungsgefahr. Was die Kawetsche mit dem großartigen Namen »Bibliothek« bezeichnete, enthielt nur einige Exemplare von Stalins *Probleme des Leninismus*, ein paar fremdsprachige Propagandaschriften, die vom Staatlichen Informationsamt herausgegeben waren, einige landeskundliche Werke und mehrere hundert Nachdrucke der bei den Tagungen des Obersten Sowjet gehaltenen Reden und gefaßten Resolutionen. Während meiner ganzen Lagerzeit las ich die Gesammelten Werke von Gribojedow einmal und Dostojewskis *Totenhaus* zweimal; beides hatten mir andere Gefangene heimlich geliehen. Um aber den Schein zu wahren, borgte ich mir aus der Bibliothek Stalins *Probleme des Leninismus, Die Folklore der Komi-Republik* und die Reden der spanischen Revolutionsführerin Dolores Ibárruri (»Pasionaria«). Ich erinnere mich noch, daß ich in diesem Buch den stolzen Satz mit Bleistift unterstrich, den sie während der Verteidigung Madrids aussprach: »Lieber tot, als in Knechtschaft weiterleben.« Von da an erfreute sich das Buch im Lager besonderer Beliebtheit, bis eine Untersuchungskommission des NKWD, die aus Wologda herübergekommen war, seinen weiteren Verleih untersagte. Offenbar klangen diese stolzen Worte, die ich zum erstenmal auf einer Versammlung meiner kommunistischen Hochschulgruppe in Polen gehört hatte, in einem Lager anders als in der Freiheit.

Die Sorge der Lagerverwaltung wegen der Theatervorstellungen war ebenso überflüssig, denn selbst wenn jemand die Absicht gehabt hätte, etwas Antisowjetisches dort einzuschmuggeln, so wäre das schon deshalb unmöglich gewesen, weil jede Einschiebung einer gesprochenen Darbietung verboten war und das Programm nur aus Musik bestand. Aber der Vorschrift mußte nun einmal Genüge getan werden. Der Leiter unserer »Kawetsche« war übrigens Kunin, der aus Moskau stammte und nach Verbüßung einer dreijährigen Haftstrafe, die er für einen Diebstahl erhalten hatte, entlassen worden war. Sein Assistent war zu jener Zeit der alte Pawel Iljitsch, der gerade acht Jahre wegen Mordes an seinem Bruder absaß.

Das »Kawetsche«-Büro befand sich in einer kleinen Kammer neben einer der Baracken, und man gelangte dorthin auf einem sonst kaum benutzten Weg, der dicht am Stacheldraht entlangführte. Pawel Iljitsch saß drinnen an dem eisernen Ofen, besserte beschädigte Bucheinbände aus, schnitt aus buntem Papier Girlanden oder schrieb schwungvoll die Namen von Stachanow-Arbeitern auf die vor ihm liegende rote Tafel. Jeder Gefangene, der hereinkam, nahm unwillkürlich schon an der Tür eine demütige Haltung an und fragte: »Könnte ich vielleicht ein kleines Buch haben, Pawel Iljitsch?« – »Was für ein Buch?« fragte der alte, weißhaarige Mann zurück, ohne dabei von seiner Arbeit aufzublicken. »Das überlasse ich Ihnen, Pawel Iljitsch, es muß nur interessant sein.« »Frag den Direktor deswegen«, pflegte unser Bibliothekar zu antworten und kratzte sich dabei verlegen am Kopf.

Kunin lebte im Dorf, erhielt aber sein Essen im Lager. Er war groß und schlank, trug eine Mütze, deren Schirm nach oben gebogen war, eine Leinenjacke und hohe Stiefel und bewegte sich im Lager mit der sicheren Selbstverständlichkeit eines erfahrenen Gefangenen. Es hieß, die Strafe, die er bis 1939 in Jercewo verbüßt hatte, sei bereits seine dritte gewesen, obwohl er selber nie etwas darüber verlauten ließ. Mit lebhaften, energischen Schritten ging er durch das Lager, unterhielt sich stundenlang mit den Gefangenen in den Baracken, und obwohl das zu seinen Pflichten gehörte, spürten wir wohl, daß er dabei sehnsüchtig an die Zeit zurückdachte, da er auf einer oberen Pritsche zwischen seinen Freunden gelegen und mit seinen listigen Augen überall umhergespäht hatte, ob es noch etwas Lohnendes gäbe, auf das er beim Kartenspiel setzen könne, oder ob da noch irgendeine Kiste sei, die er noch nicht durchsucht hatte. »Ihr müßt euch auch um die kulturellen Dinge kümmern, Gefangene«, pflegte er immer wieder zu sagen, wobei er das Wort »Gefangene« mit überlegenem Lächeln besonders betonte. Das war wohl einer der Sätze, die er vor zwei Jahren auswendig gelernt hatte, als man ihn mit der Gefangenenerziehung betraute. Kunins Haltung Pawel Iljitsch gegenüber hatte in mancher Hinsicht etwas fast Rührendes. Früher hatten sie Pritsche an Pritsche in der Maurerbaracke gelegen, und jetzt aßen sie ihre Suppe aus einer Schüssel. Kunin teilte seine Zigaretten mit Pawel Iljitsch und brachte ihm ein halbes Brot oder etwas Wodka aus dem Dorf mit. Pawel Iljitsch erwiderte diese Freundschaft mit blind ergebenem Gehorsam, und obwohl wir vermuteten, daß sie sich unter sich bei ihren Vornamen nannten, hätte er vor uns nie gewagt, Kunin anders als mit »Bürger Direktor« anzureden. Kunin schätzte diesen Titel und legte auf ihn mehr Wert als auf seine ganze Kultur- und Erziehungstätigkeit. Er hätte nicht mehr anderswo als im Lager leben können, aber er dachte nicht im geringsten daran, auf die Würde zu verzichten, die ihn nach so manchen Jahren der Gefangenschaft deutlich von dem Abschaum und den »Feinden des Volkes« unterschied. Gefangene, die ihn noch aus der Zeit kannten, da er selber Häftling gewesen war, meinten, er hole jetzt damit all das nach, was ihm einst, als er vergeblich gehofft hatte, Brigadeführer zu werden, entgangen war. Am späten Abend schickte Kunin immer Pawel Iljitsch in seine Baracke zurück, um in seinem Büro seine Gefangenenliebchen ungestört empfangen zu können. Er wechselte sie ebenso häufig, wie er es als Gefangener getan, und unter den Gefangenen lästerte man viel über die »Erziehungs- und Kulturbemühungen«, die er an neuangekommenen Mädchen vornahm, oder über die »kleine Schule«, die er mit den von ihm gezeugten und auf den harten Pritschen der Entbindungsbaracke zur Welt gekommenen Kindern hätte gründen können.

Seine ganze Tätigkeit als Leiter der »Kawetsche« bestand im Ausleihen von Büchern aus der Bibliothek und dem Organisieren gelegentlicher Veranstaltungen. Wahrscheinlich hatte Kunin nie in seinem Leben ein Buch gelesen, aber er wußte doch genau, an wen er sie jeweils auszugeben hatte. Die erste Frage, die er jedem in die Bibliothek kommenden Gefangenen stellte, lautete: »Welcher Paragraph?« Er wollte damit erfahren, für welche Vergehen man bestraft war, denn die Politischen durften Stalins Buch und die Propagandaschriften erst lesen, nachdem ihnen Kunin auf den Zahn gefühlt hatte, während die Kriminellen alle politischen Publikationen ohne weiteres erhielten. Mit diesem System waren fast alle, die es anging, durchaus zufrieden: die Kriminellen hatten selten das Verlangen, etwas anderes zu lesen als die Ankündigungen auf der roten Tafel, während die Politischen eine äußerst begreifliche Abneigung gegen das Studium der Lehre, um derentwillen sie verhaftet worden waren, verspürten. Hin und wieder jedoch hielten wir es für geboten, Kunin aufzusuchen und ihn um ein Exemplar der *Probleme des Leninismus* zu bitten, und die Unterhaltung mit unserem »Erzieher« verlief dann jedesmal in etwa folgendermaßen: »Die Sowjetjustiz nimmt all denen, die einmal vom rechten Wege abgeirrt sind, nicht die Möglichkeit, ihre eigenen Fehler einsehen zu lernen. Welche politischen Probleme interessieren am meisten?« Worauf wir dann antworteten: »Die Kollektivierung der Landwirtschaft« oder »Das Problem des Sozialismus in unserem Lande« oder »Die Industrialisierung«. – »So, so, nun, Genosse Stalin hat in seinem Aufsatz mit dem Titel ... dieses Problem ausgezeichnet behandelt.« Zweifellos hatte Kunin das Inhaltsverzeichnis der »Probleme« auswendig gelernt, ohne zu wissen, was in dem Buch eigentlich stand, und er vermied es darum, sich in eine Diskussion über irgendwelche Einzelheiten einzulassen. Keiner von uns würde es aber gewagt haben, ihn durch eine Frage nach einem »politischen Problem«, das Genosse Stalin nicht behandelt hatte, in Verlegenheit zu bringen. Wir kannten alle Kunins gute Beziehungen zum NKWD, und darum wollten wir auch auf der Liste der Leser dieses Buches stehen, das nicht grundlos als die »Bibel« Sowjetrußlands angesehen wird.

Die Prozedur des Bücherausleihens war wahrscheinlich wie so manche andere Lagerbräuche ein Überbleibsel der bei Einrichtung der Lager von Moskau erlassenen Bestimmungen: damals sah man sie nämlich noch wirklich teilweise als Besserungs- und Erziehungsanstalten an. Dieser blinde Gehorsam bei der Aufrechterhaltung einer offiziellen Fiktion, die der gesamten Lagerpraxis widersprach, erinnerte ein wenig an Gogol – an die Erziehung von »toten Seelen«. Kunin wurde jedoch von noch größerem Ehrgeiz getrieben, er hatte irgendwo eine Denkschrift aufgestöbert, in der von der Notwendigkeit einer Überwindung des Analphabetentums in den Arbeitslagern die

Rede war, und er versuchte darum Abendkurse für die Gefangenen einzurichten. Wenn man ihn so auf der Suche nach Schülern durch die Baracken rennen sah, war man geneigt zu glauben, daß er, genau wie Gogols Schischikow für jede aufgegriffene »Seele« eine zusätzliche Vergütung erhielt. Aber das war zuviel für die Gefangenen. Man konnte wohl alle paar Monate einmal sich in der Bibliothek das erstbeste Buch ausleihen, das man ungelesen unter den Lumpen, die einem als Kopfkissen dienten, liegen ließ. Jedoch nur mit den Bajonetten des NKWD hätte man sich zwingen lassen, lesen und schreiben zu lernen, während man mit Hunger, Erschöpfung und sogar dem Tode kämpfte – aber glücklicherweise waren die Abendkurse freiwillig. Alle Gefangenen versicherten Kunin feierlich, daß sie, solange sie frei gewesen, die schwierige Kunst des Lesens und Schreibens gemeistert hätten; dennoch lagen einem an einem Ruhetag die meisten von ihnen mit der Bitte in den Ohren, einen Brief für sie nach Hause zu schreiben. Unterdessen schrieb Kunin sicherlich in seinen Berichten an seine vorgesetzten Dienststellen, daß es in »seinem« Lager nicht einen Analphabeten mehr gäbe ...

Die Konzerte waren das einzige, bei dem die »Kawetsche« die volle und begeisterte Unterstützung der Gefangenen fand. Unter den vom Arzt von der Arbeit Befreiten fand Kunin immer eine genügende Anzahl von Freiwilligen, die sich bereit erklärten, aus buntem Papier den Wand- und Deckenschmuck für die Kulturbaracke anzufertigen. Die Gefangenen, vor allem die älteren unter ihnen, taten das mit solcher Hingabe, als handelte es sich darum, eine Kirche auszuschmücken. Wenn sie abends in die Baracken zurückkamen, erzählten sie uns begeistert, wie das »Theater« aussehen würde, baten die Waldarbeiter, ihnen ein paar frische Tannenzweige mitzubringen, und die in der Sägemühle Beschäftigten um Sägespäne, mit denen sie den Boden bestreuen wollten. Bei einem Konzert bot die »Kulturbaracke« auch wirklich einen festlichen Anblick: die Wände waren mit bunten Papiergirlanden dekoriert; zwischen den Dachbalken hingen grüne Tannenzweige, und der Boden glänzte von allem Schrubben und Wienern. Die Gefangenen setzten an der Tür ihre Mützen ab, klopften sich draußen den

Schnee von den Schuhen und nahmen in feierlicher Erwartung und mit fast religiöser Andacht auf den Bänken Platz. Sie falteten alle die Hände, und es war, als ob man auf lauter Spaliere von kahlgeschorenen Köpfen blickte. In der Kulturbarakke galt das ungeschriebene Gesetz der Höflichkeit, und den Frauen, die zu spät kamen, wurde sofort in den ersten Reihen Platz gemacht. Aber die Sitzgelegenheiten reichten niemals aus, und dichte Gruppen standen im Gang und an den Wänden. Kurz vor Beginn des Konzerts verstummten alle Gespräche, und von überallher riefen ungeduldige Stimmen: »Ruhe, es geht jetzt los.« Das Erscheinen von Samsonow in Begleitung seines Stabes war für Kunin das Zeichen, mit der Veranstaltung zu beginnen.

Er stellte sich vorn auf die Bühne, begrüßte die Beamten mit einer kleinen Verbeugung und gebot mit einer Geste Schweigen. »Gefangene«, begann er jedesmal seine Vorrede, »die Sowjetjustiz ist zum Vergeben bereit, und sie kennt den Lohn für ehrenhafte Arbeit. Der für das Lager vorgeschriebene Produktionsplan ist erfüllt worden. Als Lohn werdet ihr dafür jetzt ... (dann folgten nähere Angaben über das Programm der Veranstaltung) hören. Dieser Gnadenbeweis sollte euch zu immer größeren Leistungen für unser Sowjetvaterland anspornen, dessen Vollbürger ihr eines Tages wieder sein werdet.« Ein befriedigtes Murmeln ging durch den Raum: das Theater war in der Tat wie ein Vorgeschmack der Freiheit.

Die erste Veranstaltung, die ich im Lager miterlebte, war, wie ich schon erwähnt hatte, die Aufführung des amerikanischen Films über das Leben von Strauß: *Der große Walzer*. Ihm ging ein sowjetischer Kurzfilm voraus, in dem eine Gruppe von Moskauer Studenten, sämtlich Mitglieder der kommunistischen Jugendorganisation, bei der Landarbeit während der Sommerferien gezeigt wurde. Es wimmelte darin von Propagandareden, -erklärungen und -liedern über Stalin, aber der Film enthielt eine Reihe schöner Naturaufnahmen und auch eine humoristische Episode, über die die Gefangenen Tränen lachen mußten. Ein Student, nach Aussehen und Sprache ein Jude, konnte am ersten Tag nicht mit seinem Spaten fertig werden, und während er die Hände auf dem Spatengriff ruhen ließ, sagte er: »Ein Spaten ist nichts für mich. Meine Sache ist die Kopf- und nicht die Handarbeit.« Das Auditorium brüllte vor Lachen. »Guck dir bloß diesen schlauen Juden an«, riefen die Gefangenen, »der will wohl nur kommandieren? Und wer soll graben? Schickt ihn mal für ein oder zwei Jahre ins Lager, das würde ihm guttun.« Aber der Film endete mit dem Triumph der Rechtschaffenheit; der tolpatschige Student wurde bei dem sozialistischen Arbeitswettbewerb der Gruppe Erster und hielt mit glänzenden Augen eine Lobrede auf den Staat, der der Handarbeit den höchsten Ehrenplatz eingeräumt hat. Die Gefangenen hörten sich das stumm, und ohne innerlich davon überzeugt zu sein, an. Schweigen war die einzige Waffe in unserer Lage, wo jedes unbedachte Wort einem als Rebellion angekreidet werden konnte.

Der *Große Walzer* dagegen bewegte uns tief. Ich hätte nie geglaubt, daß ein durchschnittlicher amerikanischer Musikfilm mit Darstellern in prächtigen historischen Kostümen, mit Kerzenschein, sentimentalen Melodien, Tänzen und Liebesszenen mir sozusagen das verlorene Paradies einer vergangenen Zeit wieder offenbaren könnte. Ich mußte mit den Tränen kämpfen, mein Herz schlug heftiger, meine Kehle war wie zugeschnürt, und ich preßte die Hände an meine fieberheißen Wangen. Die Gefangenen folgten dem Film regungslos und wie gebannt. Im Halbdunkel sah ich nur einige weit offenstehende Münder und Augen, die leidenschaftlich alle Vorgänge auf der Leinwand in sich aufnahmen. »Wie schön ist das«, flüsterte es rings um mich herum. »So leben sie da draußen.« Abgesperrt von der Außenwelt, vergaßen sie in ihrer naiven Begeisterung, daß die Handlung des Films ein halbes Jahrhundert früher spielte, und diese Bilder der Vergangenheit wurden so zu einer verbotenen Frucht, die sie gierig kosteten. »Werden wir jemals wieder wie Menschen leben? Wird unser Grabesdunkel, unser Leben als lebendige Tote niemals enden?« Ich hörte diese Worte neben mir so deutlich, daß sie mir jemand ins Ohr geflüstert haben mußte. Und obwohl sie so ganz anders klangen als alles, was man sonst bei uns hörte, überraschten sie mich in diesem Augenblick nicht einmal. Die ausgeschmückte Baracke, die sich auf der Leinwand bewegenden Gestalten, die Musik, der gespannte Ausdruck in den Gesichtern ringsum, die Seufzer, die sich den verhärteten Herzen entrangen, all dies ließ die Vergangenheit in uns wieder lebendig werden und mit ihr all jene Gefühle, die so lange unterdrückt gewesen waren.

Natalia Lwowna, die neben mir auf der Bank saß, hatte mir diese Worte zugeraunt. Ich kannte sie schon lange, aber nur flüchtig. Ich wußte, daß sie in der Lagerbuchhaltung arbeitete, obwohl sie eigentlich wenig hübsch war und darum für die Waldarbeit geeigneter gewesen wäre. Trotz ihrer etwa fünfundzwanzig Jahre sah sie schon recht alt und häßlich aus – sie hatte krankhaft hervorquellende Augen, dünnes Haar, schwammige Backen, die manchmal mit rotbraunen Flecken übersät waren, und eine etwas plumpe Figur. Sie gehörte zu einer kleinen Gruppe von Gefangenen, die im Lager unter der Abkürzung KWZD bekannt war. Das waren die russischen Anfangsbuchstaben von »Ostchinesische Eisenbahn«, jener Bahn, die von der Sowjetregierung an Japan oder vielmehr an die Regierung von Mandschukuo am 23. März 1935 verkauft worden war. Alle Russen, die bis dahin in dem von der Eisenbahn durchquerten Gebiet gelebt und nach dem Verkauf sich für die Rückkehr nach Rußland entschieden hatten, waren damals sofort verhaftet und zu 10 Jahren Arbeitslager verurteilt worden. Die Bezeichnung »Ostchinesische Eisenbahn« wurde so zu einer bequemen Abkürzung für den besonderen Teil des sowjetischen Strafgesetzbuches, auf Grund dessen man sie verhaftet hatte. Ähnliche Abkürzungen nach Anfangsbuchstaben, wie: KRD – Gegenrevolutionäre Tätigkeit; KRA – Gegenrevolutionäre Agitation; SOE – Gesellschaftlich gefährliche Elemente; SP – Soziale Herkunft; PS – Industriesabotage; SChW – Landwirtschaftssabotage usw., verhalfen zum Entstehen eines inoffiziellen Jargons, der es den Gefangenen ermöglichte, ohne langes Fragen zu erfahren, was ihre neuangekommenen Kameraden verbrochen hatten. Diejenigen, die zur KWZD-Gruppe gehörten, unterschieden sich, obwohl von der gleichen Nationalität, von den anderen Russen durch die Art ihres Denkens und Urteilens und waren dadurch den Ausländern verwandter als ihren eigenen Landsleuten, so als ob sie den größten Teil ihres Lebens außerhalb der Grenzen der UdSSR verbracht hätten.

Es hieß, Natalia Lwowna verdanke ihren Posten bei der Buchhaltung einer Herzkrankheit. Sie hatte nie jemandem etwas davon gesagt. Aber ihre bedächtig langsamen Bewegungen ebenso wie ihre gedehnte Sprache verrieten, daß sie unablässig auf ein inneres Leiden achten mußte, das sich wie eine schlecht verheilte Wunde durch eine unbedachte Bewegung verschlimmern konnte. Neben dieser Herzkrankheit mußte jedoch noch irgendein anderer Grund dafür bestimmend gewesen sein, daß man ihr nicht eine schwerere Arbeit zugewiesen hatte, durch die sie dann ein paar Wochen später im Lazarett zugrunde gegangen wäre. Denn sie hatte nichts weiter einzusetzen als ihre Freundlichkeit, Güte, Geduld und Demut, lauter Eigenschaften, die im Lager nicht hoch im Kurs standen. Ich glaube, ihre Häßlichkeit war paradoxerweise ihre Rettung. Niemand hatte ein Interesse an ihr, so daß sie niemand durch eine besonders harte Arbeit sich mit Gewalt hätte gefügig machen wollen. Mit ihrer Höflichkeit, ihrer Anspruchslosigkeit und ihrer Bereitwilligkeit zu kleinen Diensten jeglicher Art entwaffnete sie andererseits alle und erwarb sich eine große Sympathie, selbst bei den »Urkas«. Menschliche Gefühle regten sich im Lager meist nur dort, wo Mitleid und die Reste der Selbstachtung sich miteinander vertrugen. Natalia Lwowna schien so unbedeutend zu sein, daß man von ihrem Tod ebensowenig Notiz genommen hätte, wie man sie jetzt von ihrem traurigen Leben nahm.

Als der Film zu Ende war, drängten die Gefangenen aus der Baracke heraus. Es war eine schöne, sternenklare Nacht − der Himmel schien plötzlich höher geworden zu sein, als ob ihn zwei Riesenhände emporgehoben hätten. In der frostigen Luft klangen unsere Stimmen fast heiter, und unsere Füße traten den frisch gefallenen Schnee auf den Wegen fest. Von der Baracke, wo wir den Film gesehen hatten, fiel der Boden sanft zum Stacheldraht hin ab und stieg jenseits am Horizont wieder zu einem Hügel auf, von wo wir um Mitternacht das laute Rattern und Pfeifen der vorbeifahrenden Eisenbahnzüge hören konnten. Die Gefangenen gingen nicht geradewegs in ihre Baracken zurück, sondern blieben in kleinen Gruppen auf den Wegen stehen, besprachen erregt die Szenen des Films, stritten um die kleinsten Einzelheiten, machten das Spiel der Schauspieler nach und blickten währenddessen unverwandt zu dem Hügel, der die Eisenbahnschienen ihren Blicken verbarg, als wäre ihnen erst gerade bewußt geworden, daß dahinter die Freiheit lag, von der ihnen der Film eben ein Bruchstück gezeigt hatte. Wie wenig ist nötig, daß der Mensch sich wieder wie ein Mensch freuen kann! Diese Gespräche, in denen jedes Wort mehr Bedeutung zu haben schien als der ganze Film, wollten überhaupt kein Ende nehmen. »Bürger Direktor«, riefen die Gefangenen, als Kunin an ihnen vorbeikam, »wir danken Ihnen für die Aufführung, da bekommt man gleich wieder Lust zum Leben … …«

Natalia Lwowna weinte. Verlegen ging ich neben ihr und mäßigte das Tempo meiner Schritte, um sie nicht zu überholen. Ich sagte dabei kein Wort, weil ich sie in ihren Gefühlen nicht verletzen und ihre Betroffenheit nicht stören wollte. Konnte ich, der ich sie nur vom Sehen und Hörensagen kannte, wissen, warum sie weinte? Jede Frau im Lager, ging es mir durch den Kopf, muß wohl weinen, wenn sie auf einmal so viele schöne Kleider, Tänze und Liebesszenen sieht. Aber dort, wo der Weg zur Frauenbaracke abbog, blieb sie stehen und fragte, ihre Tränen mühsam bekämpfend: »Denken Sie etwa, daß ich weine, weil ich mich nach dem anderen Leben sehne?« Ich blickte in ihr häßliches Gesicht, auf dem noch die Tränenspuren zu sehen waren, und in ihre großen, wie verschleierten Augen, die mir plötzlich irgendwie schön erschienen, und zögerte mit der Antwort. Um ihr eine Freude zu machen, sagte ich dann: »Sie haben sicherlich früher auch gern getanzt, Natalia Lwowna.« – »O nein«, gab sie kurz zurück, »ich habe nie in meinem Leben getanzt. Aber ich bin jetzt schon fünf Jahre im Lager, und ich habe mich noch immer nicht in der Gewalt, wenn ich daran denke, daß dies alles schon einmal so gewesen ist … daß wir seit Jahrhunderten im Totenhaus leben …« Sie sah mich forschend an. Ich wußte nicht, was ich darauf sagen sollte, denn ich fürchtete, daß ein unbedachtes Wort sie in ihren innersten Gefühlen verletzen könnte. Plötzlich sagte sie: »Warten Sie bitte hier, ich möchte Ihnen etwas bringen.« Und sie ging dann schnell auf ihre Baracke zu. Kurz danach kehrte sie ganz außer Atem zurück und hielt etwas unter ihrer Jacke verborgen. »Bitte lesen Sie das«, sagte sie mit zitternder Stimme, »aber sagen Sie niemandem, von wem Sie es haben. Es steht heute in Acht und Bann, besonders hier«, fügte sie lächelnd hinzu. Sie reichte mir ein zerfleddertes Buch, und ich las auf dem Deckel: »Dostojewski, *Aufzeichnungen aus einem Totenhaus,* Petersburg 1894.«

Zwei Monate verstrichen. In dieser Zeit las ich das *Totenhaus* zweimal, aber ich sah Natalia Lwowna immer nur von fern und winkte ihr jedesmal freundlich zu. Sie blickte gespannt zu mir hin, als ob sie in meinen Augen lesen wollte, was für einen Eindruck das Buch auf mich gemacht hatte. Ich vermied es, mit ihr zu sprechen, obwohl mir das eigentlich immer wieder leid tat, wenn ich sie langsam zu ihrer Baracke gehen und jeden Vorüberkommenden mit höflichem Nicken grüßen sah.

Ich ging ihr deshalb aus dem Wege, weil ich von dem Augenblick an, da ich die ersten Seiten des Buches las, bis zu dem, da ich zum zweiten und letzten Mal den Schlußsatz gelesen hatte: »Ja, mit Gott! Freiheit, neues Leben, Auferstehung von den Toten ...«, wie in einer Trance lebte, als wäre ich aus einem langen Todesschlaf erwacht. Das, was mich an dem Buch so bewegte, war nicht Dostojewskis Fähigkeit, unmenschliches Leiden zu beschreiben, als sei es ein naturnotwendiger Teil des menschlichen Schicksals, sondern dasselbe, was auch Natalia Lwowna so bis ins Herz getroffen hatte: daß es zwischen seinem und unserem Schicksal nicht einmal die kleinste Pause gegeben hatte. Ich las das Buch abends, in der Nacht und selbst am Tage und opferte ihm sogar meinen Schlaf. Mein Herz schlug wie der Klöppel einer Glocke, und mein Kopf summte von einem sich immer mehr steigernden Geräusch. Es war, als ob Wassertropfen in regelmäßigen Abständen auf dieselbe Stelle meines Schädels fielen, oder als ob ein Hammer unentwegt auf ihn einschlüge. Es war eine der schwersten Zeiten meines Gefangenendaseins. Ich las das Buch nachts, wobei ich es unter meiner Jacke versteckt hielt, und am Tage verbarg ich es an dem sichersten Platz der Pritsche, unter einem losen Brett am Kopfende. Ich haßte und liebte es zugleich, so wie ein Opfer von seinem Marterinstrument nicht loskommt. Wenn ich von der

Arbeit zurückkam, sah ich immer sofort voller Angst nach, ob es auch noch an seinem Platz lag, aber auf dem Wege zur Baracke wünschte ich dennoch unbewußt, es möge für immer fort sein, damit ich von diesem Alptraum eines Lebens ohne Hoffnung wieder befreit wäre. Ich wußte damals noch nicht, daß das einzige, wovor man sich in Gefangenschaft mehr hüten muß als vor Hunger und dem physischen Tod, der Zustand des vollen Bewußtseins über die Ausweglosigkeit der Lage ist. Bis dahin hatte ich wie die anderen Gefangenen dahingelebt und unwillkürlich alles vermieden, was mich zum Nachdenken über mein eigenes Dasein hätte bringen müssen. Dostojewski jedoch mit seiner stillen und breiten Erzählung, in der jeder Tag der harten Arbeit in der Gefangenschaft sich zu Jahren dehnt, riß mich mit, wie die Wogen eines schwarzen Flusses der Verzweiflung, der durch unterirdische Kanäle fließt und in die ewige Finsternis mündet. Vergeblich versuchte ich gegen die übermächtige Strömung anzuschwimmen. Ich hatte das Gefühl, nie wirklich gelebt zu haben; ich vergaß die Gesichter meiner Angehörigen und die Landschaft meiner Kindheit. An den Steinwänden dieses Höhlenlabyrinths, von denen das Wasser herabtropfte und die im Dunkel seltsam funkelten, sah ich in meinen Fieberphantasien nur lange Reihen von Namen, die Namen jener, die vor uns hier gewesen waren und die Spuren ihres Lebens in die Felsen eingeritzt hatten, bevor sie für immer von der finsteren, schlammigen Flut mit einem leisen Glucksen verschluckt worden waren. Ich sah sie alle, wie sie dort knieten, sich an den glitschigen Steinwänden anklammerten, sich für einen Augenblick erhoben und dann gleich wieder zurückfielen; wie sie mit verzweifelten Stimmen um Hilfe riefen, die aber in der Totenstille des Verlieses ungehört verhallten; wie sie mit den Fingern sich an jedem Felsvorsprung festkrallten, um doch noch dem dunklen Strom zu entgehen, der alles und jedes erbarmungslos in das dunkle Meer der Vorherbestimmung mit sich riß. Und wenn sie schließlich wehrlos versanken, spülte die schwarze Woge andere an ihren Platz, die unter der Bürde des Leidens wankten, wie sie es getan, und mit aller Gewalt den verhängnisvollen Strudeln zu entkommen versuchten – und ich wußte, daß wir diese neuen

Opfer waren, daß auch wir von dem Strom verschluckt werden würden ...

Die größte Qual in diesem einem Halbschlaf ähnlichen Zustand war die unerklärliche Tatsache, daß das Gesetz der Zeit außer Kraft getreten war – zwischen dem rettungslosen Versinken unserer Vorgänger und unserem eigenen verzweifelten Kampf gab es keine Pause; die alles mit sich reißende Gewalt des Stromes blieb. Gerade durch diese Erkenntnis wird dieser Kampf zu einem unausweichlichen Schicksal und für alle, die ihm zusehen, die Ewigkeit zu einem Lidschlag; für die anderen aber, die zu ihm verdammt sind, der Lidschlag zur Ewigkeit. Die nebensächlichsten Einzelheiten wiederholten sich mit bedrückender Genauigkeit: die Gefangenen im *Totenhaus* flüsterten sich am Ende eines freien Tages ebenso wie wir entsetzt zu: »Morgen geht es wieder an die Arbeit.« Ich hätte mit diesem Gefühl, einem unentrinnbaren Schicksal ausgeliefert zu sein, nicht mehr lange leben können. Je mehr ich von dem Gift des *Totenhauses* trank, desto gößeren Trost fand ich in dem Gedanken, der mir in jenem Jahr zum erstenmal kam: dem Gedanken, durch einen Selbstmord all der Qual für immer ein Ende zu setzen.

Glücklicherweise war Natalia Lwowna noch mehr im Banne von Dostojewskis Buch als ich, denn nach zwei Monaten kam sie eines Abends in meine Baracke, bat mich heraus und sagte leise: »Ich muß das Buch wiederhaben; ich kann nicht ohne es leben. Ich habe niemanden mehr in der Welt, und es bedeutet alles für mich.« Dann erzählte sie mir zum ersten und letzten Mal etwas von sich selbst. Von einigen Gefangenen hatte ich vorher nur gehört, daß ihr Vater unmittelbar nach seiner Rückkehr nach Rußland aus dem an Japan verkauften Gebiet erschossen worden war. Ich ging in die Baracke zurück und holte das *Totenhaus* aus dem Versteck unter dem losen Brett hervor und gab es ihr mit gemischten Gefühlen zurück. Einerseits tat es mir leid um das Buch, das mir die Augen für die Wirklichkeit des Lagers geöffnet hatte, die freilich nichts anderes als der Tod selbst war. Andererseits freute ich mich im stillen bei dem Gedanken, aus dem seltsamen und zerstörerischen Bann dieses Buches erlöst zu werden, dieses so verzweifelten

Buches, in dem alles Leben nur noch der Widerschein eines nie endenden, täglich neuen Sterbens ist. »Sie hatten vollkommen recht, Natalia Lwowna«, sagte ich, während ich ihr half, das Buch unter ihrer Jacke zu verbergen.

Sie sah mich dankbar an, und ihr häßliches Gesicht verklärte sich für eine Sekunde zu einem fast glücklichen Ausdruck. »Wissen Sie, daß von dem Augenblick an, da ich das Buch erhielt, mein Leben im Lager einen ganz neuen Sinn bekommen hat? Können Sie das verstehen? Es klingt seltsam, wenn man sagt, daß einem Dostojewski Hoffnung gegeben hat! ...« Und sie lachte nervös und gezwungen. Ich sah sie überrascht an. In ihren großen, krankhaft hervorgequollenen Augen zuckte ein kaum wahrnehmbarer Funke Wahnsinn auf. Ihre vor Kälte zitternden Lippen hatten sich sonderbar verzerrt. Sie strich sich mit der Hand eine Strähne ihres dünnen Haars aus der Stirn. Ich hatte das Gefühl, daß sie gleich wieder in Tränen ausbrechen würde, aber sie fuhr mit gleichmäßiger Stimme fort:

»Es bleibt immer noch ein Raum für Hoffnung, wenn das Leben so völlig hoffnungslos wird, daß wir niemand mehr haben außer uns allein ... Verstehen Sie das? Wir werden da völlig Herr über unser Leben ... Wenn keine Hoffnung auf Hilfe mehr ist, noch der kleinste Spalt in der uns umgebenden Mauer sichtbar wird, wenn wir nicht mehr unsere Hand gegen das Schicksal erheben können, weil es eben unser Schicksal ist, dann bleibt uns nur noch eins – die Hand gegen uns selbst zu richten. Sie können vielleicht nicht das Glück verstehen, das ich in der Erkenntnis gefunden habe, daß man sich wahrscheinlich nur ganz allein gehört, wenigstens insoweit, als man die Art und Zeit seines eigenen Todes bestimmen kann ... Das habe ich von Dostojewski gelernt. 1936, als ich ins Gefängnis kam, litt ich entsetzlich, denn ich glaubte, man habe mich der Freiheit beraubt, weil ich es in mancher Hinsicht verdient hätte. Aber jetzt weiß ich, daß Rußland seit jeher und auch heute noch ein Totenhaus ist; daß die Zeit zwischen Dostojewskis Haft und unserer eigenen stillgestanden, und nun bin ich frei, vollkommen frei. Wir sind schon so lange tot, auch wenn wir es nicht zugeben wollen. Sehen Sie, so ist das: Ich verliere die Hoffnung, wenn das Verlangen nach dem Leben in mir erwacht; aber ich gewinne sie wieder, wenn ich mich nur noch danach sehne, daß der Tod zu mir kommt.«

Ich drehte mich an der Barackentür noch einmal um, um mir das Bild, wie sie da fortging, für immer einzuprägen. Sie ging langsam und hatte die Arme auf der Brust verschränkt, als ob sie ihr kostbares Buch, das so alt und vergilbt war wie ihr Gesicht, fest an ihr krankes Herz preßte. Sie reckte die Schultern und stapfte leise in ihren Gummischuhen dahin, und der frische Schnee verwehte sofort die Spuren ihrer Schritte.

☆ ☆ ☆

Von der nächsten Veranstaltung – diesmal gaben die Gefangenen selber ein Konzert – erfuhren wir nicht erst im letzten Augenblick, denn schon Wochen vorher begannen die Vorbereitungen im Lager. Beteiligt daran waren nur drei Menschen, und Pawel Iljitsch kam des öfteren in Kunins Auftrag abends in die Baracken, um die kleine Gruppe zusammenzurufen und zur Probe in das »Kawetsche«-Büro zu führen. Daher wußten wir auch ungefähr, wie das Programm aussehen würde. Tanja, der ehemalige Moskauer Opernstar, sollte russische Volkslieder singen; Wsewolod Prastuschko, ein Matrose aus Leningrad, der in der Sägemühle arbeitete, eine Reihe Seemannslieder vortragen und Zelik Lejmann, ein jüdischer Friseur aus Warschau, der im März 1940 über den Bug in das russisch besetzte Polen gekommen war, zum Schluß ein Violinkonzert spielen. Zwei von diesem Trio, nämlich »unseren Wsewolod« und Lejmann, den Friseur, lohnt es sich, glaube ich, näher zu beschreiben.

Der erste wurde »unser« Wsewolod genannt, weil er bis zu einem gewissen Grad der Liebling des Lagers war. In jeder Baracke, in die er abends zu Besuch kam, wurde er mit freudigen Rufen begrüßt und zum Bleiben aufgefordert. Er war überall zu Hause, ging in einer blau-weiß gestreiften Matrosenjacke umher, scherzte mit den Gefangenen und lächelte immer unter seinem Zahnbürstenschnurrbart. Wsewolod hatte ein ganzes Repertoire beliebter Matrosenlieder, die er auf seinen Fahrten zur See gelernt hatte. Ja, mehr noch, er hielt sich für einen großen Bariton und ließ sich niemals ohne weiteres zum Singen überreden, denn er gab sich ganz als großer Künstler und zierte sich deshalb immer wie eine Primadonna. »Nein, Brüder, ich singe nur, wenn ich will, und nicht, wenn ihr wollt. Über meine Stimme kann man nicht so einfach verfügen.« Wenn er das sagte, wurde er jedesmal von lautem Lachen unterbrochen. »Dann erzähl uns wenigstens eine Geschichte, Wsewolod, du bist ja weit herumgekommen und hast allerlei gesehen. Oder führ uns deinen Zirkus vor, Wsewolod, gute Seele. Zeig uns deinen Zirkus!« bettelten die Gefangenen.

Wsewolod sprach gern von sich und begann dann immer mit seinen Kindheitserlebnissen. Seine Erzählungen waren sehr farbig und etwas übertrieben, aber bestimmte Situationen kehrten in ihnen immer wieder, und man konnte sie als den wahren Kern seiner Geschichten bezeichnen. Er stammte aus Minsk, war ein echtes Proletarierkind und schon in seiner frühesten Jugend als »Besprisornij« durchs Land gestreunt. Mit achtzehn Jahren wurde er nach Leningrad zur Kriegsmarine eingezogen. Später übernahm ihn die Handelsmarine, und drei Jahre lang fuhr er zur See und lernte die Welt kennen. Er prahlte mit seinen Reisen in ferne Länder, und es schien so, als hätte er in jedem ein ungewöhnliches Abenteuer erlebt, doch brachte er oft Orte und Geschehnisse durcheinander. Eins aber war sicher: Seine Haft verdankte er einem Liebesabenteuer in Marseille im Jahre 1935. Er hatte sich damals heimlich von Bord geschlichen, die Nacht in einem Hafenbordell verbracht und war erst im Morgengrauen zu seinem Schiff zurückgekehrt. Dies war zwar nicht sein Hauptvergehen, denn der Kapitän hätte die ganze Geschichte leicht vertuschen können, aber sechs Monate später kam eine an Prastuschko adressierte Postkarte aus Marseille in Leningrad an. Die Prostituierte, mit der er jene Nacht verbracht hatte, war wahrscheinlich Kommunistin und konnte der Versuchung nicht widerstehen, mit jemandem, der im Vaterland des Sozialismus zu Hause war, in Verbindung zu bleiben. Unser Wsewolod mußte für seine in Marseille begangene Sünde doppelt bezahlen: einmal bekam er zehn Jahre Arbeitslager, und zum zweiten hatte er sich Syphilis geholt. Das Erstaunliche aber war, daß er seine Strafe weder für unverdient noch ungerecht hielt. Er beendete jedesmal seine Erzählung mit den Worten: »Das Leben, Brüder, ist wie eine Ozeanwoge.

Bleibt man oben, bringt sie einen in den sicheren Hafen, aber wenn man sich von ihr unterkriegen läßt, spült sie einen weit hinaus ins offene Meer.«

Wsewolods »Zirkus« war etwas ganz Ungewöhnliches. Seine Brust, Arme, Schenkel und sein Bauch waren über und über tätowiert. Man sah da Akrobaten, Clowns, Tänzer, Reifen und Hindernisse, Löwen, Elefanten und mit prächtigen Federn geschmückte Pferde. Wenn er sich, geschmeichelt von den Bitten der Gefangenen, schließlich völlig entkleidet hatte, setzte er sich neben das Feuer auf eine Bank, und indem er die Muskeln an allen Gliedmaßen geschickt spielen ließ, sie streckte und zusammenzog, gelang ihm eine ausgezeichnete, höchst realistische Zirkusvorstellung: die Löwen sprangen durch Reifen, die Pferde nahmen die Hindernisse, die Elefanten standen auf ihren Hinterbeinen, die Tänzer drehten sich in rasenden Wirbeln, die Clowns mit ihren hohen, spitzen Hüten und ihren weiten Pumphosen schlugen Purzelbäume, und eine Akrobatenpyramide bewegte sich langsam über ein Seil. Wsewolod war ein richtiger Künstler; er geriet selber ganz in den Bann seiner Vorstellung, vergaß alles um sich, fuchtelte heftig mit den Armen wie ein Pianist bei den Schlußakkorden seines Musikstücks, wackelte mit dem Bauch, und sein untersetzter, stämmiger Körper schien wirklich eine Zirkusarena zu sein, in der Menschen und Tiere eine wilde Orgie aufführten. Nach zehn Minuten fiel er dann ganz erschöpft auf die Bank zurück, wischte sich den Schweiß mit seiner gestreiften Jacke ab und sah uns triumphierend aus seinen listigen kleinen Augen an, wobei sich sein Bart unter der platten, rübenähnlichen Nase wie bei einem Maikäfer sträubte. Die ganze Baracke hallte von Applaus wider, denn die Gefangenen liebten Wsewolods Zirkus über alles und reichten ihm dienstfertig nach der Vorstellung seine Kleidungsstücke, manchmal schenkten sie ihm sogar Brot. »Ein Künstler«, sagten sie, »ein echter Künstler. Er hat die ganze ›Kawetsche‹ im kleinen Finger.«

Zelik Lejmann war ein Künstler ganz anderer Art. Wir kannten ihn alle aus der Friseurbaracke, die neben dem Badehaus stand. Dort arbeitete er zusammen mit Anatonow, dem alten Friseur aus Jercewo. Obwohl er in Warschau geboren war und immer nur dort gelebt hatte, sprach er nie polnisch mit uns. Anatonow hatte uns vertraulich mitgeteilt, daß Lejmann ein Denunziant sei, und das schien auch zu stimmen, denn Lejmann war wie durch ein Wunder dem Schicksal der anderen polnischen Juden, die mit dem Kommunismus liebäugelten, entgangen; diese hatte man zu Hunderten im Wald langsam zu Tode gequält.

Nach Polens Niederlage im September 1939 zog die jüdische Jugend aus den nördlichen Vororten Warschaus und den Judenvierteln der kleinen von den Deutschen besetzten Dörfer und Städte wie ein in die Flucht gejagter Vogelschwarm zum Bug und überließ die Älteren ihrem Schicksal, das sie dann in die deutschen Krematorien und Gaskammern führte. Sie hofften, im »Vaterland des Weltproletariats«, das plötzlich so nahe an Warschau herangerückt war, Schutz und ein besseres Leben zu finden. In den Wintermonaten 1939/40 spielten sich am Ufer des Bug schauerliche Szenen ab, die aber nur das Vorspiel zu dem waren, was dann kam und Millionen von Polen fünf Jahre lang in Angst und Schrecken hielt. Die Deutschen taten nichts, um die Flüchtenden zurückzuhalten, erteilten ihnen aber mit Schlägen eine praktische Unterweisung in ihrer Lehre vom »Rasse-Mythos«; auf dem jenseitigen Ufer des Bug jedoch stellten sich die russischen Hüter des »Klassen-Mythos« in ihren langen Pelzmänteln mit aufgepflanzten Bajonetten, Polizeihunden und Maschinengewehrsalven den in das »Gelobte Land« Flüchtenden entgegen. Von Dezember bis März kampierten Scharen Unglücklicher in dem knapp zwei Kilometer breiten Niemandsland entlang des Bug; sie schliefen bei Frost, Schnee und Sturm unter freiem Himmel, deckten sich mit roten Federbetten zu, zündeten des Nachts Feuer an und klopften an die Türen der Bauernkaten in der Nähe und baten um Hilfe und Unterkunft. Auf den Bauernhöfen ringsum entstanden kleine Tauschmärkte – Kleidungsstücke, Juwelen und Dollars wurden für Lebensmittel und für Hilfe bei der Überquerung des Flusses gegeben. Jede einzelne Bauernkate entlang der Grenze entwickelte sich zu einem Schmugglernest, und die Bevölkerung aus der Umgebung wurde schnell reich und segnete das unerwartete gute Geschick. Unzählige schattenhafte

Gestalten drängten sich vor jeder Hütte, blickten durch die Fensterscheiben, klopften gegen das Glas und kehrten dann, enttäuscht und um eine Hoffnung ärmer, zu ihren Lagerfeuern zurück. Die meisten gaben es schließlich auf und gingen in das von den Deutschen besetzte Polen zurück. Dort kamen sie fast ausnahmslos in den nächsten fünf Jahren in den deutschen Konzentrationslagern Auschwitz, Maidanek, Belsen und Buchenwald ums Leben. Einige jedoch hielten standhaft aus, blieben am Flußufer und warteten auf eine Gelegenheit, hinüberzukommen. Manchmal löste sich jemand aus der Menschenmasse, lief einige hundert Meter durch die verschneite Ebene, bis er, im grellen Strahl eines sowjetischen Scheinwerfers gefangen, von einer Maschinengewehrsalve getroffen, aufs Gesicht fiel. Dann erklang lautes Jammern und Wehklagen, Hände reckten sich wie züngelnde Flammen drohend zum Himmel, doch gleich darauf kehrte wieder Stille ein, und man wartete weiter.

In jenen Monaten ist es vielen Flüchtlingen geglückt, durch Lücken in der Demarkationslinie hindurchzuschlüpfen, und die einst polnischen, jetzt sowjetischen Städte Białystock, Grodno, Kowel, Łuck und Baranowicze waren plötzlich voll von jungen jüdischen Kommunisten, die trotz allem, was sie an der Grenze erlebt hatten, sehr bald wieder an ihre Träume von einem von rassischen Vorurteilen freien Lande, das sie hier gesucht hatten, glaubten. Zunächst kümmerten sich die Russen nicht um sie, dann aber begannen sie Menschen zur freiwilligen Aussiedlung tief im Inneren Rußlands auszuheben, wobei sie die Juden vor die Wahl stellten: sowjetischer Paß oder Rückkehr in ihren Heimatort. Und da geschah das Erstaunliche: die gleichen Menschen, die noch vor ein paar Monaten ihr Leben aufs Spiel gesetzt hatten, um in das »Gelobte Land« zu gelangen, begannen jetzt in Scharen in entgegengesetzter Richtung zurückzustürmen, in das Land der pharaonischen Gefangenschaft. Auch dem sahen die Russen gleichgültig zu, aber sie müssen sich den negativen Ausgang dieser Loyalitätsprüfung der Sowjetbürgerkandidaten gut gemerkt haben. Denn im Juni 1940, nach der Niederlage Frankreichs und dem Fall von Paris, setzten im russisch besetzten Polen die ersten

Säuberungen ein, und in Hunderten von Güterzügen wurde das authentische jüdische »Lumpenproletariat« aus den polnischen Städten und Kleinstädten in die Gefängnisse und Arbeitslager Rußlands transportiert – Arbeiter, Handwerker, Heimarbeiter und Hausierer. In den Arbeitslagern wurden diese Juden die erbittertsten Gegner des Sowjetkommunismus, die ihn viel kompromißloser haßten als die alten russischen Gefangenen oder die anderen Ausländer. Mit der gleichen Leidenschaft, mit der sie einst ihre Liebe zu ihm übertrieben hatten, übertrieben sie jetzt ihren Haß. Zur Arbeit gingen sie nur, um nicht erschossen zu werden, aber im Wald setzten sie sich ans Feuer, wärmten sich und taten nur gerade so viel, daß sie die Verpflegungsstufe I erhielten. Abends wühlten sie dann in den Abfallhaufen, um ihren ewigen Hunger zu stillen. In dem strengen nördlichen Klima starben sie bald mit biblischen Flüchen auf den Lippen und mit den zornigen Blicken betrogener Propheten. In Kargopol wurden sie meist alle ins Straflager Alexejewka II geschickt, und nur einige demütig gehorsame Gefangene wie Zelik Lejmann blieben in Jercewo. Zelik hatte sich nämlich von seinen verbitterten Glaubensgenossen zurückgezogen und sich entschlossen, im Lager ein neues Leben zu beginnen. Und da er, nachdem er kaum zwei Wochen in Jercewo war, die Stelle als Friseur bekam, ist es auch durchaus wahrscheinlich, daß er ein Denunziant war. Das hat uns weder erstaunt noch aus der Ruhe gebracht, völlig überflüssig fanden wir es, daß wir uns beim Rasieren Lobeshymnen auf Stalin und die Erfolge der Oktoberrevolution anhören mußten. Zweifellos hoffte Zelik, zum Lohn für seinen Eifer vorzeitig aus dem Lager entlassen zu werden. Die Gefangenen haßten ihn, aber sie konnten ihm nichts anhaben, denn als Denunziant war er gefährlich und stand unter besonderem Schutz; außerdem verließ er auch nur sehr selten die kleine hinter dem Friseurladen gelegene Kammer, die er mit Antonow teilte. Auch daß er so schön Geige spielen konnte, bewahrte ihn vor der Rache der Mitgefangenen. Oft versammelten wir uns abends vor seinem Fenster. Wir konnten dann sehen, wie er vor dem Spiegel stand und seinen großen Kopf mit dem blassen Gesicht, den abstehenden Ohren und den glasigen, farblosen Augen sanft über die Geige neigte, und lauschten der traurigen, aufwühlenden Musik, die er seinem Instrument entlockte. Er konnte uns im Spiegel beobachten und warf unseren Spiegelbildern gehässige, verächtliche Blicke zu. Manchmal sahen wir darin auch unsere eigenen Gesichter, und es war etwas Ergreifendes und sogar Tragisches in diesen sich im Spiegel kreuzenden Blicken.

Ich ging mit Natalia Lwowna und Olga zum Konzert. Obgleich das Lager gerade seine schlimmste Hungerperiode durchmachte, war die Kulturbaracke dicht gefüllt, und in den grauen, aufgedunsenen Gefangenengesichtern sah man eine gewisse Spannung. Kunins unvermeidliche Rede wurde diesmal indessen mit Schweigen aufgenommen. Hunger zeugt Mißtrauen und Unglauben, und das Versprechen, daß wir eines Tages wieder »Vollbürger der Sowjetunion« werden würden, ärgerte uns in seiner Einfalt nur, denn wer konnte wissen, ob wir lange genug am Leben blieben, um dieses Vorrecht noch einmal genießen zu können? Wir ließen Kunins Worte also stumm über uns ergehen, taten so, als hörten wir aufmerksam zu, und unterdrückten unsere Protestrufe. In dieser grauenhaften Hungerzeit (man muß wissen, daß wir immer hungerten, aber »richtigen« Hunger nannten wir den Zustand, in dem wir alles nur auf seine eventuelle Eßbarkeit hin ansahen) lebten beide – die Gefangenen ebenso wie ihre Aufseher – in der gespannten Atmosphäre erhöhter Wachsamkeit. Irgendeine unbedachte Äußerung des Ärgers konnte einen Sturm entfachen, darum hielten wir uns die Hände vor den Mund; während die der Wachsoldaten auf den Abzügen der Gewehre lagen.

Wir drei jedoch hatten außer dem Hunger noch andere Sorgen, die uns ablenkten. Olga hatte sich vor einem Monat von ihrem Mann, Professor Boris Lazarowitsch N., trennen müssen; er war nämlich nach Mostowitza gekommen, und sie war fest davon überzeugt, daß sie ihn nie wiedersehen würde. Natalia Lwowna wußte, daß sie durch »Einsparungen« in der Lagerverwaltung bald ihre Stellung verlieren und dann wie alle anderen als einfache Arbeiterin beschäftigt würde. Ich selber hatte erst vor zehn Tagen Mischa Kostylews tragischen Tod erlebt. Wir hatten uns dennoch entschlossen, uns das Konzert anzuhören, erstens, weil es einmal etwas anderes war, und zweitens, weil wir es für geboten hielten, so lange wie nur möglich nicht durch Nichtbeteiligung aufzufallen. So hatte sich selbst Natalia Lwowna, die mir seit unserem letzten Gespräch über Dostojewski aus dem Weg gegangen war, überreden lassen und war mit Olga zum Konzert gekommen.

Das Licht in der Baracke erlosch, und nur die Bühne blieb hell. Man hatte dort eine Rampenbeleuchtung angebracht, eine Neuerung, die wir Kunin verdankten und mit einem langen bewundernden »Ah« begrüßten. Die in Dunkelheit getauchten und im Widerschein der Bühnenbeleuchtung nur schattenhaft umrissenen Zuschauer wirkten jetzt gespenstisch, wie eine in einem Bergwerk nach einem Wassereinbruch eingeschlossene Mannschaft von Grubenarbeitern. Ihre Wachsmasken gleichenden Gesichter leuchteten vor dem dunklen Hintergrund gelblich auf und die halbgeöffneten Münder schienen eher nach Rettung zu rufen oder nach Luft zu schnappen und weniger nach einer künstlerischen Darbietung zu verlangen. Die Luft in der Baracke war stickig und roch nach Schweiß, Lumpen und eitrigen Wunden. Mit geröteten und vor Hunger fiebrig glänzenden Augen starrten die Gefangenen zur Bühne.

Das Konzert begann. Als erste trat Tanja auf. Sie sah in dem weißen, plissierten, mit Spitzen besetzten Kleid, das Kunin ihr für diese Gelegenheit im Dorf geliehen hatte, entzückend aus. In der rechten Hand hielt sie ein buntes Taschentuch, mit dem sie während ihres Gesanges spielte. Ihr schmales Gesicht mit der kleinen Himmelfahrtsnase und den großen Augen lachte und strahlte wieder wie wohl einst auf der Bühne der Moskauer Oper. Sie begann mit dem zauberhaften russischen Lied von den »Punkten«, dessen besonderer Charme weniger in dem eigentlichen Inhalt als in den wunderbaren Wortspielen des Textes liegt. Aber kaum hatte sie die ersten paar Takte gesungen, als die Waldarbeiterbrigade zu zischen begann und dann laut rief: »Moskauer Hure!« Tanja verstummte jäh und blickte zu Tode erschrocken in den Zuhörerraum. Tränen standen ihr in den Augen, und sie schien nahe daran zu sein, noch ehe sie ihr erstes Lied beendet hatte, davonzulaufen. Dennoch entschloß sie sich weiterzusingen, aber ihrer hellen Stimme gelang es nicht, die bösen, verletzenden Rufe, die unaufhörlich zu ihr heraufdrangen, zu übertönen: »Tanja, Tanjuschka«, hörte ich Natalia Lwowna neben mir flüstern, aber da wandte sich schon Samsonow, der in der ersten Reihe saß, nach den Ruhestörern um, und sogleich hörte das Gezische auf. Tanja sang weiter, vermochte jedoch die Ungezwungenheit, mit der sie begonnen, nicht wiederzugewinnen. Gleichgültig hörten die Gefangenen ihr bis zum Ende zu, und als sie sich schließlich verneigte und mit einer theatralischen Geste den Kopf senkte, bekam sie nur einen dünnen und schüchternen Applaus. Arme Tanja! Dieser Mißerfolg hat sie gewiß sehr schmerzlich getroffen, denn es war ihr erster Auftritt seit 1937. Aber sie mußte eben dafür bezahlen, daß sie einen freien Mann einem Gefangenen vorgezogen hatte …

Wsewolod, der in seiner Matrosenbluse und einer für diesen Anlaß ausgeliehenen Matrosenmütze, auf deren rotem Band in goldenen Buchstaben »Rote Flotte« zu lesen war, auf die Bühne gestürmt kam, hatte sofort Kontakt mit seinen Zuhörern. Er blieb stehen, hielt sich die Hand wie einen Schirm vor die Augen und spähte in das Dunkel, als suche er die Küste eines fernen Landes. Schon dafür erntete er Beifall und Gelächter, und die Gefangenen riefen heiter: »Bravo, Wsewolod, du bist ein schöner Matrose, ein wunderbarer Matrose!« Wsewolod verneigte sich leicht und begann sich nun umständlich auf seinen Gesangsvortrag vorzubereiten. Er räusperte sich, hustete und befühlte seine Kehle mit zwei Fingern. Offensichtlich schien er zu glauben, daß ein »echter« Künstler nicht ohne solche Vorübungen zu singen pflege, und darum führte er dieses Berufsritual mit aller Sorgfalt durch. Die Gefangenen blickten sich gegenseitig an, sahen dann wieder zur Bühne und nickten bewundernd: »Ja, Wsewolod, der kennt sich aus!«

Die Wände der Baracke erzitterten, als Wsewolod jetzt sein erstes Lied aus dem sowjetischen Film »Die Kinder des Hauptmanns Grant« mit donnernder Stimme vortrug. Er gestikulierte dabei heftig mit den Händen, ja sein ganzer Körper schien mitzuspielen, sein Schnurrbart sträubte sich, und er rollte die Augen so, daß sie aus der Entfernung wie zwei silberne Knöpfe aussahen. Die Gefangenen hielten den Atem an und lauschten andächtig. Nach dem Lied »Lächle, Hauptmann, lächle« sang er noch ein paar andere Matrosenlieder, deren Inhalt und Titel mir entfallen sind, und wurde jedesmal mit frenetischem Beifall belohnt. Schließlich bat er mit der Geste eines erfahrenen Schauspielers um Ruhe und kündigte als seine letzte Nummer das Lied »Hinaus auf das weite Meer« an. Am Ausdruck seines Gesichtes konnte ich erraten, daß dies im Gegensatz zu den vorhergegangenen ein trauriges Lied sein würde. In der tiefen Stille, die im Raum herrschte, stellte sich Wsewolod in Positur, streckte seine Hände aus und sang dann mit tränenschwerer Stimme:

> Wir folgen den tanzenden Wogen
> Hinaus auf das weite Meer.
> Kamerad, es geht in die Ferne!
> Leb wohl, teure russische Erde!

Als er die Strophe zu Ende gesungen hatte und gerade den Refrain wiederholen wollte, erhob er die Hände wie ein Priester und forderte uns mit einem schnellen »Jetzt alle zusammen« auf, mitzusingen. Und aus mehreren hundert Kehlen erscholl das Lied, einem Verzweiflungsschrei gleich.

> Kamerad, es geht in die Ferne!
> Leb wohl, teure russische Erde!

Als hätte man es ihnen befohlen, standen die Gefangenen auf, und während sie genau auf Wsewolods Hand achteten, die den Takt schlug, wiederholten sie wie verzaubert diese beiden Zeilen. Alle waren tief bewegt, und in einigen Augen sah man sogar Tränen. Und obwohl diese mit so viel Gefühl gesungenen Worte wie ein Hohn in den Mündern dieser an die russische Erde gefesselten Galeerensträflinge klangen, sprach aus der Art des Gesangs doch ein grenzenloses Heimweh ... Ein sehnsüchtiges Heimweh nach dem Land des Leidens, des Hungerns, des Todes und der Erniedrigung, nach dem Land der großen Schrecken, der versteinerten Herzen. Da wurde mir zum erstenmal bewußt, und vielleicht nur für diesen einen kurzen Augenblick, daß die russischen Gefangenen, die Verstoßene in ihrem eigenen Land sind, all ihrem Haß zum Trotz sich doch nach diesem ihrem Land sehnen und mit letzter Kraft ihres fast erstickten Gefühls versuchen, sich seiner zu erinnern.

Wir hatten uns nach Wsewolods Gesang noch nicht wieder ganz gefangen – Natalia Lwowna, die neben mir saß, hatte das Gesicht in den Händen vergraben –, da kam schon Zelik Lejmann in einem dunklen Anzug, den er sich aus seinem früheren Leben gerettet hatte, auf die Bühne. Seine Verbeugung war ein wenig zu steif und kühl, aber sobald er sich die Geige an die Schulter gelegt hatte, seinen Kopf zu ihr neigte und den Bogen in der einen Hand hielt, während die andere das Instrument umspannte, wurden seine Züge und Bewegungen sanft und weich, und ein Schatten der Trauer wehte über sein Gesicht. Ich weiß heute leider nicht mehr, was er spielte, denn mein Kopf begann unerträglich zu schmerzen, mich quälte der Hunger, ich verbarg mein Gesicht in den Händen wie Natalia Lwowna und verfiel in einen Dämmerzustand. Ich erinnere mich nur noch, daß Lejmann sehr lange gespielt haben muß, denn während ich den Klängen der Geige lauschte, die ich nur undeutlich, als kämen sie aus weiter Ferne, vernahm, träumte ich noch einmal von meiner Jugendzeit. Ich stand auf der Straße meiner polnischen Heimatstadt und hörte die klagenden Weisen von der Zerstörung Jerusalems, die man an jedem Versöhnungsfest hinter den Fenstern der halb zerfallenen Synagoge vernehmen konnte. Zelik Lejmann war selber ein echter Jude. Er schien mit seiner Geige zu schluchzen, erstrahlte in seiner ganzen Glorie und sank dann plötzlich demütig in sich zusammen; er glühte vor Rache, strich unwirsch mit dem Bogen über die Saiten und betete inbrünstig, mit seinem Gesicht dem Teil der Welt zugewandt, wo aus den Ruinen Jerusalems das Gelobte Land mit seinen Olivenhainen neu erblühen sollte; er spielte das Lied seines eigenen Schicksals und des Schicksals seines Volkes, eines Schicksals, in dem Haß und Liebe ineinander überzugehen scheinen.

Der Beifall weckte mich aus meinem Traum. Zelik Lejmann verbeugte sich mit spöttischer Miene, und um seinen schmalen Mund spielte ein verächtliches Lächeln. Die Gefangenen erhoben sich langsam von den Bänken und wandten sich, immer noch Beifall klatschend, zur Tür. Ich blickte zu Natalia Lwowna hinüber, aber ihr Platz war leer. Jemand sagte nur, sie habe sich nicht wohl gefühlt und sei gleich zu Beginn des Geigenspiels hinausgegangen. Mit schleppenden Schritten gingen wir hinaus in die Frühlingsnacht, die schon alle Sterne entzündet hatte und von dem würzigen Duft der erwachenden Erde erfüllt war.

☆ ☆ ☆

Mehrere Wochen nach diesem denkwürdigen Konzert, kurz vor Ausbruch des deutsch-sowjetischen Krieges, ging plötzlich das Gerücht im Lager um, Natalia Lwowna habe versucht, sich mit einem verrosteten Taschenmesser die Pulsadern aufzuschneiden. Ihre Pritschennachbarin hatte noch rechtzeitig die Wache alarmieren können, und man hatte Natalia Lwowna ins Lazarett gebracht, wo sie über zwei Monate verbrachte und nur sehr langsam und gegen ihren Willen ins Leben zurückkehrte. Danach wurde sie nicht mehr in der Lagerbuchhaltung beschäftigt, sondern arbeitete eine Zeitlang in der Küche, wo sie aber auch bald hinausgeworfen wurde, weil sie den Gefangenen heimlich Essen zugeschoben hatte. Man steckte sie dann in die Lebensmittelzentrale, wo sie Säcke flicken mußte, aber zu der Zeit arbeitete ich schon im Holzlager. Ich sah sie noch öfter, grüßte sie meist von fern, aber wir sprachen nie wieder ein Wort miteinander. Es gibt Geheimnisse, die die Menschen einander nahebringen, aber es gibt auch solche, die sie voneinander trennen.

12. Kapitel

»Die Heimatfront im Krieg für das Vaterland«

Sonst aber, so im allgemeinen, kann man sagen, daß die Angeberei* geradezu blühte. Im Ostrogg wurde der Angeber nicht im geringsten verachtet. Unwille gegen ihn war sogar undenkbar. Man meidet ihn durchaus nicht, man schließt sogar Freundschaft mit ihm, so daß einer, der im Ostrogg anfangen wollte, die ganze Niedrigkeit der Angeberei zu erklären, überhaupt nicht verstanden werden würde.

Dostojewski, *Aufzeichnungen aus einem Totenhaus*

1. Eine Partie Schach

Der Ausbruch des russisch-deutschen Krieges bewirkte in meinem Leben entscheidende Veränderungen: am 29. Juni wurde ich zusammen mit anderen ausländischen und einigen russischen politischen Gefangenen von der Lebensmittelzentrale in die neu aufgestellte 57. Brigade versetzt, die während des kurzen Sommers in den Waldlichtungen Heu machen, im Herbst und Winter in der Sägemühle arbeiten und die gefällten Bäume auf die offenen Güterwagen verladen mußte.

In der letzten Woche, die ich in der Zentrale verbrachte, konnte ich jedoch die Wirkungen des überraschenden deutschen Angriffs beobachten und ebenso die unverhüllte Angst, mit der die Lagerwachmannschaft und der Verwaltungsstab die Nachricht vom Ausbruch des Krieges aufnahmen. Die erste Reaktion war eine Mischung aus Furcht und Verwunderung; erst Churchills Rede, aus der hervorging, daß »England mit uns und nicht gegen uns ist«, beruhigte sie etwas. Der uns beaufsichtigende Wachposten begrüßte die Rede mit einem lauten »Hurra«, und während er vor Freude seine Pelzmütze und sein

---

* Im Sinne von jemanden angeben oder verraten

Gewehr – mit aufgepflanztem Bajonett – in die Luft warf, erklärte er aufgeregt, England habe noch nie einen Krieg verloren; dabei vergaß er ganz und gar, daß bis vor wenigen Tagen England für ihn »eine kleine Insel gewesen war, die die Deutschen mit einem Hut zudecken könnten«. Ganz ähnlich – wenn auch nicht so plump – änderte sich der Ton des sowjetischen Rundfunks. Die politischen Kommentatoren, die kurz vorher noch jeden deutschen Erfolg im Westen mit wilder »Schadenfreude«* begrüßt hatten, gefielen sich jetzt in antideutscher Propaganda und flüsterten geradezu zärtlich, sobald sie England oder die anderen besetzten Länder erwähnten. So wurde nun auch nach außen hin der Wechsel der Tanzpartner offenbar. In Wirklichkeit aber hatten wir schon früher von dem herannahenden Sturm wispern hören. Wir hatten das von der sowjetischen Presseagentur »Tass« in den ersten Junitagen herausgegebene Kommuniqué wohl verstanden. Es leugnete kategorisch die im Westen umgehenden Gerüchte, daß mehrere sibirische Divisionen vom Fernen Osten an die Ufer des Bug verlegt worden seien. (Der Bug bildete damals die Grenze zwischen dem russisch und deutsch besetzten Polen.) Die Presseagentur versicherte in sachlichem Ton, die betreffenden Armeebewegungen seien im Rahmen der normalen Sommermanöver erfolgt und die gutnachbarlichen Beziehungen zwischen Deutschland und der Sowjetunion durch den Vertrag vom August 1939 so fest untermauert, daß sie durch die schamlosen Intrigen der westlichen Kriegshetzer nicht bedroht werden könnten. Der Ingenieur Sadowski, der einstige Freund von Lenin und Dzierżyński und Vizekommissar für die Leichtindustrie in einer der nachrevolutionären Regierungen, beugte sich zu mir herüber und flüsterte mir ins Ohr, die Leugnung von »Tass« sei für alle intelligenten Russen eine genaue Bestätigung dessen, was die Zeitungen in England oder Frankreich geschrieben hätten. Der Kriegsausbruch überraschte deshalb Sadowski in keiner Weise, aber er wollte über den weiteren Verlauf nichts prophezeien, bevor die ersten Kampfmonate vorüber waren.

* im Original deutsch

Am Tage nach dem ersten deutschen Angriff auf Rußland mußten wir uns vor der kleinen Baracke, in der das Büro
der Lebensmittelzentrale untergebracht war, versammeln, um
Stalins Rundfunkrede zu hören. Es war dies die Rede eines
alten, gebrochenen Mannes; er sprach stockend, seine halb-
erstickte Stimme klang melodramatisch-übersteigert, wurde
aber väterlich-milde, sobald er sich der alten patriotischen Phrasen bediente. Wir hörten stumm zu und blickten dabei auf den
Boden, aber ich weiß, daß jeden Gefangenen plötzlich ein Hoffnungsschimmer durchfuhr, denn blind wie alle Sklaven hielten
sie jede Hand, die ihnen die Gefängnistore öffnen würde, für
die Hand der Vorsehung. In den ersten Kriegswochen sprachen
wir nur selten und verstohlen von den Kämpfen, aber immer
mit den gleichen Worten:»Sie kommen!« Man kann die ganze
grausame Verzweiflung, zu der das neue Sklavensystem seine
Opfer trieb, daran ermessen, daß nicht nur Tausende einfacher
Russen, Ukrainer und Mongolen, die in den Deutschen ihre
natürlichen Verbündeten im Kampf gegen die verhaßte Kolchosenwirtschaft sahen, sondern auch fast ausnahmslos alle europäischen und russischen Kommunisten, erfahrene, gebildete,
kluge Männer, von Tag zu Tag mit wachsender Ungeduld auf
das Kommen der nationalsozialistischen Befreier hofften. Ich
denke voll Grauen und Scham an das durch den Bug geteilte
Europa; diesseits beteten Millionen sowjetischer Sklaven für
ihre Befreiung durch die Hitlerarmeen, und jenseits lebten
Millionen in deutscher Konzentrationslagern, deren letzte Hoffnung die Rote Armee war.

Die einzigen freien Männer, die ich beobachten konnte, die
Wachmannschaften, reagierten natürlich ganz anders auf den
Vormarsch der Deutschen. Für sie bestand das ganze Problem
nur in der einen Frage:»Quis custodiet custodes?« Nach ihrer
ersten instinktiven Angst um das Schicksal ihres »Sozialistischen Vaterlandes« (die meiner Meinung nach einem Minder-
wertigkeitskomplex Deutschland gegenüber entsprang) begannen sie, sich um ihr eigenes Schicksal zu sorgen. Am meisten
beunruhigte sie der Gedanke, daß man, um den Anforderun-
gen der Front zu genügen, die Wachmannschaften in den Lagern verkleinern würde, mit anderen Worten, daß sie gezwun-

gen werden könnten, ihren bequemen Posten im Norden mit den Gräben an der Front zu vertauschen. Aber schon nach den ersten beiden Kriegswochen löste sich dieses sie bedrängende Problem auf eine völlig unerwartete Weise. Sie trauten ihren Augen nicht, als frische Kontingente junger gesunder NKWD-Soldaten[6] zur Verstärkung der Wachmannschaften der an der Küste des Weißen Meeres gelegenen Lager in Jercewo eintrafen, obwohl die in den Rundfunknachrichten erwähnten Städte deutlich bewiesen, daß die Front sich weiter nach Osten zurückschob. Von jetzt an marschierten aus zwanzig Mann bestehende Brigaden unter Bewachung zweier bewaffneter Soldaten[7] zur Arbeit, und das erste Opfer, das das Lager auf dem Altar seines bedrohten Vaterlandes darbrachte, war die Erklärung des »Totalen Krieges« gegen einen möglichen inneren Feind. So wurden alle politischen Gefangenen, die Techniker waren, ihrer verantwortlichen Posten enthoben und durch freie Beamte ersetzt; alle Deutschen, die aus den Wolgasiedlungen stammten, wurden aus den Lagerbüros entfernt und Waldbrigaden zugeteilt. Dort wurden sie jedoch von den russischen Gefangenen, die in ihnen bereits die Herren von morgen sahen, äußerst respektvoll behandelt. In der Lebensmittelzentrale durften ebenfalls keine ausländischen oder politischen Gefangenen mehr beschäftigt werden, um der Gefahr vorzubeugen, daß die für die Läden außerhalb des Lagers bestimmten Lebensmittel vergiftet würden. Die Haftstrafen derjenigen, die man verdächtigt hatte, für Deutschland spioniert zu haben, wurden verdoppelt. Die Freilassung jener politischen Gefangenen, die ihre Strafe verbüßt hatten oder in Kürze verbüßt haben sollten, wurde auf unbestimmte Zeit verschoben. Und mehrere polnische Offiziere, die man für pro-deutsch hielt, bekamen Einzelhaft. Das Lager atmete wieder auf, und die in den ersten Wochen des Schreckens und der Furcht angeschwollene Woge des russischen Patriotismus ebbte wieder ab. Das nationale Selbstbewußtsein der Lagerwachmannschaft wurde zweifellos durch einen Vorfall gestärkt, den ich an meinem letzten Arbeitstag in der Lebensmittelzentrale zufällig miterlebte. Wir entluden an jenem Tag einen mit litauischem Schweinefleisch beladenen Güterwagen. Das Fleisch war in Jutesäcken verpackt, die den deutschen Importstempel trugen. Die Ladung hatte offensichtlich nicht ihren eigentlichen Bestimmungsort erreicht, sondern war nach langen Irrfahrten schließlich nach Jercewo gelangt. Im Hinblick auf den Ausbruch des Vaterländischen Krieges wurde das Fleisch gleichmäßig zwischen dem »Spezlaroc« – dem Lebensmittelladen für die höchsten Offiziere des Lagerkommandos – und dem in der Nähe des Lagers gelegenen armseligen Laden für den Verwaltungsstab und die Wachmannschaft geteilt.

Ein Monat verging, ohne daß sich irgend etwas Besonderes ereignete. Als wir einmal beim Heumachen waren, befragten wir Sadowski, wie er die Zukunft beurteile. Er nahm ein paar Zweige, zwei Hände voll Heu und einige verschiedenfarbige Beeren, breitete das alles im Gras aus und begann uns einen interessanten Vortrag zu halten. Nach seiner Ansicht würden die ersten vier Wochen des Kampfes für seinen Ausgang entscheidend sein. Wenn man den amtlichen sowjetischen Heeresberichten lauschte, mußte man sich im Geist die große Landkarte Rußlands vorstellen, um das Tempo des deutschen Vorrückens ermessen zu können. Kamen die Deutschen sehr rasch vorwärts, so war das ein schlechtes Zeichen; rückten sie langsamer weiter vor, dann war nichts zu befürchten. Rußland konnte nur besiegt werden, wenn eine innere Demoralisierung mit der Niederlage an der Front Hand in Hand ging. Wenn die Rote Armee sich in solcher panischen Eile zurückzog, daß sie nur noch durch die Bajonette des NKWD in Schach gehalten werden konnte und sich damit zwischen zwei Feuern befand, dann bestand die Möglichkeit, daß sie sich gegen die eigene Regierung wandte und einen Bürgerkrieg in Rußland selbst begann. Aber nichts derartiges geschah. Die sowjetischen Truppen zogen sich einigermaßen geordnet zurück, und der Rückzug könnte so bis zum Ural weitergehen, wo schon Jahre zuvor in weiser Voraussicht dieses Falles ein zweites Kriegsindustriezentrum aufgebaut worden war. Man hatte dafür keine Anstrengung gescheut, und viele Gefangene aus den Arbeitslagern im Ural hatten dabei ihr Leben gelassen. Ob Rußland die Deutschen besiegen würde, das hinge vor allem von der militärischen und politischen Taktik seiner westlichen Alliierten ab.

Diese Beurteilung der Lage erschien mir ziemlich logisch und richtig, und ich machte sie mir darum selber zu eigen. Meine eigene Lage hatte sich jedoch seit der Unterzeichnung des polnisch-russischen Vertrages vom Juli 1941 und der Verkündung einer allgemeinen Amnestie für alle polnischen Gefangenen in Rußland grundlegend geändert. Nur noch aus einem gewissen Racheverlangen, nicht aber aus irgendwelchen logischen Gründen oder weil ich mich zu den Deutschen besonders hingezogen fühlte, hätte ich jetzt noch Rußlands Niederlage wünschen können. Ich gehörte zu den fünfzehn oder zwanzig unter den zweitausend Gefangenen in Jercewo, die angesichts der fortwährenden russischen Niederlagen den Mut hatten, zu glauben und es auch laut zu sagen, daß Rußland nicht den Krieg verlieren würde. Diesen Glauben mußte ich später allerdings, als ich noch einmal vom NKWD verhört wurde, teuer bezahlen.

Die Lage der Polen in Rußland hatte sich, wie gesagt, seit dem Sikorski-Majski-Vertrag und der Amnestie völlig verändert. Vor Beginn des russisch-deutschen Krieges wurden wir als »Anti-Nazi-Faschisten« und Feiglinge angesehen, von Ende Juni bis Ende Juli galten wir als »Pro-Nazi-Faschisten« und nicht mehr als gar so feige, in den ersten Augusttagen aber stempelte man uns plötzlich zu Freiheitskämpfern und Verbündeten. Unser neuer Posten der 57. Brigade, der, wie man mir erzählte, nicht an beleidigenden Vorwürfen gegen die Polen wegen ihrer Niederlage im Jahre 1939 gespart hatte, klopfte mir, als die Nachricht von der Amnestie kam, auf die Schulter und sagte: »Fein, mein Junge, jetzt werden wir zusammen gegen die Deutschen kämpfen.« Seine Versöhnungsbereitschaft mißfiel mir aus zwei Gründen: Erstens kann ein Gefangener seinem Wächter niemals vergeben, und zweitens entzweite mich dies von meinen russischen und ausländischen Gefangenenkameraden, die nicht das Glück hatten, in Polen geboren zu sein und denen ich mich oft tiefer verbunden fühlte, als meinen eigenen Landsleuten. Nach der Amnestie nahmen nämlich die anderen Gefangenen eine feindselige Haltung gegen die Polen ein, die in ihren Augen die künftigen Helfershelfer bei der verhaßten Aufgabe waren, Rußlands Gefängnisse und Arbeitslager zu verteidigen.

Im Dezember 1941 hörten wir eine neue und völlig anders klingende Rede Stalins. Ich werde niemals die harte, kalte, durchdringende Stimme vergessen und die Worte, die wie Hammerschläge auf uns niedergingen. Er sagte, die deutsche Offensive sei in den Außenbezirken von Moskau und Leningrad zum Stillstand gebracht worden, der Tag des Sieges über die deutsche Barbarei sei nah, und der Dank dafür gelte nicht nur den Helden der Roten Armee, den Piloten, Matrosen, Partisanen, Arbeitern und Bauern, sondern auch denen, die im Vaterländischen Krieg die Heimatfront hielten. Die Gefangenen, die sich zum Anhören der Rede in den Baracken versammelt hatten, lauschten ihr mit einem Ausdruck hilfloser Verzweiflung in den Gesichtern, während ich dabei an Sadowskis Prognosen und die gleich nach Kriegsbeginn erfolgte Verstärkung der Wachmannschaften im Lager Kargopol durch NKWD-Truppen denken mußte. Wir waren also hier ein Teil »der Heimatfront im Vaterländischen Kriege«.

Vor diesem Hintergrund spielte sich der Zwischenfall ab, dessen Zeuge ich in den ersten Tagen des Juli 1941 in der Technikerbaracke in Jercewo wurde. Diese Baracke stand an der Biegung des Weges, der von meiner Baracke zur Wache führte, und war ausschließlich von Gefangenen bewohnt, die wegen ihrer beruflichen Qualifikationen für die Lagerverwaltung unentbehrlich waren und von ihr mit besonderen Funktionen im Lager betraut wurden.

Die meisten von ihnen waren Techniker und Ingenieure mit Hochschulbildung und langjähriger Praxis. Außer diesen lebten dort auch ein paar Geisteswissenschaftler, die ausnahmsweise und lediglich auf Grund ihrer besonderen Vorbildung, in der Lagerverwaltung beschäftigt wurden, wo sie allerdings nur untergeordnete Stellungen bekleideten. Die Zugehörigkeit zu der Technikergruppe gab einem, was Wohnung, Essen und Kleidung anbetraf, gewisse Vorrechte, die, wie kaum erst gesagt zu werden braucht, keinem Gefangenen gewährt wurden – selbst wenn er ein Universitätsstudium absolviert hatte –, der in den Arbeitsbrigaden arbeitete und in gewöhnlichen Baracken hauste. Die Technikerbaracke war komfortabler als alle anderen. Die Pritschen standen weiter auseinander, und an den beiden Enden des Raumes befand sich ein ordentlicher Tisch. Die »Techniker« bekamen wasserdichte Jacken aus Segeltuch und hohe Jutestiefel. Und ihre Verpflegung entsprach der der Stachanow-Arbeiter und wurde noch durch einen zusätzlichen Löffel Pflanzenöl und eine Portion »Cyngotnoje«, d. h. geriebenes rohes Gemüse, ergänzt. In der armseligen sozialen Struktur des Lagers stellten die Techniker so etwas wie eine Aristokratie zweiten Grades dar; sie hatten keine Gewalt über die anderen Gefangenen; diese lag allein in den Händen der »Urkas«, die die eigentlichen Gebieter des Lagers waren. Aber trotzdem hoben sie sich durch ihre Privilegien und ihren Lebensstil deutlich von der grauen Masse des Sklavenproletariats ab. Alle Techniker waren wegen konterrevolutionärer Tätigkeit zu 10 oder 15 Jahren verurteilt worden und vom Augenblick des Kriegsgewinns an wurden ihnen »ungebildete Assistenten«, die nicht Gefangene waren, beigegeben. Zyskind, einem Leutnant der Roten Armee, der wegen Diebstahls aus der Regimentskasse nur zwei Jahre aufgebrummt bekommen hatte, unterstand weiterhin das Strafgefängnis des Lagers.

Ihre Sonderstellung war jedoch mit einer Bedingung sine qua non verbunden, von der nur die unentbehrlichen Techniker mit höchsten Qualifikationen ausgenommen waren: der Verpflichtung nämlich, für das NKWD zu spitzeln. Niemand war darüber verwundert oder gar entsetzt – auf den Tag folgt nun einmal immer die Nacht. Jeden Mittwochabend erschien in der Baracke eine hübsche Russin mit einer dicken Aktentasche: Leutnant Strumina vom NKWD. Wie ein Priester, der ein einsames, verlassenes Dorf besucht, um dort eine stille Messe abzuhalten, begrüßte sie alle vorüberkommenden Gefangenen mit einem freundlich-höflichen »Zdrastvuitje«, das in ihrem Munde wie der alte ländliche Gruß »Gott sei mit dir« klang. In einem an eine der Baracken angebauten kleinen Raum ließ sie sich dann nieder, um die Beichte abzunehmen.

Ich hatte mehrere Freunde in der Technikerbaracke. Fienin, ein bekannter Hydroelektroingenieur mit dem Gesicht eines alten englischen Aristokraten, fragte mich oft mit sichtlicher Sympathie über Polen aus. Mit Weltmann, einem Wiener Ingenieur, spielte ich Schach. Machapetian, ein armenischer Ingenieur, war mein engster Freund und wie ein Bruder zu mir. Jerusalemski, ein Historiker, der einmal eine heftige wissenschaftliche Auseinandersetzung mit Professor Tarle, dem führenden sowjetischen Historiker, gehabt hatte und sich jetzt trotzdem von dem »Napoleon« seines glücklicheren Gegners durchaus nicht trennen wollte, wurde durch Machapetian ebenfalls mein Freund. Nur die beiden unzertrennlichen Freunde, Dr. Loewenstein und der russische Flugplatzerbauer Mironow, kamen mir mit Zurückhaltung und Argwohn entgegen. Sie waren im Lager als die beiden »Gorkisten« bekannt, weil sie beide Gorkis wegen zu zehn Jahren verurteilt worden waren. Loewenstein, ein gutmütiger dicker Mann mit goldener Brille, war Gorkis Arzt in dessen letzten Lebensjahren gewesen und seine Anwesenheit im Lager schien all jene Gerüchte Lügen zu strafen, nach denen der alte Barde der Oktoberrevolution vergiftet worden sein sollte[8]. Mironow, ein verschlossener und schweigsamer Mann, hatte das Unglück gehabt, für den Bau des Flugplatzes verantwortlich zu sein, von dem das neue sowjetische Flugzeug »Gorki« zu einem Probeflug aufgestiegen war, bei dem es dann schon nach wenigen Minuten in der Luft explodierte.

Dank Machapetian hatte ich jederzeit bei Tag und Nacht Zugang in die Technikerbaracke. Ich nutzte diesen Vorteil auch weidlich aus, womit ich vielleicht die Gebote der Gastfreundschaft überschritt, und ging fast jeden Abend dorthin, weil mich brennend nach klugen Gesprächen verlangte, ebenso wie nach den in meinem jetzigen Leben so selten gewordenen höflichen Umgangsformen und nach jener besonderen Atmosphäre sarkastischen Spotts, der man bei jedem Beisammensein mehrerer Intellektueller begegnet. Erschöpft vom absurd-wahnsinnigen Alptraum des Lebens im Sowjetsystem, konnte man nur in der Technikerbaracke, wenigstens für Augenblicke, so etwas wie Erlösung und innere Entspannung finden. Ihre Insassen betrachteten alles, was ihnen und was rings um sie herum geschah, als eine geschmacklose Posse, in der die Verbrecher die Rolle der Polizisten spielen, während die Polizisten mit gefesselten Händen dabeisitzen. Nur in den Perioden des größten

Hungers und Terrors verstummte das Lachen in der Baracke, und statt dessen wurde über den voraussichtlichen weiteren Ablauf dieser sich schon allzu lange hinziehenden Tragikomödie nur noch geflüstert. Ich fragte mich deshalb, was für Informationen diese Männer Leutnant Strumina wohl liefern mochten – jeder von ihnen hatte seinem Nachbarn schon so viel zugeraunt, daß er, wenn es herausgekommen wäre, bestimmt eine zweite Strafe erhalten hätte.

An einem heißen Juliabend saßen wir an einem der Tische und spielten Schach – Loewenstein mit Mironow, ich mit Weltmann. In der Baracke war es still und friedlich. Einige der Techniker schliefen; Machapetian und Jerusalemski schrieben auf den Knien Briefe; Zyskind lag auf seiner Pritsche und las ein Buch. Weltmann schlug mich bei jeder Partie vernichtend, aber er spielte gern mit mir, da ich, wie jeder Stümper, immer mehrere Züge laut im voraus berechnete, wobei ich mit Rücksicht auf ihn immer deutsch sprach. Gerade dies gab ihm die Illusion, er säße an einem stillen Sonntag in seinem »Kaffeehaus« und studiere mit einer Gruppe von Freunden eifrig die Schachecke der *Wiener Zeitung.* Pünktlich um Mitternacht wurde der Rundfunk angestellt, damit wir den neuen Heeresbericht hören konnten. Wir spielten aber trotzdem weiter, bis plötzlich die Barackentür heftig aufgerissen wurde und ein junger Ingenieur, dessen Namen ich vergessen habe, hereintorkelte, wobei er sich mit den Händen an den Pritschen festzuhalten versuchte. Der Sprecher war gerade mit dem Verlesen des Heeresberichtes fertig und wandte sich jetzt den Frontnachrichten zu. Er hatte aber nur zu berichten, daß sowjetische Flugzeuge 35 feindliche heruntergeholt hätten und daß die Infanterie in einem tapferen Gegenangriff zwei ukrainische Dörfer zurückerobert hätte. Der eben Hereingekommene hatte sich an einen Balken gelehnt, die Beine übereinandergeschlagen und hörte aufmerksam zu. Dann aber, als der Lautsprecher wieder abgestellt war, schüttelte er sich wie ein nasser Hund und rief mit der Hemmungslosigkeit eines Betrunkenen laut: »Es würde mich nur interessieren zu hören, wie viele unserer Flugzeuge die Deutschen abgeschossen haben!«

Bei diesen Worten wurde es in der Baracke so still, daß ich

das Hin- und Herrücken der Schachfiguren auf dem Brett der beiden »Gorkisten« und das Rascheln von Machapetians Briefpapier hören konnte. Zyskind klappte sein Buch laut zu, sprang von seiner Pritsche und ging hinaus. Der junge Ingenieur stieß sich wie ein Boot von dem Balken ab, schwankte auf unseren Tisch zu, ließ sich auf die Bank fallen und legte den Kopf auf die Arme. Bei der ungestümen Bewegung, mit der er sich am Tisch niedergelassen hatte, war eine Schachfigur auf den Boden gepurzelt. Mironow hob sie auf und zischte leise: »Wenn Sie schon so verrückt sind, sich so zu betrinken, dann halten Sie wenigstens den Mund.« Der Betrunkene hob einen Augenblick den Kopf und winkte lässig ab. Eine Viertelstunde später wurden er und Machapetian von zwei Unteroffizieren des NKWD geholt.

Als ob nichts geschehen wäre, spielten wir weiter und unterbrachen das Spiel nur, als Machapetian zurückkam, um von ihm zu hören, was er erlebt hatte. Mit vor Erregung zitternder Stimme berichtete er uns, er habe in Zyskinds Gegenwart unterschreiben müssen, daß der Ingenieur genau die Worte gesagt hatte, derentwegen man ihn jetzt anklagte. Zyskind kam nach etwa einer Stunde zurück und legte sich, ohne irgendeinen anzusehen, wieder genau so wie vorher auf die Pritsche und verbarg das Gesicht hinter dem offenen Buch. Weltmann war gerade dabei, die zweite Partie des Abends zu gewinnen, als plötzlich jenseits des Lagers, ein Schuß durch die Stille der Nacht hallte. Ich war wie gelähmt. Weltmann sah plötzlich wie ein uralter Mann aus; sein Gesicht war von Angst ganz verzerrt.

»Ein Kriegsgericht«, flüsterte er, während er gerade mit einem Springer zu einem neuen Zug ansetzte.

»Ich gebe mich geschlagen – Sie haben gewonnen«, sagte ich und warf die Figuren mit zitternder Hand durcheinander.

Zyskind las indessen unentwegt weiter in seinem Buch, während unsere Nachbarn ihr Spiel fortsetzten: Loewenstein hockte sprungbereit wie ein Raubvogel am Tisch, Mironow hatte die Ellbogen auf die Tischkante gestemmt und den Kopf zwischen die Schultern eingezogen.

»Schachmatt«, rief Loewenstein kurz darauf triumphierend.

»Aber ich habe den Läufer nicht bemerkt«, protestierte Mironow, wobei er, wie alle merkten, zugleich versteckt auf Zyskind anspielte.

»Das hat nichts zu sagen. Sie haben die Partie verloren. Man muß eben die Augen aufmachen, wenn man Schach spielt.«

Dann wandte sich Loewenstein Zyskind zu, der immer noch auf der Pritsche lag, und während er seine Brille mit dem Taschentuch putzte, sagte er mit einem leisen sarkastischen Funkeln in den Augen: »Haben Sie die Nachrichten gehört, Zyskind? Von uns allen haben nur Sie die Chance, bald in den Reihen unserer Vaterlandsverteidiger zu stehen und ...«, er hielt einen Augenblick inne, »ich beneide Sie aufrichtig darum. Und noch eins, bringen Sie mir doch bitte morgen gleich nach der Zählung die Kranken aus dem Gefängnis zur Untersuchung.«

Zyskind ließ sein Buch sinken und nickte nur.

2. Heumachen

Der Weg zur Arbeit führte über einen schmalen gewundenen Pfad um die Lebensmittelzentrale herum, durch eine feuchte Lichtung unweit des Lagers, dann durch ein Wäldchen, mehrere weitere Lichtungen, an einer verfallenen Hütte vorüber, die einst als Geräteschuppen gedient hatte, durch ein Moor, auf einer Holzbrücke über den Fluß, und schließlich im Zickzack wieder durch einen Wald, bis man endlich auf ein riesiges Feld gelangte, auf dem nach der Schneeschmelze mannshohes Gras der Sonne entgegenwuchs.

Heumachen, ach du lieber Gott! Hätte ich es mir einmal als Junge träumen lassen, als ich in meiner Heimat zum Spaß mähen lernte, daß ich eines Tages damit mein Brot verdienen müßte? ... Und doch gedenke ich jenes Sommers mit einem großen inneren Glücksgefühl, denn da erlebte ich an mir das, was Dichter die »innere Auferstehung« nennen, etwas, was mir nie wieder zuteil geworden ist. Fast ein ganzes Jahr war ich nicht so weit aus dem Lager herausgekommen, und wie einst bei den kurzen Spaziergängen, die mir im Gefängnis in Grodno gestattet gewesen waren, befühlte ich jetzt mit klopfendem

Herzen die Blumen, Bäume und Büsche. Obwohl der Weg mühselig und lang war (ungefähr 6 km jedesmal), zog ich morgens mit der Brigade leichten und beschwingten Schrittes hinaus, und abends kehrte ich sonnenverbrannt, wohlig erschöpft, vollgepumpt mit frischer Luft, gesättigt von vielem Beerenessen, beglückt vom Zauber der Landschaft und trunken vom Duft des Waldes und Heus, wie eine Bremse, der der Genuß allzu vielen Pferdeblutes zu Kopf gestiegen ist, ins Lager zurück.

Der Führer der 57. Brigade war der alte Zimmermann Iganow, jener, der immer bis spät in die Nacht auf seiner Pritsche betete, ein stiller, ruhiger, hilfsbereiter Mann, der mit leidenschaftlicher Liebe an der Landarbeit hing. Er nutzte niemals seine Vorrechte als Brigadeführer aus; jeden Tag, wenn er die Namen all seiner Arbeiter auf eine Holztafel aufgeschrieben hatte, nahm er eine Sense in die Hand und arbeitete unverdrossen mit uns mit. Erst eine Stunde, ehe wir die Geräte zusammenpackten, verließ er uns, um die Wiesenstücke abzuschreiten, die wir gemäht hatten. Abend für Abend saß er in der Baracke und verglich unsere tägliche Arbeitsleistung mit der offiziell vorgeschriebenen Norm. Die Ergebnisse dieser Berechnung übermittelte er der Dienststelle des Lagers, die die Verpflegungsstufe auf Grund der Arbeitsleistung festsetzte. Unsere beiden Wachposten schliefen gewöhnlich den ganzen Tag in den Heuhaufen am Rande des Feldes, so daß wir von unserem Arbeitsplatz oft nur ihre blitzenden Bajonette und die Spitzen der Holzstangen, mit denen die Heuhaufen gestützt wurden und die mit den traditionellen rot-grünen Ebereschenzweigen geschmückt waren, sehen konnten. Wir führten ein friedlich-frohes Leben. Wenn wir ausrückten, sahen wir die letzten Sterne am opalenen Himmel glitzern, und das ganze Lager lag dann noch im grauen Dämmerlicht. Waren wir eine Stunde marschiert, begann der Himmel sich wie eine an den Rändern rosa-blaue und in der Mitte weiße Perlenmuschel zu färben. Manchmal überraschten wir bei unserer Ankunft auf dem Feld eine Herde grasender Elche, und noch lange nachdem wir das von ihnen niedergetretene und verstreute Heu mit unseren Gabeln wieder aufgeschichtet hatten, konnten wir in der Ferne das Klappern ihrer Hufe hören. Einmal machte uns Iganow am Waldesrand auf eine Stelle aufmerksam, wo das Moos niedergetreten war, Büschel von Tierhaaren und angeknabberte Beerenzweige herumlagen, und während er vorsichtig an den noch dampfenden Exkrementen schnupperte, erzählte er uns, daß noch vor kaum einer halben Stunde ein großer Archangelsk-Bär hier gewesen sein müßte. Sobald die Sonne hinter dem Wald aufging, verteilten wir uns auf das Feld wie Treiber vor einer Jagd und begannen, unsere Sensen kräftig schwingend, das wenige Gras abzumähen, das hinter uns in langen Reihen herniedersank, die so gleichmäßig waren wie frisch gepflügte Ackerfurchen. Gegen neun Uhr machten wir 15 Minuten Pause; der einzige kleine Wetzstein ging dann von Hand zu Hand, und mit seiner rauhen Unterseite fuhren wir an den funkelnden Schneiden der Sensen entlang. Sobald im Lager mittags die Sirene der Sägemühle ertönte, verstreuten wir uns zu zweit und dritt, legten uns unter einen Heuhaufen und verzehrten das Brot, das wir uns von der Ration vom Tage vorher aufgespart hatten, und ein paar Beeren dazu. Dann schliefen wir ein, und zwar so tief, daß um ein Uhr der schon ganz unruhig gewordene Iganow uns heftig an den Beinen ziehen mußte, damit wir wieder aufwachten.

Der nördliche Sommer ist kurz und heiß und die Luft durch die giftigen Ausdünstungen der Moore und Sümpfe drückend und schwer. In der Mittagszeit wird der Himmel – der am Morgen kristallen blinkt und am Abend einem geblähten grauen Segel gleicht – dunstig und schimmert in der heißen Luft wie Stanniolpapier, das über die Flamme einer Kerze gehalten wird. Oft rannten wir, von dem hinter dem Wald aufsteigenden dunklen Rauch alarmiert, mit unseren Wachposten zu den Lichtungen in der Nähe, um das Feuer, das die Fackel der Sonne in dem trockenen Moos und Reisig entzündet hatte, zu löschen. In den ersten Septembertagen beginnt die nördliche Regenzeit, die einen ganzen Monat andauert. Ich erinnere mich, wie wir alle am letzten Tag des Heuens vor dem Regen- und Hagelsturm, der uns überrascht hatte, zu dem verfallenen Schuppen am Wegrand rannten, um dort Schutz zu suchen. Bis auf die Haut durchnäßt, standen wir unter dem undichten Dach, auf das der Hagel trommelte, während draußen der warme Herbststurm raste und die Fensterläden im Winde klapperten und in ihren verrosteten Angeln quietschten. In den Augenblicken, da die Läden aufschlugen, konnten wir die grüne Lichtung sehen, die vom Sturm gepeitschten Bäume und den Himmel, den rosa Blitze durchzuckten. Man brauchte nur den beiden Posten mit ihren Gewehren den Rücken zuzudrehen und hatte dann das Gefühl, selber wieder ganz frei zu sein. Aber das Heumachen war vorüber. Seit der Verkündigung der Amnestie für die Polen war ein Monat verstrichen. Hunderte von ihnen hatten Tag für Tag die Lager verlassen. Ich indessen kehrte zum letztenmal von den Wäldern und Feldern, wo ich wieder ein richtiger Mensch gewesen war, in das von Stacheldraht umgebene Lager zurück, wo der Tod einem immer auf den Fersen ist.

Beim Heuen hatte ich mit dem alten Bolschewisten Sadowski Freundschaft geschlossen. Ich schätzte ihn wegen seiner inneren Rechtschaffenheit, seiner echten Kameradschaftlichkeit und seiner scharfen Intelligenz, auch wenn er sie mit Genuß dazu benutzte, um bei allem das sprichwörtliche Haar in der Suppe zu finden. Trotz seiner Erlebnisse war Sadowski Kommunist geblieben. Wie ein Mensch, der schon zu alt ist, um seine früheren Entscheidungen nochmals zu überprüfen, hielt er an seinen alten Idealen in blinder Treue fest, dem Helden des Märchens gleich, dem ewige Jugend verheißen wird, aber Schimpf und Schande, wenn er sein Zaubergelübde bricht. »Wenn ich nicht mehr an das glaubte«, pflegte er immer wieder zu sagen, »wüßte ich nicht mehr, wofür ich lebte.« Das hieß, daß er immer noch an der Tradition der »Alten Garde« hing, vor allem an Lenin und Dzierżyński. Sobald aber bloß der Name von Stalin erwähnt wurde, funkelte in seinen Augen ein wilder Haß auf. Er erzählte mir, Lenin habe vor seinem Tode seine alten Genossen oft vor Stalin gewarnt. »Dieser verschlagene Georgier, der seinen Hammelschaschlik nur verpfeffert und versalzen mag, wird auch noch die Revolution verpfeffern und versalzen.«[9] Aus den mageren Andeutungen, die er mir über sein eigenes Leben machte, erfuhr ich nur, daß er einen erwachsenen Sohn in Wladiwostok hatte, von dem er seit seiner

Verhaftung im Jahre 1937 ohne jede Nachricht war. Wenn man ihn nach seiner Frau fragte, verzog sich sein Gesicht schmerzlich, und er schloß die Augen. Ich vermute, daß er vor seiner Verhaftung tatsächlich eine hohe Stellung in der Parteihierarchie bekleidet hatte, denn er hatte mir einmal von den gefälschten amtlichen Statistiken erzählt, nach denen es mehrere nationale Minderheiten, einschließlich der polnischen, in Rußland überhaupt nicht gab. Ein anderes Mal erklärte er mir erregt, wie er, als unvermutet für die Historiker eine Atempause in ihrem ewigen verzweifelten Bemühen, mit der sich dauernd verändernden offiziellen Geschichtsauffassung mitzukommen, eingetreten war, eine ganze Nacht mit »Emelian« darüber diskutiert hatte, in welcher Richtung sich das sowjetische historische Denken entwickeln würde. Als ich ihn fragte, wer Emelian sei, antwortete er leicht erstaunt, das sei Jaroslawski, der Führer der mächtigen Antireligiösen Liga der Sowjetunion. Sadowski stand völlig im Bann der Logik – alles, was logisch bewiesen werden konnte, war für ihn automatisch richtig und wahr. Manchmal ging er in einer Art nachtwandlerischer Trance so weit, die »Große Säuberung«, zu deren Opfern er selber gehörte, als die logische Folge gewisser unanfechtbarer dialektischer Prämissen der Oktoberrevolution hinzustellen.

Wurde er sich aber plötzlich bewußt, daß er sich ja damit selber traf, fuhr er wie ein Schlafwandler zusammen, der am Rande eines Abgrunds jäh erwacht, und zuckte lächelnd die Schultern. So ungefähr muß Hegel ausgesehen haben, als er auf die Einwände, daß seine Theorien nicht den Tatsachen entsprachen, erwiderte: »Um so schlimmer für die Tatsachen.« Aber Sadowski konnte sich immer wieder hinter seiner beliebten »japanischen Anekdote« verschanzen. In ihr wird berichtet, daß ein Erlaß des Mikados, nach dem die Japaner vor jedem Beamten den Hut zu ziehen hatten, von den für die Durchführung der Anordnung verantwortlichen Stellen dahingehend abgewandelt wurde, daß man statt Hüten nur noch Mützen tragen durfte. Aber nicht genug damit: man verbot nun das Tragen jeglicher Kopfbedeckung und befahl schließlich als letzte Konsequenz, allen Nichtbeamten die Köpfe abzuschlagen, damit sie nichts mehr hätten, auf dem sie Hüte oder Mützen tragen könnten. Man muß alte Kommunisten in den sowjetischen Lagern gesehen haben, um zu dem Schluß zu gelangen, daß der Kommunismus eine Religion ist.

Nach Beendigung der Heuernte wurde die 57. Brigade im Holzlager eingesetzt, wo wir bis zum Mittag das Holz für die Sägemühle in Stücke sägen mußten und den übrigen Teil des Tages damit verbrachten, Fichtenstämme, die zur Verwendung als Masten bestimmt waren, auf offene Güterwagen zu laden. Damals begann eine der schwersten Zeiten meines Lebens. Mein Organismus war durch die Vitamindosen, die er während des Heuens erhalten hatte, zwar zäher, aber nicht kräftiger geworden und reagierte darum auf diese neue Arbeit mit einer heftigen Skorbutattacke. Alle meine Zähne lockerten sich, und meine Beine und Fußgelenke waren mit schmerzenden Eiterbeulen bedeckt, die so näßten, daß meine Hosen festklebten und ich sie nachts nicht mehr auszog, um sie nicht von den Wunden herunterreißen zu müssen; unter die Füße legte ich mir eine zusammengerollte Jacke, um weiterschlafen zu können. Ich litt an Nachtblindheit, und Iganow mußte mich abends immer ins Lager zurückführen. Die Arbeit im Holzlager schien mir über die Grenzen der menschlichen Kraft hinauszugehen, obwohl sie mir eigentlich nach dem Stachanowtempo in der Lebensmittelzentrale wie eine Erholung hätte vorkommen müssen. Der Regen und die Kälte setzten mir hart zu, die losen Zähne klapperten im Munde, und alle paar Augenblicke mußte ich mit der Arbeit einhalten, um nach meinem wild hämmernden Herzen zu greifen. Immer öfter brach ich auch unter der Bürde der Fichtenstämme zusammen, zur stillen Verzweiflung des vor mir gehenden Sadowski. Ihm ging es im übrigen auch nicht viel besser als mir, obwohl die Folge dieser neuen Leiden bei ihm nicht Skorbut, sondern Hungerwahnsinn war. In jener Zeit passierte das, was ich schon berichtet habe, daß er mir nämlich vor der Küche meine Suppenschüssel aus den Händen riß. Ich möchte schwören, daß er mich in jenem Augenblick nicht erkannt hat, obwohl er mich aus seinen weit aufgerissenen, vereiterten Augen starr anblickte. Ich habe es ihm damals vergeben und vergebe es ihm heute erst recht – ihm oder seinen sterblichen Überresten. Die

Zauberformel seines Jugendglaubens hatte damals auch für ihn ihre Kraft verloren, und es erging ihm wie einem Menschen, der die animalischen Reflexe des Körpers nicht mehr unter Kontrolle des Verstandes hat.

Aber all dies war nichts im Vergleich zu meiner größten Qual: die Amnestie ging mit unerklärlicher Beharrlichkeit weiter an mir vorüber. Jeden Abend schleppte ich mich zu der Durchgangsbaracke, wo die aus den anderen Lagern zur Entlassung gelangenden Polen ihre letzte Nacht in Gefangenschaft verbrachten. Sobald am Tage ein Offizier des NKWD mit einem Papier in der Hand im Holzlager erschien, ließ ich meine Arbeit im Stich und versuchte, ihn auf mich aufmerksam zu machen. Aber man hatte mich offensichtlich vergessen, vielleicht sogar aus Versehen aus der Liste der Lebenden gestrichen. Hätte ich nicht Machapetian gehabt, wäre ich in diesen Tagen qualvoller Ungewißheit vollends zusammengebrochen. Er allein wurde nie müde, mich zu trösten; abends brachte er mir meine Suppe aus der Küche, trocknete meine Verbände, hörte sich mit immer gleichem Interesse meine politischen und militärischen Theorien an, die ich von Sadowski übernommen hatte, fragte mich, wie ich den Verlauf des Krieges beurteile, lobte die Objektivität, mit der ich Rußlands Militärpotential und seine Industriestärke errechnete, strich mir freundlich über meinen kahlen Schädel, wenn ich der Verzweiflung nahe war, nahm mich zu einer Partie Schach in die Technikerbaracke mit. Machapetian war wirklich wie ein Bruder zu mir – und sogar noch mehr, Bruder und Freund in einer Person. Aber dafür mußte ich auch immer seine ewigen Geschichten von den guten alten Tagen über mich ergehen lassen, als er als bevollmächtigter Kommissar für die Luftfahrtindustrie der armenischen Republik ein »persönlicher Freund Mikojans« gewesen war.

Die Herbstabende sind nicht so dunkel wie die Winterabende, so daß man seiner Nachtblindheit nicht so hilflos ausgeliefert ist. Als ich an einem Novemberabend mich vorsichtig auf den glitschigen Brettern des Weges zu meiner Baracke entlangtastete, wurde ich vor der Handwerkerbaracke von einem kleinen untersetzten Gefangenen angehalten. Ich erkannte ihn schon, ehe er mich hineingeführt hatte – es war ein alter armenischer Schuster, den ich ein paarmal gesehen hatte, wie er sich an armenischen Feiertagen mit Machapetian in einer fremden Sprache flüsternd unterhielt. Er war im Lager als äußerst anständig und hilfsbereit bekannt, und es hieß sogar, er ließe sich von keinem der Lagergewaltigen mit Brot bestechen, um ihm die Schuhe zu flicken. Nachdem er mich auf einem niedrigen Hocker hatte Platz nehmen lassen, lugte er erst hinter eine Trennungswand, um sich zu vergewissern, daß niemand mehr in der Schneiderwerkstatt arbeitete, und musterte mich dann eine lange Weile stumm.

»Hör mal«, sagte er schließlich, » stimmt das, daß du im Lager von einem russischen Sieg über die Deutschen sprichst?«

»Ja. Warum?«

»Es ist nämlich so«, antwortete er und setzte sich neben mich, »du weißt doch wohl, daß Leutnant Struminas Büro sich gleich hier neben der Schneiderwerkstatt befindet.«

»Ja, das weiß ich«, sagte ich, und ich ahnte schon nichts Gutes.

»Nun also«, fuhr er fort, »einer der Schneider hat ein kleines Loch in die Bretterwand gebohrt. Tagsüber deckt er es mit etwas Mörtel zu, und jeden Mittwochabend hockt er dort, um zu hören, was die Spitzel Strumina zu berichten haben. Gestern nun hat er mich an das Loch herangerufen, und zwar nicht nur darum, weil sie über dich sprachen …«

»Über mich?«

»Ja. Die Strumina fragte zuerst den Spitzel, wie es mit der Moral im Lager stehe. Er antwortete, daß außer einer Handvoll guter Sowjetbürger, die hier ernstlich ihre Irrtümer bereuten, alle Gefangenen auf einen deutschen Sieg hofften. ›Das ist verständlich‹, meinte die Strumina, ›und wie verhält es sich mit dem kleinen Polen?‹ Der Mann sagte, er sei extra gekommen, um ihr zu sagen, daß ›der kleine Pole Herling völlig anderer Meinung sei‹. ›Kein Wunder‹, erwiderte die Strumina, ›wir haben einen Vertrag mit der polnischen Regierung unterzeichnet und eine Amnestie für die Polen verkündet.‹ Aber dem Spitzel genügte das noch nicht. ›Alle Polen‹, sagte er, ›flüstern in der Durchgangsbaracke, obwohl sie auf dem Wege in die Freiheit sind, von der Niederlage Rußlands und wünschen sie ebenso heiß wie die im Lager Zurückbleibenden.‹ ›Nun, und?‹ fragte Strumina. – ›Nun, dann ist dieser Herling sicherlich auch nicht der einfache Student, der er zu sein vorgibt, sondern wahrscheinlich ein Trotzkist oder sonst irgendein wichtiger Mann, einer von denen, die mit Oberst Beck zusammenarbeiten. Denn, Genossin Strumina, Sie wissen ja nicht, wie glänzend er politisch diskutieren kann.‹ – ›Ja, aber da ist der Sikorski-Pakt‹, antwortete Strumina zögernd. – ›Gewiß, doch in jedem Pakt gibt es Vorbehalte und Sonderklauseln. Lassen Sie ihn nur frei, und Sie werden dann erleben, was geschieht, wenn die ihn nach Amerika schicken. Wäre es darum nicht besser, ihn in Moskau vor ein Sondergericht des NKWD zu stellen und als Spion zu entlarven?‹ – ›Nun, wir werden uns das überlegen‹, erwiderte Strumina. Und das war alles.«

»Hör mal«, fragte ich ihn atemlos, »konntest du nicht durch das Loch sehen, wer es war?«

»Das brauchte ich erst gar nicht. Ich hatte ihn schon an seiner Stimme erkannt.«

Ich packte ihn am Arm: »Wer war es?«

»Ich weiß nicht, ob ich dir das sagen darf?«

»Sag es mir«, rief ich erregt, »um Christi willen, sag es mir!« Leise und ohne mich dabei anzublicken, sagte er: »Machapetian.«

13. Kapitel

Märtyrer des Glaubens

Gegen Ende November 1941, vier Monate nach Verkündung der allgemeinen Amnestie für polnische Gefangene in russischen Lagern, als ich fühlte, daß ich den nächsten Frühling nicht überleben würde und alle Hoffnung auf Entlassung aufgegeben hatte, entschloß ich mich, zum Protest in Hungerstreik zu treten.

Von den 200 Polen in Jercewo waren nur noch sechs hier verblieben, und alles deutete darauf hin, daß, falls wir nicht bald stürben, uns das Schicksal der »alten Polen« aus der Ukraine erwartete, die beim Ausbruch der Revolution von 1917 für immer von Polen getrennt worden waren und bis zur Verkündung der Amnestie sich selber für Russen gehalten hatten. Wir verstanden jetzt ihre Bitterkeit, als sie erfuhren, daß der russisch-polnische Vertrag sie ebenfalls als Russen anerkannte.

Mein Hungerstreik war weniger ein Akt des Mutes als ein begreiflicher Verzweiflungsschritt. Ich war nahe am Endstadium der Avitaminose, physisch am Ende, und nach Meinung erfahrener Gefangener hatte ich nur noch sechs Monate zu leben. Ein Hungerstreik war in Rußland etwas völlig Unbekanntes, und sogar in Friedenszeiten wurde er als Industriesabotage geahndet: Der Betreffende erhielt eine harte zusätzliche Strafe, ja wurde oft sogar zum Tode verurteilt. Aber das Schlimmste war, daß ich bei meinem physischen Zustand kaum ein paar Tage ohne jedes Essen und Trinken würde durchhalten können. Ich mußte zugeben, daß die Argumente, mit denen mir meine Freunde von diesem Schritt abgeraten hatten, nur allzu stichhaltig waren. Aber was mich schließlich zu dem Entschluß veranlaßte, war die Erkenntnis, daß ich sonst in wenigen Monaten sterben würde, mit dem bitteren Wissen, mich kampflos ergeben zu haben. Solange noch Gruppen von Polen auf dem Wege in die Freiheit durch Jercewo kamen, bestand immer noch eine kleine Chance, die Lagerverwaltung durch den Hungerstreik auf mich aufmerksam zu machen. Ich riskierte dabei nur, mein Leben um einige Monate zu verkürzen. Aber obwohl selbst diese Entscheidung, eine große Entschlußkraft verlangt, war der Preis, den ich für jedes Zögern hätte bezahlen müssen, zu hoch für mich. Ein Mensch, der lebendig begraben ist und plötzlich in seiner dunklen Gruft erwacht, ist keines vernünftigen Gedankens fähig, sondern will nur noch aus diesem Sarg heraus und pocht mit blutenden Fingern in letzter Verzweiflung an den Deckel.

Aber es war nicht so leicht, die anderen Polen von der Notwendigkeit dieses Schrittes zu überzeugen. Ohne ihre Beteiligung jedoch würde dem Hungerstreik die moralische Kraft eines entschlossenen gemeinsamen Kampfes fehlen. An mehreren Abenden hintereinander setzten wir uns in der Ecke einer der Baracken zusammen: M., ein Ingenieur, B., ein Lehrer aus Stanisławów, T., ein Polizist aus Schlesien, Frl. Z., eine Bankangestellte aus Lemberg, L., der Besitzer einer Sägemühle in der Nähe von Wilna, und ich. Ihre Einwände gegen meinen Plan schwankten zwischen übertriebener Angst und unbegründeter Hoffnung. »Noch ist nicht alles verloren, und ein Hungerstreik wird als ein Angriff gegen die verkündete Amnestie gewertet werden und darum unsere Lage nur verschlimmern und uns vielleicht alle zusammen von der Amnestie ausschließen. Außerdem ist gar nicht gesagt, daß sie uns trotz des Londoner Abkommens anders behandeln werden als Sowjetbürger, und ihr wißt, Hungerstreik und Arbeitsverweigerung werden mit dem Tode bestraft ... Aber noch ist nicht alles verloren, unser Leben steht in Gottes Hand ... Sie können nicht Menschen entlassen, die bis vor kurzem noch ihre polnische Nationalität geleugnet haben, und echte Polen wie uns im Lager festhalten.«

Sie konnten es jedoch nur allzu leicht. Die Schwierigkeiten bei unseren Disputen lag darin, daß beide Seiten notwendigerweise sich völlig irrationaler Argumente bedienen mußten. Meine Freunde glaubten an die Gerechtigkeit des göttlichen Ratschlusses und an die Macht der internationalen Verpflichtungen; ich dagegen glaubte, daß wir dem uns drohenden Schicksal dadurch entgehen konnten, daß wir es entschlossen herausforderten. Am Abend des 30. November, als ich mich schon fast dazu durchgerungen hatte, den Streik allein zu wagen, wenn sie nicht mitmachen wollten, kam ich zum letztenmal in unsere Ecke in B.'s Baracke. Der Ingenieur M. saß wie gewöhnlich auf der unteren Pritsche. Er hatte sein schmales, asketisches Gesicht in die Hände gestützt und blickte mich die ganze Zeit unverwandt mit fiebrigen Augen ängstlich, aber freundlich an. Der Lehrer B., einstiger Reserveoffizier, der nach dem Ausbruch des russisch-deutschen Krieges in das Lagergefängnis eingesperrt worden und erst vor kurzem von Alexejewka II nach Jercewo zurückgekehrt war, schien nach einem Ausweg aus seiner Lage zu suchen und wich offensichtlich meinen Blicken aus. T. und L. spielten mit vorgetäuschter Gleichgültigkeit Dame, und Frl. Z. hatte ihre kleinen Hände auf dem Leib gefaltet und flüsterte ein Gebet. In dem trüben Licht der Baracke wirkten sie wie eine Touristengruppe, die sich in der Dämmerung in irgendeiner Felsenspalte des Gebirges verirrt hat und nun selbst zu dem gefährlichsten Versuch bereit ist, um sich aus ihrer schlimmen Lage zu befreien, wenn nur ihr Führer die Verantwortung für das Gelingen oder Scheitern übernehmen will. Als ich da vor ihnen stand, ergriff auch mich plötzlich eine große Angst, und ich wußte selber nicht mehr, was ich tun sollte.

»Ihr müßt daran denken, daß ich von Machapetian denunziert worden bin«, sagte ich schließlich. »Wer von euch ist sicher, daß seine Gefangenschaft nicht durch irgendwelche ähnlichen absurden Anschuldigungen, die irgendein Spitzel gegen ihn vorbringt, endlos verlängert wird? Nach dem Ribbentrop-Molotow-Pakt von 1939 sind deutsche Kommunisten in einem Moskauer Gefängnis in den Hungerstreik getreten. Und was war der Erfolg? Von den 600, die sich daran beteiligten, sind über 500 entlassen und repatriiert worden, und die Tatsache allein, daß ich Ende Januar drei von denen, die damals in Rußland zurückgehalten worden sind, in unserer Durchgangsbaracke hier gesehen habe, beweist, daß nicht einer erschossen worden ist ...«

Diese beiden Argumente schlugen unerwartet ein, und einen Augenblick war ich fast traurig, daß die fünf so leicht und willig zustimmten. Aber es war jetzt für eine Umkehr zu spät. Wir beschlossen, daß M. sich nicht an dem Streik beteiligen sollte, weil er an einem schweren Herzleiden litt und darum der einzige von uns war, der hoffen konnte, entlassen zu werden. Außerdem durften wir gewiß sein, daß er, falls unsere Verschwörung vor einem Kriegsgericht enden sollte, von unserem Schicksal denen draußen berichten würde, wenn er selbst freikommen sollte. Am selben Abend brachten wir unsere Brotration und unsere Suppenkarten in Samsonows Büro, wobei wir aus Vorsichtsgründen uns einzeln in halbstündigen Abständen, dorthin begaben und auch danach ängstlich darauf bedacht waren, uns nicht im Lager zu treffen oder zu sprechen. Aus Erzählungen russischer Gefangener wußten wir genügend über das sowjetische Strafgesetzbuch Bescheid, um zu wissen, daß die kleinste Übertretung der Bestimmungen als schweres Verbrechen geahndet wurde, wenn sie auf eine organisierte Verschwörung schließen ließ. Jeder von uns hatte das Verbrechen aus eigenem Antrieb begangen.

In den Tagen, ehe ich mich zu dem Streik entschloß, hatte ich die merkwürdigsten Erfahrungen mit mir selbst gemacht. Nach der Amnestie, als meine Entlassung nur noch eine Frage der Zeit schien, hatte ich mich vor meinen russischen Mitgefangenen schuldig gefühlt, weil ich nur durch den Zufall, daß ich als Pole geboren war, aus dem Lager befreit wurde und es nicht wie ein gewöhnlicher Gefangener verließ, und obendrein dann noch das Regime verteidigen würde, das für alle Leiden der Haftzeit verantwortlich war. Aber als die Wochen vergingen, ohne daß ich entlassen wurde, und die Lagertore immer noch für mich verschlossen blieben, schwanden all mein Großmut und all meine Menschlichkeit dahin. Allmählich begann ich, ohne es mir selber zuzugeben, die russischen Gefangenen von ganzem Herzen zu hassen, aus der tiefsten Tiefe meiner Hoffnungslosigkeit, als wenn sie mich mit unsichtbaren Händen an meiner zerfetzten Jacke festhielten, mich in den Abgrund ihrer eigenen Verzweiflung hineinstießen, mich für immer in das Dunkel verbannten, in das kein Lichtschein fiel, weil ihre eigenen Augen jahrelang vergeblich versucht hatten, die dunkle Nacht ihres Lebens zu durchdringen. Ich wurde mißtrauisch, mürrisch und grob, ging meinen besten Freunden aus dem Weg und begegnete all ihren Sympathiebeweisen mit krankhaftem Argwohn. Diese psychische Verfassung war für meinen Entschluß ebenso entscheidend wie irgendeine vernünftige Erwägung oder die reine Verzweiflung. Ich wollte, wenn es not tat, sogar mit meinem eigenen Leben das Recht auf eine letzte freie Willensentscheidung verteidigen, ein Recht, das sie, die ewigen Sklaven, niemals für sich in Anspruch zu nehmen gewagt hätten. Ich empfand mein Verhalten vor mir selbst als abscheulich und erniedrigend, aber ich konnte nicht dagegen ankämpfen, weil ein Mensch gegen seine eigene Natur nichts machen kann. Es war die größte Selbsterniedrigung meines Lebens, dieses Verlangen, mich an den anderen Gefangenen zu rächen, nur weil mir drohte, ihr verfluchtes Schicksal für immer teilen zu müssen.

Zwischen uns sechs Polen, die wir uns gemeinsam zu dem Hungerstreik entschlossen, bestanden auch keine allzu guten Beziehungen. Trotz des äußeren Anscheins von Freundschaft und Solidarität, den ein solcher gemeinsamer Kampf mit sich bringt, trauten wir uns gegenseitig nicht und warteten nur darauf, wer von uns als erster umfallen oder die anderen verraten würde. In unserer Verblendung und unserer Angst vor der Herausforderung, die uns miteinander verband, argwöhnten wir, daß der Hungerstreik für einen von uns die Gelegenheit werden könnte, sich selbst auf Kosten der anderen zu retten. Wir waren wie Schiffbrüchige, die in einem Rettungsboot zu irgendeinem unbekannten Ziel fahren. Sie brauchen zwar einander, da jedes Paar Hände für die Bedienung der Ruder notwendig ist, aber keiner von ihnen kann auch nur einen Augenblick vergessen, daß mit jedem zusätzlichen Ruderer die ohnehin mageren Lebensmittelvorräte schneller zu Ende gehen. Hätte ich allein gestreikt, wäre es nur meine Sache gewesen, aber ich hätte mich damit der Gefahr ausgesetzt, mich von den übrigen Polen im Lager abzusondern; so aber nahm der Streik den gefährlichen Charakter einer organisierten Aktion an. Und wir fragten uns, was geschehen würde, wenn einer von uns umfiele. Würde er sich selbst dadurch retten, daß er uns alle beschuldigte, oder würde seine Schwäche uns zu einem rascheren Triumph verhelfen? Wir teilten alle das gleiche Schicksal, und wir wußten genau, daß sich beides in einem Menschenherzen verbirgt: die seltene Gabe des Edelmuts in Augenblicken verhältnismäßiger Sicherheit und das Staubkorn der Selbstsucht im Angesicht des Todes. Nicht unser Mut, sondern unsere Erbärmlichkeit und Feigheit hielten uns zusammen. Wir entschlossen uns zu gemeinsamem Handeln erst, als das stumme Mißtrauen uns unwiderruflich trennen oder zusammenschweißen mußte. Und in dieser gespannten Atmosphäre war es kein Zufall, daß wir an diesem trüben Novemberabend darin übereinkamen, M. von dem Hungerstreik auszunehmen, um so gleichsam unsere Anständigkeit und die Zuversicht, mit der wir dieser letzten Prüfung entgegensahen, zu beweisen. Draußen tobte ein Schneesturm, und das gelbe Flämmchen eines Kerzenstummels, der auf dem Tisch neben B.'s Pritsche stand, zuckte leise auf und nieder. M. nahm unseren Vorschlag mit einem Nicken an, aber zugleich huschte dabei ein kleines bitteres Lächeln über sein bleiches Gesicht.

Als ich von Samsonows Büro in meine Baracke zurückkehrte, wurde ich mit Schweigen empfangen. Alle Gespräche am Tisch verstummten jäh. Meine Pritschennachbarn rückten von mir ab, als brächte ich die Pest; meine Freunde wichen meinen Blicken aus und antworteten nur widerwillig auf meine Fragen. Die Kunde von unserem Hungerstreik hatte sich wie ein Lauffeuer im ganzen Lager verbreitet und wurde überall mit angstvoller Erregung aufgenommen. Die Gefühle meiner russischen Freunde mir gegenüber waren wohl jetzt genauso seltsam wie die meinen ihnen gegenüber. Als die Amnestie verkündet worden war, verhielten sie sich mir gegenüber reserviert, ja fast feindlich, weil sie in der mir verhießenen vorzeitigen und wunderbaren Rettung so etwas wie einen Bruch der Gefangenensolidarität sahen. Aber die langen Monate des Wartens, die dann gefolgt waren und in denen ich alle Hoffnung auf die Freiheit verloren hatte, hatten mich ihnen wieder nähergebracht, obwohl ich aus demselben Grund mich immer noch von ihnen fernhielt. Ich konnte mich des Verdachts nicht erwehren, ihre Sympathie für mich sei nur der Trost, den die selbst zum Unglück Verdammten aus der Verzweiflung der anderen ziehen. Ihre Reaktion auf die Kunde von dem Hungerstreik war ebensowenig eindeutig. Sie waren erregt und begeistert darüber, daß wir es gewagt hatten, an den unumstößlichen Gesetzen des Sklavendaseins zu rütteln, gegen die sich noch niemand vorher aufgelehnt hatte. Andererseits war es ihre instinktive Furcht, die ihnen noch aus ihrem früheren Leben verblieben war, in irgendeine gefährliche Sache verstrickt zu werden, die vielleicht sogar vors Kriegsgericht kommen würde. Wer konnte wissen, ob die Verhöre es nicht an den Tag bringen würden, daß sie sich mit dem »Rebellen« unmittelbar nach dem von ihm begangenen Verbrechen unterhalten hatten. Und konnte man sicher sein, daß nicht ein unvorsichtig geflüstertes Wort des Trostes oder der Solidarität von Spitzeln als Aufstachelung zum Aufruhr gemeldet werde? Besser war es jedenfalls, sich von allem fernzuhalten, wenigstens so lange, bis das NKWD zu diesem noch nie dagewesenen Fall endgültig Stellung genommen hatte. Ihr Verhalten wurde aber auch noch von anderen, verborgeneren Gründen bestimmt. Unser Hungerstreik war eine Revolte von Ausländern. Sein Mißlingen würde ein für allemal beweisen, daß selbst die »von drüben« kein Loch in die Gefängnismauer schlagen können, die Rußland von der übrigen Welt trennt. Aber wenn er erfolgreich war, würde damit nur allzu deutlich offenbar werden, daß es hinter dem Stacheldraht verschiedene Gesetze für Ausländer und Russen gab. Unser Erfolg würde ihre Verzweiflung nur noch steigern, da es in einer ausweglosen Situation das einzig Tröstliche ist, daß alle anderen dem gleichen Schicksal ebenso unterworfen sind. Nichts tröstet ein leidendes Herz so sehr wie der Anblick fremden Leids, und nichts nimmt einem so sehr die Hoffnung wie der Gedanke, daß nur ein paar Erwählte hoffen dürfen.

Ich war also plötzlich ganz allein. Auf meiner Pritsche liegend, blickte ich mit einem Gefühl von Angst und Verlassenheit um mich. Die Gefangenen rüsteten sich wie immer für die Nacht, flüsterten leise untereinander und trockneten ihre Fußlappen über dem Feuer. Einige kochten in ihren Eßgeschirren Kartoffelschalen und verfaulte Mohrrüben, die sie aus dem Küchenabfall aufgelesen hatten. Die Zeit des Hungerns im

Lager schien nie mehr enden zu wollen; aber wir waren schon fast dagegen abgestumpft. Es kommt der Augenblick, da der hungrige Mensch unter Hungerphantasien beinahe stärker zu leiden beginnt als unter der Leere in seinem Magen. Seine Gedanken sind von fiebrigen Essensvisionen erfüllt und das ihn beherrschende Gefühl ist die panische Angst vor dem immer weiter fortschreitenden Verfall seines Körpers. In solchen Zeiten ist jede Gelegenheit, den Hunger zu betrügen, wichtiger, als ihn zu stillen. Sogar Schnee nimmt dann eine fest Konsistenz an – man ißt ihn wie einen Brei. So kam es, daß die meisten hungernden Gefangenen, obwohl sie den fauligen Geschmack des in einer undefinierbaren Brühe schwimmenden Gemüses verabscheuten, es doch als ein großes Glück betrachteten, das widerliche Zeug essen zu dürfen, weil ihnen das die Zuversicht gab, das unvermeidliche Ende wenigstens noch etwas hinauszögern zu können. Diese Abendmahlzeiten wurden geradezu feierlich zelebriert, und Gefangene, die von dem Inhalt irgendeiner Schüssel mitessen durften, glichen Ehrengästen, die zu einem wunderbaren Fest geladen sind.

In der Sphäre der menschlichen Gefühle begegnet einem ein seltsames Phänomen, das mehr ist als einfache Gewohnheit: die fast selbstmörderisch wirkende seelische Indolenz. Ich meine damit diese tiefste Tiefe der menschlichen Erniedrigung, in der einem jede Aussicht auf eine Veränderung, selbst zum Besseren hin, gewagt und gefährlich erscheint. Ich habe von Bettlern gehört, die ihre Wohltäter argwöhnisch ansahen, wenn sie von ihnen nicht nur die üblichen Almosen bekamen, sondern ein Dach über dem Kopf oder Arbeit statt ein paar Pfennigen. Wenn sein Lebensstandard die niedrigste Stufe erreicht hat, entwickelt der Mensch eine fatalistische Anhänglichkeit an sein Elend und sieht jede Aussicht auf eine Verbesserung mit scheelen Augen an. Durch seine bittere Erfahrung ist er dazu gekommen, in jedem Wechsel nur eine Wendung zum Schlimmeren zu sehen. »Laß mich in Ruhe«, scheint er zu sagen. »Ich brauche nur gerade so viel, daß ich mich noch am Leben erhalten kann.« Menschen mit konservativer Lebenseinstellung könnten daraus den Schluß ziehen, daß man niemand gegen seinen Willen glücklich machen soll, und in einer Hinsicht ist das auch richtig: unter Glück versteht der Empfangende immer etwas anderes als der Gebende. Im Lager war ich nahe daran zu glauben, daß ein zu einem bestimmten Schicksal verdammter Mensch sich nicht dagegen auflehnen sollte. Zu meinem eigenen Erstaunen merkte ich in jener Nacht plötzlich, als ich auf meiner Pritsche lag und voller Bitterkeit auf meine Gefangenenkameraden blickte, weil sie mich für immer an ihr Schicksal binden wollten, daß es mir gleichzeitig leid tat, ihrem Leben hier entrinnen zu wollen. Es war ihren Gesichtern so unschwer abzulesen, daß nur wenige von ihnen noch länger als ein Jahr leben würden, und dennoch fühlte ich mich als einer von ihnen so viel geborgener und weniger einsam, selbst im Angesicht des Todes, als ohne sie in diesem letzten Kampf ums Leben. Sie hatten sich alle in ihre Resignation ergeben, diese barfüßigen Männer mit ihren von der Feuersglut geröteten Gesichtern, die da saßen, mit Holzstücken im Feuer herumstocherten oder auf ihren Pritschen liegend auf den Schlaf warteten und mit müden Augen in das trübe Licht starrten. Es war in der Baracke schon nächtlich still. Hin und wieder erhob sich ein Gefangener mühsam von seiner Schlafstatt und torkelte wie ein Betrunkener, wobei er die ihm überall in den Weg ragenden nackten Beine beiseite stieß, auf den Eimer zu, um etwas »Hwoja« zu trinken. Die Pritsche in der Ecke, wo Dimka sonst stumm lag, war jetzt leer, man hatte unseren Barackenältesten in die »Leichenhalle« verlegt. Ich fühlte mich allein, entsetzlich allein.

In dieser Nacht tat ich kein Auge zu. Ich lag auf dem Rücken, hatte die Hände hinter dem Kopf verschränkt und dachte noch einmal über all das nach, was geschehen war.

Weit kühner als der Hungerstreik und auch weit gefährlicher war unsere Arbeitsverweigerung. In den sowjetischen Lagern wird sie als »Otkas« (Verweigerung) bezeichnet und ist eine der schwersten Vergehen gegen die Lagerdisziplin. Das Lager Kolyma z. B., das durch Eis und Kälte fast das ganze Jahr von der übrigen Welt abgeschnitten ist, hat seine besonders grausamen Bestimmungen zur Aufrechterhaltung der Disziplin. Diese Bestimmungen unterliegen keinerlei Kontrolle seitens der zentralen Lagerverwaltung. Jede Arbeitsverweigerung wird dort mit sofortigem Erschießen bestraft. In anderen Lagern muß der »Sünder« nackt in Schnee und Eis stehen, bis er entweder sich unterwirft oder stirbt. In noch anderen besteht die erste Strafe in Einzelhaft bei Wasser und 200 g Brot am Tag, und bei wiederholten Vergehen wird der Gefangene zum zweitenmal vor Gericht gestellt und zu einer zweiten Strafe verurteilt – fünf Jahre für Kriminelle, zehn Jahre oder Todesstrafe für Politische. In Jercewo wurden »Otkastschiks«, die eine zweite Strafe erhalten hatten, in das Zentralgefängnis außerhalb des Lagers gebracht, und wir haben nie erfahren, was aus ihnen geworden ist. Aber von Zeit zu Zeit hörten wir von jenseits des Lagers Maschinengewehrgeknatter und das Knallen von Gewehrschüssen. Wir konnten mit gutem Grund annehmen, daß das nicht, wie man uns erzählte, vom Schießplatz der Lagerwachmannschaft, sondern aus dem Gefängnishof kam. Nach dem Ausbruch des russisch-deutschen Krieges versuchte die Lagerverwaltung uns erst gar nicht zu verschleiern, daß neue Bestimmungen in Kraft getreten waren, nach denen die »Volksgerichte« in den Dörfern unweit der Arbeitslager die außergewöhnlichen Vollmachten von Kriegsgerichten erhielten, d. h. die Macht über Leben und Tod jedes Gefangenen. Die Erschießung des betrunkenen Ingenieurs aus der Technikerbaracke bewies das deutlich genug. Zu den größten Verbrechen, die nach dem 22. Juni 1941 im Lager begangen werden konnten, gehörten die Verbreitung defaitistischer Parolen und die Arbeitsverweigerung, die in den Bestimmungen zum Schutz des Staates in die Kategorie »Sabotage der Kriegsanstrengungen« einbezogen waren. Es blieb also nur noch die entscheidende Frage, wie weit die sowjetischen Kriegsgesetze nach dem Sikorski-Majski-Pakt auf die Polen angewendet werden konnten. An diesem dünnen Faden hing der ganze Erfolg oder das Scheitern unseres Hungerstreiks, und ich wußte, daß die ersten Stunden des Tages, der hinter den zugefrorenen Fensterscheiben aufstieg, uns diese Frage eindeutig beantworten würde. In dem Pro und Kontra unserer Überlegungen war dies die einzige unbekannte Größe, und sie würde darüber entscheiden, ob die Gewehre auf unsere Herzen zielten oder ob die Lagertore sich für uns öffneten.

Gegen Morgen schlief ich so fest ein, daß ich das allgemeine Wecken überhörte und erst durch ein heftiges Ziehen an meinen Füßen wach wurde. Zyskind stand vor meiner Pritsche und befahl mir mit einer Kopfbewegung, mit ihm zu kommen. Mühsam erhob ich mich von der Pritsche, setzte meine Mütze auf, band meine Jacke mit einer Schnur zusammen, und folgte ihm aus der schon menschenleeren Baracke in das Lager. Draußen war es ebenfalls leer und ruhig, die Barackenältesten fegten den Schnee vor den Türen fort; große Rauchwolken stiegen von den Schornsteinen der Küche und des Badehauses auf, zogen sich über die Dächer hin und wirbelten wie zerknüllte Papierfetzen durch die Luft. Der Wasserschlitten fuhr langsam von der Küche zum Tor. Oben auf dem leeren Faß saß gebückt und traurig Kolja, der Wasserträger, und trieb sein ganz mit Reif bedecktes Pferd mit einem Wacholderstecken an. Als er mich neben Zyskind gehen sah, drehte er sich um, als ob er mir etwas zurufen wollte, duckte sich dann aber gleich wieder, zog die Zügel an und schlug mit dem Stecken auf das Pferd ein. Mehrere kranke Gefangene warteten schon vor der Krankenbaracke. Es war ein grimmig kalter Morgen. Man schrieb den 1. Dezember.

Statt unmittelbar zum Lagergefängnis zu gehen, mußte ich Zyskind auf seinem Weg zu den Baracken begleiten, in denen die anderen in Hungerstreik Getretenen hausten, und wir sechs zogen dann zusammen zu Samsonows Büro. Er verhörte uns einzeln, stellte aber jedem die gleichen Fragen. Er saß an seinem Schreibtisch, hinter dem an der Wand eine große Karte der Sowjetunion, ein riesiges Bild von Stalin und ein viel kleineres von Beria sowie eine graphische Darstellung der Produktionsziffern und ein Lagerplan hingen. Er blickte mich unter seiner Pelzmütze nicht unfreundlich an; nur bisweilen blitzte in seinen väterlich vorwurfsvoll auf mir ruhenden Augen etwas wie Haß auf.

»Wer hat dir gesagt, daß du streiken sollst?«

»Niemand. Es war mein eigener Entschluß.«

»Warum streikst du?«

»Ich verlange auf Grund der Bestimmungen der allgemeinen Amnestie für polnische Bürger, die sich in russischen Gefängnissen befinden, entlassen zu werden, oder aber die Erlaubnis zu bekommen, mit dem polnischen Gesandten bei der sowjetischen Regierung in Verbindung zu treten.«

»Hast du schon einmal etwas von den Sondergerichten gehört, die in Kriegszeiten Gefangene wegen Arbeitsverweigerung zum Tode durch Erschießen verurteilen können? Weißt du, daß ein Hungerstreik Auflehnung gegen die sowjetische Regierung und die sowjetischen Gesetze ist?«

»Ja, ich weiß es.«

»Dann unterschreibe hier, daß du es weißt.«

»Ich werde nichts unterschreiben. Seit dem Augenblick, da das sowjetisch-polnische Abkommen in London unterschrieben worden ist, bin ich Bürger eines alliierten Landes und unterstehe nicht mehr den sowjetischen Gesetzen.«

»Halt's Maul! Zyskind, bringen Sie diesen polnischen Bastard hinter Schloß und Riegel!«

Zyskind kam diensteifrig herbeigerannt, rief: »Jawohl, Genosse Chef« und führte uns vor die Baracke. Das erste Verhör war vorüber. Wir sahen einander stumm, aber wie erlöst an. Nur Frl. Z. war leichenblaß, ihre Zähne klapperten, während B. sich mit dem Ärmel den Schweiß von der Stirn wischte.

Um neun Uhr befanden wir uns alle im Lagergefängnis, jeder in einer Einzelzelle. Das Lagergefängnis von Jercewo war ein niedriger Bau, der sich am Rand des Lagers, gleich neben dem Wachturm befand. Seine vergitterten Fenster waren winzig klein, und Stacheldrahtzaun zog sich rings herum, damit man auch gleich wußte, daß dies ein Gefängnis im Gefängnis war. Die Gefangenen machten gewöhnlich einen großen Bogen um diesen Bau und blickten nicht einmal zu den grauen Steinmauern hin, von denen einen ein kalter Hauch anwehte. Aber manchmal hörte man Rufen und Singen aus dem Gefängnis, und dann verhielten die Gefangenen auf ihrem Weg, stellten sich aber, um keinen Verdacht zu erwecken, mit dem Rücken zu den Gefängnismauern und lauschten, ob jemand von dort sie um irgend etwas bat. In diesem Gefängnis waren nur die für ein leichteres Vergehen im Lager Bestraften untergebracht. Die zu schwereren Strafen Verurteilten blieben dagegen hier nur kurz, ehe sie in das Zentralgefängnis außerhalb des Lagers transportiert wurden, in dem auch die freien Bürger aus Jercewo ihre Strafe absitzen mußten. Einer der sehnsüchtigsten Träume jedes Gefangenen war es, der Qual der täglichen Arbeit im Arbeitslager entrinnen und sich dem gesegneten Müßiggang eines normalen Gefängnisses ergeben zu können. Aber die Verhältnisse in den beiden Gefängnissen von Jercewo waren so, daß es wirklich eine harte Strafe war, dort zu sein. Jeder Gefangene erhielt täglich nur Wasser und 200 g Brot. Die Fenster in den Zellen hatten keine Scheiben, ja nicht einmal ein Brett war davor, so daß die Temperatur in ihnen kaum höher war als die Außentemperatur. Außerdem durfte der Gefangene ins Gefängnis nur das mitnehmen, was er zur Arbeit anzog – war er so glücklich, einen Strohsack oder ein paar Pferdedecken zu besitzen, mußte er sie in der Baracke zurücklassen. In einigen Fällen war die Einzelhaft nur auf die Nacht beschränkt. Die Gefangenen gingen tagsüber wie sonst zur Arbeit, aber abends wurden sie vom Tor unverzüglich ins Gefängnis zurückgebracht und erhielten nur die »Straf«-Verpflegung, also 400 g Brot und zwei Teller dünnster Suppe. Das Gefängnis galt als Hölle, und manche der Gefangenen dort weinten wie die Kinder und gelobten alles zu tun, was man von ihnen verlangte, wenn man sie nur herausließe.

Das Fenster meiner Zelle ging zum Lager, und wenn ich mein Gesicht an die kalten Gitterstäbe preßte, konnte ich einige der Baracken, die Küche und das Badehaus sehen. In der Nachbarzelle zu meiner Rechten war der schlesische Polizist T. eingesperrt, ein einfacher und anständiger Mann, der aus uns unbekannten Gründen seinen wirklichen Namen und Beruf im Lager verheimlichte. Er wurde dort als Bergmann geführt und war einer der besten Waldarbeiter in ganz Jercewo. T.'s Zelle lag neben der von Fräulein Z., und die der beiden anderen Polen befanden sich dahinter. In der Zelle links von meiner saß Gorbatow, ein Elektroingenieur aus Rostow, der wegen Beleidigung eines freien Beamten des Elektrizitätswerks von Jercewo in Einzelhaft war. Von T.'s Fenster an der Ecke des Gefängnisgebäudes konnte man die Straße, die vom Lager in die Stadt führte, einige Häuser von Jercewo und die Wegkreuzung, von der man zum Zentralgefängnis gelangte, sehen.

Meine Zelle war so niedrig, daß ich die Decke mit der Hand erreichen konnte, und so schmal, daß sie sich von einer Wand zur anderen mit einem Schritt durchmessen ließ. Den halben Raum nahm eine zweistöckige, aus rohem, ungehobelten Holz zusammengehauene Pritsche ein, deren Kopfende sich am Fenster befand. Man konnte auf der oberen Pritsche nur gebückt sitzen, und auf die untere konnte man nur gelangen, wenn man wie ein Taucher zuerst den Kopf vorschob und dann den übrigen Körper nachzog. Die Entfernung zwischen der Pritschenkante und dem Kübel an der Tür betrug kaum einen halben Schritt. Nach einiger Überlegung entschied ich mich für die obere Pritsche, obwohl ein Wind fortwährend durch das offene Fenster blies und eine dünne Schneeschicht auf das Fensterbrett hereinwehte. Sie war nämlich ein wenig breiter. Wäre ich hier, wie man es in einer Gefängniszelle zu tun pflegt, immerzu auf und ab gegangen, einen Schritt vor, einen halben zur Seite und wieder zurück, so wäre ich gewiß verrückt geworden. Mit meinen beiden Nachbarn konnte ich durch die roten Ziegelwände in Verbindung treten, und nicht nur vermittels der im Gefängnis üblichen Klopfzeichen, sondern durch ein lautes Flüstern, da die Wand an mehreren Stellen, wo der Kalk abgefallen war, Risse aufwies. Bevor er zum Mittagessen ging, überprüfte Zyskind das Türschloß und hob dann die Klappe vor dem Guckloch für einen Augenblick hoch. Kurz darauf verhallte der leise Tritt seiner Filzstiefel wieder, und die Stille umfing uns von neuem.

Den ersten Tag verbrachte ich damit, mich in meiner Zelle umzusehen und durch das winzige Fenster über der Pritsche ins Lager hinauszublicken. Es war seltsam, die anderen Gefangenen zu beobachten, wie sie zu ihren Baracken eilten, auf den Wegen stehenblieben, sich von fern grüßten; fast hätte man glauben können, sie seien freie Männer. Aber ich beneidete sie nicht. Nach so vielen Monaten des Herdenlebens war die Einsamkeit, wie schon vorher im Lazarett, erquickend und belebend. Es war entsetzlich kalt, aber ich spürte keinerlei Hunger. Tief in mir war noch ein Funke Stolz, als hätte ich mir schon mühsam meine Freiheit erkämpft. Tausende von Menschen in der ganzen Welt kämpfen aus den verschiedensten Gründen, ohne zu ahnen, daß auch eine Niederlage, wenn sie ein Martyrium einschließt, Sieg und Ruhm bedeuten kann. Menschen, die im einsamen Kampf für etwas, an das sie glauben, gescheitert sind, nehmen willig die Bürde des Martyriums auf sich, als den bitteren Lohn für ihre Verlassenheit. Aber unglücklicherweise sind nur die wenigsten physisch stark genug, um das durchzuhalten, was sie sich aus eigenem Entschluß auferlegt haben. Am ersten Abend im Gefängnis dort, als das elektrische Licht in meiner Zelle anging und ich das vertraute Klappern der Eßnäpfe im Lager hörte, überfielen mich plötzlich Hunger und Angst, und von diesem Augenblick an mußte ich, obwohl ich jedes Trinken verweigerte, bis zum Ende meines Hungerstreiks mehrmals bei Tag und Nacht Wasser lassen.

In der Nacht schlief ich schlecht, wachte oft auf, und meine Träume waren so rätselhaft, wirr und verschwommen, daß ich mich schon gleich nach dem Erwachen nicht mehr auf sie besinnen konnte, obwohl ich mich sehr bemühte. Vor Kälte bibbernd, kauerte ich mich in eine Ecke der Pritsche, so weit wie möglich vom Fenster entfernt, zog die Beine an den Leib, deckte mir den Kopf mit meiner Jacke zu und steckte die Hände in ihre Ärmel. In dieser Stellung konnte ich es auf einer Seite immer nur für eine Stunde aushalten, aber weil sie mir als die vernünftigste erschien und weil sie mich am besten vor dem Wind schützte, blieb ich ihr in dieser ganzen Gefängniszeit treu. Am nächsten Morgen war mir der Hunger vergangen, das Gefühl der Einsamkeit jedoch wuchs. Ich kletterte von der Pritsche herunter und ging ein paar Minuten in der engen Zelle auf und ab, wobei ich mir, um mich zu wärmen, mit den Händen auf die Schenkel schlug. Als ich endlich fühlte, daß sich das Blut in meinen erstarrten Gliedern wieder zu regen begann, klopfte ich an die Wand von T.'s Zelle.

»Wie fühlst du dich?« fragte ich.

Hinter der Wand hörte ich ein lautes Geräusch, das klang, als ob jemand hinfiele, dann ein leises Kratzen und schließlich T.'s ruhige Stimme:

»Es ist verdammt kalt, aber sonst geht es. Und du?«

»Mir geht's ganz gut. Weißt du was von den anderen?«

»Sie geben keine Antwort.«

Ich ging zu der anderen Wand und klopfte dort.

»Wie lange bist du schon hier, Gorbatow?«

»Fünf Tage. Und genau so viele hab ich noch vor mir.«

»Und wie geht's?«

»Ich verhungere fast. Das erbärmliche Stückchen Brot, das man hier kriegt ... Ihr seid verrückt, in Hungerstreik zu treten. Ihr werdet das nicht durchhalten ...«

»Das braucht dich nicht zu kümmern, Gorbatow ...«

Ich setzte mich wieder auf die Kante der unteren Pritsche und starrte verloren auf den Kübel. Gorbatow erwies sich geselliger als T. Er klopfte an die Wand.

»Weißt du, wer in der Zelle neben mir sitzt?« fragte er.

»Wer denn?«

»Drei Nonnen, die man wegen ihres Glaubens bestraft hat.«

»Aber das ist doch unmöglich!«

»Nein, das ist wahr, ich kann sie singen und beten hören. Ich habe mit ihnen zu sprechen versucht, aber sie antworten nicht. Scheue Jungfrauen, weißt du ...« Er lachte und mußte dann heftig husten. Undeutlich erinnerte ich mich noch an die Geschichte der drei ungarischen Nonnen, die man sich im Lager zugeraunt hatte, obwohl keiner von uns auch nur einmal eine von ihnen gesehen hatte. Es hieß, sie seien mit einem Transport aus Njandoma, wo sie seit 1938 gefangengesetzt waren, nach Jercewo gekommen. Sie hatten bis zum Herbst 1941 gut gearbeitet, aber sich dann eines Morgens geweigert, zur Arbeit anzutreten, da sie, wie sie sagten, »nicht für den Satan arbeiten wollten«. Die Gefangenen diskutierten ihren Fall immer wieder, aber im Oktober hörte man schon kein Sterbenswort mehr von der ganzen Angelegenheit, und ich war sicher, daß die drei Nonnen entweder schon lange tot oder im Zentralgefängnis waren. Angesichts der strengen Kriegsgesetze war das, was sie da in ihrem geheimnisvollen Wahn taten, ja der reinste Selbstmord.

T. klopfte wieder.

»Was ist das für ein Tropfen in deiner Zelle? Ist das Dach undicht?« fragte er.

»Nein, ich habe Wasser gelassen.«

»Wieso, trinkst du denn?«

»Nein.«

»Ja, aber wie kommt denn das? Hast du solche Angst?«

»Nein, meine Blase muß krank sein.«

T. lachte und sagte noch etwas, aber ich hörte nicht mehr hin. Lange stand ich stumm an die Pritsche gelehnt und fühlte, wie meine frühere Sicherheit mehr und mehr einer Angst wich. Ich suchte darum Zuflucht im Ehrgeiz. Im Leben jedes Menschen gibt es Augenblicke, besonders nach Zeiten, in denen sein Selbstvertrauen durch sein Planen und Handeln stärker geworden ist, da ihm die Knie weich werden und er nur noch den einen Wunsch hat, zu flüchten, ohne sich noch einmal umzublicken.

»Weißt du, wer auch hier ist?« fragte ich T.

»Wer?«

»Die drei Nonnen, die nicht für den Satan arbeiten wollten.«

»Die sind noch hier? Was wollen sie denn eigentlich?«

»Sie sind Märtyrer des Glaubens«, antwortete ich, ohne daran zu denken oder auch nur zu merken, daß ich damit einen Satz von Dostojewski ausgesprochen hatte.

»Genau wie wir«, erwiderte er gelassen.

»Du übertreibst, wir wollen nur unsere Freiheit«, gab ich zurück und klopfte dann gleich wieder an die andere Wand.

»He, Gorbatow, grüß die drei kleinen Nonnen herzlich von uns hungernden Polen.«

»Bist du verrückt geworden? Ich möchte hier bald raus. Still, da kommt Zyskind.«

Ich hörte draußen vor dem Gefängnis Schritte und das Öffnen des Haupttors. Zyskind kam in den Flur, und nach einer Weile drehte sich der Schlüssel an meiner Tür. Er trat ein und legte, ohne ein Wort zu sagen, eine ganze Brotration auf die obere Pritsche. Er mußte dasselbe schon in den anderen Zellen getan haben, denn ich hatte das Drehen von Schlüsseln und das Zufallen der Türen gehört. Ich blickte lange auf das frische Brot, aber ich spürte keinen Hunger. Und obwohl Zyskind mir jeden Tag zur gleichen Zeit eine neue Ration brachte, nahm ich seine Besuche mit wachsender Apathie hin, und der unberührte Brothaufen auf der Pritsche wuchs immer höher an.

Am Abend wurde meine Zellentür wieder geöffnet. Jemand wurde hineingestoßen, rollte wie ein riesiges Wollknäuel über den Boden und verschwand in der unteren Pritsche. Eine Viertelstunde später wurde die Tür einen Spalt breit geöffnet, und Zyskind schob erst eine Schüssel mit dampfender Suppe und dann eine Scheibe Brot hinein. Der mir unbekannte Gefangene sprang auf, stieß sich mit dem Kopf dabei an der oberen Pritsche, fluchte und stürzte sich auf das Essen. Er aß laut und gierig, schmatzte, schlang die heiße Flüssigkeit herunter und zermahlte das Brot hastig mit den Kiefern. Das alles dauerte kaum länger als eine Minute, und dann hörte ich das vertraute Geräusch der Zunge, die die Schüssel ausleckte, das hohle Klappern der leeren Blechschüssel, die auf den Boden geworfen wurde, und ein animalisch wohliges Grunzen.

Ich fühlte plötzlich ein Würgen in der Kehle; Schweiß trat mir auf die Stirn, und eine ohnmachtähnliche Schwäche überkam mich. Als ich wieder zu mir kam, war der andere schon eingeschlafen, schnarchte und sprach im Schlaf. Am Morgen wurde er zur Arbeit geholt und am Abend wieder in meine Zelle gebracht. Und obwohl wir dort fünf Nächte zusammen verbrachten, wechselten wir nicht ein Wort, und ich sah nicht sein Gesicht. Wenn er aß, lag ich auf meiner Pritsche und konnte nur einen schmalen Streifen des Fußbodens an der Tür und den Kübel sehen. Und wenn er morgens fortging, schlief ich oder stellte mich schlafend. Bei der trüben Beleuchtung am Abend sah ich nur für den Bruchteil einer Sekunde seine gekrümmte schattengleiche Gestalt, wenn sie sich mit einer heftigen Bewegung auf die Pritsche zwängte. Ich wußte, daß er mir als Versucher in die Zelle geschickt worden war, und dennoch hing ich fast an ihm, weil er in dem gnadenlos dahinrinnenden Strom der Zeit der einzige feste Punkt war, an dem sich meine ausgehungerte Phantasie festklammern konnte.

Am vierten Hungertage war ich so schwach, daß ich mich nur mühsam von der Pritsche zum Kübel bewegen konnte. Und ich blieb dann den ganzen übrigen Tag bewegungslos auf meiner Pritsche liegen, ohne indessen richtigen Schlaf finden zu können. Trotzdem fühlte ich mich bis zu einem gewissen Grad dabei wie erlöst. Im Grunde genoß ich meine Einsamkeit, aber zugleich bewirkte sie in mir einen seltsamen Angstzustand und nahm mir nach und nach jedes Gefühl für die

Wirklichkeit. Ich spürte weder Hunger noch Kälte. Aber dann wachte ich plötzlich von eigenen Rufen auf und wußte im ersten Augenblick nicht, wo ich war und was ich hier tat. In meinen wenigen lichten Augenblicken versuchte ich vergeblich, mir mein Leben bis zu dieser Stunde ins Gedächtnis zurückzurufen; vielleicht, um darin Trost zu finden, daß ich den Menschen, der ich einmal gewesen war, für einen Augenblick flüchtig wiedersah. So deutlich wie nie zuvor wurde mir die ganze Trauer und Bitternis des Sterbens bewußt, und ich erlebte, wie ich mich von mir selbst löste, was gewiß das Grauenvollste am Tod ist und was einen wohl am ehesten zu religiöser Bekehrung geneigt macht. Was bleibt einem Menschen, wenn er nicht glaubt, daß er nach seiner Erdenzeit mit all ihren Leiden und Qualen in einer verklärten Welt weiterleben wird? In diesen Augenblicken tat es mir leid, daß mich das Lager innerlich so verhärtet hatte, daß ich nicht mehr beten konnte. Ich war wie ein kahler, öder Felsen, aus dem kein Wasser hervorzuquellen vermag, es sei denn, er werde von einem Zauberstab berührt.

Gegen Mittag wurde die Tür geöffnet, und ein höherer Offizier des NKWD, den ich noch nie vorher gesehen hatte, kam herein. Er trug einen Ledermantel, der mit einem Gürtel zugehalten war und eine rot-blaue Mütze mit dem goldenen Sowjetemblem. Samsonow stand in Pelzmütze und einem bis zum Halse zugeknöpften langen Pelzmantel hinter ihm und blickte über seine Schulter in die Zelle herein.

Der unbekannte Offizier machte seinen Mantel auf, und ich sah, wie er mit der Hand nach seiner Revolvertasche griff.

»Name?« fragte er scharf.

Mühsam richtete ich mich auf der Pritsche hoch und nannte leise meinen Namen. Aber im selben Augenblick war es mir, als sähe ich, wie der Offizier die Revolvertasche öffnete und die schwarz glänzende Waffe in seinen manikürten Fingern bewegte. Mein Herz schlug schneller, und mein ganzes Blut schien in die schon zum Platzen volle Blase zu fließen. Ich schloß die Augen und hörte die nächste Frage donnern:

»Wirst du den Streik beenden?«

»Nein«, schrie ich laut und verzweifelt, »nein, nein!«, und

sank schweißdurchnäßt auf die Pritsche, während meine Blase sich wie ein aufgestochener Ballon zusammenzog.

Wie im Traum hörte ich noch das Wort »Kriegsgericht!«. Dann schloß sich die Zellentür wieder.

Ich weiß nicht, wie lange ich schlief, aber es war schon dunkel, als T. mich durch heftiges Klopfen weckte.

»Fräulein Z. ist ohnmächtig geworden«, sagte er hastig. »Sie haben sie ins Lazarett gebracht.«

»Und die anderen?«

»Ich weiß es nicht. Die Verbindung zu ihnen ist unterbrochen, weil die Zelle dazwischen leer ist, aber ich habe im Flur viele Schritte gehört. Ich dachte, man hätte dich auch geholt. Ich habe nämlich schon seit einer Stunde geklopft. Haben sie dich bedroht?«

»Ja.«

»Hältst du durch?«

Ich zögerte einen Augenblick und antwortete dann: »Ja.«

Gegen Abend brachte mir Zyskind die tägliche Brotration, und statt wie gewöhnlich ohne ein Wort wieder hinauszugehen, drückte er mir einen Fetzen Papier in die Hände. Ich kroch auf der Pritsche näher an das Licht heran und las den Zettel. Er war von B.: »Wir sind alle drei im Lazarett. Beendet den Streik. Es ist nun klar, daß damit doch nichts zu erreichen ist.«

Ich las ihn T. vor, aber seine einzige Antwort war ein Fluch. Mit einem Gefühl der Erleichterung versank ich wieder in Schlaf, während der andere Gefangene lärmend in die Zelle kam und sich gierig auf seine Suppe stürzte.

Am nächsten Morgen war es mir, als ob ich ersticken müßte. Ich konnte kaum atmen. Meine Hände und Füßen schienen die Kleidung aufzureißen und wie Fleischfetzen herunterzuhängen und mein ganzer Körper an die Pritsche angenagelt zu sein. Ohne meine Stellung zu wechseln, hob ich die Hand vor die Augen und sah, daß sie so geschwollen war, daß man das Handgelenk überhaupt nicht mehr fühlen konnte; an ihren beiden Seiten hatten sich zwei weiche, schwammige Wülste gebildet. Ich setzte mich langsam auf und betrachtete meine Füße, die aus den Gummischuhen herausquollen. Es stimmte also: man schwoll vom Hunger an. Ich band die Schuhe auf, um die Füße aus ihrer Einschnürung zu befreien. Dann begann ich mühsam, meine dick wattierte Hose von den Beinen loszureißen, an denen sie angeklebt war. Und obwohl es sehr weh tat, gab ich nicht nach, bis die Beine bloß waren. Sie waren nur noch zwei rote Klumpen, über und über mit offenen Wunden bedeckt, aus denen eine rosa-gelbliche Flüssigkeit herausfloß, und fühlten sich wie zwei aufgeblasene Gummischläuche an. Aber um meine Jacke auszuziehen, mußte ich von der Pritsche heruntersteigen, und als dieses schwierige Unternehmen geglückt war, hockte ich mich erschöpft auf den Fußboden, mit dem Rücken gegen die Wand. Jetzt konnte ich anschwellen, soviel ich wollte, ich hatte genug freien Raum um mich. Ich fror nicht einmal, mir war nur übel und schwindelig. Und kurz darauf schlief ich ein; der Kopf sank mir auf die Knie, die wie die Beine geschwollen und feucht waren.

Es kann nicht viel später als vier Uhr nachmittags gewesen sein – denn ein schwacher Lichtschein fiel noch von draußen durchs Fenster –, als ich ein geradezu wildes Hämmern an Gorbatows Zellenwand hörte. Ich klopfte, so wie ich da hockte, zurück und lauschte.

»Eben haben sie die Nonnen abgeholt, und ich komme heute abend raus. Es ist also alles in bester Ordnung.«

Ich kroch auf dem Fußboden zur anderen Wand.

»Guck mal durchs Fenster, sie haben die Nonnen abgeholt.«

»Mach ich«, antwortete T. »Ich klopfe dann nachher und berichte dir.«

Ich wartete in einer mir selber unbegreiflichen Erregung und Beklemmung. Der Kopf war mir schwer wie noch nie. Die Wunden an meinen Beinen waren, während ich schlief, getrocknet, juckten jetzt aber so entsetzlich, daß ich kratzend über sie fuhr. Mir war zum Ersticken heiß, und ich spürte wieder meine brennende Blase, aber ich hatte nicht die Kraft, aufzustehen. Ich fühlte, wie mir etwas Warmes die Hosen hinunterrann, und sah dann eine kleine Pfütze auf dem Fußboden.

T. klopfte. »Ich habe sie gesehen.«

»Wie war es denn?«

»Sie haben sie aus dem Lager ins Zentralgefängnis gebracht. Ich konnte nicht so weit sehen, weil es schon dämmert …«

»Wie sahen sie aus?«

Ganz ordentlich. Drei Frauen mit völlig zerzaustem Haar. Noch ziemlich jung, wie mir schien.«

»Große Eskorte?«

»Zwei Posten mit Bajonetten.«

»Erzähl mir noch mehr. Wie gingen sie?«

»Ganz normal. Weiter habe ich wegen der Dunkelheit nichts gesehen. Gute Nacht.«

Ich kletterte auf die Pritsche, wobei ich mir die Beine an den scharfen Kanten aufschürfte, und kauerte mich in meine Ecke. Ich lag regungslos dort, während Zyskind das Brot brachte und der andere lärmend in die Zelle hereinstolperte und sein abscheuliches Essen am Boden verzehrte. Die Zeit verging jetzt schnell, denn ich fiel in einen tiefen Dämmerschlaf. Es muß schon Mitternacht gewesen sein, als ich vom Schießplatz her drei Salven hörte. Blitzartig begriff ich, was das bedeutete, sank aber im nächsten Augenblick in meine Bewußtlosigkeit zurück.

Am nächsten Tage kam Dr. Loewenstein in der Zeit von Zyskinds Abwesenheit zu mir in die Zelle und versuchte erst gar nicht, mir die Wahrheit zu verbergen. »Mein Freund, dein Herz ist ganz gesund, aber das gesündeste Herz kann nicht lange in solche kranken eitrigen Beine wie deine das Blut hineinpumpen. Ich rate dir darum, deinen illegalen Hunger aufzugeben« – bei diesen Worten lächelte er leise, »und zum gesetzlich vorgeschriebenen zurückzukehren. Du wirst drei Monate friedlich geborgen in der ›Leichenhalle‹ leben, und in der Zeit wendet sich vielleicht alles sowieso zum Besseren.«

Ich schüttelte den Kopf. Ich fühlte mich jetzt besser. Ich kletterte sogar von meiner Pritsche herunter, um den alten Doktor zur Tür zu geleiten. Aber in der Nacht – der siebenten meines Hungerstreiks und der sechsten im Gefängnis – spürte ich einen schneidenden Schmerz im Herzen, und eine jähe Angst überfiel mich. Nichts ist schlimmer als die Angst vor etwas Unbekanntem. Ich hatte das Gefühl, als säße in jeder Ecke einer und belauerte mich. Der Mann unter mir bewegte sich im Schlaf und seufzte tief, und das gab mir wieder etwas Selbstvertrauen. Aber sobald er von neuem still war, bildete ich mir gleich ein, ich weiß selber nicht warum, er sei gestorben. Ich kletterte leise von meiner Pritsche herunter und klopfte kräftig und unendlich lange – eine ganze Ewigkeit – an T.'s Wand, immer noch davon überzeugt, daß nur einen Schritt von mir dort auf der Pritsche ein Toter läge. Ich hatte Angst, ihn auch nur eine Sekunde aus den Augen zu lassen, bis ich etwas Klebrig-Feuchtes über die Finger meiner geballten Faust tropfen fühlte und zu klopfen aufhörte. Es kam keine Antwort. Sollte er auch tot sein? Ich wollte in meiner tiefen Verzweiflung gerade laut aufschreien, als ich neben mir ein Klopfen und gleich darauf die Frage hörte: »Was ist los?«

»Ach, du lebst, Gott sei Dank.«

»Ich fühle mich nicht wohl. Ich bin so schwach ...«

»Laß uns den Streik aufgeben. Es ist sowieso schon alles verloren, da die anderen nicht mehr mitmachen ... Die Nonnen sind erschossen worden ...«

»Nein ... Ich gebe nicht auf«, antwortete er mit unvermuteter Heftigkeit.

Ich rührte mich nicht von meinem Platz, aber als der Mann unter mir wieder seufzte und etwas sagte, fiel ich in einen tiefen Schlaf, und zum erstenmal seit vielen Wochen schlief ich ruhig und friedlich.

Am Abend des achten Tages kam der andere Gefangene nicht wie gewöhnlich. Statt dessen öffnete Zyskind die Tür und sagte, ich solle mich fertigmachen.

»Wohin geht es?« fragte ich.

»Zur Wache.«

Im Flur mußte ich warten, während Zyskind T. herausrief. Als er in den Korridor trat, sah ich sein geschwollenes Gesicht und las aus seinen Blicken, daß er mich nur mühsam wiedererkannte.

»Das Ende?« fragte er leise.

Ich zuckte die Schultern. »Ich weiß es nicht. Es sind keine Posten mitgekommen.«

Auf der Wache mußten wir in Gegenwart eines Offiziers vom NKWD den Text eines Telegramms an Professor Kot, den polnischen Gesandten – der damals seinen Amtssitz in Kuibyschew hatte –, unterzeichnen, und dann machten wir uns, immer noch in Begleitung von Zyskind, zu dem erst seit kurzem bestehenden kleinen Lazarett am anderen Ende des Lagers auf. Wir stützten uns auf dem Weg gegenseitig und fühlten uns doch so leicht, als ob wir Flügel hätten, mit denen wir über der Erde schwebten. Es schneite. Im Lager war es still, leer und ruhig.

☆ ☆ ☆

Im Lazarett rettete uns der schweigsame »alte Pole« aus der Ukraine, Dr. Zabielski, das Leben. Entgegen den ihm ausdrücklich gegebenen Instruktionen, gab er jedem von uns zwei Milchinjektionen statt der üblichen Suppe. Dank der Spritzen entgingen wir so einem Darmverschluß. Und am nächsten Abend, nachdem ich meine erste richtige Mahlzeit seit neun Tagen verzehrt hatte – einen Teller dünne Grütze –, ging ich zur Latrine hinaus. In dem kleinen, hastig errichteten Klosett, dessen Tür nur aus ein paar losen Brettern bestand, erlitt ich die schlimmsten physischen Qualen meines Lebens, da der steinharte Kot, den ich seit acht Tagen im Leibe hatte, sich nur mühsam den Weg durch den Darm erzwang und ihn dabei so aufriß, daß er blutete. Ich muß einen jämmerlichen Anblick geboten haben, wie ich da auf dem gefrorenen Brett hockte und in den Schneesturm starrte, mit Tränen des Schmerzes und Stolzes in den Augen.

14. Kapitel

Die »Leichenhalle«

Die letzte Station eines Gefangenenlebens im Lager war die
»Leichenhalle«, eine geräumige Baracke, die zwischen der Küche und der Entbindungsbaracke stand und in der die nicht
mehr arbeitsfähigen Gefangenen untergebracht wurden, bevor man ihre Namen endgültig aus der Liste der Lebenden
strich.

Man kam in die »Leichenhalle« auf Grund einer ärztlichen
Untersuchung, die jedoch nach einiger Zeit wiederholt werden konnte, wenn man selbst zur leichtesten Arbeit nicht mehr
fähig und damit ein »Dochadjaga« war – ein Wort, das man am
besten mit »einer, der langsam dahinstirbt« übersetzt. Weibliche
Gefangene, die nicht mehr arbeiten konnten, blieben entweder in ihren Baracken oder wurden von Jercewo an einen unbekannten Ort gebracht, da es keine besondere »Leichenhalle«
für sie gab. Theoretisch sollte der erschöpfte Organismus durch
die »Leichenhalle« wieder zu Kräften kommen, aber Ruhe und
Nichtstun allein, ohne bessere Nahrung, genügten nicht einmal um die jüngsten und organisch gesündesten Gefangenen
für das Leben wieder brauchbar zu machen. Die Leichenhalle
erlöste einen zwar von der Qual der täglichen Arbeit, aber nicht
von der Agonie des täglichen Hungers. Im Gegenteil, der Hunger wurde hier erst gefährlich und brachte die Menschen an
den Rand des Wahnsinns, besonders durch das ewige Untätig-
sein, bei dem man ihn erst recht spürt, bei dem der Gedanke
an ihn einen unaufhörlich verfolgt. Die Schar der Bettler, die
sich jeden Abend vor der Küche versammelte, um auf die Ausgabe der übriggebliebenen Suppe zu warten, kam zum größten Teil aus der »Leichenhalle«.

Ursprünglich sollte die »Leichenhalle« wohl dazu dienen,
kranke und erschöpfte Gefangene wieder arbeitsfähig zu machen, und also etwas wie ein Miniaturerholungsheim sein. In

der Praxis jedoch war sie genau das, was der ihr von den Gefangenen gegebene Name bedeutete: eine »Leichenhalle«. Die Rationen dort entsprachen etwa der Verpflegungsstufe II, aber sie genügten nicht, den körperlichen Verfall aufzuhalten. Der gelegentlich verabreichte Löffel rohes Gemüse konnte nicht die typischen Krankheiten des Nordens – Avitaminose und Pellagra – heilen. Nur ein Mann von sehr kräftiger Konstitution, der wohl von der Arbeit völlig ausgepumpt, jedoch nicht eigentlich krank war, durfte hoffen, in der »Leichenhalle« wieder zu Kräften zu kommen und dann wieder eine Weile leben und arbeiten zu können, bis er von neuem zusammenbrach. Durch regelmäßige ärztliche Untersuchungen, die den Selektionen in deutschen Konzentrationslagern glichen, bei denen Alte und Arbeitsunfähige ausgesondert wurden und zur Vergasung geschickt, wurde festgestellt, ob ein Insasse der »Leichenhalle« zur Kategorie der »Entkräfteten« oder »Unheilbaren« gehörte. Die Entkräfteten waren Gefangene wie ich, die, wie man annahm, nach einer gewissen Ruhezeit wieder würden arbeiten können. Wir erhielten eine kleine Zusatzration, die sogenannte Entkräfteten-Sonderverpflegung und bildeten eine besondere Brigade, die zu gelegentlicher leichter Arbeit im Lager eingesetzt wurde. Die Zugehörigkeit zur zweiten Kategorie setzte die Diagnose »unter den Lagerbedingungen unheilbar« voraus, was in der Praxis einer Verurteilung zu langsamem Hinsiechen in der »Leichenhalle« gleichkam. Die Unheilbaren brauchten nicht zu arbeiten, erhielten dafür aber auch keine Zusatzverpflegung. Sie konnten nur geduldig auf ihr Ende warten.

Selbst unter den Entkräfteten gab es nur so wenige, die sich wieder wirklich erholten, daß diese Einteilung in zwei Kategorien nicht mehr als eine höfliche Fiktion war. Trotzdem drängten sich alle danach, in die erste Kategorie aufgenommen zu werden. Sie taten das nicht einmal so sehr wegen der besseren Verpflegung, sondern aus Angst vor dem Todesurteil, das in dem Wort »unheilbar« enthalten war.

Der hohe Preis für den Frieden und Müßiggang hier war der unwiderrufliche Verlust aller noch verbliebenen Hoffnung. Niemand hätte gewagt, das ziellose Nichtstun in dieser Baracke, zu der früher oder später alle Wege im Lager führten, mit der Ruhe des Lazaretts zu vergleichen. Sie stand am Rande des Lagers, einsam und eingeschneit, mit zugefrorenen Fenstern, deren milchiger Schimmer an die Augen eines Blinden erinnerte. Die weiße Rauchsäule, die über dem Dach aufstieg, erinnerte an die weiße Fahne, das Zeichen der widerstandslosen Übergabe. Es war, als gehörte sie nicht mehr zum Lager, sondern stände jenseits des Stacheldrahts in der ewigen Freiheit ... Und dennoch, auf dieser letzten Station seiner Lebensreise begleitete den Gefangenen nicht einmal mehr Mitleid. »Dieser Abschaum, dieses Gesindel, das uns nur unser Brot wegißt und nichts dafür tut! Es wäre für sie und für uns besser, wenn sie tot wären.« So hieß es immer, wenn in den Baracken die Rede auf die »Leichenhalle« kam.

Die Gefühle, die mich bewegten, als ich zum erstenmal vom Lazarett zur »Leichenhalle« ging, müssen etwas anders gewesen sein als die meiner russischen Gefangenenkameraden in der gleichen Lage. In den fünf Lazarettagen waren weder die Schwellungen an meinem Körper zurückgegangen noch die Wunden an meinen Beinen geheilt. Ganz im Gegenteil, nachdem die Nervenanspannung, die der Hungerstreik mit sich brachte, nachgelassen hatte, war mein ganzer Körper für eine neue Avitaminoseattacke empfänglich; dennoch, der errungene Triumph ließ mich hoffen, daß ich auch dies noch überstehen würde. Die »Leichenhalle« schien im übrigen die beste Lösung für mich zu sein, da ich ohne Temperatur keinen Anspruch auf ein Bett im Lazarett hatte. Und da ich sowieso damit rechnen konnte, bald aus dem Lager entlassen zu werden, verbrachte ich lieber die mir hier noch verbleibenden Tage mit Nichtstun, selbst wenn der Tod dabei immer hinter mir stand. Als ich die Baracke betrat, glaubte ich, in ein Haus für Aussätzige zu kommen, aber zugleich fühlte ich, daß mich ein undurchdringlicher Panzer gegen die Krankheit schützte. Und wie schon zuvor schämte ich mich von neuem, daß mir bald die Stunde der Befreiung schlagen würde, während meine Leidensgenossen hier ihren bitteren Weg bis zu Ende gehen mußten.

Auf meinem Weg hierher hatte ich alle paar Schritte stehenbleiben müssen und das Bündel mit meinen Habseligkeiten dabei jedesmal neben mich auf den Boden gestellt. Wenn ich mich umblickte, sah ich meine alte Baracke, zu der ich niemals wieder zurückkehren würde, tief verschneit in der kalten Dezembersonne liegen. Hinter dem Stacheldraht dehnte sich, so weit das Auge reichte, die weiße verlassene Ebene, die am Horizont von dem dichten Wall des Waldes begrenzt war. Als ich an der »Leichenhalle« anlangte, kam die Trägerbrigade auf dem Weg zum Badehaus an mir vorüber. So lange war es schon her, daß ich mit ihr zur Arbeit ausgezogen war, so viele neue Gesichter waren darunter, und so viele fehlten, deren Namen nur noch in der Erinnerung existierten. Einer erkannte mich, winkte mir zu und rief fröhlich: »Hallo, Freund, stirbst du auch schon?«

In der »Leichenhalle« empfing man mich mit neugierigen Blicken. Zweistöckige Pritschen standen in einer Reihe zu jeder Seite des Raums. Ich legte mein Bündel auf den Tisch und spähte nach Dimka aus. Er lag in der entgegengesetzten Ecke auf einer unteren Pritsche wie gewöhnlich (wegen seines Holzbeins hatte er eine verständliche Abneigung vor dem Hochklettern, obwohl er der Meinung war, daß die Tatsache, daß man sein Lager *über* dem der anderen Gefangenen hat, das Lebensgefühl eindeutig hebt) und schlief friedlich, mit seinem alten Holzlöffel in der Hand. Seit man ihn in die Kategorie der »Unheilbaren« eingestuft hatte, war er noch mehr abgemagert, aber sein grauer, spitz geschnittener Bart war schön gekämmt und verlieh seinem eckigen Gesicht einen Ausdruck von innerem Frieden. Als ich ihn leicht am Arm berührte, wachte er auf. Noch ganz verschlafen, schien er mich nicht gleich zu erkennen, aber dann richtete er sich auf und begrüßte mich mit einem freundlichen Lächeln. Ich schäme mich zu gestehen, daß ich ihn in der ganzen Zeit, seit er hier war, nicht ein einziges Mal aufgesucht hatte. Fast mit Tränen sagte er jetzt: »Mein Sohn, mein Sohn, ich weiß alles, du bist ein tapferer Junge.« Dann blickte er auf mein Bündel und fügte hinzu: »Haben sie dir das Brot für die acht Tage gelassen?« Er war aufrichtig empört, als ich ihm berichtete, daß nach meinem Hungerstreik der Haufen unberührten Brots auf Samsonows ausdrücklichen Befehl aus meiner Zelle in das Brotlager zurückgebracht worden war. Mit keinem Wort fragte er mich, warum ich hierher gekommen sei. Er hatte das alles mit dem sechsten Sinn eines alten Gefangenen erraten.

Unweit von Dimkas Pritsche erblickte ich M., den polnischen Ingenieur, der uns zweimal im Lazarett besucht, aber dabei den Hungerstreik nicht auch nur andeutend erwähnt hatte. Damit, daß er keine Frage stellte oder Erklärungen verlangte, bewies er seine aufrichtige Solidarität mit uns. M. war ebenfalls erst seit kurzem in der »Leichenhalle«, denn trotz seiner Einstufung in die Kategorie der Entkräfteten hatte man ihm bis dahin gestattet, in seiner Baracke zu bleiben. Er lag auf einer oberen Pritsche, und ich erkannte ihn gleich an seinen langen Beinen, die über die Kante hinausragten. Als ich ihn am Fuß rüttelte, erwachte er aus seinen Träumen oder vielleicht auch Gebeten und machte für mich auf seiner Pritsche Platz. Und ich richtete mich dort auf den drei schmalen Brettern, so gut es ging, häuslich ein, da mein Nachbar zur Rechten, der Lehrer aus Nowosibirsk, der früher im Badehaus gearbeitet hatte, sich weigerte, mir auch nur einen Zentimeter von seiner Lagerstatt abzutreten.

Gegen Mittag kam Sadowski aus dem Lager zur »Leichenhalle« zurück. Man hatte mir schon erzählt, daß er jeden Morgen und Abend zur Küche ging, um dort etwas Suppe zu erbetteln, aber jedesmal kam er mit einer leeren Schüssel zurück, wenn auch nicht unbedingt mit einem leeren Magen, denn er hatte jenes Stadium des Hungers erreicht, wo man es nicht mehr fertigbringt, die Suppe erst in der Baracke zu essen, sondern sie gleich an Ort und Stelle hastig ausschlürft. In seinen wenigen klaren Momenten waren Sadowskis Geschichten und die Unterhaltung mit ihm so angenehm und interessant wie zuvor. Aber manchmal schien er tagelang überhaupt nichts mehr aufzunehmen, saß dann unbeweglich am Tisch oder beim Feuer, stierte immer auf denselben Punkt und wich ein wenig zurück, als ob er einem im nächsten Augenblick an die Kehle springen wollte, sobald man ihn dabei störte. Nur zur Essenszeit, wenn er draußen die Eßgeschirre klappern hörte, erwachte er aus diesem Wahnsinnsdämmern. Eine stumme, aber nichtsdestoweniger leidenschaftliche Rivalität hatte sich zwischen ihm und Dimka entwickelt. Beide standen im Ruf, die erfolgreichsten

Bettler in der Küche zu sein, und waren sich dabei wohl häufig in die Quere gekommen. Dimka behandelte Sadowski mit unverhüllter Abneigung und versuchte das gelegentlich, völlig unbegründet, mit politischen Argumenten zu rechtfertigen. Aber Sadowski, der alte Bolschewist, hatte längst seine glänzende Dialektik verloren, deren unerbittliche Logik ihn manchmal bis an den Rand der inneren Selbstvernichtung gebracht hatte, und alles, was er jetzt sagte, drehte sich nur noch um seine Vergangenheit. Seit ich in der »Leichenhalle« war, hatten sich die Beziehungen zwischen den beiden so sehr verbessert, daß wir uns am Abend zu viert zusammen mit M. oft an den Tisch setzten, um Dame zu spielen oder ein wenig zu schwatzen. Aber niemals sah ich sie miteinander sprechen, wenn sie allein waren, und sie gingen auch nie mit den anderen Insassen der »Leichenhalle« gemeinsam zur Küche.

Das Innere der »Leichenhalle« unterschied sich völlig von dem der anderen Baracken. Fast hundertfünfzig Gefangene lebten hier. Wer hier neu hereinkam, konnte den nicht einmal ganz unrichtigen Eindruck haben, sich in einer Herberge für Landstreicher und Bettler zu befinden. Am Tag gingen einige Gefangene ins Lager, um zu versuchen, irgendwo etwas Essen aufzutreiben, oder sich zu irgendeiner ihnen zugewiesenen leichten Arbeit zu begeben, während die übrigen auf ihren Pritschen lagen, sich flüsternd unterhielten, ihre Anzüge flickten, Karten spielten oder Briefe schrieben. Das Auffallendste an der »Leichenhalle« war die Stille dort. Sie war von niemandem befohlen oder verlangt, aber niemand wagte auch, sie zu stören, als ob es sich um die Einhaltung eines ungeschriebenen Gesetzes gehandelt hätte. Wir sprachen nur leise und mit der immer gleichen Höflichkeit und Nachsicht dem anderen gegenüber, wie sie einem in allen Hospitälern für unheilbare Kranke begegnet. Wäre nicht der Umstand, daß viele Gefangene nicht mehr in der Lage waren, ihre physiologischen Bedürfnisse unter Kontrolle zu halten, könnte die »Leichenhalle« als die sauberste und ordentlichste Baracke gelten. Zwar hatten wir keinen Barackenältesten, aber jeden Tag schrubbte ein anderer Gefangener den Fußboden, wischte Tische, Bänke, Fensterbretter mit einem nassen Lappen ab, machte Feuer und holte

Wasser. Aus Zeitungen ausgeschnittene Bilder und Familienfotos in Blechrahmen, die mit einer verwelkten Feldblume geschmückt waren, hingen über einigen Pritschen an der Wand. Der Raum war hell und in gutem Zustand, mit Zwischenräumen zwischen jeder zehnten Doppelpritsche. Oft kam es nach dem Frühstück zu einem Streit zwischen den Gefangenen, denn jeder wollte gern aufräumen und saubermachen, weil die Stunden sowieso nur allzu langsam dahinkrochen. Nur gegen Abend, wenn die Gefangenen von der Entkräftetenbrigade mit neuen Nachrichten aus dem Lager zurückkehrten und das elektrische Licht angeschaltet wurde, ging es eine Weile in der »Leichenhalle« erstaunlich lebhaft zu. Schon allein der Anblick der Gefangenen, die am Tisch Dame spielten oder in Gruppen in den Gängen zwischen den Pritschen zusammenstanden, hatte etwas Ermutigendes und Tröstliches. In der Baracke war es wohlig warm, und dadurch öffneten sich nicht nur die Wunden an unseren Beinen, sondern auch unsere Herzen und Münder. Man flüsterte jetzt nicht mehr nur; einige lachten, einige spielten zaghaft Mundharmonika, und ihre Klänge schwebten wie unruhige Nachtfalter, die im Lichtkegel schwirren, durch den Raum. Bei Nachtanbruch wurde es wieder still, aber dann machte sich all das Leid, das sich in jedem angehäuft hatte, in lautem Stöhnen und Schreien Luft, das viel durchdringender und verzweifelter war als die Klagelaute in irgendeiner anderen Baracke. Ein fauliger Brodem zog durch den Raum und legte sich einem auf die Brust.

Die freundliche Vortäuschung eines normalen Lebens war eine Maske, hinter der sich die brutale Wirklichkeit verbarg, die einem erst nach einem längeren Aufenthalt in der »Leichenhalle« aufging. Der bettlergleiche Lebensstil entwickelt sogar im Gefängnis seine eigenen Gesetze, die auf karikaturhafte Weise den Gesetzen gleichen, die das Leben der normalen Gefangenen bestimmen. Eifersucht wurde beispielsweise in den allgemeinen Baracken dadurch eingedämmt, daß niemand mehr essen konnte, als er erarbeitet hatte. Der gegenseitige Haß wurde durch die gemeinsame Arbeit gezügelt. Verzweiflung wurde oft durch die Müdigkeit gedämpft. Dies alles entfiel in der »Leichenhalle«. Hier, wo die Zeit überhaupt nicht vergehen wollte, hatten alle niedrigen Gefühle freie Bahn, und in der Leere dieses Lebens ohne Ziel und Hoffnung entstand eine Atmosphäre von Bosheit und Haß, die hinter dem Damm der künstlichen Höflichkeit wie eine unbezähmbare Flut immer mehr anschwoll und ihn fast, wenn auch nicht ganz, fortschwemmte. Die Gefangenen beobachteten einander argwöhnisch, verfolgten jede Bewegung des anderen und wollten von jedem alles wissen. Alle, die im Sterben lagen, lasen in den Augen ihrer Kameraden immer wieder die stumme Frage: »Wann?« Alle, die wieder zu Kräften kamen, brüsteten sich grausam mit ihrer Gesundheit.

Als ich eines Abends in die Baracke kam, sah ich, wie der Lehrer aus Nowosibirsk zwei Unheilbare, beide in den letzten Stadien der Pellagra, erbarmungslos quälte. Früher hatte er uns für ein paar Brösel Tabak von den nackten Frauen erzählt, die er im Badehaus gesehen, jetzt lehnte er an einem Balken, die Hände in den Taschen, einen Zigarettenstummel im Mund, und verhöhnte die Unheilbaren mit seiner keifenden Stimme, durch das von den Nachbarpritschen herüberschallende Gelächter noch mehr dazu angespornt: »Das Schönste an einer Frau sind ihre Beine, Schenkel und Brüste. Aber für euch ist das nichts mehr. Ihr taugt nicht einmal mehr dazu, davon zu träumen.« Ohne daß es mir selbst bewußt wurde, begann auch ich mich dieser Atmosphäre anzupassen, in der das Mitleid keinen Raum hatte. Nie werde ich den Tag vergessen, da ich das Glück hatte, für einige Stunden zum Helfen in die Küche beordert zu werden. Es war mir verboten, Essen aus der Küche ins Lager mitzunehmen, aber als ich am Abend alle Kessel geschrubbt und mich satt gegessen hatte, erblickte ich plötzlich Dimka und dann Sadowski, die bettelnd ihre leeren Schüsseln durch den Ausgabeschalter schoben. Einer der Köche ging zum Fenster und zog die Klappe hastig herunter; die bettelnden Hände fuhren zitternd zurück, ohne aber dabei die Schüsseln fallen zu lassen. Ich warf den Unglücksgestalten hinter der Scheibe einen angewiderten Blick zu, obwohl ich vor noch gar nicht so langer Zeit abends selber zur Küche gegangen war, um mir dort einen Suppenrest zu holen. Es ist falsch, zu glauben, daß nur ein Bettler, der das selber einmal mitgemacht hat, das Elend und

Leiden seiner früheren Genossen verstehen kann. Im Gegenteil, nichts bringt einen Menschen mehr auf als dies, daß ihm seine eigene tiefste Erniedrigung plötzlich gleichsam im Spiegel entgegentritt.

Nichtsdestoweniger bot die »Leichenhalle« Gefangenen, die sich schon vom Lager her kannten, die beste Gelegenheit, engere Freundschaft zu schließen. Über ein Jahr waren meine Beziehungen zu Dimka die eines Sohnes zum Vater gewesen, aber erst in den langen Gesprächen, die wir in der »Leichenhalle« führten, erfuhr ich etwas von seinem früheren Leben. Bei Ausbruch der Revolution war er noch ein ganz junger Priester in Werchojansk gewesen. In den ersten Jahren ließ man ihn in Ruhe, aber dann brach er selber sein Priestergelübde und wurde Schreiber bei einem Notar. Um 1930 heiratete er und zog nach Südrußland, wo er als Handwerker Arbeit fand. Er arbeitete schwer, hatte sich auf seine Weise mit dem Kommunismus ausgesöhnt und seine Vergangenheit fast völlig vergessen. Er war der einzige Mensch von allen, denen ich im Lager begegnet bin, der dreißig Jahre seines Lebens so ganz und gar aus seinem Gedächtnis gestrichen hatte, daß er sich nur noch mit Mühe auf dieses und jenes aus seiner Jugendzeit besinnen konnte.

Sein Verzicht auf den Priesterberuf im Jahre 1925 war für ihn gleichsam die »zweite Geburt«, der er sein inneres Jungsein verdankte, aber zugleich hatte er die Weisheit eines alten Mannes, der in einer schon fast vergessenen Vergangenheit wurzelt. Zwei Seelen wohnten in seiner Brust, und er sagte selber oft, daß er nicht wisse, welche die echte sei. Aus seiner Jugend hatte er sich ein verstehendes Mitfühlen und eine instinktiv religiöse Einstellung zu allen menschlichen Leiden bewahrt. Aber sobald er sich dessen bewußt wurde, flüchtete er sich immer in ein zynisches Leugnen jeder Art von Glauben. Soviel wie möglich zu essen und zu schlafen, sich selbst »gut zu pflegen«, wie er immer sagte, war für ihn das Wichtigste, und daran war der harte Kampf ums Dasein schuld, den er schon in seiner frühen Jugend hatte führen müssen. Aber wie die meisten Atheisten ahnte er selber nicht einmal, daß seine Auflehnung gegen alles Religiöse im Grunde viel christlicher war als tausend wunderbare Bekehrungen. Eines Abends fragte ich ihn, wann er end-gültig aufgehört habe, an Gott zu glauben, und er antwortete, das sei 1937 gewesen, als er sich im Wald von Jercewo seinen Fuß abgehackt hatte, um ins Lazarett zu kommen und damit sich den Glauben an seinen eigenen Willen, an sich selbst und an den Menschen überhaupt zu retten. In dieser Hinsicht war er das genaue Gegenteil von Sadowski, der bis zu seinen letzten klaren Augenblicken in der »Leichenhalle« sich seine tiefe Menschenverachtung und seinen Glauben an ein vom menschlichen Verstand erdachtes, abstraktes System bewahrte. Dimka war 1936 wegen des »Verbrechens« Priester zu sein, verhaftet worden, obwohl er schon längst keiner mehr war, und er gehörte zu der schon fast ausgestorbenen »Alten Garde« der Kargopol-Häftlinge. Seine Frau und seine beiden Kinder waren zugleich mit ihm verhaftet und nach Mittelasien verbannt worden. Fünf Jahre hatte er nichts von ihnen gehört und wollte seltsamerweise auch gar nichts mehr von ihnen wissen.

Ein völlig anders gearteter Mensch war M., der selbst in seiner zerlumpten Gefängniskleidung wie ein Aristokrat wirkte. Er war sehr groß und schlank, hatte ein edles, schmales Gesicht mit tiefliegenden Augen, aus denen Trauer und Stolz zugleich sprachen, und wanderte immer mit großen Schritten und in Nachdenken versunken in der Baracke umher. Die Gefangenen mochten ihn zwar nicht, hatten aber doch Respekt vor ihm. Er konnte sich abseits halten, ohne daß sie sich dadurch verletzt oder beleidigt fühlten. Trotzdem ging er Diskussionen über irgendeine Frage von nicht nur flüchtiger Bedeutung nicht aus dem Weg. Wer ihn nicht näher kannte, hätte über seinen komischen Anblick gelacht: seine unglaublich langen Arme und Beine erinnerten an die ausgeleierten Glieder einer Puppe und immer hingen ihm ein paar Tropfen an der Nase. Seine Herzkrankheit war nicht sein einziges Leiden. Noch quälender waren die häufigen Migräneanfälle, verbunden mit Gehirnstörungen, an denen er litt. Er setzte sich dann immer an den Tisch, stützte den Kopf in die Hände und schloß krampfhaft die Augen, als ob er verzweifelt Schlaf finden wollte. Er litt auch an Kreislaufstörungen, und es hatte etwas Rührendes, wenn er vergeblich sich am Feuer zu wärmen versuchte. Aber nie habe ich ein Wort der Klage aus seinem Munde gehört, und er ließ sich auch nicht vom Hunger beherrschen und aus dem Gleichgewicht bringen. Er hatte Hunger – wir wußten das alle genau genug –, aber er aß, was er bekam, mit ruhiger Würde. Seine einzige Leidenschaft war Tabak. Manchmal hob er hastig einen Zigarettenstummel auf und steckte ihn in die Tasche, nachdem er sich vorher scheu umgesehen hatte. Ich wußte außerdem, daß er jeden zweiten Tag die Hälfte seiner Hungerbrotration im Lager gegen etwas Tabak tauschte. Das Rauchen war nicht zuletzt schuld daran, daß man ihn nach der Amnestie weiter im Lager festhielt, er war nämlich von einem Lagerbeamten denunziert worden, den er oft besucht hatte, weil er jedesmal eine Zigarette von ihm bekam. Seine politischen Ansichten waren konservativ, aber nur dreierlei bewegte ihn wirklich: Gott, Polen und seine Frau. Er war von den Russen am 20. September 1939 verhaftet worden, drei Tage nach ihrem Eindringen in Polen, in einem der östlichen Gebiete, wo er als hoher Beamter des Landwirtschaftsministeriums tätig war. Er wurde zuerst zum Tode, dann zu zehn Jahren Arbeitslager verurteilt. Im Gefängnis in Baranowicze erfuhr er, daß seine Frau tief ins Innere Rußlands deportiert worden war, und als ihm im Lager endlich erlaubt wurde, ihr monatlich einen Brief zu schreiben, gelang es ihm dennoch nicht, wieder mit ihr in Verbindung zu kommen. Das war auch bestimmt der Grund für die entsetzlichen Kopfschmerzen, die ihn immer von neuem marterten. In der Nacht – ich schlief auf der Pritsche neben ihm – fand er Trost im Gebet. Nie in meinem Leben habe ich einen Menschen inniger beten hören als M. Er saß auf seiner Pritsche, verbarg das Gesicht in den Händen und sprach die Worte des Gebetes mit einem so ergreifenden, leid- und tränenvollen Flüstern, als läge er zu Füßen des Gekreuzigten … »Für wen betest du so inbrünstig?« fragte ich ihn einmal, als ich nicht schlafen konnte. »Für alle Menschen, antwortete er leise. »Auch für die, die uns hier gefangenhalten?« Er dachte einen Augenblick nach und sagte dann: »Nein. Das sind keine Menschen.«

Abends saßen wir immer an einem Tisch zusammen, Dimka, Sadowski, M. und ich. Dimka spielte leidenschaftlich gern Dame, und so ließ ich mich zu einer Partie mit ihm überreden, obwohl mich das Spiel anödete. Sadowski und M. besprachen derweil vorsichtig die neueste Entwicklung der Frontlage. Sadowski, der selber polnischer Abstammung war (er war in Grodno in Polen geboren und ist noch vor der Revolution 1917 mit seinen Eltern zusammen nach Rußland gegangen) haßte M. wegen seines »stolzen« Wesens und seines religiösen Eifers. Dimka mißtraute ihm ebenfalls, und dennoch bildeten wir die am engsten und freundschaftlichsten verbundene Gruppe in der ganzen »Leichenhalle«.

Kurz vor Weihnachten wurde uns sechs Polen ein Schreiben vorgelegt, dessen Kenntnisnahme wir mit unserer Unterschrift zu bestätigen hatten und in dem es lakonisch hieß, daß wir auf Befehl des Sondergerichts des NKWD in Moskau weiter im Lager verbleiben müßten. Diese Nachricht vernichtete mit einem Schlage all unsere Zukunftshoffnungen. Ich sah von diesem Augenblick an die »Leichenhalle« in einem anderen Licht, denn ich schien nun für lange, wenn nicht gar für den Rest meiner Tage, sie als meine »Heimat« ansehen zu müssen.

Weihnachten wurde im Lager nur heimlich gefeiert. Alle kirchlichen Feiertage und Feste waren skrupellos abgeschafft und aus dem sowjetischen Kalender gestrichen worden; man hatte sie durch nationale Feiertage zum Gedenken der Oktoberrevolution und der kommunistischen Helden ersetzt. In Sowjetrußland war der Sonntag ein gewöhnlicher Werktag und dafür der Montag offiziell arbeitsfrei. Unter den jüngeren Gefangenen, die im bolschewistischen Denken erzogen waren, gab es manche, die nicht einmal mehr die christliche Jahreseinteilung mit Sonn- und Festtagen kannten. Aber ältere Gefangene bewahrten den alten Kalender in ihren Herzen und ihrer Erinnerung und hielten die von ihm gebotenen Feiertage getreulich im verborgenen ein. Bei meinem ersten Weihnachten in Jercewo 1940 war ich über das festliche Aussehen der Baracke am Weihnachtsabend und die vielen Gefangenen, deren Augen vom Weinen gerötet waren, sehr überrascht gewesen. »Alle guten Wünsche für dich«, hatten sie gesagt und mir dabei die Hand geschüttelt, »alle guten Wünsche für das nächste Jahr – in der Freiheit.« Nichts weiter – aber wer ein russisches Gefangenenlager kennt, weiß, wieviel das bedeutet. In Rußland hat das Wort Freiheit seinen besonderen Sinn und darf nicht verunehrt werden.

1941 beschlossen wir, d. h. die sechs in Jercewo verbliebenen Polen, Weihnachten gemeinsam zu feiern, weil uns alle die gleiche Verzweiflung verband. Die anderen vier kamen am Abend in die »Leichenhalle«, und bevor wir das Brot teilten, das wir uns für diese Gelegenheit aufgespart hatten, gab Fräulein Z. jedem von uns ein Taschentuch, in das sie einen polnischen Adler, einen Tannenzweig, das Datum und den Anfangsbuchstaben unseres Namens eingestickt hatte. Es war uns unerfindlich, wo sie das Garn und das dünne Leinen dafür aufgetrieben hatte, und wir konnten uns kaum vorstellen, wie sie es fertiggebracht, trotz ihrer schweren Arbeit in der Sägemühle mindestens fünf ganze Abende für das Nähen und Sticken zu opfern. In scheuer Freude befühlten wir die kostbare Gabe (ich besitze das Taschentuch noch heute) und vergaßen darüber einen Augenblick ganz, daß unser Weihnachtsessen nur aus einem Stück Brot und einem Becher heißen Wassers bestand. Der Anblick dieser kleinen Menschengruppe, die da an dem leeren Tisch saß und vor Sehnsucht nach der fernen Heimat weinte, muß den übrigen Barackeninsassen eine gewisse Ehrfurcht abgenötigt haben. Dimka und Sadowski allerdings machten sich eilig ins Lager davon. Am späten Abend wurde unsere Unterhaltung lebhafter, und bis zum heutigen Tag ist mir die Geschichte von B. im Gedächtnis geblieben, der als früherer Reserveoffizier der polnischen Armee am Tag nach dem Ausbruch des russisch-deutschen Krieges in seiner Baracke in Jercewo verhaftet und ins Zentralgefängnis überführt worden war. B. begann nur widerwillig zu erzählen (die meisten Gefangenen haben eine innere Scheu, über ihre Verhöre im Gefängnis und die ganze Zeit zwischen Verhaftung und Verurteilung zu sprechen), aber dann löste sich seine Zunge mehr und mehr, als wäre es eine Wohltat für ihn, sich all das, was die Gefangenen sonst ängstlich verschweigen, einmal von der Seele reden zu können. Als er mit seiner Erzählung geendet hatte, schliefen die anderen alle schon.

B.'s Geschichte[10]

»Ich konnte in der Nacht zum 22. Juni keinen Schlaf finden.
Die Pritsche schien härter zu sein als sonst. Ich mußte unaufhörlich an die Veränderungen denken, die der Ausbruch des
Krieges bringen würde. Bis zum Morgengrauen tat ich kein
Auge zu. Kaum daß ich dann endlich eingeschlafen war, wurde
ich, unsanfter als sonst am Morgen, geweckt. Samsonows Stellvertreter stand an meiner Pritsche und befahl mir, mich rasch
anzuziehen, ließ mich aber nicht all meine Sachen mitnehmen,
da ich, wie er sagte, gleich wieder in die Baracke zurückkom-
men würde.

Im Lager schlief noch alles. Im NKWD-Büro erwartete
mich Strumina mit zwei bewaffneten Soldaten. Ich war noch
ganz verschlafen, wachte aber jäh auf, als ich das Schriftstück
sah, das sie mir zur Unterschrift vorlegte. Ich war des zweima-
ligen Verrats an der Sowjetunion angeklagt; trotz des Druckes
verweigerte ich jedoch die Unterschrift. Strumina gab darauf
den Soldaten den Befehl, mich ins Zentralgefängnis zu bringen. Sie gestattete mir nicht, meine Habseligkeiten aus der Baracke zu holen, versprach aber, sie mir ins Gefängnis schicken
zu lassen.

Dort steckte man mich in eine drei mal fünf Meter große
Zelle mit zweistöckigen Pritschen und winzigen nach außen
vergitterten und mit einem Brett abgeschirmten Fenstern.
Über der Tür hing in einer Wandöffnung eine elektrische
Birne, die mit einem Drahtgeflecht umgeben war. Ich war ganz
allein. Allmählich wurde mir klar, was geschehen war, aber ich
wußte noch immer nicht den Grund meiner Verhaftung. Ich
kam mir gleichsam wie ein doppelt Gefangener vor.

Nach einer Stunde wurde die Tür geöffnet, und fünf andere
Gefangene aus Jercewo kamen herein. Sie waren völlig veräng-
stigt. ›Der Krieg ist schuld daran‹, sagten sie immer wieder, ›wir
werden alle erschossen.‹ – ›Warum sollten sie uns erschießen?‹
fragte ich. – ›Zur Abschreckung für die anderen‹, antworteten
sie. Im Laufe des Vormittags waren wir schon 22 in der Zelle;
16 davon kamen aus anderen Lagern. Ich belegte einen Platz
auf der Pritsche am Fenster; da ich als erster in die Zelle ge-

kommen, war das mein Recht. Der Tod starrte mir ins Gesicht, aber mein Selbsterhaltungstrieb war so stark wie je.

Wir unterhielten uns den ganzen Tag über die möglichen Gründe unserer Verhaftung. Ich war der einzige Pole hier. Neben mir lag Selezjonka, ein ukrainischer Rechtsanwalt aus Polen. Aus den anderen Lagern kamen zwei sowjetische Generäle, vier Rechtsanwälte – einer von ihnen, Grosfeld, Professor für Recht an der Moskauer Universität, behauptete, Stalins ›Lehrer‹ gewesen zu sein –, zwei Journalisten, vier Studenten, ein höherer Offizier des NKWD, ein früherer Lagerführer und ein früherer Lagerverpflegungsoffizier. Von den übrigen fünf war einer ein Friseur aus Moskau, der mehr als wir anderen alle über sein Schicksal jammerte und in großer Angst um seine Familie zu Hause war.

Die Luft in der Zelle wurde von Tag zu Tag stickiger. Ihr kennt ja den Sommer hier. Tausende von Stechmücken kamen durch die schmale Öffnung, die ein Fenster vorstellen sollte, in die Zelle hereingeflogen; Unmengen von Wanzen bevölkerten die Pritschen, und wir hatten alle das Gefühl, einen unheimlichen Alptraum zu erleben.

Die Kreuzverhöre begannen schon bald danach. Jede Nacht wurden zwei oder drei von uns ins NKWD-Büro geholt. Man mißhandelte sie dort fürchterlich, und sie kamen erst am Morgen wieder in die Zelle zurück. Man hatte sie gezwungen, fiktive Geständnisse abzulegen und die schon vorher vorbereiteten ›Protokolle‹ der Verhöre zu unterzeichnen. So hat zum Beispiel der bereits erwähnte Friseur am Tag nach Kriegsausbruch einen jüdischen Gefangenen rasiert, der scherzend gemeint hatte, die Arbeitslager würden die Hauptkontingente der Roten Armee stellen. Der Friseur hatte lachend geantwortet: ›Vielleicht, doch dich werden sie bestimmt nicht nehmen – du bräuchtest ja ein besonders konstruiertes Gewehr, mit dem man um die Ecke schießen kann. Aber was sage ich, die gibt's hier ja bereits in Haufen, und so wird man dich wohl doch zur Armee einziehen.‹ Wegen dieser Worte war er des Landesverrats angeklagt. Ein anderer Gefangener, der, als nach Ausbruch des Krieges die Brotration gekürzt wurde, bemerkt hatte: ›Wenn sie jetzt schon knapp an Brot sind, was soll dann erst in

einem Monat sein!‹, war ebenfalls des Verrats an der Sowjetunion beschuldigt worden.

Danach kam ich an die Reihe. Ich wurde nachts zum knapp
einen Kilometer vom Zentralgefängnis entfernten NKWD-
Büro geholt. Man führte mich in einen Raum, dessen ganze
Einrichtung aus einem Tisch und zwei Stühlen bestand. Dann
kam ein Hauptmann des NKWD mit einem dicken Akten-
bündel herein – es waren, wie sich herausstellte, die Akten
meines ersten Verhörs im Gefängnis. Er ließ mich Platz nehmen und bot mir eine Zigarette an. Aber ich habe nie geraucht
und dankte darum. Er brauchte ungefähr zwei Stunden, um
die Akten durchzulesen, zwei Stunden, die mir wie eine Ewigkeit dünkten. Danach hielt er mir einen langen Vortrag über
den Krieg mit Deutschland, die Macht der Sowjetunion und
die Weisheit und Unfehlbarkeit Stalins. Als er damit fertig war,
befahl er mir, die Anklageschrift und das schon vorher aufge-
setzte Geständnis durchzulesen und zu unterschreiben. Ich war
angeklagt, eine Stellung als Staatsbeamter im bürgerlich-kapi-
talistischen Polen angenommen zu haben (B. war Gymnasial-
lehrer gewesen); als Bauernsohn hätte ich damit meine Klasse
verraten. Außerdem warf man mir vor, ich hätte mit meinen
Gefangenenkameraden Unterhaltungen über das Leben im
Westen geführt und so die Sowjetunion verraten. Ich verweigerte die Unterschrift. Der Richter sprang auf und gab mir
unvermutet einen so heftigen Stoß, daß ich vom Stuhl fiel.
Dann befahl er mir, in Kniebeuge zu gehen, und begann mit
seinem Vortrag von vorne. Da ich noch immer nicht nachgeben wollte, versetzte er mir einen weiteren Stoß und bedrohte
mich mit seinem Revolver. Das Verhör dauerte bis sieben Uhr
morgens, und während der ganzen Zeit mußte ich in Kniebeuge bleiben. Am Morgen befahl der Richter den Soldaten,
mich zur Wache zu bringen und aufzupassen, daß ich nicht
einschliefe. Bis zehn Uhr abends saß ich ohne Essen und Trinken auf der Wache. Dann wurde ich dem Untersuchungsrichter von neuem vorgeführt, und die ganze Prozedur der vorangegangenen Nacht begann noch einmal. Unaufhörlich gab
er mir Fußtritte und schlug mich ins Gesicht. Erst am Morgen kam ich völlig erschlagen wieder in meine Zelle zurück.

Danach ließen sie mich einige Zeit in Ruhe. Alle anderen in der Zelle hatten ihre Verhöre hinter sich.

Nach zwei Wochen wurde mir wieder befohlen, das Geständnis zu unterzeichnen. Diesmal waren im Büro des Untersuchungsrichters vier Zeugen aus dem Lager anwesend. Zwei von ihnen hatte ich noch nie in meinem Leben gesehen. Ihre Aussage war äußerst belastend, aber ich weigerte mich weiterhin, zu unterschreiben. Der Richter verlor den letzten Rest seiner Selbstbeherrschung, schlug in blinder Wut auf mich ein und drohte mir, mich wie einen Hund zu erschießen, ob ich unterschriebe oder nicht.

Mehrere Tage verstrichen. Einige in meiner Zelle rieten mir, zu unterschreiben. Andere ermunterten mich, durchzuhalten. Zu jener Zeit begannen die Gerichtsverhandlungen. Die Gefangenen wurden immer zu zweit nachts aus der Zelle gerufen. Alle Verurteilten kamen nicht in unsere Zelle zurück, sondern in eine gegenüberliegende. Der Korridor im Gefängnis war sehr schmal, so daß wir durch die Wandöffnung, in der die elektrische Birne angebracht war, mit ihnen sprechen konnten. Sie riefen uns zu, sie seien zum Tode verurteilt worden. Nach wenigen Tagen waren nur noch fünf von uns in der Zelle: einer der Generäle, Grosfeld, der sich als Stalin ›Lehrer‹ ausgab, ein Student, der Rechtsanwalt Salezjonka und ich. Eines Nachts wurden auch sie herausgeholt, und ich blieb allein zurück. Aber sie kamen am nächsten Morgen wieder und voll neuer Hoffnung. ›Unsere Fälle sind vertagt worden‹, sagten sie, ›wir haben noch eine Gnadenfrist vor uns.‹ Eine Woche später wurden wir eines Nachts durch ungewöhnliche Geräusche im Flur geweckt. Die Tür zu der Todeszelle wurde geöffnet, und man führte unsere Kameraden ab. Die, die sich weigerten, wurden mit Gewalt herausgetrieben. Ich hörte sie schluchzen und schreien. Der Friseur brüllte laut: ›Wer mich hört und am Leben bleibt, soll meiner Familie in Moskau mitteilen, daß ich erschossen worden bin.‹ Wenige Minuten später hallten einzelne Schüsse und Schreie aus dem Gefängnishof zu uns herauf. Könnt ihr euch vorstellen, wie mir da zumute war? Mein Herz schlug wild, und das Blut hämmerte in meinem Kopf. Nach einigen Tagen wurden meine vier Gefährten aus der

Zelle geholt, und diesmal kamen sie nicht wieder. Ich war von neuem allein.

Mehrere Wochen vergingen. Eines Nachts wurde ich geweckt und vor ein Gericht gebracht, das in der Dorfschule in Jercewo tagte. Die beiden Richter ebenso wie der Staatsanwalt waren Frauen. Ich war auf eine Verurteilung zum Tode gefaßt, aber der Staatsanwalt erhob sich und verkündete, in Anbetracht des in London zwischen der polnischen und russischen Regierung unterzeichneten Abkommens werde nicht gegen mich verhandelt. Ich konnte zuerst gar nicht begreifen, was das bedeutete. Auf dem Richtertisch lag ein offener Kalender, und ich sah, daß wir den 29. August schrieben. Ich vermutete eine Falle; die Entscheidung des Gerichts wurde jedoch noch einmal verlesen, und man brachte mich dann in meine Zelle zurück.

Erst da wurde mir klar, daß während meines zweimonatigen Gefängnisaufenthalts die politische Situation sich völlig verändert haben mußte. In den ersten Septembertagen wurde mir durch die Klappe in der Tür befohlen, mich zur Abführung in zehn Minuten fertigzumachen. Im Gefängnishof warteten schon sechs Gefangene und fünf NKWD-Soldaten. Wir setzten uns in Marsch zu einem unbekannten Ziel.

Am Abend trafen wir in Alexejewka II ein. Dieses Straflager ist in zwei Zonen eingeteilt. In der einen, der sogenannten freien Zone, leben die Gefangenen gewöhnlich in gemeinsamen Baracken. In der anderen, die durch einen hohen Zaun und Stacheldraht abgesperrt ist, der sogenannten Isolierungszone, sind die Strafbrigaden untergebracht. Wir kamen natürlich in diese Zone.

Wenn wir morgens zur Arbeit hinausgetrieben wurden, konnte ich mir ein deutlicheres Bild von den Verhältnissen in Alexejewka machen. Trotz starken Frostes waren die Gefangenen fast alle barfuß, hatten nur Lumpen am Leibe und waren so erschöpft, daß sie kaum vorwärtskamen. Vor meinen Augen brachen am Lagertor zwei Gefangene zusammen und starben auf der Stelle. Auf Befehl des Lagerführers Soroka marschierten die Gefangenen unter den Klängen eines Akkordeons zur Arbeit. An meinem ersten Tage dort fielen drei Gefangene aus der Brigade bei der Arbeit tot um. In der Isolierungszone ermordeten stärkere Gefangene die schwächeren, um sich ihre Verpflegung anzueignen, gingen dabei aber völlig straflos aus.

Ich arbeitete schwer, und nach zwei Wochen gelang es mir, durch das Versprechen, mich gut zu führen, in die freie Zone verlegt zu werden. Dieser Teil der Geschichte wird euch nicht sehr interessieren; es reicht wohl, wenn ich sage, daß ich in der freien Zone in eine Baracke kam, die ausschließlich von Polen bewohnt war. Wir waren insgesamt 123 und beschlossen eines Tages, gemeinsam zu streiken und nicht zur Arbeit zu gehen, um dadurch zu erreichen, daß wir gemäß den Amnestiebestimmungen entlassen würden. Der bloße Gedanke an eine Amnestie war so unvorstellbar und ohne jedes Beispiel in den Annalen der sowjetischen Arbeitslager, daß Soroka, statt die in solchem Falle üblichen Flüche auszustoßen und ein Kommando mit leichten Maschinengewehren in die Baracke zu entsenden, um uns alle niederschießen zu lassen, uns in aller Hast nach Kruglitza abschob. Von dort wurde ich, und zwar ich allein, mit einem Transport Ende September nach Jercewo gebracht. Ich weiß nicht, was aus den anderen geworden ist, aber glaubt mir, als ich Jercewo wiedersah, war es mir, als wäre ich heimgekehrt.«

☆ ☆ ☆

Das Leben in der »Leichenhalle« näherte sich seinem vorbestimmten Ende. Im Januar begann mein Körper wieder anzuschwellen, und ich lag fast den ganzen Tag regungslos auf meiner Pritsche und aß nur, was Dimka mir brachte. Ich spürte keinerlei Hunger. Der schönste Trost, der einem sterbenden Menschen beschieden sein kann, erquickte mich, der Trost der Erinnerung. Sehr oft träumte ich (denn ich war immer in einem Halbschlaf), ich ginge spätabends vom Bahnhof meines polnischen Heimatdorfes nach Hause. Und obwohl es schon ganz dunkel war, konnte ich die sandige Straße längs der Bahnschienen deutlich erkennen, dann das Wäldchen, die große Wiese, in deren Mitte ein einsames Haus stand, den Fluß, die Anhöhe in seiner Nähe, wo man im Ersten Weltkrieg die toten Artilleriepferde begraben hatte, und endlich den Weg, der zu unserem Teich führte, an dessen Ufern Schilf und Binsen wuchsen. Ich kletterte zu dem seichten Fluß hinunter, sprang über ein paar Steine und ging an dem mit hohen Erlen bepflanzten Ufer entlang zu unserem Haus. Der Abend war kühl und klar nach der Hitze des Tages, und der Vollmond hing über der alten Mühle wie ein funkelndes Dukatenstück. Über die Felder hinweg hörte ich das Schreien der Wildenten und das Plätschern der Karpfen im Teich. Als ich mich den beiden Lärchen näherte, bei denen sich, wie ich in meiner kindlichen Phantasie immer geglaubt hatte, bei Nacht die Geister trafen, die am Tage unter dem großen Mühlstein eingekerkert waren, überfiel mich wieder meine alte Furcht, und ich begann zu laufen. Behutsam öffnete ich die Gartentür und kletterte auf den Mauervorsprung unter dem Fenster. Rund um den Tisch konnte ich meinen Vater, unsere Haushälterin, meine beiden Schwestern und meinen Bruder mit seiner Frau und Tochter sitzen sehen. Ich klopfte an die Scheibe, aber gerade in dem Augenblick, als sie alle vom Tisch aufsprangen, um mich nach so vielen Jahren des Fortseins willkommen zu heißen, wachte ich weinend auf meiner Pritsche auf und preßte die Hand an mein Herz. Dieser Traum kehrte mit einer so unfehlbaren Regelmäßigkeit wieder, daß ich schon immer voll froher Ungeduld auf ihn wartete und ihn demütig herbeiflehte, sobald es in der Baracke dunkel zu werden begann.

So manche Stürme störten den friedlichen Verlauf des Lebens in der »Leichenhalle«. Eines Abends sprang ein alter Bauer aus einer Kolchose in der Gegend von Kaluga von seiner Pritsche und verkündete, wobei er wild mit den Fäusten auf den Boden seiner leeren Schüssel trommelten, er sei wiedergekommen, und alles Leiden habe damit ein Ende. »Ich bin Christus in den Lumpen eines Gefangenen.« Als ihm darauf höhnisches Gelächter antwortete, blieb er mit dem Gesicht zu den Pritschen und dem Rücken zum Feuer gewandt stehen, blickte uns einen Augenblick an, streckte die Arme gebieterisch aus, und ein irrer Glanz spiegelte sich in seinen Augen – dann drehte er sich hastig um und sprang in das offene Feuer. Mit schweren Verbrennungen mußte er am selben Abend noch ins Lazarett gebracht werden.

Ein anderes Mal rückte Sadowski, der schon tagelang mit niemandem mehr gesprochen hatte, einen Tisch in die Mitte der Baracke, setzte sich wie ein Richter hinter ihn und rief eine Reihe von seltsamen fremdländischen Namen auf, wobei er nach jedem mit grauenhaft gellender Stimme schrie: »Wir haben eine Revolution! Erschießen! An die Wand mit ihm! An die Wand!« All das dauerte nicht länger als eine Viertelstunde. Aber vielleicht weil er mein Freund war, hat sich dieser Alptraumschrei, in dem sein ganzes Leben von der Vergangenheit über die Gegenwart bis in die Zukunft enthalten war, als das letzte, aufwühlende Erlebnis meines Aufenthalts in der »Leichenhalle« für immer meinem Gedächtnis eingeprägt.

15. Kapitel

Im Ural, 1942

Am 19. Januar erinnerte sich derselbe NKWD-Offizier, der, als ich dort noch arbeitete, immer mit einer Liste der zu Entlassenden in der Hand, im Holzlager umhergegangen war, endlich meiner Existenz und befahl mir, mich am nächsten Morgen im Büro zu melden, um meinen Entlassungsschein in Empfang zu nehmen. Das kam gerade noch zur rechten Zeit. Ich erhob mich mühsam von meiner Pritsche und ging gemeinsam mit M. ins Lager, um all meinen polnischen Freunden Lebewohl zu sagen. Im Leben jedes Menschen gibt es solche Augenblicke, da ihn eine völlig unerwartete Nachricht wie ein Blitz aus heiterem Himmel trifft und er erst langsam aus seiner Betäubung und Erstarrung wieder erwacht. Als ich das kleine Häuflein vor mir sah, mit dem ich erst vor sechs Wochen in den Streik getreten war, begriff ich, daß man in der Einsamkeit wohl leiden, aber nicht in ihr glücklich sein kann. »Vergiß uns nicht«, sagten sie, während sie mir die Hand schüttelten, »sag ihnen, wo wir sind; sag ihnen, sie sollen uns herausholen!« Von M. verabschiedete ich mich morgens auf unserer Pritsche, er mußte sich an diesem Morgen im Revier dem Arzt vorstellen und konnte mich darum nicht bis zur Wache begleiten. »Gott wird uns nicht verlassen«, sagte er und umarmte mich leidenschaftlich. »Aber wenn wir uns nicht wiedersehen sollten, wünsche ich dir alles nur erdenklich Gute.« Und mit müden, schleppenden Schritten ging er aus der »Leichenhalle« hinaus, ohne sich noch einmal umzublicken. So gaben mir nur zwei Freunde, Dimka und Olga, das Geleit zum Tor. Ich weckte Sadowski, um ihm Lebewohl zu sagen, aber er starrte mich nur mit einem irren Blick an, fluchte heftig und bedeckte seinen Kopf wieder mit einer stinkenden Jacke. Als Dimka hörte, daß ich entlassen würde, zog er sein reines Hemd an, in dem er begraben werden wollte.

Hinkend schritt er neben mir her und ließ meine Hand nicht los, bis wir die Wache erreicht hatten. »Mein Sohn«, sagte er immer wieder mit zitternder Stimme. »Mein Sohn, viel Glück auf den Weg! Wir sind alle am Ende. Uns erwartet nur noch der Tod, aber du bist noch jung, und du verdienst es, frei zu sein.« Olga erwartete mich an der Wache. Sie war noch magerer und älter geworden, seit sie im Holzlager Holz aufladen mußte, und konnte ihre Tränen nicht bezwingen, als wir Abschied nahmen. Ich fühlte mich unendlich traurig und unglücklich. Dante hat nicht gewußt, daß es in der Welt kein größeres Leiden gibt, als im Angesicht des Unglücklichen glücklich und im Angesicht des Hungrigen satt zu sein. Ich küßte sie beide stumm. Gerade als ich aus dem Tor hinausging, kam der alte Iganow aus der Baracke gerannt (es war der erste Ruhetag im Lager seit Neujahr), nahm mich beiseite und steckte mir eine Postkarte an seine Familie zu. Langsam ging ich durch das Tor – zum erstenmal in zwei Jahren ohne Bewachung – zum NKWD-Büro, wo man meine Papiere inzwischen fertiggemacht hatte. An der Wegbiegung wandte ich mich noch einmal zurück, um einen letzten Blick auf das Lager zu werfen. Dimka winkte aus der Ferne immer noch mit seinem Holzstock, und Olga schleppte sich müde zur Frauenbaracke zurück.

Beim NKWD wurde mir eine Liste der Orte vorgelegt, für die ich eine Aufenthaltserlaubnis bekommen konnte. Hatte man sich für einen von ihnen entschieden, erhielt man auch einen Fahrschein dorthin. Aber es war unmöglich, zur polnischen Armee zu gelangen. Der jetzt sehr höfliche NKWD-Offizier gab vor, nicht zu wissen, wo ich sie erreichen könnte; aber selbst wenn er es mir gesagt hätte, hätte es mir nichts genützt, denn die aus dem Lager Kargopol entlassenen Gefangenen durften nicht über den Ural hinaus. Auf gut Glück wählte ich Zlatust in der Nähe von Tscheljabinsk. Aber ich bin niemals dort hingekommen. Große Städte wie Swerdlowsk und Tscheljabinsk waren »reschimnye goroda«, d. h. Regierungsstädte, in denen man nur mit besonderer Erlaubnis wohnen konnte, die ein gerade aus dem Arbeitslager entlassener Gefangener selbstverständlich nicht erhielt.

Auf dem Bahnhof Jercewo erfuhr ich, der nächste Zug nach Wologda gehe erst am folgenden Tag ab. Ich fand im Wartesaal in Nähe des Ofens ein warmes Plätzchen, und dann suchte ich all das auf, was ich bis jetzt nur durch den Stacheldraht erspäht hatte. Im Gehen fühlte ich unausgesetzt nach meinen neuen Papieren und Iganows Postkarte, die ich in die Jackentasche gesteckt hatte. Ich schäme mich, es zu beichten, aber ich habe diese Postkarte niemals aufgegeben, und sie liegt, während ich hier schreibe, vor mir. Solange ich noch nicht fünfhundert Kilometer vom Lager entfernt war, überfiel mich jedesmal eine panische Angst, wenn ich mich einem Briefkasten näherte; ich war von dem Gedanken wie gelähmt, daß ich wegen Beihilfe zu Iganows Vergehen nach Jercewo zurück müßte. Und als ich erst jenseits des Urals war, vergaß ich die Karte vollständig über meinem atemlosen Suchen nach der polnischen Armee. Armer, guter Iganow! Er muß sich lange gewundert haben, wieso die Karte, die er so zuverlässig wirkenden Händen anvertraut hatte, niemals ihren Bestimmungsort erreicht hat. Heute kommt sie mir wie eine mit Flaschenpost ans Land gespülte Botschaft vor. Sie ist an seine Frau in Kasachstan gerichtet, obwohl Iganow aus dem Wolgagebiet kam, und ich vermute deshalb, daß seine Familie nach seiner Verhaftung nach Asien verbannt worden ist. Außer zahlreichen Grüßen an alle näheren und entfernteren Verwandten, vor deren Namen jedesmal das übliche »Hochgeehrter« steht, enthält die Karte nur einen Satz, an dem man deutlich erkennen kann, daß Iganow der Wachsamkeit der Lagerzensur ein Schnippchen schlagen wollte: »Ich lebe noch immer, und es geht mir gut.«

Am Abend blickte ich von einer Anhöhe in der Nähe des Bahnhofs auf das Lager. Es wirkte von dort so klein wie ein Kinderspielzeug. Senkrechte rosa Rauchsäulen stiegen über den Baracken auf; die Fenster waren erleuchtet; und ohne die vier Wachtürme, deren grelle Scheinwerfer das Dunkel wie Messer durchschnitten, hätte man Jercewo für eine stille, friedliche Waldarbeiter- oder Köhlersiedlung halten können, wo man um diese Stunde nach einem harten Arbeitstag Feierabend machte. Wenn ich scharf hinhörte, konnte ich das Geräusch der

Ketten und Winden an den Brunnen vernehmen – seit den frühesten Tagen der Menschheit ein Zeichen idyllischen Friedens.

☆ ☆ ☆

In Wologda fuhr unser Zug auf ein Nebengleis, und der Schaffner verkündete seelenruhig, hier gehe es vorerst nicht weiter. Ich war noch nicht sehr weit gekommen, und wenn es in diesem Tempo weiterging, konnte ich wenig Hoffnung haben, den nächstgelegenen Standort der polnischen Truppen vor dem Frühling zu erreichen. Aber wenigstens war ich früh genug in Wologda eingetroffen, um mir auf dem nackten Fußboden des Wartesaales einen Schlafplatz sichern zu können. Mehrere hundert entlassene Gefangene hausten hier schon seit einem Monat. Abgesehen von einer Handvoll Polen waren es meistens Kriminelle, die eine kürzere Strafe erhalten und, weil sie sich freiwillig zur Front gemeldet hatten, schon vorzeitig aus den Lagern entlassen worden waren. Tagsüber wurden sie in die Stadt hinausgetrieben, wo sie von früh bis spät nach Essen suchten, und in der Nacht durften sie den riesigen Wartesaal mit Erlaubnis des NKWD als Schlafraum benutzen. Ich zögere mit der Beschreibung der vier Nächte, die ich in Wologda verbrachte, denn ich begebe mich damit in Tiefen, deren Schilderung kaum noch möglich ist. Es genügt deshalb, wenn ich sage, daß wir dort eng aneinander gepreßt lagen wie Heringe in einer Tonne und einen unmenschlichen Gestank verbreiteten. Im gelblich-grünen Licht der Nachtbeleuchtung wirkten die Gesichter der Schläfer mit dem halbgeöffneten Mund wie Totenmasken. Jeder Versuch, in der Nacht über diese Menschenmasse hinwegzusteigen, um den nächsten Kübel zu erreichen, führte fast immer dazu, daß einer zu Tode kam. Wenn man jemand mit dem Fuß auf die atmende Brust trat, vernahm man ein kurzes Stöhnen, das einen warnte, beiseite zu treten. Aber ich selbst trat einmal, als ich, jäh erwacht und noch nicht ganz bei mir, zum Kübel torkelte, in irgendein Gesicht. Mein eines Bein war zwischen zwei Körpern eingeklemmt, und um es zu befreien, legte ich mein ganzes Gewicht auf das andere; dabei spürte ich, wie unter meinem Stiefel eine schwammige Masse splitterte und krachte, während unter meiner Sohle Blut aufspritzte. Kurz darauf erbrach ich mich im Kübel, obwohl ich ihn aus einem ganz anderen Grund hatte aufsuchen wollen. Jeden Morgen wurden wenigstens zehn Leichen, die von ihren Schlafgenossen im Wartesaal bereits völlig ausgezogen worden waren, hinausgetragen und auf offene Güterwagen geworfen.

Im Morgengrauen mußten wir den Bahnhof verlassen und zogen dann bettelnd durch die Stadt. Ich entdeckte eine kleine Straße im Arbeiterviertel, wo täglich gegen Mittag eine grauhaarige alte Frau mich zu sich heranwinkte, nachdem sie sich vergewissert hatte, daß es niemand sah, und mich dann in ihre Küche mitnahm, wo sie mir einen Becher mit ungesüßtem, herben Tee und eine Scheibe steinharten Brots gab. Wir wechselten nie ein Wort außer meinem »Spasibo« – »danke« – und ihrem »Idi s Bogom« – »Gott sei mit Dir«. Als ich einmal ziellos in der Stadt umherwanderte, gelangte ich auf einen kleinen Platz und fand in einem roten Ziegelgebäude das Ortsbüro des Volkskommissariats für den Krieg, sozusagen eine Meldestelle für Kriegsfreiwillige. Ein dicker Hauptmann empfing mich hinter seinem Schreibtisch, der vor einer großen Wandkarte der Sowjetunion stand, bot mir höflich eine Zigarette an und riet mir, als ich ihn fragte, wo die polnische Armee in Rußland aufgestellt werde, lieber in die Rote Armee einzutreten. Ein anderes Mal stand ich in einer langen Schlange vor einem Bäkkerladen und wurde Zeuge eines Zwischenfalls, den ich mein ganzes Leben nicht vergessen werde. Ein verwundeter Sowjetsoldat, der bei der Verteidigung Leningrads sein rechtes Bein verloren hatte, humpelte auf Krücken auf die Schlange zu und fragte höflich, ob man ihn vielleicht vorlassen würde, da er erst vor wenigen Tagen aus dem Lazarett entlassen sei und es ihm schwerfalle, lange auf seinem gesunden Bein zu stehen. Darauf erhob sich ein feindseliges Murmeln, und jemand bemerkte boshaft, er habe ja Zeit genug, da er mit seinem einen Bein doch nicht wieder an die Front zurückkönne. Aus seinem Gesicht sprach eine so hilflose Verzweiflung, daß ich ihm gern mein Brot gegeben hätte, aber meine schwachen, kranken Beine erlaubten mir auch nicht, die Reihe abzustehen. Die Verachtung für einen Menschen, der – zur Maschine degradiert –

nicht mehr funktioniert, hat sich aller Schichten des russischen Volkes bemächtigt und selbst die reinsten Herzen kalt und böse gemacht. Abgesehen davon wollte man in Wologda im Januar 1942 sowieso nicht viel vom Krieg wissen. In den Schlangen jammerte und klagte man über die Kürzungen der Lebensmittelrationen, und die wahllose Einberufung der Männer zum Militär hatte viele Familien ihres einzigen Ernährers beraubt. Zweimal hörte ich sogar die geflüsterte Frage: »Wann kommen die Deutschen?« Der Eisenbahnknotenpunkt von Wologda war von den aus Leningrad kommenden Transporten beschädigter Möbel, Maschinen und ganzer Fabrikeinrichtungen blockiert. Alle größeren öffentlichen Gebäude lagen voll Militär, das für kurze Zeit zur Erholung von der Front abgezogen worden war, und abends schwärmten die Soldaten wie hungrige Vögel in die Wohnviertel aus, nisteten sich in Privatwohnungen ein, spielten traurige Weisen auf der Mundharmonika und waren vor allem immer auf Wodka scharf. Mich hielt es nicht länger in Wologda. Am Morgen meines fünften Tages dort ging ich, statt wie sonst in die Stadt zu wandern, an den Schienen entlang und stieg mittags in einen Zug, von dessen Fahrtziel ich keine Ahnung hatte und der gerade für kurze Zeit einen Kilometer vom Bahnhof Wologda entfernt hielt.

In dem warmen, behaglichen Abteil saßen mehrere schlafende Marineoffiziere, die sich auf einer Dienstreise von Archangelsk zum Schwarzen Meer befanden. Sie musterten mich erstaunt, protestierten aber mit keinem Wort. Zum erstenmal, seit ich das Lager verlassen hatte, merkte ich an ihren Gesprächen, wie wenig der Russe von Natur zu einem lauten und übersteigerten Patriotismus neigt. Denn nach dem unvermeidlichen »Wir werden siegen«, mit dem sie die Einführung von Schulterstücken und die Stiftung neuer Orden kommentierten, entschlossen sie sich, weiterzuschlafen, und zogen sich die Mützenschirme über die Augen. Nach drei Stunden entdeckte mich der Schaffner in dem Abteil und warf mich auf der kleinen Station Buj aus dem Zug.

✫ ✫ ✫

In Buj lächelte mir, als ich schon der Verzweiflung nahe war, das Schicksal plötzlich zu. Ich verbrachte die Nacht auf dem Bahnhof und ging am Morgen hinaus, um mir die kleine, hübsche Stadt anzusehen. Auf dem »Großen Platz« sah ich eine goldgrün angestrichene Kirche und stellte mit Erstaunen fest, daß an dem morschen Portal die Tafel mit der Aufschrift »Antireligiöses Museum«, die ich an der Kirche in Witebsk hatte hängen sehen, hier fehlte. In dem dunklen, kühlen Kirchenschiff knieten drei alte Frauen nebeneinander. Als sie meine Schritte hörten, hoben sie die Köpfe, standen auf und gingen hastig, ohne einander anzublicken oder sich umzuschauen, hinaus. Sie trauten mir offensichtlich nichts Gutes zu, weil ich noch jung war.

Es war ein kalter, sonniger, völlig windstiller Tag, und im knisternden Schnee klangen meine Schritte sicher und fast heiter. Ich wanderte durch die engen Straßen bis zu einem weiten Feld außerhalb der Stadt und kehrte dann zu dem Platz zurück. Immer noch waren hier alle Fensterläden geschlossen und nicht eine Menschenseele zu sehen. In der Nähe der Feuerwehrkaserne fand ich in einem Abfallhaufen ein großes Stück Schwarzbrot; ich kratzte mit meinem Lagermesser, das ich vorher mit Schnee angefeuchtet hatte, den Schmutz ab und verzehrte es hungrig und gierig. Der Wartesaal war noch leer, aber mein Morgenspaziergang hatte mich so erfrischt, daß mir bei dem Anblick des einsamen Stationsvorstehers mit der roten Mütze, der in die Stille des Wintermorgens geheimnisvolle Signale entsandte – indem er mit der Hand den Messingtaster seines Telegraphen niederdrückte –, trotz meines verrosteten Gedächtnisses zum erstenmal seit zwei Jahren wieder die ersten Verse aus Tuwims berühmtem Gedicht über das Leben eines einsamen Telegraphisten auf einer einsamen, weltverlorenen russischen Bahnstation einfielen. Es konnte also nicht so ganz schlimm um mich stehen, ging es mir durch den Kopf, wenn ich mich sogar noch auf ein Gedicht zu besinnen vermochte.

Der Stationsvorsteher musterte mich eine Weile argwöhnisch. Dann stand er von seinem Tisch auf, kam auf mich zu und fragte mich, ob ich bereit sei, gegen einen Teller Suppe und ein Kilo Brot einen Güterwagen voll Eisenbahnschwellen zu entladen, der, da es in der Stadt an Arbeitskräften fehle, schon mehrere Tage auf einem Abstellgleis stehe. Hätte ich nicht schon vor der Feuerwehrkaserne mein Frühstück verzehrt, wäre ich ohne jedes Zögern darauf eingegangen. Aber jetzt genügte mir dieser Preis nicht mehr, und ich forderte deshalb als Entgelt für meine Arbeit einen Platz im nächsten Zug nach Swerdlowsk. Der Stationsvorsteher zuckte die Schultern und ging wieder an seinen Tisch zurück. Jedoch schon fünfzehn Minuten später war der Handel, wenn auch nach langem Feilschen, abgeschlossen. Ich sollte sofort zum Aufwärmen einen Teller heiße Suppe bekommen, und wenn ich bis zum Abend mit der Arbeit fertig wäre, versprach er mir einen Platz im Expreß Moskau – Swerdlowsk, der um Mitternacht eine Minute in Buj hielt. Pünktlich um elf Uhr abends kam ich mit blutenden Händen und halberfrorenen Beinen wieder zu ihm, um mir meinen Lohn zu holen. Der Stationsvorsteher hielt Wort, und eine Stunde später hockte ich im dunklen Gang eines Eisenbahnwagens und fuhr in Windeseile Swerdlowsk entgegen.

Mir fielen sofort die Augen zu, und nachdem ich in der Wärme des Ganges wieder aufgetaut war, träumte ich wohlig und friedlich. Ich wachte erst auf, als mich jemand mit der Hand antippte und mich aufforderte, in ein Abteil hereinzukommen. Nur widerwillig und etwas ängstlich folgte ich der Einladung. Im blauen Lichtschein der abgedunkelten Birne konnte ich gerade noch erkennen, daß dort sechs schlafende Frauen saßen. Die Frau, die mich gerufen hatte, weckte ihre Gefährtinnen, und kurz darauf saß ich auf einer Bank mit weichen Kissen, trank süßen Tee aus einer Thermosflasche und aß ein Brot mit Bratenfett. Meine gastfreundlichen Reisebegleiterinnen erwiesen sich als Arbeiterinnen einer Moskauer metallverarbeitenden Fabrik, die vollständig in den Ural evakuiert wurde. Die Maschinen standen auf offenen Waggons, die hinten an den Zug angehängt waren. Die Frauen waren wirklich rührend, versteckten mich bis Swerdlowsk im Gepäcknetz und teilten während der ganzen Fahrt das Essen mit mir. Niemals werde ich vergessen, wie sie mich als Menschen achteten, trotz meiner verdreckten und verlausten Kleidung und trotz des üblen Geruchs, den mein schmutziger, eitriger Körper ausströmte. Ich erwähnte einmal beiläufig, daß ich im Gefängnis und Lager gewesen sei, sagte dann aber nichts weiter, als ich den ängstlichen und mißtrauischen Blick in ihren Augen bemerkte. Wir sprachen jedoch viel vom Krieg, von der Winteroffensive, die gerade vorbereitet wurde, von der Teilevakuierung der kriegswichtigen Industrie aus Moskau und den von den Deutschen in den besetzten Gebieten begangenen Grausamkeiten. Ob es nun an dieser so ganz unerwarteten Freundlichkeit lag oder an dem beglückenden Gefühl, wie mein durch schmerzliche Erfahrungen abgestumpfter Geist in der warmen Geborgenheit des Abteils sich plötzlich wieder zu regen begann — niemals jedenfalls, selbst nicht bei der polnischen Armee in Rußland, glaube ich einer so aufrichtigen und rührenden Vaterlandsliebe wieder begegnet zu sein. Die Frauen übertrafen sich gegenseitig in ihren Erzählungen vom Mut und Opfergeist der Bevölkerung des belagerten Moskau, von ihrer eigenen Arbeit, die oft, mit nur kurzen Unterbrechungen, ganze Tage und Nächte währte, von der Bereitwilligkeit, mit der sie jetzt Heim und Familie verließen, um dem Ruf der Regierung und der Partei in den Ural zu folgen. Das zugleich zornige und begeisterte Funkeln in ihren Augen, mit dem sie mir versicherten, sie würden nicht zögern, ihr Leben für die Verteidigung gegen die deutschen Eindringlinge hinzugeben, war alles andere als gespielt. Ich erinnere mich besonders an eine von ihnen, ein im sechsten Monat schwangeres junges Mädchen, das bei jedem jähen Rucken des Zuges leise aufstöhnte. Wenn sie sprach, legte sie ihre dünnen und abgearbeiteten Hände auf ihren gesegneten Leib wie eine der holländischen Bäuerinnen auf van Goghs frühen Bildern. Kurz darauf erfuhr ich, welcher unmenschlichen Kraftanstrengung die Sowjetindustrie fähig ist. Am dritten Tage meines kurzen Aufenthalts in Swerdlowsk machte ich einen einsamen Spaziergang rund um die Stadt, und in einem engen Tal sah ich die Frauen jener Moskauer Fabrik in noch unfertigen Holzbaracken stehen und mit bloßen Händen eifrig ihre Maschinen bedienen. Dicker Schnee fiel auf sie nieder, während über ihren Köpfen Zimmerleute und Dachdecker damit beschäftigt waren, das Dach fertigzustellen.

Den größten Teil meiner Reise verschlief ich jedoch im Gepäcknetz. Und ich erinnere mich nur noch, daß der Zug in Wjatka und Perm hielt.

☆ ☆ ☆

Am 30. Januar kam ich in Swerdlowsk an. Ich zitiere dieses Datum nicht mehr aus dem Gedächtnis heraus, sondern nach dem Tagebuch, das ich damals führte. Es war ein weiteres Zeichen meiner schnellen Genesung, daß ich gleich nach meiner Ankunft in Swerdlowsk das dringende Verlangen verspürte, etwas niederzuschreiben. Für meine letzten Kopeken kaufte ich mir deshalb ein kleines Notizbuch und einen Bleistift am Bahnhof. Die Schrift darin ist jetzt ganz verwischt und kaum noch lesbar. »Die Stadt«, schrieb ich, »wirkt wie eine Reliefdarstellung. Die alte ›Jekaterinburg‹ ist größtenteils aus Holz gebaut. Selbst im Stadtzentrum findet man noch kleine, einstöckige Holzhäuser mit seltsamen kleinen Türmen und Schnitzereien – die typisch russische Mittelstandsarchitektur. An die Innenstadt schließen sich Fabrikviertel mit hohen Schornsteinen an und Kirchen in Steinbauweise. Weiter draußen liegt das moderne Swerdlowsk – häßliche, gewöhnliche Häuser, an denen Bilder von Lenin und Stalin hängen und deren Fassaden von mächtigen Plakaten und Spruchbändern verhüllt sind. Die Stadt macht einen toten Eindruck. Sie erinnert an ein von Menschen zur Strecke gebrachtes, verwundetes Tier, das sich hilflos in seinem Blut wälzt. Bei jedem Schritt sieht man die Auswirkungen des Krieges. Über zwei Millionen Einheimische, Flüchtlinge und Evakuierte leben in der Stadt. Überall lange Schlangen und verhärmte Gesichter. Nur in der Straße, wo sich die Gebäude der Provinzialverwaltung und die städtischen Dienststellen befinden, sieht man keine Schlangen, weil dort keine Lebensmittel verteilt werden. Kaum einmal ein Soldat. Aber dafür viele Neueingezogene, in ihrer alten Zivilkleidung, mit über die Schulter gehängten Gewehren. Überall spürt man das verzweifelte, aber erfolglose Bemühen, alles zu organisieren. Es ist hier ein ewiger Kampf – man muß um jede

Kleinigkeit kämpfen. Abends wirkt alles etwas erfreulicher. Die Straßenbahnen sind dann überfüllt und die Straßen voller Menschen. Es gibt in Swerdlowsk keine Verdunkelung.«

Diese farblose, aber, wie ich glaube, richtige Schilderung war das erste, was ich seit zwei Jahren geschrieben. Was mich jetzt daran stört, ist die für einen jungen Schriftsteller, der einen frischen Eindruck wiederzugeben versucht, typische Übertreibung (z. B. das verwundete Tier). Würde ich heute Swerdlowsk zu beschreiben versuchen, würde ich wahrscheinlich mehr von den Menschen als von der Architektur sprechen. Ich erinnere mich an Arbeiter, die abends auf dem Heimweg von den Fabriken vor den großen Lautsprechern auf den Straßen stehenblieben, um den neuesten Heeresbericht zu hören. Ihre Gesichter waren fahl und unrasiert, ihre Augen glanzlos und wie erloschen. Sie lauschten stumm, und dann gingen sie zu zweit und dritt weiter, um sich ihre abendliche politische Propagandaspritze verabfolgen zu lassen. Ihre gebeugten Gestalten verloren sich im grauen Schneenebel wie Wasserratten, die in der Dämmerung aus ihren Eislöchern hervorgekrochen kommen. Die stumme Menge bewegte sich langsam durch die engen Straßen zu den Plätzen, wo einige sich in den Schlangen anstellten, andere in den hellerleuchteten Türen der Speisehäuser verschwanden. Nur die klingelnden Straßenbahnen bildeten so etwas wie einen lebendigen Kontrast zu dem riesigen fünfzackigen Stern aus elektrischen Birnen, der auf dem Dach eines der Amtsgebäude erglänzte. Ich sehe noch eine Gruppe von Soldaten vor mir, die auf der gefrorenen Straße knieten und mit scharfen kleinen Hämmern geduldig das Eis aufschlugen, damit die Tanks weiterfahren konnten. Gegen Mittag ertönte am anderen Ende der Straße ein schriller Pfiff, worauf die Unteroffiziere in der Gruppe sofort aufsprangen. Kurz darauf wehte eine leichte Parfumwolke durch die Luft, der in einiger Entfernung ein ordengeschmückter russischer General in Begleitung seines Stabes folgte. Er schritt langsam seines Weges, wobei er die auf dem Pflaster knienden Soldaten unwirsch mit dem Fuß zur Seite stieß. Ich erinnere mich ebenso noch an eine gut ausgerüstete und bewaffnete sibirische Division, in märchenhaft weißen Uniformen und ebenso weißen Pelzkapuzen, die den ganzen Kopf bedeckten und nur einen Spalt für Augen und Mund frei ließen. Die Soldaten, die auf der Fahrt vom Fernen Osten zur Leningradfront waren, hatten auf dem Bahnhof Swerdlowsk mehrere Stunden Aufenthalt. Vor den Augen der hungrigen Menge verzehrten sie Fleischkonserven und Kekse aus weißem Mehl, aber nicht einer von ihnen gab den sich ihnen von überallher erwartungsvoll entgegenstreckenden, zitternden Händen auch nur ein Stückchen davon ab. Endlich erinnere ich mich an einen russischen Soldaten, der sich für seine Familie außerhalb des Bahnhofs fotografieren ließ. Er legte die rechte Hand auf die Brust wie Balzac auf der bekannten Daguerreotypie, erlaubte dem Fotografen aber erst zu knipsen, als er seinen Mantelärmel zurückgestreift hatte, damit man auch die riesige Armbanduhr an seinem Handgelenk sehen konnte ...

Als ich am ersten Tage meines Aufenthalts in Swerdlowsk in den Wartesaal kam, traf ich dort ein paar Polen. Sie klärten mich darüber auf, daß der nächste Zug nach Tscheljabinsk erst in zehn Tagen fahre, daß jeden Morgen auf einem Nebengleis Suppe verteilt werde, daß jede hier auf einen Zug wartende Frau zu haben sei und man mit ihr in die dunkle Ecke vor dem Waschraum gehen könne, und daß kein Mensch in Swerdlowsk etwas von einer polnischen Armee in Rußland wisse. Am Nachmittag ging ich in die Stadt. Am Tage vor meiner Entlassung hatte mich ein Gefangener in der Durchgangsbaracke in Jercewo gebeten, die Frau und die Kinder General Kruglows zu besuchen, falls ich auf meiner Reise zufällig durch Swerdlowsk kommen sollte. Kruglow selber war im Lager Ostrownoj gefangen; kurz nach Ausbruch des russisch-deutschen Krieges hatte er eine zusätzliche Strafe erhalten, durch die seine noch nicht verbüßten sieben Jahre auf fünfzehn aufgerundet wurden. Der Auftrag war mir nicht sehr angenehm, aber ich wollte ihn trotzdem ausführen, weil er sozusagen den einzigen festen Punkt meines Lebens in der Freiheit bildete. Ich fand unschwer das mir angegebene Haus, ein hohes, schmutziges Mietshaus in einer engen Straße, deren Name mir entfallen ist. Eine alte Portiersfrau blinzelte mich argwöhnisch an und führte mich dann durch den Hof zu einer kleinen Parterrewohnung. Nadja Kruglow, die Tochter des Generals, ein hübsches, vierzehnjähriges Mädchen mit dunklen, nachdenklichen Augen, saß an einem Tisch, auf dem Hefte und Bücher ausgebreitet lagen, und empfing mich freundlich. Als sie erfuhr, daß ich aus dem Lager kam, wo ihr Vater gefangensaß, verklärte sich ihr Gesicht. Der dunkle Raum war mit ausgeblichenen, antiken Möbeln vollgestopft, und durch die zum Teil zerbrochene und mit einem Stück Sperrholz notdürftig geflickte Fensterscheibe fiel ein schwacher Schein des gelblich trüben Abendlichts. Es war in dem Zimmer so kalt, daß das Mädchen Filzstiefel und Handschuhe übergezogen und sich einen Pelzmantel über die Schultern gehängt hatte. In der Küche konnte ich mich zum erstenmal seit zwei Monaten gründlich waschen. Bis Frau Kruglow kam, saß ich mit Nadja am Tisch und half ihr bei ihren Schularbeiten, und wir wurden, während wir uns da mit Karten und Rechenaufgaben abmühten, schnell gute Freunde. Ihre Mutter kehrte erst am Abend zurück, eine noch schöne Frau, trotz der müden Züge, denen man ansah, daß sie nicht genug Schlaf hatte, und der Hornbrille, hinter der sich dunkle lebhafte Augen, die denen Nadjas glichen, verbargen. Sie legte einen ein Kilogramm schweren Laib Brot auf den Tisch und blickte ihre Tochter prüfend an. Als sie erfuhr, daß ich Nachricht von ihrem Mann gebracht hatte, bat sie mich sofort, sie in die Küche zu begleiten.

»Sie haben doch Nadja nichts von ihres Vaters neuer Verurteilung gesagt?« fragte sie ängstlich.

»Nein«, antwortete ich, »ich habe das ganz vergessen. Im Lager nimmt man solche Strafen nicht so wichtig, da man doch nie weiß, wie lange man dort bleibt.«

»Ach, Gott sei Dank«, rief sie, ohne auf die Doppeldeutigkeit meiner Worte zu achten. »Sie müssen wissen, ihre Lehrer und Schulfreundinnen machen es Nadja schon schwer genug, weil ihr Vater im Lager ist. Und wenn sie erführe, daß er noch einmal verurteilt ist, würde sie nicht mehr zur Schule gehen wollen.«

Wir gingen dann wieder in das Wohnzimmer zurück, wo Kruglows früheres Kindermädchen, das wie gewöhnlich zum

Essen zu ihnen kam, gerade das Abendbrot aufgetragen hatte. Auf dem weißen Tischtuch standen eine dampfende Suppenterrine und ein Samowar. All das bewegte mich tief und machte mich zugleich ein wenig beklommen. Das alte, völlig weißhaarige Kindermädchen schnitt ein Stück von ihrer Brotration ab und schob es mir über den Tisch zu, wobei sie mir versicherte, daß ihr in ihrem Alter Brot nicht so gut täte. Wir setzten uns um den Tisch und wärmten unsere Hände an dem heißen Samowar. Frau Kuglow erwähnte ihren Mann mit keinem Wort mehr und warf mir jedesmal, wenn ich auf das Lager anspielte, einen so beschwörenden Blick aus ihren traurigen Augen zu, daß ich sofort verstummte. Wir sprachen also von unverfänglichen Dingen. Sie erzählte mir, sie habe es ziemlich schwer als Stenotypistin, verdiene wenig, und bei den politischen Diskussionen nach der Arbeit, an denen das ganze Büro teilnehmen müsse, fielen ihr vor Müdigkeit fast immer die Augen zu. Ihr achtzehnjähriger Sohn, der von jeher hatte Offizier werden wollen, sei »wegen seines Vaters« von der Armee abgelehnt worden und befinde sich jetzt bei einer Freiwilligenhilfsbrigade, die in Leningrad Schanzarbeiten verrichte. Nadja beklagte sich fast mit Tränen in den Augen darüber, daß man sie »wegen ihres Vaters« nicht in den Komsomol, die russische Jugendorganisation, aufnehmen wolle, und daß sie sich an keinerlei Sport und Spielen beteiligen dürfe. »Aber«, fügte sie hinzu, »in zwei Jahren, wenn Papa wieder da ist, wird sich das alles ändern.« Das alte Kindermädchen hockte müde wie eine Eule auf ihrem Stuhl und murmelte mit ihrem zahnlosen Mund immer wieder: »Gott, erbarme Dich unser.« Nach dem Essen schlugen wir unter dem Porzellanschirm der Öllampe einen großen Atlas auf und unternahmen dann unter fröhlichem Gelächter Traumreisen in ferne Länder. Das alte Kindermädchen wollte jedoch nichts davon wissen. »Laßt mich aus dem Spiel«, sagte sie, »ich bin in Rußland geboren, und ich will in Rußland sterben.« Ich fühlte mich so glücklich und geborgen, daß mir plötzlich der Gedanke kam: was würde ich darum geben, wenn ich nur eine Nacht hier, in einer menschlichen Behausung bleiben könnte, selbst wenn ich auf dem Fußboden, in der kleinen Küche schlafen müßte! Frau Kruglow forderte mich jedoch nicht dazu auf und sah immer öfter auf ihre Uhr. In den zwei Jahren im Gefängnis und Lager war mir jede rücksichtsvolle Höflichkeit völlig abhanden gekommen. Aber jetzt, in dieser Atmosphäre aristokratischer Armut, brachte ich nur mit größter Überwindung die Frage über mich, ob ich vielleicht eine Nacht hier verbringen könne.

»Hat Sie jemand hier hereinkommen sehen?« fragte Frau Kruglow und wurde blaß.

»Ja, die Portiersfrau hat mir den Weg hierher gezeigt.«

Sie schien plötzlich alle Selbstbeherrschung zu verlieren und begann laut zu schluchzen. »Ich kann es nicht, um Gottes Barmherzigkeit willen, ich kann es wirklich nicht. Mein Mann im Gefängnis, meine Kinder wie Aussätzige behandelt ... sie lassen uns kaum die Luft zu Atmen ... Wissen Sie, wie das ist, wenn man nachts vom NKWD geholt wird? ... Wenn man um Arbeit wie um eine Gnade betteln muß? ... Machen Sie uns nicht noch unglücklicher! Bitte gehen Sie, gehen Sie sofort, und kommen Sie niemals wieder.«

Mitternacht war schon vorüber, als ich durch die verlassenen Straßen zum Bahnhof zurückging.

Mein Tagebuch schildert hier in einer rührend naiven und sentimentalen Sprache ein romantisches Erlebnis, das mir, wenn ich jetzt, sieben Jahre später, darauf zurückblicke, nicht mehr ganz so romantisch erscheinen will. An meinem fünften Tage in Swerdlowsk lernte ich Fatima Sobolewa, eine junge Georgierin, kennen, die wie wir anderen alle dösend auf einer Bank saß und auf einen Zug nach Magnitogorsk wartete. Sie zog mich nicht nur an, weil sie ungewöhnlich hübsch war – ein rundes, dunkelhäutiges, mit leichtem Flaum bedecktes Gesicht, langes, glänzendes schwarzes Haar, das sie sich am Tage zu Zöpfen flocht und hochsteckte, abends aber durchkämmte und dabei lachte, daß die weißen Zähne wie Elfenbein blitzten –, sondern auch, weil ich merkte, wie sie öfter aus einem kleinen Korb Käse, kaltes Fleisch und Butter für ihr Brot hervorholte. Fatima hatte einen höheren Posten bei der örtlichen Parteidienststelle in Magnitogorsk, und ihr Parteiausweis öffnete ihr die Türen der Läden, die uns verschlossen waren. Sie war in Swerdlowsk auf der Rückfahrt von Omsk für mehrere Tage hängengeblieben. In Omsk hatte sie ihren verwundeten Mann besucht. Er war ebenfalls Georgier und hatte sich als Artillerieoffizier bei Ausbruch des Krieges in einer litauischen Garnison befunden. Nicht gerade sehr teilnahmsvoll sprach sie immer wieder von seiner Verwundung: »Er nützt mir nichts mehr. Sie haben ihm beide Beine amputiert. Das ist gewiß traurig, aber man kann nicht von mir verlangen, für den Rest meines Lebens mit einem Invaliden zu schlafen.«

Wir freundeten uns rasch an, und ein- oder zweimal gingen wir sogar in die dunkle Ecke vor dem Waschraum. Fatima versuchte mich zu überreden, den Gedanken, mich zum Heer zu melden, aufzugeben, und mit ihr nach Magnitogorsk zu kommen. »Solch ein Wahnsinn!« sagte sie immer wieder in klagendem Ton. »Das Leben ist schon kurz genug. Wenn sie dich schon nicht zur Roten Armee einziehen, warum drängst du dich dann so danach? Du hast eine gute Bildung, und ich bin Parteimitglied, da kann ich dir zu Hause eine schöne Stellung besorgen.«

Sie wollte nicht ein Wort von dem glauben, was ich ihr von den Arbeitslagern erzählte. »Unsinn, Unsinn«, sagte sie und schüttelte energisch den Kopf. »So was gibt es in der ganzen Sowjetunion nicht. Im Norden kann jeder Avitaminose bekommen und sich die Kleidung bei der Arbeit zerreißen. Wenn du mit mir kommst, werden deine Beine bald heil werden, und ich werde dafür sorgen, daß du Kleiderbezugsscheine bekommst, und dann wird alles wieder gut sein.« Aber wenn wir abends ziellos im Schnee umherschlenderten, zupfte sie mich immer nervös am Arm, sobald ich etwas von meinen Lagererlebnissen erzählte. »Hast du denn im Lager nicht gelernt«, flüsterte sie mir erregt zu, nachdem sie sich vorher vorsichtig umgeblickt hatte, »daß man auf der Straße den Mund halten muß? Wer weiß, wer hier alles vorbeikommt, und schon wirst du verhaftet. Oder kannst du vielleicht im Dunkeln die Gesichter erkennen?« In der Tat war dies nicht möglich. Eine große, erschreckend anonyme Menschenmenge drängte durch die Straßen und zog immer wieder zu denselben Plätzen. Manchmal blieben wir auch vor den hellerleuchteten Fenstern eines Speisehauses stehen, um die Speisekarte zu lesen, auf der oben immer die unvermeidliche Kohlsuppe stand.

»Warum nimmst du mich nie zu einem Essen auf deine Parteikarte mit? Schämst du dich meines zerlumpten Aufzugs?« fragte ich sie einmal. »Nein, das nicht«, antwortete sie. »Aber es könnte mich jemand erkennen und meine Dienststelle zu Hause benachrichtigen.«

»Und in Magnitogorsk wird man dich nicht erkennen?«

»Das ist etwas anderes. Zu Hause ist alles einfacher. Es ist immer besser, wenn man sein Anliegen selbst vorbringt. Sie würden dich vielleicht nicht hereinlassen, aber wenn ich vorher um Erlaubnis nachgesucht hätte, würden sie mich niemals bestrafen.« Fünf Tage später fuhr Fatima nach Magnitogorsk ab. Aus dem Abteilfenster lehnte sie ihren Wuschelkopf mit der hübschen Pelzmütze heraus und rief mir noch einmal laut zu: »Vergiß nicht, Leninskajastraße 19, Wohnung 21!«

Am nächsten Morgen traf unsere kleine Polengruppe den ersten polnischen Offizier, den wir bis dahin in Rußland gesehen hatten, und wir begrüßten ihn mit fast ehrfürchtiger Verehrung. Er war auf der Reise von seinem Standort nach Archangelsk, um dort seine Familie zu holen, und erzählte uns, das nächste Büro der polnischen Armee befinde sich in Tscheljabinsk, und in Kasachstan werde gerade eine neue Division aufgestellt.

☆ ☆ ☆

In Tscheljabinsk fand unsere von dem energischen Leutnant C. angeführte kleine Gruppe[11] in dem eleganten »Ural«-Hotel, das in der Nähe einer Traktorenfabrik lag, den Leiter des polnischen Armeebüros, einen hochgewachsenen Hauptmann in einer vorbildlich sitzenden Felduniform. Er empfing uns nicht gerade begeistert, hörte kaum auf unsere verworrenen Erzählungen und öffnete ein Fenster, obwohl der Februar nicht eben zu den wärmsten Monaten im Ural gehört. Jedem von uns gab er zehn Rubel und versicherte uns, daß, falls die russischen Behörden keinen Einspruch erhöben, er uns von einem Arzt (glücklicherweise war ein Doktor unter uns) flüchtig untersuchen lassen und versuchen würde, einen besonderen Eisen-

bahnwaggon für uns aufzutreiben und die notwendigen Reise-
bescheinigungen zu besorgen, damit wir nach Kasachstan fahren könnten. Als wir uns von ihm verabschiedeten, gab der
Hauptmann Leutnant C. mehrere kleine Kreuze mit der englischen Aufschrift:»Pledge for Victory« und einige auf Per-
gamentpapier gedruckte Exemplare des Gebets zur wunder-
tätigen Jungfrau von Ostrobrama.»Verteilen Sie die an Ihre
Männer«, sagte er, während er uns zur Tür hinauskomplimen-
tierte.»Sie haben gewiß in diesen Lagern Gott ganz vergessen.«
Beruhigt in dem Gedanken, daß wir immerhin»Männer«, also
menschliche Wesen waren, obwohl wir tatsächlich Gott in den
Lagern vergessen hatten, marschierten wir zum Bahnhof, wo
man, wie man uns gleich nach unserer Ankunft berichtet hatte,
aus den Schuppen Lebensmittel stehlen konnte.

Hier bricht mein Tagebuch ab. Offensichtlich hat mich damals die Aussicht, bald der Armee anzugehören, viel zu sehr
beschäftigt und aufgeregt, um es weiterzuführen – und statt
eingehender Schilderungen enthält es nur noch eine genaue
Beschreibung unserer Reiseroute: Tscheljabinsk – Orsk –
Orenburg – Aktjubinsk – Aralsk – Ksyl Orda – Arys – Tschim-
kent – Dsambul – Lugowoje. In den ersten Februartagen verließen wir Tscheljabinsk in einem Güterwagen, in dem sich
mehrere zweistöckige Pritschen, zwei Kübel, ein Sack Mehl
und ein Sack Grütze und für unsere dringlichsten Bedürfnisse
zwei Löcher im Boden befanden. Am 9. März trafen wir endlich in Lugowoje ein. Von der Fahrt ist mir fast nichts mehr
im Gedächtnis geblieben; denn wir kamen selten aus dem
Waggon heraus. Er wurde nämlich an jeder größeren Station
wieder an einen anderen Zug angehängt, und wir fürchteten
deshalb immer, ihn nicht wiederzufinden. So verbrachten wir
den Monat schlafend und essend auf unseren Pritschen und
vergnügten uns im übrigen hin und wieder mit der Jagd auf
Läuse, die sich in den Falten unserer Lumpen eingenistet hatten. Aber ich erinnere mich noch, wie wir in Orsk, wo unser
Zug mehrere Stunden warten mußte, einen wunderbaren
Sonnenuntergang über der verschneiten Steppe erlebten. Der
Himmel wechselte von einem dunklen Blau zu einem rosti-
gen Rot, und vor diesem Hintergrund kamen ein paar ein-

same Reisende auf Kamelen durch die Steppe zum Bahnhof geritten.

Am 12. März wurde ich in Lugowoje beim 10. leichten Artillerie-Regiment aufgenommen. Der erste, dem ich in Lugowoje begegnete, als ich im Regen meine neue Felduniform, Unterwäsche, ein Paar Stiefel, ein Eßgeschirr zu meinem Zelt trug, war der kränkliche Hauptmann K., den ich im Gefängnis in Witebsk immer von seiner Pritsche zum Kübel schleppte, weil er aus eigener Kraft nicht mehr dorthin gelangen konnte. Ich stieß ganz zufällig mit ihm zusammen, als ich auf meinen feuchten Sohlen auf einem kleinen Abhang fast ausrutschte, Überrascht breitete ich die Arme aus, wobei mir mein ganzes Bündel in den Matsch fiel. Er blickte mich grimmig an, wischte sich die Spritzer von seiner gutgeschnittenen Reithose und drohte mir eine Disziplinarstrafe an, sobald ich in Uniform sei. In diesem Augenblick wußte ich, daß ich wirklich zur Armee gehörte, daß ich endlich wieder mit meinen Landsleuten vereint war, die nach all dem Schweren, was sie in den letzten zwei Jahren durchgemacht, jetzt wieder schnell zu einem normalen Leben zurückkehrten.

Die 10. Division bestand fast nur aus Soldaten, die erst sehr spät aus den Arbeitslagern entlassen wurden und darum besonders schwach und unterernährt waren, und war die erste, die von Rußland nach Persien verlegt wurde. Am 26. März wurde mein Regiment in einem Güterzug über Dsambul – Arys – Taschkent – Dzizak – Samarkand – Buchara – Tschardschou und Aschabad nach Krasnowodsk am Kaspischen Meer befördert. Am 30. März wurden wir auf zwei Schiffe, die »Agamali Ogly« und die »Turkmenistan«, verladen. Die Nacht zum 2. April 1942 verbrachte ich bereits am Sandstrand in Palevi, außerhalb der Grenzen des Landes, wo, wie ich damals in mein Tagebuch schrieb, man den Glauben an den Menschen und den Sinn eines Kampfes um die Verbesserung seines Schicksals auf Erden verlieren muß.

Epilog
Der Fall von Paris

Es ist kaum vorstellbar, wie sehr ein Mensch innerlich zerstört werden kann.

Dostojewski, *Aufzeichnungen aus einem Totenhaus*

I.

Im Gefängnis von Witebsk erfuhr ich von einem kleinen, dunkelhaarigen Gefangenen, der an einem Junitag 1940 in unsere Zelle gebracht wurde, daß Paris gefallen war.

Die sommerliche Hitze hatte ihren Kulminationspunkt erreicht. Tag für Tag starrten wir stumm und mit qualvoller Beharrlichkeit auf das blaßblaue, von der Hitze fast weiße Stückchen Himmel, das wir durch unser kleines Fenster erblicken konnten. Schwärme unsichtbarer Vögel flogen draußen vorüber und verschwanden lärmend in der brütenden Stille des Nachmittags.

Die meisten Gefangenen in der Zelle waren Soldaten jener polnischen Armee, die als erste von den Deutschen besiegt worden war. Solange die Hitze nicht allzu drückend war, saßen sie auf ihren Strohsäcken und verbrachten viele Stunden damit, ihre Armeestiefel mit Spucke zu putzen, die Metallknöpfe und die in ihren Bündeln versteckten kleinen Silberadler an den Ärmeln blank zu reiben und sich sorgfältig die Gamaschen um die Beine zu wickeln. Ihre Gesichter waren mit Bartstoppeln bedeckt und fahl, ihre kahlgeschorenen Köpfe sahen wie formlose Steinklumpen aus, ihre Nacken waren voller Karbunkel und Beulen, ihre Lippen aufgesprungen und geschwollen, ihre Augen rot vor Müdigkeit, und die Beine mit Blasen bedeckt. Diese einfachen, ehrlichen und treuen Augen, die der heiße Atem der Niederlage ausgetrocknet hat und in denen sich noch das blutige Feuer des Krieges spiegelte, füllten sich nur dann mit bleischweren Tränen der Einsamkeit, wenn von ferne der metallische Klang von Hufschlägen zu vernehmen war.

Der neue Gefangene legte sein Bündel auf den Kübel, blickte sich mißtrauisch um und ließ sich dann schüchtern auf einem Strohsack in der Nähe der Tür nieder. Er wirkte wie ein mit unruhigem Flügelschlagen in einen Käfig hineinflatternder Vogel, dessen Augen vom grauen Star verschleiert sind, dessen gekrümmter Schnabel halb offen steht und der sich schließlich verzweifelt auf der Holzstange niederläßt. Niemand in der Zelle sprach ein Wort. Wir waren lange genug in sowjetischen Gefängnissen, um zu wissen, daß mindestens fünf von zehn neu hinzukommenden Gefangenen Spitzel waren, die man aus irgendeiner anderen Zelle hierher brachte, damit sie sich ein wenig umhörten. Selbst hinten in der Zelle verstummte sofort das Geflüster. Mit unverhüllter Angst musterte man den Eindringling. Wenn er den dichten Wall von Mißtrauen, der sich ihm von allen Seiten entgegenstellte, durchbrechen wollte, mußte er als erster sprechen. Wie ein Spitzel sah er allerdings nicht aus. Er hatte übermäßig lange Arme, krumme Beine, große abstehende Ohren, und in dem furchtsamen Blick seiner schwarzen Augen stand, wie mir schien, eher eine Tragödie geschrieben, eine jener vielen Tragödien, wie sie damals im Krieg all die erleben mußten, die sich, um ihre eigene Freiheit zu retten, in die Sklaverei geflüchtet hatten. Plötzlich hob er den Kopf, und mit einer rührend leisen Stimme flüsterte er: »Paris ist gefallen.« Einer von denen, die ihm am nächsten saßen, blies dieses flackernde Flüstern zu einer grellen Flamme auf und rief laut: »Paris ist gefallen!«

Ein tiefes Seufzen ging durch die Zelle. Wir streckten uns müde aus, falteten die Hände hinter den Köpfen und kehrten die Gesichter dem Fenster zu. Wir hatten nichts mehr zu erwarten, Paris war gefallen, Paris, Paris … So unglaublich es klingen mag, aber selbst die einfachsten Menschen, die niemals Frankreich mit eigenen Augen gesehen hatten, empfanden den Fall von Paris als das Ende ihrer letzten Hoffnung; es war für sie eine noch unwiderruflichere Niederlage, als es die Übergabe von Warschau gewesen. Die Nacht der Sklaverei, die wie eine dunkle Wolke über Europa hing, verhüllte auch uns in

Witebsk das einzige kleine Stück Himmel hinter den Gitter-
stäben unseres Zellenfensters.

»Paris ist gefallen!« – wiederholte der Unbekannte, vergrub
sein Gesicht in den Händen und begann bitterlich zu weinen.

II.

In den nächsten Wochen lernte ich den Neuen etwas besser
kennen, und in gewisser Weise hat uns eben Paris einander
nähergebracht. An den Abenden erzählte er mir die Geschichte seines Lebens, die gerade in ihrer Banalität als ein Muster-
beispiel in einem Handbuch über den letzten Krieg dienen
könnte. Als Sohn eines reichen jüdischen Kaufmanns war er in
Grodno geboren. Nachdem er acht Jahre in Polen das Gymna-
sium besucht hatte, ging er 1935 nach Paris, um dort zu studieren. Hier wurde er Kommunist und versuchte sogar während des Bürgerkrieges nach Spanien zu gelangen, aber die
Partei befahl ihm zu bleiben, wo er war, und eine Zelle ausländischer Studenten an der Pariser Akademie für Architektur
zu gründen. Er setzte sein Architekturstudium fort und machte
1939 sein Abschlußexamen. Einen Monat später, unmittelbar
vor Ausbruch des Krieges, kehrte er nach Polen zurück.

Es wäre müßig, seinen Kommunismus analysieren zu wollen. Aus allem, was er selber sagte, entnahm ich, daß seine Überzeugung sich auf Gedanken von Marx und Le Courbusier
gründete. Er sah die Lösung der ökonomischen Widersprüche
des Kapitalismus in der Planung einer Stadt Utopia. Das klingt
naiv, ja sogar komisch, aber seinen jüdischen Idealismus, der nur
an ein irdisches Reich Gottes glaubte, verlangte es nach ratio-
nal-realer Verwirklichung, und die meinte er im Bau der riesigen Gartenstädte der Zukunft zu finden, in denen einmal das
Pariser Proletariat und die in den polnischen Ghettos einge-
pferchten Menschen wohnen sollten.

Als die Sowjetarmee im September 1939 in Grodno ein-
marschierte, berief man ihn als Referenten für Städtebau in die
Stadtverwaltung. Diese Stellung hatte er bis Mai 1940 inne.
Dann wurde er verhaftet, weil er sich geweigert hatte, in eine

freiwillige Verbannung ins Innere Rußlands zu gehen. Den Fall von Paris betrachtete er deshalb als seine persönliche Niederlage: denn damit war nicht nur der Schlußpunkt unter eine Eroberung des ganzen Kontinents gesetzt, sondern auch das Schicksal jener Stadt besiegelt worden, in der sein Utopia Wirklichkeit werden sollte. Und die Eroberer waren zudem die Verbündeten seines erträumten Vaterlandes.

Er wurde in der Zelle bald sehr beliebt, denn abends erzählte er immer lebhaft und überzeugend von dem Leben im Vorkriegs-Paris. Aber außer dieser Tragödie eines betrogenen Idealisten erlebte er noch ein anderes, vielleicht noch schmerzlicheres und noch schwerer zu ertragendes Drama: den inneren Treuekonflikt. Im Grunde genommen hielt er sich für einen Polen. Aber als er am Abend nach seiner Ankunft in der Zelle beim Appell der Vorschrift entsprechend nach seiner Nationalität gefragt wurde, antwortete er leise mit gesenktem Kopf: »Jude.«

III.

Eines Mittags im Juni 1945, als ich gerade aus der Redaktion der Armee-Zeitung kam, in der ich damals arbeitete, lief ich ihm unversehens in die Arme. »Ich habe gehört, daß du hier arbeitest«, sagte er schüchtern, »und bin darum von Florenz hergefahren, um dich zu sehen.«

»Aber wie bist du denn nach Italien gekommen?«

»Ach, das ist eine lange Geschichte«, antwortete er lächelnd, »komm, trinken wir eine Tasse Kaffee zusammen.«

Da es sich in den heißen römischen Cafés und Tavernen zu dieser Tageszeit nur schwer länger aushalten läßt, entschlossen wir uns, in mein Hotel zu gehen. Rom kehrte damals langsam zum Leben zurück. Auf dem glühenden Pflaster hörte man das hohle Klappern der Pferdehufe, und eine traurige, zerlumpte Menge schlenderte über die Brücken und blieb mitten auf ihnen stehen, um in die trüben Fluten des Tiber zu blicken. Hoch droben thronte in der Ferne die Engelsburg wie ein rosa Felsen.

Er konnte es nicht mehr abwarten und begann schon unterwegs zu sprechen. Aus Witebsk wurde er einen Monat nach mir fortgebracht, um eine zehnjährige Haftstrafe im Lager Pechora zu verbüßen. Anfangs hatte er im Walde arbeiten müssen, dann hatte man ihn beim Flößen der Baumstämme auf dem Fluß eingesetzt. Bei Ausbruch des russisch-deutschen Krieges war er fast am Ende. Die Amnestie für Polen war an ihm vorübergegangen, weil er beim ersten Appell im Gefängnis auf die Frage nach seiner Nationalität »Jude« geantwortet hatte. Die Russen legten das polnisch-russische Abkommen nach Gutdünken aus. Sie erkannten als polnische Bürger nur jene an, die rein polnischer Abstammung waren, hielten aber alle Ukrainer, Weißrussen und Juden aus den Gebieten östlich der Curzon-Linie, die vor dem Krieg polnische Bürger gewesen waren, in den Lagern fest und gegen Ende 1941 sogar Juden aus Mittel- und Westpolen.

Vor dem Erschöpfungstod rettete ihn der Umstand, daß sich im Januar 1942 die Lagerverwaltung seiner besonderen beruflichen Qualifikationen erinnerte und ihn zum Führer der Baubrigade machte. Er wurde in die Technikerbaracke verlegt und genas so verhältnismäßig schnell wieder. Im Januar 1944 wurde er unvermutet vorzeitig entlassen und gleich darauf zur Roten Armee eingezogen. Im Frühling des gleichen Jahres marschierte er, kaum militärisch ausgebildet, mit der Armee gegen Ungarn. In den Kämpfen bei Budapest wurde er verwundet. Nach seiner Entlassung aus dem Lazarett wurde er sofort den damals von dem kommunistischen »Komitee für die nationale Befreiung« in Moskau aufgestellten polnischen Einheiten zugeteilt und kam mit ihnen nach Warschau. Bei der ersten sich bietenden Gelegenheit verließ er die Armee und floh nach Italien. Die jüdische Hilfsorganisation »Joint« stellte ihm in ihrem Hause in Florenz ein Zimmer zur Verfügung, und dort wartete er jetzt auf sein Visum für Südamerika.

In dem von der Armee beschlagnahmten Hotel an der Ecke Via del Tritone und Corso Umberto nahm ich ihn in mein Zimmer im dritten Stock mit und bestellte eine Falsche Wein. Es war heiß und stickig; durch die heruntergelassenen Jalousien fielen Lichtstreifen in den Raum, und wir konnten das

Lärmen betrunkener Soldaten und das Kreischen von Straßen-
mädchen aus den anderen Zimmern hören. Eine müde Menschenmenge schleppte sich durch die Straßen. Die Hitze näherte sich ihrem täglichen Höhepunkt. Wir setzten uns auf das
Bett. Ich starrte gedankenlos auf das Tapetenmuster und wußte
nicht, wo ich beginnen sollte, denn ich fühlte instinktiv, daß er
mir noch nicht alles erzählt hatte.

»In der Geschichte«, begann er stockend, »ist noch etwas,
wovon ich noch nicht gesprochen habe und was ich dir jetzt
erzählen möchte. Ich habe noch mit keinem Menschen darüber gesprochen, weil ich, ehrlich gesagt, niemanden hatte,
dem ich es hätte sagen können. Als ich wieder nach Polen
kam, fand ich von meinen Angehörigen niemanden mehr am
Leben. Meine ganze Familie, alle nahen und entfernten Verwandten, waren tot. Aber in so vielen schlaflosen Nächten
habe ich mich nach jemanden gesehnt, der mich verstehen
könnte, weil er auch einmal in einem sowjetischen Arbeitslager gewesen war ... Ich bin nicht hier, um dich um irgend
etwas zu bitten, ich habe nach dem Krieg meinen Namen
geändert, und in einigen Monaten, spätestens in einem Jahr,
werde ich ein neues Leben in Amerika beginnen. Aber vorher
möchte ich, daß du mich anhörst, und wenn ich dir alles erzählt habe, mir nur das eine Wort sagst: ›Ich verstehe ...‹«

Ich füllte unsere Gläser wieder. »Du kannst offen sprechen.
Wir waren schließlich in derselben Gefängniszelle, und nach
diesem Krieg ist das, als ob man zusammen zur Schule gegangen wäre ...«

»Es war damals nicht leicht, mich in meiner Stellung als Führer der Baubrigade zu behaupten. In Rußland muß man, wie
du weißt, für alles bezahlen. Im Februar 1942, knapp einen Monat nachdem ich in die Technikerbaracke versetzt worden war,
wurde ich eines Nachts zum NKWD geholt. Es war die Zeit,
da die Russen sich für ihre Niederlagen an der Front selbst in
den Lagern an den Deutschen zu rächen begannen. Ich hatte
vier Deutsche in meiner Brigade, zwei, die aus der Wolgasied-
lung stammten und völlig russifiziert waren, und zwei Kommunisten, die 1935 nach Rußland geflohen waren. Sie arbeiteten gut, und ich hatte nichts gegen sie außer dem einen

vielleicht, daß sie jeder politischen Diskussion wie der Pest aus dem Wege gingen. Nun, das NKWD legte mir ein Schriftstück vor, das besagte, ich hätte gehört, wie sie auf deutsch vom baldigen Kommen Hitlers gesprochen hätten. Ich sollte die Richtigkeit dieser Beschuldigung mit meiner Unterschrift bestätigen. Mein Gott, einer der größten Alpträume des Sowjetsystems ist die fixe Idee, seine Opfer mit allem gesetzlichen Zubehör liquidieren zu wollen ... Es genügt ihnen nicht, jemandem eine Kugel durch den Kopf zu schießen, nein, er muß noch vor Gericht höflich darum bitten. Es genügt ihnen nicht, jemanden niederträchtig einer Sache zu beschuldigen, die er nie begangen hat; sie müssen auch noch Zeugen haben, die das beschwören. Der Offizier des NKWD ließ mich nicht darüber im unklaren, daß ich, falls ich mich weigerte, wieder im Wald würde arbeiten müssen ... Ich hatte zwischen meinem eigenen Tode und dem der vier zu wählen ...«

Er goß sich selber noch einmal etwas Wein ein und führte das Glas mit zitternder Hand an die Lippen. Unter meinen halbgeschlossenen Lidern sah ich sein angstverzerrtes, von Schweiß bedecktes Gesicht.

»Ich wählte. Ich hatte genug vom Wald und dem grauenhaften täglichen Kampf mit dem Tod – ich wollte leben. Ich unterschrieb. Zwei Tage später wurden sie jenseits des Lagers erschossen.«

Wir schwiegen beide. Er stellte sein leeres Glas auf den Tisch und duckte sich auf dem Bett, wie um einem Schlage auszuweichen. Hinter der Wand hörte man den schrillen Sopran einer Frau, die den Refrain eines italienischen Liedes sang; doch dann ertönte ein Fluch, und die Stimme verstummte jäh. Es war etwas kühler geworden, aber ich glaubte fast zu hören, wie sich die heißen Autoreifen von dem klebrigen Asphalt lösten. »Wenn ich diese Geschichte irgendeinem von denen, unter denen ich jetzt lebe, erzählen würde, würden sie mir nicht glauben, oder, wenn sie mir glaubten, sich weigern, mir noch die Hand zu geben. Aber du weißt ja, zu was sie uns da gebracht, in welche tiefste Erniedrigung sie uns getrieben haben. Sag nur das eine, daß du mich verstehst ...«

Ich fühlte, wie mir das Blut in den Schläfen hämmerte. Bilder und Erinnerungen stiegen vor meinen Augen auf. Damals, drei Jahre nachdem ich Rußland verlassen hatte und das Lager ganz aus meinem Gedächtnis verbannen wollte, um mir den Glauben an die Menschenwürde zu retten, waren diese Bilder viel verschwommener und undeutlicher gewesen als heute, da ich endlich ein wenig Frieden gefunden habe, und sie wieder klar, wenn auch wie in weiter Ferne vor mir sehe. Am Tag nach meiner Entlassung aus dem Lager wäre ich vielleicht fähig gewesen, ohne Schwierigkeit das Wort auszusprechen, um das er mich bat. Ja, vielleicht hätte ich es getan ... 1945 jedoch lagen schon drei Jahre in der Freiheit hinter mir, drei Jahre, in denen ich als Soldat auf den verschiedensten Kriegsschauplätzen gekämpft, drei Jahre, in denen ich wieder wie ein richtiger Mensch gefühlt, geliebt, Freundschaft und Sympathie gefunden hatte ... Die Tage, an denen wir wieder dem Leben zugewandt sind, ähneln in keiner Weise denen, in denen wir ständig den Tod vor Augen haben. Ich war wieder ein Mensch unter Menschen, mit menschlichen Begriffen und Maßstäben. Und sollte ich sie jetzt wieder aufgeben und verraten? Auch hier gab es nur zwischen zweierlei zu wählen: wie er zwischen seinem Leben und dem Leben der vier Deutschen gewählt hatte, so mußte ich jetzt zwischen seinem und meinem Frieden wählen. Nein, ich konnte das Wort nicht sagen.

»Nun?« fragte er leise.

Ich stand vom Bett auf und trat, ohne ihn anzusehen, ans Fenster. Mit dem Rücken zum Zimmer hörte ich, wie er hinausging und vorsichtig die Tür hinter sich schloß. Ich zog die Jalousie hoch. Auf der Piazza Colonna strich eine leise Brise über die Menschen wie über die gebeugten Ähren eines Kornfeldes, und man sah ihnen an, wie sie sich in dem belebenden Luftzug wieder aufrichteten. Betrunkene amerikanische und englische Soldaten torkelten über den Platz, stießen Italiener beiseite, sprachen Mädchen an und suchten Schatten unter den gestreiften Markisen der Läden. Unter der Kolonnade des Eckhauses war der schwarze Markt in vollem Gange. Die römischen Lazzaroni, kleine zerlumpte Kriegskinder, krochen zwischen den Beinen riesiger Neger in amerikanischer Uniform hindurch. Seit einem Monat war der Krieg zu Ende. Rom war frei, Brüssel war frei, Oslo war frei, Paris war frei. Paris, Paris, Paris ...

Ich sah ihn, wie er aus dem Hotel kam, langsam wie ein flügellahmer Vogel über die Straße kroch und, ohne sich noch einmal umzublicken, in der Menge verschwand.

Juli 1949 – Juli 1950

Zweiter Epilog

Der Fall der *Welt ohne Erbarmen* aus dem *Tagebuch bei Nacht geschrieben*

Neapel, 5. Oktober 1994

Der Epilog zur *Welt ohne Erbarmen* trägt den Titel *Der Fall von Paris.* Von nun an werde ich das Buch mit einem zweiten Epilog unter dem Titel *Der Fall der Welt ohne Erbarmen* versehen. Dieser wird aus dem vollständigen Text des Briefes bestehen, der am 23. August in Solowezk aufgegeben worden ist, und den ich am 29. September erhalten habe. Den Brief hat der bekannte Journalist Mariusz Wilk geschrieben, Mitverfasser des seinerzeit aufsehenerregenden Buches *Konspira*, einer für mich damals fesselnden Lektüre.

»Verehrter Herr Herling, ich schreibe Ihnen von den Solowezkije-Inseln, die nach Meinung von Solschenizyn die Wiege des Archipel Gulag sind. Vor zwei Jahren habe ich hier ein Haus am Meer gekauft und lebe zurückgezogen, wie in einer Zelle, schreibe ein wenig, lege Netze zum Fischfang aus und pflanze Kartoffeln.

Jercewo ist Anlaß meines Briefes. Vielleicht erinnern Sie sich an meinen Telephonanruf aus Moskau im Frühjahr 1992. Ich rief damals unter dem frischen Eindruck des Lagersystems von Kargopol an. Am 19. Januar 1992, also genau ein halbes Jahrhundert nach Ihrer Entlassung aus dem Lager in Jercewo, stieg ich ebendort aus dem Zug Moskau–Archangelsk. An das Datum kann ich mich deshalb so gut erinnern, weil es mein Geburtstag ist.

Nach Jercewo kam ich aus Wologda, von den Lesungen zu Ehren von Warlam Schalamow, die dort alljährlich an seinem Todestag stattfinden. Dort erfuhr ich, daß Jercewo ein »geschlossenes« Dorf ist, denn das Lager, in dem Sie festgehalten wurden, funktioniert bis heute. Das sagte mir ein junges Mädchen aus Schalamows zum Museum umgestalteten Haus; sie ist in Jercewo als Tochter einer Gefangenen geboren. Von ihr erfuhr ich auch, wie man am besten vom Bahnhof zur Gästebaracke gelangt, ohne sofort aufzufallen.

Ich war der einzige Passagier, der in Jercewo ausstieg. »Am Abend blickte ich von einer Anhöhe in der Nähe des Bahnhofs auf das Lager. Es wirkte von dort so klein wie ein Kinderspielzeug. Senkrechte rosa Rauchsäulen stiegen über den Baracken auf; die Fenster waren erleuchtet; und ohne die vier Wachtürme, deren grelle Scheinwerfer das Dunkel wie Messer durchschnitten, hätte man Jercewo für eine stille, friedliche Waldarbeiter- oder Köhlersiedlung halten können« (Fragment der Lagerbeschreibung aus meinem Buch – Anm. G. H.). An dieser Stelle verwischt sich die Grenze zwischen der Welt, die in der *Welt ohne Erbarmen* dargestellt ist, und der, die in der Tat fünfzig Jahre später vorzufinden ist. In den Details tut sich manchmal eine Kluft auf; eine Kluft, wie bei Schalamow: zwischen der Tatsache und ihrer Darstellung. Um das Paradoxe des Augenblicks auf die Spitze zu treiben, las ich in Wologda einen Versuch über Schalamows Postrealismus, und fand mich später hier in Jercewo wie mittendrin in einem postrealistischen Stück. Natürlich vorausgesetzt, daß wir die *Welt ohne Erbarmen* als realistische Prosa ansehen.

Mit anderen Worten, einige der Lager haben ihre Bestimmung verändert. Ostrownoje ist gegenwärtig ein Sommerlager für Pioniere. Über andere ist Gras gewachsen und verwilderte Johannisbeersträucher, wie zum Beispiel Alexejewka II, wohin ich mit Major Gusjew fuhr. Major Gusjew ist ein passionierter Jäger. Unterwegs erzählte er mir, daß er am liebsten entlaufene Gefangene jage, weil das kluge Wesen seien und oft auch bewaffnet. Nach Alexejewka II kämpften wir uns auf breiten, im Norden üblichen Skiern durch lockeren Schnee. Gusjew hatte die *Welt ohne Erbarmen* gelesen, von der ich mehrere Exemplare nach Jercewo mitgebracht habe, und kommentierte sie lebhaft. Sein Vater war in der Zeit, als Sie, Herr Herling, hier festgehalten wurden, Aufseher. Über die *Welt ohne Erbarmen* äußerte er sich voller Ironie. Sinngemäß meinte er etwa: Was konnten die schon über das Lager wissen, wenn sie wie Kaninchen in einem Stall eingesperrt waren; es fehlte ihnen an Distanz, an einem

Blick von oben, um den komplizierten Mechanismus der Menschenüberwachung in seiner Ganzheit zu erfassen. Andere Lager, wie Kruglitza, Mostowitza und auch das Lager in Jercewo selbst, haben sich in diesem halben Jahrhundert überhaupt nicht verändert.

Damals, im Januar, kam mir die Überrumpelung der Lagerführung zugute und ich bekam für einen Augenblick Ihre Personalakte unter der Nummer 1872 zu sehen. Leider durfte ich sie nicht photographieren. Erst im Mai erhielt ich nach mehrmonatiger Wanderschaft durch die Gänge des Innenministeriums die Erlaubnis, einen Mikrofilm Ihrer Akte anzufertigen sowie in das Lager hineinzugehen. Die Dokumente hat ein Enkel von Boris Pasternak photographiert. In das Lager bin ich erneut während der Polarnächte gefahren.

Diesmal ging meinem Besuch ein Anruf aus Moskau voraus, aus dem Sekretariat von General Alexander Alexandrowitsch Strjelkow. Auf dem Bahnhof in Jercewo wartete ein Dienstwagen auf mich, und später erhielt ich alles, was ich wünschte. Auf einer Draisine durchfuhren wir alle Lagerpunkte, fast bis Kargopol. Darunter auch ein Straflager, in dem in den fünfziger Jahren hartgesottene Diebe drangsaliert wurden. Man zeigte mir die Arbeitszone, die Küche, den Speiseraum: ich versuchte die dünne Suppe und muß sagen – nicht schlecht. Ich war in der Isolierzelle, im Besucherhaus, in der Krankenbaracke und in der Kulturbaracke. Ich sprach mit den Dieben und den von allen verachteten Kleinkriminellen, mit den Aufsehern und den Freien, die hier arbeiteten. Oberst Kuzjenkow, der Lagerleiter, lud mich zu sich zum Abendessen ein. Das Abendessen war festlich und – ich würde sagen – reichlich: in Himbeerblättern gedünsteter Elch, in Teig gebackene Forelle, Haselhuhn vom Rost, roter und schwarzer Fischrogen, gesalzene Pfifferlinge und marinierte Maikäfer. Dazu hochprozentige Getränke: ein Birkenknospengeist, ein Goldwurzelgeist, ein Blaubeerengeist. Je leerer die Flaschen, desto lauter erklärte Oberst Kuzjenkow, daß man wohl das Lager würde privatisieren und krumme Geschäfte mit Hilfe von individuellen Aufträgen machen müssen. Im Augenblick bearbeiten die Gefangenen Holz für Datschen und Hochglanzmöbel, die Versuchung zur Privatisierung wird also möglicherweise unwiderstehlich sein.

Der Zufall wollte, daß ich Franek traf – gleichsam eine andere Variante Ihres Schicksals. Franek hat unter dem Pseudonym Żbik in den Wäldern im Wilnaer Gebiet gekämpft. Er wurde in einer Scheune gefaßt, in der er zusammen mit seinen Kameraden nach einer Aktion schlief. Nach Jercewo wurde er 1943 gebracht. Zehn Jahre hat er abgesessen, dann blieb er, weil er mittlerweile kein Zuhause mehr hatte, in das er hätte zurückkehren können. Dreißig Jahre hat er dort gearbeitet, wo er zuerst als polnischer Saboteur gesessen hatte. Als Vorarbeiter war er tätig. Franek erinnert sich nur noch schwach des Polnischen. Er lebt mit einer russischen Diebin zusammen, die zur selben Zeit wie er entlassen worden war. Sie haben sich ganz in der Nähe der Lagerumzäunung ein Häuschen gebaut und leben dort ganz ungestört.

Man könnte noch viel über Jercewo schreiben, zumal es vorerst nichts über die heutigen Lagerzonen gibt. Ich dachte an einen Film, und ich erhielt sogar die Erlaubnis, innerhalb des Lagers zu drehen. Leider sind zwei Jahre vergangen und die Leute, die das zusammen mit mir machen wollten, haben keine Geldmittel dafür auftreiben können.

Ich selbst habe mich mittlerweile im Norden niedergelassen, schreibe über den Norden und betrachte die Welt aus nördlicher Perspektive. Letztens habe ich Ordnung gemacht in meiner Schreibtischschublade und dabei die Mikrofilme Ihrer Akte gefunden. Nachdenklich fragte ich mich, was ich damit tun solle? Die Quartalsschrift *Karta* (Das Blatt) würde das Material mit Freude nehmen, das Ostarchiv wohl auch. Aber vielleicht hätten Sie ganz konkrete Vorschläge? Oder vielleicht möchten Sie, daß ich Ihnen Ihre Personalakte zuschicke?

Mit herzlichen Grüßen
Mariusz Wilk«

Anhang

Nachtrag zu den Moskauer Prozessen

Die Umstände von Gorkis Tod sind nie aufgeklärt worden. Während der Moskauer Prozesse in den Jahren 1936/37 erwähnte der Staatsanwalt, daß außer Kirow auch Kuibyschew und Gorki Opfer der Trotzki-Sinowjew-Verschwörung geworden seien, ging aber mit keinem Wort darauf ein, wie man den großen Schriftsteller ermordet habe. Erst bei den Moskauer Prozessen im Jahre 1938 gestanden die Kreml-Ärzte Lewin, Pletnyjew und Kasakow, daß sie auf Befehl von Jagoda (der wiederum auf Anweisung von Bucharin und Rykow gehandelt zu haben behauptete) neben anderen Gorki umgebracht hätten. In seinem Buch *Eastern Approaches* berichtet General Fitzroy Maclean von ihrem Geständnis, nach dem sie Maxim Gorki absichtlich Zugluft ausgesetzt hätten, wodurch er sich eine Lungenentzündung geholt habe. Lewin sowie Kasakow wurden zum Tode verurteilt. In seiner Stalinbiographie erwähnt jedoch Isaak Deutscher ein 1940 von Stalins Privatsekretär Poskrebyschew veröffentlichtes Buch, in dem gesagt wird, daß Gorki eines natürlichen Todes gestorben sei.

Während ich das Kapitel dieses Buches »Eine Partie Schach« schrieb, wurde mir plötzlich die seltsame Ähnlichkeit bewußt zwischen dem Fall Dr. Lewins, der wegen Ermordung Gorkis zum Tode verurteilt worden war, und dem Dr. Loewensteins, dem wir im Lager den Spitznamen »Gorkist« gegeben hatten, weil er Gorki in seiner letzten Krankheit vernachlässigt hatte. Ich vermutete, daß ich entweder nach so vielen Jahren die Namen Lewin und Loewenstein miteinander verwechselt hatte, oder daß Lewin, trotz seiner Verurteilung zum Tode, unter einem neuen Namen im Lager weiterlebte. Erregt durch diese Entdeckung, daß vielleicht nicht alle in den Moskauer Prozessen ergangenen Urteile vollstreckt worden seien, schrieb ich an General Maclean, der den Prozeß gegen Lewin als

Augenzeuge miterlebt hatte, und gab ihm eine genaue Beschreibung Loewensteins. (Ein Mann von etwa 55 Jahren, klein,
stämmig, mit Bauchansatz, einem angenehmen und klugen
Gesicht, ein wenig hervorquellenden Augen, einer goldenen
Brille und grauem, lockigem Haar.) General Maclean antwortete mir. »Die Beschreibung Ihres ehemaligen Gefangenenkameraden entspricht ungefähr dem Bilde, das ich von Dr.
Lewin noch im Gedächtnis habe. Es sieht tatsächlich so aus, als
ob es sich um ein und denselben Mann handelte.« Diese Entdeckung, die geradezu sensationell wirken müßte, wurde mir
später noch durch einen Brief von Kazimierz Chmielowski,
einem jetzt in Italien lebenden, ehemaligen sowjetischen Gefangenen bestätigt. Sein Brief enthält die folgende Schilderung
einer Begegnung im Gefängnis.

»Es drängt mich, einen Fall zu schildern, den ich im Lukaja-
nowka-Gefängnis in Kiew erlebte. Ich war damals in der Sonderstrafabteilung in der Zelle 18 im zweiten Stock. Als wir im
März oder April 1941 zu unserem täglichen Gang in den Hof
hinuntergeführt wurden, blieben wir einen Augenblick im Flur
stehen. Einer der Gefangenen, ein Jude, der früher einen höheren Posten beim NKWD in Odessa bekleidet hatte (sein Vor-
name war Boris, an seinen Nachnamen kann ich mich nicht
mehr erinnern), benutzte die kurze Abwesenheit unseres Wachpostens, um durch das Guckloch in eine der Zellen hinein-
zusehen. Dabei veränderte sich sein Gesichtsausdruck jäh, als
hätte er etwas völlig Unglaubliches darin entdeckt. Er flüsterte
einem anderen Gefangenen, Oberst Nikolai Borodin, etwas zu,
der darauf dann auch in die Zelle hineinblickte. Die Wirkung
bei ihm war dieselbe. Als wir wieder weitergingen, hob ich
neugierig die Klappe hoch und sah flüchtig einen halbnack-
ten Mann (entsetzlich dürr wie ein Gandhi) auf dem Boden
vor dem Tisch sitzen, auf dem eine Schreibmaschine stand und
mehrere Papiere verstreut lagen. Durch die merkwürdige Erregung, in die die beiden anderen Gefangenen beim Anblick
des Skeletts in der Zelle gekommen waren (und die auch dann
noch angehalten hatte, als wir schon längst wieder in unsere
Zelle zurückgekehrt waren), neugierig geworden, entschloß
ich mich ein paar Tage später, Oberst Borodin, den ich etwas

besser kannte als den anderen (denn ich saß schon seit 16 Monaten in der Zelle 18), zu fragen, warum sich Boris bei dem Anblick so erschrocken habe. Borodin war sichtlich verwirrt von meiner Frage und gab keine Antwort. Aber noch am selben Tage kam Boris zu mir und fragte mich, ob ich den Gefangenen in der Einzelzelle gesehen und jemandem etwas davon gesagt hätte. Ich antwortete, ich hätte ihn gesehen, aber zu niemandem darüber gesprochen. Boris sagte mir dann, daß das NKWD, wenn ich irgend jemandem gegenüber etwas davon erwähnte, mich, ihn und Oberst Borodin sofort liquidieren würde. Denn jener Gefangene, ein persönlicher Freund von Tuchatschewski, sei ein früherer General und Lehrer an der Militärakademie in Moskau, den man mit Tuchatschewski zusammen zum Tode verurteilt habe. Nach dem Prozeß hätten die Zeitungen eine offizielle Verlautbarung über die Vollstreckung der Todesstrafe gebracht. Es stellte sich heraus, daß Boris ihn persönlich gekannt hatte und als Zeuge in dem Tuchatschewski-Prozeß aufgetreten war. Oberst Borodin hatte den General ebenfalls gekannt. Ich versprach, nichts zu sagen, und von der Zeit an ließen mich Boris und Borodin nicht mehr aus den Augen, taten mir aber zugleich manches Gute an.

Einige Tage nach dem Ausbruch des russisch-deutschen Krieges wurde das Gefängnis geräumt. Die Insassen unserer Zelle wurden zunächst im Erdgeschoß untergebracht. Nach einem Monat wurden die noch hier verbliebenen Gefangenen, etwa 2000 Russen, Polen, Litauer, Tschechen, Deutsche und Juden in den großen Gefängnishof zwischen dem Hauptgebäude und der Sonderstrafabteilung geführt. Dort wurden sie von den Offizieren gezählt, die dann die Zahlen mit denen in ihren Akten verglichen. Nachdem man uns drei Tage immer von neuem gezählt hatte, weil die Rechnung nie aufging, wurden wir unter Bewachung in Marsch gesetzt. Nach drei Wochen Marsch erreichten wir den Bahnhof Preluka, ungefähr 300 Kilometer von Kiew, wo wir in einen Güterzug verladen wurden. Wenige Wochen später landete, was von den 2000 noch übriggeblieben war, in Tomsk in Sibirien. Im August traf ich während dieser Fahrt den General aus der Einzelzelle; unseligerweise habe ich seinen Namen vergessen. Ich sprach mehrmals mit ihm und hörte auch seinen Unterhaltungen mit anderen Gefangenen zu. Er war ein wandelndes Lexikon, und ich konnte nicht verstehen, wie er nach allem, was er durchgemacht, und nachdem er nur noch zu einem Skelett abgemagert war, aus dem Gedächtnis ganze Kapitel aus General Sikorskis Buch über das Jahr 1920 zu zitieren vermochte. Ich erinnere mich noch an die Antworten des Generals auf drei meiner Fragen:

1. ›Wer wird den Krieg gewinnen.‹ – ›Rußland, zumal jetzt, da es feststeht, daß England und Amerika ihm helfen werden. Rußland wollte eigentlich warten, bis die kapitalistische Welt sich in ihrem Krieg mit Deutschland verblutet hätte, aber die Deutschen haben durch ihren Angriff diese Pläne durchkreuzt.‹

2. ›Wird es nach diesem Krieg noch ein Polen geben?‹ – ›Ja, aber es wird ein kommunistisches Polen sein.‹

3. ›Warum haben die Russen bei der Besetzung Ostpolens die Bevölkerung in die Verbannung geschickt, unschuldige Menschen eingekerkert, Familien auseinandergerissen usw.?‹ – ›Die meisten der Männer des NKWD gehörten selber ins Gefängnis. Wenn die Deutschen nicht noch grausamere Methoden anwenden würden, könnten sie auf eine große Zahl von Verbündeten rechnen.‹

Als man ihn fragte, warum er nach seiner Verurteilung, entgegen der amtlichen Mitteilung in der Presse, nicht erschossen worden sei, antwortete er, daß ihn die Regierung brauche, und daß man ihn schon mehrmals in Kiew aus der Zelle geholt habe, weil ihn hohe sowjetische Würdenträger zu sprechen wünschten. Er setzte hinzu, die Lage, in der er sich augenblicklich befinde, und die Ereignisse der letzten Kriegsjahre hätten ihn nicht in seiner Überzeugung schwankend machen können; er sei Kommunist geblieben, und bald werde die ganze Welt kommunistisch sein.«

Zwei Briefwechsel

I.

Alexej Stachanow, der Begründer der sowjetischen Stachanow-Bewegung, veröffentlichte in der *Tribune* vom 23. Juli 1948 folgenden Brief:

»Vor einigen Tagen wohnte ich einem Vortrag über internationale Angelegenheiten bei. Unter anderem berichtete der Vortragende von einigen in englischen Zeitungen und Zeitschriften erschienenen Artikeln, in denen behauptet wird, es gäbe in unserem Land Zwangsarbeit. Ich beschloß, der Sache nachzugehen und entdeckte dabei, daß diese Lügenmeldung vor allem auf zwei Verräter ihres eigenen Landes – einen gewissen Dallin und Nikolajewski – zurückgeht. Sie haben, wie mir berichtet wurde, ein besonders widerliches, mit allen Arten von ungeheuerlichen Verleumdungen der Sowjetunion gespicktes Buch veröffentlicht. Und das besonders Erstaunliche dabei ist, daß ihr ›Werk‹ besonders in der Presse der Labour Party viel zitiert und gepriesen wird. Sie ist damit ihrer eigentlichen Mission untreu geworden.

Sie können sich kaum vorstellen, welche Empörung und welchen Ekel solche gemeinen und vollkommen erlogenen Berichte über unser Land in einem Mann wie mir hervorrufen, der immer mit seiner ganzen Kraft seinem Land gedient hat und dient.

Sie lieben Ihr Volk und Ihr Land, ich bin ein treuer Sohn meines sozialistischen Vaterlandes. Und wie jeder Sowjetbürger habe ich allen Grund, auf mein Land stolz zu sein, in dem die Arbeiter und Bauern zum erstenmal in der Geschichte die wirklichen Herren sind.

Mein Leben unterscheidet sich kaum von dem Tausender anderer sowjetischer Arbeiter. Wenn ich als der Begründer einer weitverbreiteten Bewegung zur Steigerung der Produktion bekannt bin, so nur darum, weil in unserem Land alle Voraussetzungen und Möglichkeiten für freie, schöpferische Arbeit gegeben sind. Aus diesem Grunde kann ich die von Dallin und Renegaten seinesgleichen verbreiteten Lügen nicht mit Stillschweigen übergehen.

Vor 13 Jahren habe ich, Alexej Stachanow, ein einfacher Bergmann im Donezbecken, darüber nachgegrübelt, wie sich die Arbeitsleistung im Kohlenbergbau steigern ließe, um so meinem Land zu helfen, den zweiten Fünfjahresplan schneller erfüllen zu können. Millionen anderer Arbeiter in der Sowjetunion, die die Fünfjahrespläne geschaffen und ausgeführt haben, hatten den gleichen Gedanken, und uns alle beseelte derselbe Ehrgeiz. Ich erfand Arbeitsmethoden, mit denen nicht nur Minuten, sondern sogar Sekunden eingespart werden konnten. Ich sagte mir, ›du mußt dich sehr anstrengen, Alexej, weil dich niemand antreibt, denn auch du bist der Herr deines Landes.‹ Ich förderte von da an täglich mehr, und am 31. August 1935 stellte ich einen Rekord auf. Ich förderte vierzehnmal soviel Kohlen, wie man von mir erwartete. Das war damals ein großes Ereignis. Heute fördern Tausende von Bergleuten in der Sowjetunion weit mehr, als ich vor 13 Jahren gefördert habe.

Das Sowjetvolk hat mir die große Ehre erwiesen, die Bewegung für eine Steigerung der Produktion Stachanow-Bewegung zu nennen. Und nun frage ich Sie, könnten Zwangsarbeiter soviel leisten wie die Millionen Stachanow-Arbeiter in der Sowjetunion? Ich bin sicher, Sie werden mir zugeben, daß das unmöglich ist. Nur Sowjetarbeiter können solche Resultate erzielen, weil sie genau wissen, was ihre Arbeit bedeutet, und daß sie nur dem Nutzen ihres Landes dient.

Wir Sowjetarbeiter wissen, daß die Früchte unserer Arbeit dem Volk ungeschmälert gehören, daß sie uns nicht von einer Handvoll Ausbeuter genommen werden können. Im übrigen können Tausende unserer ausländischen Freunde, unter ihnen auch so mancher aus England, die die Sowjetunion besucht und sich ein Bild von unserer Arbeit gemacht haben, dies bestätigen.

In der Sowjetunion wird jede gute, ehrliche Arbeit geschätzt und geachtet. Sie müssen wissen, daß Arbeiter mit besonders hohen Leistungen in unserem Land den Titel ›Held der sozialistischen Arbeit‹ erhalten, daß die Zeitungen über sie schreiben und daß Gedichte über sie verfaßt werden. Ich frage Sie ehrlich, kann Zwangsarbeit, Arbeit unter Zwang, so gepriesen werden? Jeder sowjetische Arbeiter ist an einer höheren Arbeitsleistung interessiert, denn je mehr er produziert, um so mehr wächst sein Wohlstand und hebt sich sein Lebensstandard. Er wird von keinem Menschen angetrieben. Ganz aus sich ist er bestrebt, besser zu arbeiten und mehr zu produzieren.

Aber da ist noch etwas, auf das ich Ihre Aufmerksamkeit lenken möchte. Ich glaube, daß die Verleumder, die die alten Märchen über die Zwangsarbeit in der UdSSR aufzuwärmen versuchen und dadurch den Eindruck erwecken möchten, daß unser neuer Fünfjahresplan nur dank dieser Art von Arbeit erfüllt wird, ihren Völkern, einschließlich dem Ihren, einen schlechten Dienst erweisen. Damit daß sie die Sowjetunion als ein schwaches Land zu schildern versuchen, verführen sie Sie zu gefährlichen falschen Vorstellungen. Vor dem Zweiten Weltkrieg schrien die gleichen Verleumder auf allen Gassen, die UdSSR werde schon beim ersten Zusammenstoß mit den feindlichen Armeen zusammenbrechen. Aber gerade das Gegenteil ist eingetreten. Die Sowjetunion hat nicht nur die faschistischen Eindringlinge aus ihrem eigenen Land vertrieben, sondern darüber hinaus viele europäische Länder vom faschistischen Joch befreit. Sie hat damit auch Ihrem Land geholfen, seine Kräfte zu konzentrieren und dem von uns bereits geschlagenen Feind den Todesstoß zu versetzen. Warum geben darum Ihre Zeitungen immer wieder allen möglichen Abenteurern Gelegenheit, die Sowjetunion als einen Staat hinzustellen, der sich nur dank der Zwangsarbeit mühsam behaupten kann? Wer, außer den Feinden Ihres und unseres Volkes, hat den Nutzen davon?

Meine Freunde, Bergleute, mit denen ich oft zusammen bin (trotz meiner jetzigen verantwortlichen Stellung im Ministerium), bedauern tief die in Ihrer Presse veröffentlichten Lügen über die Sowjetunion, besonders die Aufwärmung des alten Märchens von der Zwangsarbeit in unserem Land.«

Der Autor dieses Buches antwortete darauf in der »Tribune« vom 6. August 1948 folgendes:

»Darf ich gleich zu Anfang darauf hinweisen, daß der in Ihrer Ausgabe vom 23. Juli veröffentlichte ›Protest‹ des Herrn Alexej Stachanow sicherlich große Empörung und Verwunderung unter vielen Millionen von Zwangsarbeitersklaven in Rußland erregen würde, wenn sie ihn lesen könnten?

Selbstverständlich sind nach Alexej Stachanows Ansicht Dallin und Nikolajewski ›Verräter‹ und ›Renegaten‹. Ich habe nichts anderes erwartet. Aber vielleicht interessiert es Herrn Stachanow, der diesen Protest in einer sozialistischen Wochenschrift veröffentlicht hat, zu erfahren, was ein Sozialist, der einundeinhalb Jahre Zwangsarbeitersklave in Rußland gewesen ist, zu dieser Frage zu sagen hat.

Beim Lesen von Stachanows Brief erinnerte ich mich an ein Wort, das ich oft von Kommunisten, die in sowjetischen Arbeitslagern gefangengehalten wurden, hörte. ›Wüßte Stalin, was hier geschieht‹, pflegten sie zu sagen, ›würde er diese NKWD-Schurken statt unser ins Gefängnis stecken.‹ Es ist immer dasselbe schöne Märchen: der gute Zar, der nichts von den Leiden seines ihm treu ergebenen Volkes weiß, aber eines Tages als oberster Richter und personifizierte Gnade erscheinen wird, um die Bösen zu bestrafen und die Braven zu belohnen.

Genausowenig scheint Stachanow von den sowjetischen Arbeitslagern zu wissen, und von seinem hohen und verantwortlichen Posten im Ministerium in Moskau verdammt er alles darüber Berichtete als typischen ›alten Klatsch‹. Um uns dieses Mysterium erklären zu können, müssen wir uns vergegenwärtigen, daß Stachanow wahrscheinlich im Industrieministerium tätig ist und so nur mit Arbeitern zu tun hat, die mehr oder weniger freiwillig arbeiten. Aber die Aushebung der Zwangsarbeitersklaven in Rußland gehört nicht zu den Aufgaben des Industrieministeriums (noch zu denen des Arbeitsministeriums, das übrigens seit einiger Zeit in Rußland nicht mehr existiert). Sie ist vielmehr die Aufgabe der NKWD-Menschenjäger und der NKWD-Gefängnisse. Die Hauptverwaltung der Arbeitslager, die unter Leitung und Kontrolle des NKWD arbeitet, ist die eigentliche Rekrutierungsorganisation für die Zwangsarbeit in der UdSSR. Das vom NKWD klug durchdachte Versklavungsprogramm hilft die russischen Fünfjahrespläne erfüllen.

Ich habe in den Jahren 1940-1942 achtzehn Monate im Zwangsarbeitslager Kargopol in der Nähe von Archangelsk am Weißen Meer verbracht. Das Lager führte wie all diese Lager die offizielle Bezeichnung ›Isprawitelny Trudowoi‹, was soviel heißt wie ›Besserungs-Arbeitslager‹. Die Menschen, die hier ›gebessert‹ werden sollten, waren, mit Ausnahme einiger notorischer Krimineller, anständige und ordentliche Bürger, die als Trotzkisten, Nationalisten, Kulaken oder Spione oder wegen irgendeines anderen Vorwandes zu fünf, acht oder zehn Jahren Haft verurteilt worden waren. Den meisten von ihnen war es wohl bekannt, daß ihre Verurteilung nur ein Vorwand war, um sie zu harter, unentgeltlicher Arbeit unter den primitivsten Bedingungen zwingen zu können.

Das Lager war 1937 inmitten der dichten Wälder von Archangelsk errichtet worden, womit ein Teil des Holzindustrieplans erfüllt wurde. Die ersten Gefangenen mußten sich bei 30 bis 40 Grad Kälte ihre Baracken bauen und das für das Lager vorgesehene Gelände roden. Ihre Tagesration bestand aus zwei Portionen Suppe und einem Pfund Schwarzbrot. Die wenigen Gefangenen, die jene Anfangszeit überlebt hatten, erzählten mir 1940, unter den ›Pionieren‹ dort habe sich eine beträchtliche Anzahl von ausgebildeten Forstleuten befunden, die nicht das geringste mit Politik zu tun und so auch bis dahin noch nie etwas von ›konterrevolutionären Abweichungen‹ gehört hatten. ›Ich frage Sie ehrlich‹, schreibt Herr Stachanow, ›kann Zwangsarbeit, Arbeit unter Zwang, so gepriesen werden?‹ Eine ehrliche Frage verlangt eine ebenso ehrliche Antwort. Ich persönlich habe als Träger in der Lebensmittelzentrale des Zwangsarbeitslagers Kargopol gearbeitet und dabei mein Soll täglich zu 150-170 Prozent übererfüllt (das tägliche Soll jedes Mannes betrug 25 t Mehl), und mein Name stand sogar auf der roten Tafel als der eines ›Übererfüllers‹ der Kargopol-Stachanow-Bewegung verzeichnet. Läßt sich eine solche Leistung unter Zwang erreichen? würde Stachanow fragen. Ja, wenn ein Hungriger dafür ein zusätzliches halbes Brot pro Tag versprochen bekommt, dann steigert er seine Arbeitsleistung bestimmt. Ich hatte damals nur den einen Wunsch, diese Zeit zu überleben. Die Stachanow-Arbeiter in den sowjetischen Zwangsarbeitslagern erhalten nicht den Titel ›Helden der sozialistischen Arbeit‹. Die Zeitungen erwähnen sie nicht, und es werden keine Gedichte über sie verfaßt. Aber sie machen selber Gedichte über sich. Ich erinnere mich an eins davon. Es begann mit der ironischen Aufforderung, in die sowjetische Stachanow-Bewegung einzutreten, und endete betrüblicherweise mit dem Refrain: ›Du kommst nicht mal ins Lazarett, denn jedes Lazarett ist voll.‹ Und das entspricht auch ungefähr der Wahrheit. Im Lager Kargopol gab es nämlich nur ein kleines Lazarett mit wenigen Betten und eine viel größere Baracke für völlig zum Skelett abgemagerte Arbeiter; sie war sozusagen die ›Leichenhalle‹, von der der Weg zum Grab führt.«

II.

Der folgende Brief von Dr. A. Trainin, einem verdienten Geisteswissenschaftler, Mitglied der Akademie der Wissenschaften der UdSSR, Vizepräsident der Internationalen Vereinigung demokratischer Juristen, ist im *Manchester Guardian* vom 29. August 1949 erschienen.

»Sehr geehrter Herr,
im Unterhaus ebenso wie in der englischen Presse ist vor kurzem scharfe Kritik an dem sowjetischen System, straffällig Gewordene durch Arbeit zu bessern, geübt worden. Am 23. Juli veröffentlichte Ihre Zeitung außerdem einen Aufsatz, in dem behauptet wird, das Gesetz über die Strafarbeit enthalte Bestimmungen über eine systematische Arbeitsrekrutierung sowie die Organisierung und Nutzung der Zwangsarbeit. Ich möchte mit Ihrer Erlaubnis als Sowjetbürger und Anwalt Ihren Lesern meine Stellungnahme zu dieser Kritik unterbreiten.

Zuallererst lassen Sie mich im Interesse der Wahrheit folgendes feststellen: das Strafarbeitsgesetz regelt einzig und allein die Lebens- und Arbeitsbedingungen der wegen eines Verbrechens Verurteilten und nicht etwa die anderer Menschen.

Weiter muß folgendes festgestellt werden: In ihrer Unkenntnis der Tatsachen – um kein schlimmeres Wort zu gebrauchen – wissen die englischen Kritiker auch nichts davon, daß das Strafgesetzbuch des RSFSR mit dem Strafarbeitsgesetz organisch verbunden ist. Hätten diese Kritiker sich die Mühe gemacht und sich selber mit den entscheidenden Grundsätzen des sowjetischen Strafgesetzbuches beschäftigt, so würden sie unschwer ihre betrübliche falsche Auffassung über die drei hauptsächlichen in der Sowjetunion angewandten Strafarten – 1. Strafarbeit, 2. Haft und 3. Strafarbeitslager – revidiert haben.

Wie klar und deutlich aus dem Gesetz ersichtlich, ist die Strafarbeit in der Sowjetunion eine der mildesten Strafen für kriminelle Vergehen. Diese Arbeit erstreckt sich auf eine Zeit von einem Tag bis zu einem Jahr und schließt keine Haft ein (Art. 30, Strafgesetzbuch des RSFSR). Abgesehen von dem Namen ›Strafarbeit‹ hat diese Strafe nichts mit einer Gefängnis- oder Strafarbeitslagerhaft gemeinsam. Schließlich sitzen selbst Personen, die zu einer Haftstrafe verurteilt worden sind, diese Strafe durchaus nicht immer in Strafarbeitslagern ab. Im Gegenteil, das Gesetz schreibt ausdrücklich vor, daß eine Haftstrafe bis zu drei Jahren in gewöhnlichen Gefängnissen verbüßt wird. Strafen von drei Jahren und darüber werden in den Strafarbeitslagern abgesessen (Art. 28 des Strafgesetzbuches des RSFSR). Daraus geht deutlich hervor, daß nur Personen, die für schwere Verbrechen Strafen von mehr als drei Jahren erhalten haben, in ein Lager kommen.

In Westeuropa und Amerika ist die Hauptstrafe immer noch Haft – Einzelhaft, gemeinsame Haft, gemischte Haft usw. Man hat sogar versucht, eine besondere ›Gefängnis‹-Wissenschaft zu schaffen. Das sowjetische Gesetz hat mit diesem Gefängniswahn endgültig gebrochen. In der UdSSR gründet sich die gesamte Strafvollstreckung auf Arbeit. Arbeit ist ein notwendiges Element im Straflagersystem. Natürlich bedeutet der Aufenthalt in einem Strafarbeitslager den Entzug der Freiheit. Aber dieser Freiheitsentzug ist etwas ganz anderes als der in Westeuropa und den USA übliche. Dort ist das Gefängnis eine Stätte völliger Absonderung und Isolierung von der Außenwelt und sogar oft von den übrigen Gefangenen. Die in die Strafarbeitslager der UdSSR überführten Verbrecher werden mit nützlicher Arbeit beschäftigt, können ungehindert untereinander verkehren und sich frei im Lagergelände bewegen. In den Strafarbeitslagern ist die Arbeit nur insoweit Zwang, als sie der Umerziehung und Besserung des Verbrechers dient. Jeder Verurteilte hat sein bestimmtes Arbeitssoll zu erfüllen. Hier einige Bestimmungen aus dem Strafarbeitsgesetz: der Gefangene muß so beschäftigt werden, daß er sich seine berufliche Qualifikation erhalten oder sie steigern oder, falls er keine Spezialkenntnisse besitzt, diese sich erwerben kann (Art. 70). Die Arbeit wird dem Gefangenen auf Grund seines durch eine ärztliche Untersuchung festgestellten Gesundheitszustands (Art. 73) zugeteilt. Die Arbeitsbedingungen der Gefangenen werden nach den allgemeinen Bestimmungen des Arbeitsgesetzes des RSFSR hinsichtlich Werktag, Ruhe, Frauenarbeit, Arbeit von Minderjährigen und Arbeitsschutz geregelt. Ausnahmen von diesen Bestimmungen werden vom Volkskommissariat für Justiz in Übereinstimmung mit dem Zentralrat der Gewerkschaften verfügt (Art. 74).

Die Haft in einem Strafarbeitslager ist natürlich eine Strafe und gewiß eine harte, aber nicht so qualvoll wie die in den westeuropäischen Ländern übliche Einsperrung in einer Gefängniszelle, bei der die Menschen lebendig begraben werden. Die Haft in einem Strafarbeitslager ist als Strafmaßnahme notwendigerweise mit der Anwendung von Zwang und einer für die Gefangenen obligatorischen Lebensweise verbunden. Aber gibt es irgendwo in der Welt eine Strafe, die ohne Zwang auskommt? Oder sind vielleicht in England die Gefängnisse als Erholungshäuser gebaut worden, oder ist das Auspeitschen der Gefangenen etwa eine hygienische Maßnahme? Ist ferner die Zwangssterilisierung von 25000 Menschen in den USA (nach dem Stand vom 1. Januar 1947) gegenüber 1116 in Nazideutschland im Verlauf von drei Jahren (1933-1936) ein Muster der

Menschlichkeit? Warum also soviel Lärm, warum soviel organisierte Aufregung um die Strafarbeitslager? Die folgenden Tatsachen beweisen, daß man diese Frage gar nicht ernst genug nehmen kann.

Das Strafarbeitsgesetz in der UdSSR wurde 1933 verkündet. 1936 – d. h. drei Jahre später – wurde es ins Englische übersetzt. Inzwischen sind dreizehn bzw. sechzehn Jahre vergangen, und wohl jeder unparteiische Beobachter möchte darum gern wissen: warum haben die britischen Behörden und die britischen Zeitungen sechzehn Jahre lang zur Frage des Strafarbeitsgesetzes geschwiegen und sind jetzt auf einmal so brennend daran interessiert? Was hat sich geändert? Eins jedenfalls – und das muß in aller Deutlichkeit festgestellt werden: die internationale Lage hat sich in der letzten Zeit ernstlich verschlechtert, und gewisse einflußreiche Kreise sind eifrig dabei, sie nur noch mehr zu verschlechtern. Die Tatsache, daß man sich gerade den gegenwärtigen Zeitpunkt für heftige Angriffe gegen eins der in der UdSSR benutzten Gesetzbücher gewählt hat, muß alle aufrichtigen Friedensfreunde mit ernster Sorge erfüllen, ganz gleich, zu welcher Nation oder Klasse sie gehören, mit der Sorge nämlich: ist diese Kampagne gegen das Strafarbeitsgesetz nicht eine ideologische Folgeerscheinung des Nordatlantikpakts und ähnlicher Pakte und ein Versuch, unter der Maske, das Wohl der zur Strafarbeit Verurteilten im Auge zu haben, eine Angriffsstimmung gegen die Sowjetunion zu entfachen? Verbergen sich nicht unter der Maske des Kampfs für die Menschlichkeit die Urheber von Verbrechen gegen die Menschlichkeit, die Anstifter eines neuen Krieges?

Aus echter Menschlichkeit ist die Bewegung für Frieden und Demokratie entstanden, und in diesen gespannten Zeiten kann es keine menschlichere Aufgabe geben als den Kampf gegen alle Versuche, Zwietracht zwischen den Völkern zu säen und dadurch den Frieden zu unterminieren, der beiden, den Sowjetvölkern wie dem britischen Volk, gleich teuer ist.«

Der Autor antwortete im *Manchester Guardian* vom 3. September 1949:

»Sehr geehrter Herr,
erlauben Sie mir bitte, Dr. Trainin, dessen Brief über russische Zwangsarbeit in Ihrer Ausgabe vom 29. August erschienen ist, eine etwas eingehendere Antwort zu geben.

Ich bin zwar kein ›Verdienter Geisteswissenschaftler‹, glaube aber trotzdem mehr als Dr. Trainin berufen zu sein, etwas zu dieser Frage zu sagen, da ich in den Jahren 1940–1942 ein alles andere als ›Verdienter Arbeiter‹ im Zwangsarbeitslager Kargopol in der Nähe von Archangelsk war. Über die rechtliche Seite des sowjetischen Strafgesetzbuches mit Dr. Trainin zu diskutieren, bin ich darum nicht in der Lage, weil kein sowjetischer Gefangener es kennt oder gar ernst nimmt, denn 90% der Gefangenen sind ohne Gerichtsverhandlung zu Zwangsarbeitslager verurteilt worden.

›Das Strafarbeitsgesetz‹, schreibt Dr. Trainin, ›regelt einzig und allein die Lebens- und Arbeitsbedingungen der wegen eines Verbrechens Verurteilten und nicht etwa die der anderen Menschen.‹ Worin bestehen nun diese Verbrechen, um derentwillen sie verurteilt werden? Ich habe selber folgendes am eigenen Leibe erlebt: Ich wurde vom NKWD in dem (damals von Deutschland an Rußland abgetretenen) ostpolnischen Gebiet verhaftet, als ich 1940 die litauische Grenze zu überschreiten versuchte. Ich gebe zu, daß ein illegaler Grenzübertritt ein Vergehen ist, und ich erinnere mich, daß vor dem Krieg einige meiner Studiengenossen zu vierundzwanzigstündiger Haft verurteilt wurden, als sie bei einer Bergtour in der Hohen Tatra aus Versehen die polnisch-tschechoslowakische Grenze überschritten hatten. Aber mein ›Sledowatel‹, der Richter, der die Voruntersuchung führte, war anderer Meinung.

Er beschuldigte mich auf Grund dessen, daß mein Name, wenn man ihn in russischen Buchstaben schreibt, eine Verwandtschaft zwischen mir und einem sehr bekannten deutschen Feldmarschall vermuten läßt, deutscher Spion zu sein. Eine ganze Woche nächtlicher Verhöre war notwendig, um diesen Punkt zu klären, und endlich ließ sich der ›Sledowatel‹ überzeugen, daß Herling nicht ganz dasselbe ist wie Göring. Der zweite Anklagepunkt war, ich hätte versucht, die Grenze zu überschreiten, um in die polnische Armee in Frankreich einzutreten und gegen Sowjetrußland zu kämpfen. Ich will nicht behaupten, daß ich mich bei diesen Verhören sehr heldenhaft benommen habe, aber da war ich dann doch so kühn, den Richter zu bitten, das Wort Sowjetrußland durch Deutschland zu ersetzen. Ein Schlag ins Gesicht, der von den ermutigenden Worten ›Das ist dasselbe‹ begleitet war, brachte mich wieder zur Räson, und so unterzeichnete ich die von dem Richter abgefaßte Anklageschrift. Das Urteil erging ohne Gerichtsverhandlung; ohne daß man mir einen Rechtsbeistand oder auch nur die Möglichkeit, mich selbst zu verteidigen, gegeben hätte. Nach der Voruntersuchung im Gefängnis in Grodno, die drei ganze Monate dauerte, mußte ich weitere vier Monate im Gefängnis in Witebsk auf mein Urteil warten. Schließlich wurde ich ins NKWD-Büro im Gefängnis in Witebsk geholt, wo man mir erklärte, ich sei in Abwesenheit zu fünf Jahren Arbeitslager verurteilt worden.

Nun, ich will sogar zugestehen, daß mein Fall nicht typisch war, da ich als polnischer Bürger um jeden Preis im Krieg gegen Deutschland mitkämpfen wollte und das – was noch mehr ins Gewicht fiel – zur Zeit des Ribbentrop-Molotow-Pakts. Aber im Lager Kargopol habe ich viele getroffen, die ebenfalls ohne Verhandlung – vom ›Osobie Sowestschanje‹ (dem Sondergericht) des NKWD – Strafen von acht oder zehn Jahren erhalten hatten, einzig darum, weil sie Kulaken, Priester, Deutsche, Polen oder keine rechtgläubigen Marxisten waren. Ich finde, Dr. Trainin hat seine Stimme im Westen etwas zu spät erhoben; bei allen anständigen Menschen hier kann kein Zweifel mehr bestehen, daß trotz der im Strafgesetzbuch darüber gebreiteten Schleier die sowjetischen Zwangsarbeitslager keinen anderen Zweck haben, als Rußland billige Sklavenarbeitskräfte zu verschaffen. Dr. Trainin schreibt weiter, das sowjetische Strafsystem unterscheide sich grundsätzlich von dem Westeuropas oder der Vereinigten Staaten, wo das Gefängnis eine Stätte völliger Absonderung und Isolierung von der Außenwelt, ja sogar von den übrigen Gefangenen sei und in dem die Gefangenen lebendig begraben würden, während das sowjetische Gesetz endgültig mit diesem ›Gefängniswahn‹ und der Einzelhaft gebrochen habe und die Grundlage des russischen Strafsystems die Arbeit bilde. In Wirklichkeit hat aber die Ersetzung der Einzelhaft durch Arbeit zu einem völlig neuen und deutlich erkennbaren Gefängniswahn in Sowjetrußland geführt. Ein Gefangener in einem Zwangsarbeitslager arbeitet täglich zwölf Stunden bei einer Temperatur von minus 30–40°; seine Tagesverpflegung besteht aus zwei Tellern wässeriger Suppe und etwas mehr als einem Pfund Brot (eine Ration, die nicht einmal für einen Gefangenen in einer ›Stätte der Absonderung‹ ausreicht), und er hat einmal im Monat einen freien Tag, oder manchmal auch nur alle zwei Monate, je nachdem, wie der dem Lager aufgegebene Produktionsplan erfüllt ist.

Was nützt es ihm unter solchen Bedingungen, mit nützlicher Arbeit beschäftigt zu werden oder mit jedem anderen ungehindert verkehren oder sich frei im Lagergelände bewegen zu können? Nach drei Jahren solcher Arbeit werden die Gefangenen in die Sonderbaracke für nicht mehr Arbeitsfähige verlegt. Diese Baracke war in unserem Lager als ›Leichenhalle‹ bekannt. Dort wird den Gefangenen die große Gnade gewährt, in Frieden sterben zu dürfen, ohne noch einmal arbeiten zu müssen. In russischen Lagern sprechen die gebildeteren Gefangenen von sich selber, unter Anwendung des bekannten Wortes aus Dostojewskis ›Totenhaus‹, als Lebendigbegrabenen. Dr. Trainin zitiert das Straflagergesetz, das bestimmt, daß die Gefangenen so beschäftigt werden müssen, daß sie sich ihre beruflichen Qualifikationen erhalten oder sie steigern können. Nachdem ich das jetzt gelesen habe (denn in Rußland habe ich es natürlich nicht zu sehen bekommen), würde ich gern wissen, warum ich auf Grund meiner Vorbildung nicht in der Lagerbibliothek beschäftigt worden bin. Ich erinnere mich aber, daß die Stellung des Bibliothekars gewöhnlichen Verbrechern vorbehalten war, denen man mehr als den politischen Gefangenen zutraute, die Sowjetpropaganda, aus der die Bibliothek bestand, an den Mann zu bringen; und so habe ich als einfacher Arbeiter tätig sein müssen.

Während der sieben Monate Haftzeit in den Gefängnissen von Grodno, Witebsk und Leningrad habe ich mich oft nach einem Arbeitslager gesehnt, um aus der Eintönigkeit meines Zellenlebens herauszukommen und durch die Arbeit körperlich wieder beweglich zu werden. Das war jedoch eine Täuschung. Nach meiner Ankunft im Lager Kargopol entdeckte ich bald, daß alle Zwangsarbeiter von einer Rückkehr ins Gefängnis träumten, wo sie still in ihren Zellen leben konnten und nicht von Hunger, körperlichem Verfall und Kälte gequält wurden. Ist es nicht geradezu eine Ironie, daß sogar noch, was die Gefängnisse angeht, das russische Volk sehnsüchtig nach dem Westen blickt und von dessen Lebensstandard träumt, den Dr. Trainin so heftig verdammt?«

Anmerkungen

1 Ich habe inzwischen erfahren, daß diese neutrale Vermittlung damals von Dr. Benesch in gutem Glauben übernommen worden ist.

2 Ihre Erwartungen scheinen sich erfüllt zu haben. In Isaak Deutschers neuer Stalin-Biographie finden sich folgende Sätze (S. 486): ›Die Überlebenden der verschiedenen zerschlagenen Oppositionsgruppen wurden, soweit man sie im Krieg brauchen konnte, aus den Lagern herausgeholt und zu wichtiger nationaler Arbeit eingesetzt. Tuchatschewskis verurteilte und deportierte Anhänger wurden eiligst in die militärischen Hauptquartiere zurückgerufen. Unter ihnen befand sich nach glaubhaften Berichten Rokossowski, der Sieger von Stalingrad, ein früherer polnischer Kommunist, der der Verbindungsoffizier zwischen Tuchatschewskis Stab und der Komintern gewesen war.« Ich nehme an, daß zu diesen Befreiten auch die Generäle der Zelle 37 gehörten, die in Zusammenhang mit Tuchatschewskis Komplott verurteilt worden waren.

3 Ich habe in keinem anderen Gefängnis einen ähnlichen Laden gesehen und glaube, daß man ihn nur der Generäle in Zelle 37 wegen eingerichtet hatte.

4 Ein bessarabischer Kommunist erzählte mir, er habe 1938 in einem Lager auf den Solowetzkije-Inseln miterlebt, wie Karl Radek, als eins der Opfer des dortigen »Proiswol«, brutal geschlagen wurde.

5 Inzwischen habe ich in London einen ehemaligen polnischen Gefangenen aus Ostrownoje getroffen, der dort einige Wochen in einem Büro, in dem die Toten registriert wurden, gearbeitet hatte. Er konnte sich nicht mehr genau an die tägliche durchschnittliche Todesquote erinnern, er wußte nur noch, daß in dem Büro zwei mannshohe Schränke standen, in denen in einem drei Stapel und im anderen zweieinhalb Stapel Totenscheine lagen. Die Leiche jedes Gefangenen wurde, mit einem Zettel, auf dem das Todesdatum stand, versehen, in das Büro gebracht, und mein Gewährsmann mußte dann die Totenscheine in dreifacher Ausfertigung ausstellen. Der eine war für das Gulag bestimmt, der andere für das Lager und der dritte angeblich für die Familie des Verstorbenen, aber er konnte sich nicht erinnern, daß man diesen jemals abgeschickt hatte. Die Leichen wurden im »7. Abschnitt« des Ostrownojeschen Waldes in langen Gräben, die, da es im Winter unmöglich war, schon

im Sommer ausgehoben wurden, beigesetzt. Im Lauf des Jahres wurden die Gräben dann nach und nach mit Erde zugeschüttet.

6 Dem NKWD untersteht eine mächtige und völlig unabhängige Armee.

7 Wenn sich damals zwanzig Millionen Gefangene in den Lagern befanden, so bedeutet das, daß ungefähr eine Million ausgebildete Soldaten für den Krieg ausfielen.

8 Siehe Anhang: Nachtrag zu den Moskauer Prozessen.

9 Isaak Deutscher zitiert ebenfalls diesen in der älteren Kommunistengeneration Rußlands sehr verbreiteten Satz aus Trotzkis »Mein Leben«.

10 Meine eigene Erinnerung an diese Geschichte ist mir durch einen Brief des Erzählers bestätigt worden, der nach dem Krieg nach Kanada emigrierte. Einige Einzelheiten ebenso wie die Namen seiner Kameraden im Gefängnis hat er zwar im Lauf der Jahre begreiflicherweise vergessen, aber der Gesamtablauf der Geschichte entspricht völlig den Tatsachen.

11 In Tscheljabinsk traf ich drei meiner Freunde aus dem Lager, M., T. und B., die bald nach mir entlassen worden waren. Trotz all unserer Bemühungen konnten wir nicht erfahren, was aus L. und Fräulein Z. geworden ist.

Literaturnachweis:

Fjodor M. Dostojewski, *Aufzeichnungen aus einem Totenhaus.* Aus dem Russischen von E. K. Rahsin, Piper Verlag, München–Zürich 1996

Inhaltsverzeichnis